海風クラブ

呉明益

三浦裕子 訳

The Sea Breeze Club

A Novel by Wu Ming-Yi

KADOKAWA

海風クラブ

『海風酒店』
呉明益
The Sea Breeze Club
by Wu Ming-Yi

Published by agreement with Wu Ming-Yi
c/o The Grayhawk Agency Ltd. in association with Tai-tai books

Translated by Yuko Miura
Published in Japan by KADOKAWA CORPORATION

装画　呉明益
オディロン・ルドン『キュクロープス』（1898）に想を得て

装丁　國枝達也

もくじ

・本文内の（　）内は原注および原書にあるテキスト、〔　〕内は訳注である。訳注のうち長くなるものについては欄外に表示した。

・作品中の漢字のふりがなについて、日本語読みはひらがなで、中国語、台湾語（閩南《びんなん》語／福佬《ホーロー》語）、客家《はっか》語、台湾原住民族の各言語等、台湾の現地言語による発音はカタカナで表記した。

・台湾では、十七世紀前後に中国大陸から漢人が移民してくる前からこの地に住んでいたオーストロネシア系各民族のことを、「もとから居住していた民／民族」の意味で「原住民」または「原住民族」と呼ぶ。これは憲法にも記載されている正式な呼称である。現在、日本では一般的に「先住民」「先住民族」の呼称が使用されているが、本書では、台湾の原住民族については現地での呼称を尊重し、「原住民」「原住民族」と表記する。

・一台湾元の、作品の主な出来事が発生する一九八〇年代末から二〇〇〇年代初頭におけるおおよそのレートは、一元≒約五・四～三・五円。

第一章　初秋

白い犬

　少年があの犬を見かけて既に三日になる。巨人ダナマイもこの三日間ずっと、彼らを注視し続けている。この日の太陽は明るく、鮮やかな赤みを帯び、傷ついて血を流しているかのようだった。

　少年はしっかりした体つきの、淡い褐色の髪と利発な眼差《まなざ》しを持った子供で、猪を追うようなつもりで白犬の後を追っていた。白犬はどこから来たのか、ある時から村の外れをおぼつかない足取りで歩き回り、労働者たちが捨てた弁当の容器を漁《あさ》り始めた。

　数日前、白犬は弁当容器の蓋と本体の隙間に顔を突っ込み、興奮しながら、肉のかけらのついた骨を咥《くわ》えて頭を引き抜こうとした。その時、箱を留めていた輪ゴムがするりと犬の首に嵌《は》まった。白犬が驚いて跳び上がったせいで、輪ゴムは首から振り落とすことができなくなった。白犬は喉の渇きを感じ、川辺へ行って水を飲もうとした。だが口にした水は喉で止まってしまい、胃にはごくわずかな量しか入らなかった。夜、空腹で目が覚めた白犬が昼間に人がいた場所まで行ってみると、幸運にも道端に落ちていた紙袋の中に食べ残しの鶏の骨を見つけた。だが白犬がそれを呑み下すことはどうしてもできなかった。小さな魂に、渇望と失望が同時に浮かんだ。何度か試すうちに、失望が渇望を大きく上回った。

白犬は、食物を探すこと、見つけてもそれを呑み込めないことを繰り返し、もがき苦しんだ。半日探しまわって見つけた弁当容器は空《から》だったり、ようやく食物を見つけてもそれを呑み下せなかったりした。犬はひどく焦った。その場から離れる、探す、探す、離れるを繰り返し、体は次第に弱っていく。眠気が、徐々に飢餓感を圧倒し、ついには草むらに横たわって眠りこんでしまった。夢の中でも犬は弁当を探しまわっていたが、夢の中でも、見つけた弁当に近づくのをためらった。

四日目に少年は、すっかり骨が浮き出た白犬が、少し離れた所にある草むらにうずくまっているのを発見した。夏休みで母親と一緒に南の集落から帰ってきていたピサウ（Pisaw）と猟師ごっこをしていた時、知らずに白犬を驚かせてしまったのだ。ピサウが石ころを拾って投げると、白犬は慌てふためいて十数メートルほど走って逃げ、振り返って、困惑と憂鬱の混じった眼差しで二人を見た。

「あいつをイノシシだと思って追っかけようよ」

「あの犬？　やめようよ、まだ赤んぼうだよ」

「首に何かついているみたいだ」

「あ、輪ゴムだよ。あいつ、バカだから輪ゴムがはまっちゃったんだよ」ピサウは犬を観察して言った。輪ゴムは犬の首に深く食い込み、気管を切断してしまうかのように見えた。

「血が出てる」

「石を投げるなよ」この時はじめて、少年はこの数日、自分がずっと白犬を気に掛けていたことに気がついた。

翌日、少年は丸一日かけて白犬を探したが、見つけられなかった。六日目にも。あいつ、死んじゃったのかな？　少年は思った。タマ《父親》（Tama）は以前こう言っていた。もし、知らない犬、お前が育てたのではない犬と仲良くなりたかったら、辛抱強くやらなきゃならん。

辛抱強く、辛抱強く。少年は自分に言い聞かせた。

七日目の黄昏《たそがれ》時、少年が墓地の辺りまで捜索の範囲を広げると、一番大きな十字架の傍に横たわっている白犬を見つけた。白犬はすぐにそこから逃げ出すべきか、虚勢を張って威嚇《いかく》して見せるべきかわからず、恐れと気まずさの混じった眼差しで少年を見た。少年が手に持った猪の干し肉を振って見せ、犬の前へ放ると、犬は最後の力を振り絞って跳び退き、足を引きずって遠ざかった。まるでそれが毒薬でもあるかのように。少年が後を追うと、白犬は逃げる速度を上げ、少年と数メートルの距離を保った。次第に、その距離は縮まった。小さな狩猟ナイフを握る少年の掌が汗ばんだ。

「もしかしたら、あいつをおれの猟犬にできるかもしれない」

「白い犬は、黒い犬ほど勇敢じゃない」記憶の中のタマはそう言った。

「色でちがうの？」

「そうだ。白い犬は、黒い犬ほど勇敢じゃない」タマが言う。

「こいつはそうじゃないかもしれないよ」

「かもしれないかどうかの問題じゃない。それが道理だ。わかるか？　これは道理なんだ」

「あいつに道理は関係ないよ」

幻想の中のタマはそれ以上は反論せず、挑発と、疑いの混じった眼差しで少年を見た。

このすべてを、巨人ダナマイは、夕方にメジロチメドリが伝えてきた情報ですっかり理解した。巨人は少年が犬の後を追う様子を想像して思わず笑ったが、同時にある考えが浮かんだ。陽が落ちて間もない時刻に、巨人は道の行き止まりで腹ばいになり、あんぐりと口を開けた。夕暮れの薄暗い明かりの中で、巨人の開けた口は、巨大で奥の深い洞穴のように見えた。

鼻の尖った小動物

窓の端に架かる月が少女にも見えた。少女はまだ眠ってはいない。少女の右には一歳上の双子の姉たち、左には三歳下の妹、姉たちの向こうには母親と父親が寝ている。リズムの異なるいびきからすると、彼らはみなぐっすり眠りこんでいるようだ。風が、きっちり閉めることのできない窓の隙間から吹き込んでくる。翅《はね》を落とし、飛び去らなかった白蟻が少女の頭髪の脇を這っている。彼女は人差し指と親指で輪を作り、蟻を弾き飛ばした。少女は、あの顔がでこぼこした、ときどき家に忍び込んで卵を盗んでいく臭蛇《しゅうだ》のような臭いのする男は、明日もまた来るのだろうか、と考えていた。

来る。来ない。来る。来る。来る。彼女は布団の傍に散らばる白蟻の翅を数えた。

少女は、自分の身体の中で一本の黒い藤蔓《ふじづる》が成長し、芽や枝を伸ばし、どこかわからない場所でとぐろを巻いているのを感じる。その狂った蔓はぎっちりと少女に巻き付き、彼女が大声を立てて一喝するまで、成長を止めることはない。

少女は自分に問いかけた。自分は山菜の採り方を知っているし、どうすればよその人の畑を踏み荒らさずに落花生を拾えるかを知っている。山で罠を避けて薪を拾う方法も知っている。村の子供たちの誰よりも、ものをよく知っているのだ。それなのに父親はなぜ、あの臭蛇みたいな臭いのする男に、私を連れていかせようとするんだろう？

「わたしはすごくいい子だから、やけどなんかしないよ？」小さい頃、家事の手伝いでお湯を沸かしている時、火傷《やけど》に気を付けるよう母親に言われ、少女はこう言い返した。母親は聡明すぎる少女のこの物言いに思わず笑ってしまった。「誰だって火傷することはある。ええ子かどうかは関係ないんよ」

少女は少しためらった後、掛け布団の中に隠していた小さなリュックサックを引っ張り出した。二人の姉と母親を跨《また》ぎ越す瞬間、眠っているはずの姉たちがぱっちりと目を開け、少女を見た。大きく見開いた四つの真っ黒な瞳孔《どうこう》が、少女をじっと見つめた。暗闇の中で何かに驚いた小動物のように。だが、何も言わなかった。少女は手を唇のところに当て、声を出さないよう姉たちに合図しながら父親を跨ぎ越したが、少しバランスを崩し、父親の右腕のある辺りに足を着いてしまった。

少女が母親から聞いた話では、二人の姉が生まれた年、父親は理由をはっきり言わないまま、家族を連れて西部の町から鉄道でこの村に移り住み、人生をやり直すことにしたのだという。その翌年、少女が生まれた。父親は少女が生まれる前から少し南のサトウキビ農場に働きに行っていて、寮に住み、定期的に金を送ってきていた。その後、サトウキビ畑はひたすら拡大を続け、父親は働く農場を移って家族を呼び寄せた。母親はサトウキビ畑の繁忙期にはそこで働けたし、そうでない時は人の畑を手伝ったり、子供の面倒を見たりできるようになった。

一年ほど前のこと、父と同じサトウキビ労働者の阿徳《アテッ》おじさんがせわしく家の戸を叩いた。母親は双子の姉を連れて山菜を採りに行っていて、戸を開けたのは、妹のお守をしながら食事の準備をしていた少女だった。少女は竈《かまど》の火に水をかけて消し、阿徳が妹を抱いて、一緒に山に母親と姉たちを呼びに行った。阿徳は隣の畑の阿助《アツオー》じいさんのトラクターに彼女たち全員を乗せ、村で唯一の診療所に連れて行った。

父親は、意識がはっきりしたままベッドに横たわっていた。駆けつけた家族を見ても嬉しそうな表情は見せず、大理石の塊のように血の気の引いた顔で黙っていた。阿徳が言った。「清水野《チンツイ*1》郎に斬られた」この清水野郎という男が、昼休みに何かのことで少女の父親と言い争いになり、父親が気を抜いている隙に、後ろからサトウキビ鎌で斬りつけたのだ。

鎌の刃は鋭利だった。その瞬間、何が起こったのか誰も理解できず、みな身動きひとつせずにただ地面に落ちた腕を眺めていた。写真か何かでも鑑賞するかのように。腕につながる掌と指は、皆に向かって手招きをしているようにも見えた。阿徳は、少女の父親の血が噴き出る腕の付け根をきつく縛り、同僚たちと一緒に村の小さな診療所に担ぎ込んだ。周囲で様子を見ていたサトウキビ労働者たちは、昼休み終わりの銅鑼《どら》が鳴ってまたばらばらと畑に戻っていった。斬り落とされた腕はそのままそこに忘れられ、戻って探した時には、清水野郎ともどもどこかへ消え失せていた。

「見つかったって、くっつける金がなかったわ。雇い主だって出しゃせんもの」母親は、このことを振り返るたびにこう言った。

母親は、清水野郎がなぜ父親の腕を斬り落としたのかについては一度も話さなかった。少女が知っているのは、父親が幸か不幸か一命をとりとめたということだ。幸というのはもちろん死ななかったことだが、不幸は、片腕を失って以降、できる仕事は残った腕で荷車を押して果物や雑貨を売るだけになった父親が、入った小銭を酒や博打《ばくち》に使うようになったことだ。時おり母親と一緒に畑に行くこともあったが、ただ畔《あぜ》に座って娘たちが働くのを眺めているだけだった。父親は、あらゆることに嫌気がさしていた。晴天に、サトウキビ畑に、稲田に、野良犬と海に。そし

＊1　清水：台中の沿岸部にある一地域の地名。

て山のように子供を産んだ妻と、その子供たちに腹を立てた。彼は残った腕で椅子を薙《な》ぎ倒し、妻や娘たちを壁に突き飛ばした。まるで怨念に満ちあふれた失き腕の亡魂が、残った腕にとりついているかのように。稀《まれ》に頭がはっきりしている時の父親は、妻や子に対する自分の責任を思い出し、いっそう深く自分に失望して、怒りが山颪《やまおろし》のように制御することができなくなるのだった。

少女は、姉妹の中で最も美しいだけでなく、おそらくは村の中でも最も美しい子供だった。小さい時から聡明で頭が切れ、人の顔色を読むことにも長《た》けていた。少女は大人たちに好かれていることを自覚していた。「なんて美しい子やろう」だから父さんと母さんは、私を臭蛇の臭いのするあの男に連れて行かせようとするんだろう。

「高う売れるやろ」

その言葉が、少女の耳に蘇った。少女が足を置いた、父親の右腕があるはずの位置は空っぽで、父親は相変わらず大いびきをかいていた。少女の迷いは消えた。つっかけを履き、戸を押し開いて外に出た。少女は、物語の本で読んだように、懐中時計と雨傘を手にした一匹の兎が自分の前にいることを想像した。兎はこちらを振り返って言う。急いで、急いで、間に合わなくなるよ。

少女は闇夜を小走りに急いだ。先ほどまで輝いていた月は、今は雲に隠れてしまった。月に見放され、少女は植物の匂いで、自分が今どこを歩いているかを判断するしかなかった。カラスザンショウの芳香のするあの道は山に通じ、ハナシュクシャの匂いの道は貯水池に続いている。少女は山へ向かう道を進んだ。道端の植物が、種子と夜露を少女のズボンにくっつけた。「連れていって、連れていって」とせがむように。空気中の匂いは、次第に嗅いだことのないものになっていった。

　父親の腕の傷口を目にした日の翌日、少女は夢を見た。夢の中で火を起こして食事の支度をしている少女は、食べ物を盗みに来たらしき小動物がいるのに気がついた。蓑《みの》を着たように赤褐色の毛がみっしりと生えた、猫ほどの大きさの動物。どこか眠たげだが誠実そうな眼と、長い鼻をしている。「来たいならおいでよ」とでも言うかのような眼差しに誘われ、少女は手元の仕事を放りだし、動物について行った。「うさぎじゃないよね」動物は、少女と付かず離れずの距離を保ち、最後に落ち葉と雑草の間に隠された岩肌の隙間にするりと滑り込んだ。

　夢の中で、少女ははっきりと匂いを嗅いだ。あの夢を見てからもうだいぶ経っていたが、匂いは少女を摑《つか》んで放さずにいる。今、少女は鼻の利く哺乳動物のように、空中に向かってあらん限りに嗅覚を広げ、夢の中のあの匂いと現実とを照合しようと試みた。どのくらい時間が経ったかわからないが、空気中に、時には漂い、時には消える匂いの道すじを辿って、少女はついに夢で見たのとそっくりの洞穴の入り口に着いた。

　夢の中では、洞穴の入り口は見えなかった。今も見えない。だが、なぜか少女はそこに洞穴が存在することを**ただ知っていた**。草むらの中に、必ず穴があるはずだ。夢の中で、名前も知らぬあの動物を追って道の行き止まりまで来て、この山肌に向かい合った時、動物が躊躇なく前方へ飛び込むと、洞穴の入り口が現れたのだ。少女が洞穴の外に立ち、どうしようか迷っているところで夢は終わった。今、現実の中で、少女は植物をかき分け、手探りで岩肌の隙間を探し当て、身を屈《かが》めて洞穴にもぐり込んだ。彼女は振り返って、植物を元のように戻すのを忘れなかった。小さな動物が自分の足跡を消すのと同じに。リュックサックには盗んできたマッチが入っていたが、少女はそれを大事にとっておくことにした。奥に行くに連れて、洞穴は次第に大きくなっていく。少女は洞穴の内側にもたれて座り込んだ。暗闇は、横暴で独断的な無数の手を伸ばし、光とその他すべてのものを洞穴の外の世界に隔絶していた。

「暗闇がきみを守ってくれる。ここに数日いれば、臭蛇みたいな臭いのするあの男も去ってしまうよ」眠そうな目と長い鼻を持ったあの動物が、真っ暗な中で少女に言った。「私と一緒に眠っていればいいよ」恐れと安堵が同時に少女を包み、少女はほどなく深い眠りに落ちた。

しばらくしてカサコソという音で目が覚めた時、少女は一瞬、まだ自分の家で寝ているのだと思った。続いて、密集した、目に見えない無数の羽ばたきの音が、少女の耳の傍を掠《かす》めていったが、不思議なことに彼女にぶつかることはなかった。この頃には少女の瞳孔は暗闇に慣れていたので、乱れ飛ぶ黒い影を見て恐怖が更に増した。慌てふためいた少女は、這うように洞穴の更に奥へと逃げ込んだ。

「どこにいるの？　どこにいるのよ？」少女は、夢のどこかへ消えてしまった、鼻の尖《とが》った小動物に向かって叫んだ。

月と影

少年が洞穴に入ると、白犬はぼんやりした白い影となり、それから白い煙となり、最後に視界から消えた。

少年はこの時ようやく、自分の後方の暗闇が、前方の暗闇と同じくらい深いことに気がついた。周囲は沈黙に包まれ、空気にはねっとりとした厚みがあり、すべてから鋭利さと境目が失われている。先ほどまでの興奮は、カタツムリの触角のように萎《しな》びて、体の中まで引っ込んでいった。

イーダス(Idas)。少年はそっと呼んでみたが、反応するものはない。「イーダス」は少年が白犬につけたタロコ語[*2]の名前で、「月」を意味する。呼んでみてから、少年は自分でおかしくなって笑いだした。イーダスは、自分がイーダスという名前だとまだ知らない。呼んでも無駄だろう。

少年は父親《タマ》が言っていたことを思い出す。経験したことのない状況に出遭っても、慌ててはいけない。しゃがみ込んで、風がどこから吹いてくるのかを聞き、光がどこにあるか、生き物がど

＊2　タロコ語：台湾原住民族の一民族であるタロコ族の言葉（タロコ族の漢字表記は「太魯閣族」。太魯閣人ともいう）。

こに向かって移動しているか、植物がどこに向かって生えているか、観察するのだ。少年は洞穴の壁を触りながら、頭で理解することと、実際に経験することは全く違うんだな、と気がついた。タマの話はいつもこうだ。話の意味は、実際には少し違う。

少年は本当は洞穴の入り口に引き返したかった。だが頸《くび》に輪ゴムを嵌めたイーダスが、自分が追いかけたせいでこんな暗闇の中に入り込んでしまったのを思い出すと、放っておくこともできず、更に奥の方へ探検してみることに決めた。少年はもう、イーダスを自分の猟犬にしようという気持ちは醒め、ただ首の輪ゴムを外してやりたい、少なくとも犬が洞穴から出たことを確認したいとだけ思っていた。

少年は、暗闇の中で洞穴の形を確認しながら進んだ。天井の部分は滑らかで、逆に地面は凸凹している。しばらく進むと、洞穴内は次第に狭く、低くなっていった。少年は這うように進んだが、すぐに頭を上げることができなくなり、両手を広げることもできなくなった。洞穴の奥からひんやりとした空気が流れてきた。這って進んでいくと、時おり地底から響くかのような、ごぼり、ごぼりという水音が聞こえた。誰かの腹が空腹で鳴っているような。

恐怖が、潮が満ちるようにゆっくりとやってきた。だが少年はもう少し頑張ってみようと決めた。心の中で百まで数えて何も見つからなかったら、その時に引き返そうと。九十八まで数えた時、洞穴の暗闇の中に、微《かす》かな光が見えた。光に目が慣れると、少年は洞穴の中の「肚《はら》」のような場所にいることに気が付いた。目を凝らしてじっと見ていると、隅の方に小さな白い影があった。

イーダス。イーダスなのか？

きっとそうだ。こわがらないで。首の輪ゴムを取ってやりたいだけだよ。輪ゴムが苦しいよな？　前にタマがよっぱらっておれの首をしめたんだ。だから知ってる。息が吸えないなら、ものも食べられないだろう？　だいじょうぶ。タマが言ってた。おくびょうな人間は地面をはうしかできないって。よくわからないけど、とにかくずっとはってちゃだめだってことだろ。でも、犬はいつもはってるよな？　たぶん人の道理と、犬の道理はちがうんだろう。

少年は独り言のようにつぶやきながら、その白い影に近づいた。白い影はかなり衰弱しているようで、わずかに体を移動させたが、逃げはしなかった。少年はゆっくり右手を伸ばして犬の毛に触れた。毛はすっかり絡み合い、砂岩の山肌のような手触りがした。犬は力を振り絞って頭を起こし、少年の手を咬《か》んだ。少しも痛くない。イーダスは本当に弱ってるんだな。犬が、自分の手の温度と匂いに慣れるのを待ってから、少年は手を下の方へ動かし、ゆっくりとゆっくりと犬の背骨から首の方へと触っていく。輪ゴムの嵌まった部分は濡れてねばねばしていて、少年はそれが血と膿《うみ》が混じり合ったものだとわかった。痛みを覚えたイーダスは敵意を込めた唸り声をあげ、再び少年の手に咬みついた。少年は優しく声をかけながら、もう一方の手で狩猟ナイフを取り出し、暗闇の中で静かに輪ゴムを切った。

少年はナイフを腰の鞘《さや》に戻した。逃げてしまわないよう右手はイーダスから離さず、腰につけた袋から塗り薬の瓶を取り出した。タマが大事にしている猟師の塗り薬だ。「何にでも効く。風邪にも便秘にも、恐怖を感じた時にも」少年が薬をイーダスの首に塗ると、イーダスはもう一度低く唸ったが、それ以上の力はなかった。少年は水筒を取り出し、その口をイーダスの口の辺りにあてがった。犬がそれを舐めはじめると、水筒の蓋に水を入れて与えた。喉の渇きの苦痛が人間への恐怖に勝ち、犬は蓋の水を全部舐めた。もう一杯水をやると、犬の腹がぐうぐう鳴りだした。少年は猪の干し肉を口に入れてよく嚙み、柔らかくした後に犬の口の片側から押し込んだ。

「食べろ食べろ。食べないと、お前が巨人みたいに強くても、おれに勝てないぞ」

少年は一口、また一口と、自分の唾液で柔らかくした肉のペーストを、ゆっくりイーダスに食べさせた。この時の彼は、幸せと興奮を感じていた。犬を手に入れたのだ。友達になれるかもしれない犬を。

「食べろ食べろ」少年は言った。

群れなす夜婆

暗闇の中を飛び回っていたのは、侵入者に驚いた夜婆《ヤーポー》〔コウモリ〕だった。

少女は以前、野外で山菜を摘んでいる時に夜婆を見たことはあったが、こんなに群れをなしているのは見たことがなかった。少女は体を起こせる場所まで這ってゆき、洞穴の岩肌に手をついて立ち上がった。だが少しも歩かないうちに、少女は何かに躓《つまず》いて転び、痛さに身体を縮めた。

手を伸ばして探ると、洞穴の壁に窪んだ場所があったので、そこに身体を滑りこませた。夜婆の羽ばたきが耳を掠めて飛び去り、やがて静まっていった。少女はぼんやりと、夜婆たちが重なり合うように洞穴の天井にぶら下がっていくのを感じた。

少女はリュックサックの中からマッチを取り出し、一本にシュッと火をつけた。

炎が不安定に洞穴内を照らすと、夜婆たちが、まるで少女の隣の家がたっぷり蓄えていた黒トウモロコシのごとく、みっしりと、神秘的に、姿勢を整えて逆さにつり下がっているのが見えた。少女はマッチの火が消える前に、洞穴の内部を見回した。先ほど自分が入ってきた穴は比較的深く、その反対方向にもう一つの、狭く暗い洞穴が開いていた。ぼんやりとした明かりの中で、少女が今いる場所はとりわけ広く見え、夜婆の糞《ふん》の臭いが充満している。まだ飛び回っている夜婆も数匹いたが、騒がしい叫び声と羽ばたきの音は次第に治まっていった。

少女は、ここに留まるべきか、それとも入り口へ引き返すべきかの選択に直面した。家を出てからどのくらい時間が経ったかわからないが、あの臭蛇みたいに臭い男はもう去っていっただろうか？　男が去ったのであれば、父親と母親に代わるがわる殴られる程度で、また以前の日々に戻れるのかもしれない。そう思った時、マッチの火が少女の人差し指と親指を焼いた。少女は驚いてマッチを投げ捨て、指を口に含んで冷まそうとした。

焼けつく痛みで、少女は隣の夫婦に買われてきた女の子のことを思い出した。まだ三、四歳くらいだろうか？　毎日、服を洗い、柄杓《ひしゃく》で汲んだ水を踏み台に乗って水甕に移し、焚き付けにするアダンの葉を海辺に拾いに行く……。うまく出来ないことがあると、額に数本しか毛の残っていない養父に吊るされ、叩かれた。本当に吊るされるのだ。少女は、ひどく疲れた顔の痩せた小男が、酔った後、慣れた手つきで女の子の両足を革ベルトで一括《くく》りに縛り、家の入り口の前で逆さ吊りにして打ち据えているのを実際に見たことがある。女の子は身も世もなく泣き叫ぶが、男は容赦しない。村人たちも冷ややかに、何事もないようにその家の前を通り、干渉することもない。まるで吊るされているのが女の子ではなく、鶏であるかのように。

少女は、少し年上の村の子供たちが、売られるということはこういうことなのだ、と言っているのを聞いた。「こんなのまだましだよ、もっとひどいこともある」だが「もっとひどいこと」とは何なのか、誰も説明できなかった。経験していないからこそ、説明できない「もっとひどいこと」が、いっそう恐ろしく思えるのだ。女の子はその後、とても打たれ強くなり、吊るされても、来たばかりの頃のように身も世もなく泣き叫ぶことはしなくなった。口がきけないかのように黙ったまま、本来その年齢でできる範囲を大きく超えた分量の仕事をこなし、一年経ってもほとんど背が伸びなかった。

ここまで思い出して、少女は、危険を冒して家に戻るという考えを打ち消した。少女はリュックサックの中のトウモロコシ、落花生、饅頭《マントウ》を触ってみた。少なくとも、二、三日は隠れていられるはず。それなら臭蛇男だって行ってしまうでしょう？　でもその後、父さんはわたしを連れて汽車に乗り、あの男を追いかけて行って、わたしを引き渡したりしないだろうか？　たぶんしないだろう。父さんは汽車に乗るお金を払いたくないだろうし、そもそもそんなお金もない。でも、もし臭蛇男がお金を出したら？

少女は頭を振り、それ以上考えるのをやめようとしたが、この時初めて空腹を感じた。彼女はリュックサックの中から饅頭を取り出し、大事に、過度に控えめに、一口齧《かじ》った。

少女は、澱粉《でんぷん》の甘さが口の中に充満するまで、饅頭をゆっくり咀嚼《そしゃく》した。ようやく気持ちが落ち着いてきた時、暗闇の中で、子供のか細い声が何かを呼んでいるのが聞こえた。少女は鳥肌が立った。恐怖を追い払うため、少女はもう一本、マッチを擦ることを決めた。

風がマッチの火を揺らした。あの鼻の尖った小動物が、目の前にまた現れた。動物は眼をしばたかせ、「ついてきて」というように尻尾を揺らし、少女の右手にある狭い洞穴へもぐり込んでいった。

君の名前の方へ

曲がりくねった洞穴や、深い大海原の中では、光に勝ち目はない。ただ、それらの場所も純粋な暗闇とは言えない。微細な、局部的な反射の残光が入り込み、蛍光を発する昆虫、魚、あるいは浮遊生物が、微かな光芒をもたらす。

光が完全に姿を隠してしまうと、生物の身体では視覚以外の感覚が立ち上がってくる。この恐らく純粋な暗闇の中で、二人の子供は相手の存在を感じとっていた。

その奇妙な感覚は、真っ暗な部屋の中で、ベッドや椅子、テーブルなどの命のないものを見つけるのとは違う。極めて些細な物音や、呼吸よりも遥かに微細だがより明晰《めいせき》で広大な何かを感じ、心臓が血液とホルモンを全身に送り込む。まるで大脳の聴覚を司《つかさど》る部分に、何者かがそっと「誰かいる」とささやくかのように。

心の準備はしていたものの、お互いの息遣いを感じ取った時、二人の子供と一匹の犬はヒステリックな悲鳴を上げ、洞穴の壁まで飛び退《すさ》って、岩肌に身体を埋めんばかりに背を押し付けた。

黙ったままどのくらい経ったか、白犬が頭をもたげて少年の手をくんくんと嗅いだ。少年を勇気づけるように。

白犬に励まされ、少年が先に言葉を発した。「おれはドゥヌ・ウミン(Tunux Umin)。人間だ。お前は何だ?」少年はタマが言ったことを思い出していた。知らない場所で、見知らぬものに出会った時、「お前は誰だ?」と訊《き》いてはいけない。相手が人間だとは限らないからだ。祖霊や山の神、樹の精、あるいは何かの動物が化けたものかもしれない。

空気は沈黙した。

少年はタマがこう言ったのも覚えていた。見知らぬ人に会った時、警戒心は保たなければならないが、同時に心を開かなくてはいけない。人は他の動物とは違う。こちらが先に善意を示せば、相手は心を閉ざすことはない。樹に挨拶し、雲に挨拶し、山にも挨拶する。そうすれば、山はお前に猪を与え、川はお前に魚を与え、雲は雨を降らせてくれる。

「おれはクニブ(Knibu)から来た。イーダスを……、うん、……この白い犬を追っかけてここに入ってきたんだ。首に輪ゴムがはまってたから、助けてやりたくて」

数秒のち、彼は付け加えた。「助けるっていうより、おれの猟犬にしようと思ったんだ」

ついに空気中から答えが返ってきた。「犬を連れてるの？　犬って言ったの？」

「うん。犬。おれのすぐそばにいる。白っぽいものが感じられたら、それだよ」

「小さい？　かむ犬？　かまない犬？」

「小さい。かまないよ」

「かまなくて小さい犬は好き。名前、何て言った？」

「イーダス。月だよ。おれがつけた名前だ」

少女は黙った。少年も黙った。犬も黙った。

「パタパタパタパタパタ」少年は舌の先を上あごの内側に当て、唇をすばやく震わせて音を出した。

「なに？」

「あ、なんでもない。きんちょうするとやっちゃうんだ。父さんに、変な音出すなって言われてる。イノシシに聞こえるからって」

「さわってもいい？」

「イノシシを？」

「イーダスだよ」

「いいよ。でも暗いね」

「マッチあるの」

少女はマッチを一本取り出し、火を点けた。

二人の子供の眼差しが反射的に炎に集中した。イーダスの眼差しも。少年はそこに、彼の人生で見た中で最も美しい、渓流のような深みを湛《たた》えた瞳を見た。少女は、彼女をここまで導いたあの毛むくじゃらの小動物によく似た一対の目を見た。その目は、少女に得も言われぬ安心感を与えた。

たった一本のマッチの炎だったが、ずいぶん長い間燃えてから、消えた。洞穴の中にはマッチの燃えかすの匂いと、不完全燃焼した青い煙が充満した。

洞穴が再び暗闇に戻った時、二人の子供の緊張は少し解けていた。少年はイーダスを追いかけた経緯を説明し、自分の村について簡単にふれ、洞穴の中で感じたことを長々と話し、イーダスとどうやって友達になったかまでを語った。「友達になれたと思うけど」少女の方では、臭蛇のような臭いのする人に連れて行かれるのが嫌だったので、夢の中で鼻の尖った小さな動物に案内されたこの洞穴に数日隠れることに決めた、これからどうするか、自分でもわからない、と話した。

「鼻のとがった小さな動物って何?」

「わからない。毛がもしゃもしゃで、茶色いの。でも犬じゃない。もう少し小さい」

「しゅうだ、って?」

「ヘビだよ。長くて大きくて、くさくて、卵をぬすんで食べちゃうんだよ。あんた、いつここから出るつもり?」

「イーダスが歩けるようになったら」少年は少し思い直し、言った。「きみが出たくなった時、いっしょに出よう。今でもいいよ」もう少し考えて、言い直した。「いつでもいい。きみが出たいとき」

「まだ出たくない」

「おなか空いてない？」

「うん、わたし、マントウとトウモロコシと落花生もってる」

「おれは干し肉と水がある」

「じゃあ、交かんして食べよう」

残っていた猪の干し肉を饅頭に挟み、二人と一匹で食べた。後先を考えず、持ってきた食料のすべてを食べ尽くした後、犬と人間はすっかり緊張がほどけ、眠り込んだ。


少女が目覚めた時、少年は既に起きていた。イーダスはまだ眠っていた。二人は沈んだ気持ちのまま、洞穴の隅に並んで座り込んだ。少女はこの時、目が覚めたのは、誰かの名前を呼ぶ声が、ちっぽけな蜂の羽音のように遠くから聞こえてきたからだと気がついた。一方からは少年の名前、もう一方からは自分の名前。自分の名前を呼ぶ声は、短い間だけ聞こえ、すぐに消えてしまった。少年の名前を呼ぶ声はずっと続き、しかも次第にこちらに近づいてきた。

「あんたの名前、ドゥ……何だっけ？　忘れちゃった」

「ドゥヌ。きみは？　さっき外の人が呼んだのが聞こえた」

「出たくなった？　家に帰ったら、ひどいことになるんだろう？」

少女は少し考え、答えた。「ううん。まだ出たくない」だが少女は心の中では、姉さんたち、母さん、妹に会いたいと思っていた。

「きみがねむってる間に、おれ、ひとつ方法を考えたんだ」少年は、大人たちに見つかったらどうすればいいのかを、ずっと考えていた。

「どうするの？」

「きみは、ちょっと間《あいだ》をおいてから家に帰るといい。その男がいなくなったのを確かめてから」

「どうやって？」

「おれたち、別々の入り口から入ってきたよね」

「うん。たぶん」

「つまり、おれたちはちがうところに住んでいる」

「うん」

「おれが、きみの入ってきた穴から出て、きみはおれがきた穴から出ていく」

「あ」

「おれがきみの家に行ってみて、きみの父さん母さんがもうおこってなくて、きみを売らないとわかったら、おれの村がどこにあるか、話す。きみの父さんと母さんがおれを家まで送り返したら、そこにきみがいる」

「秀子《シュウヅ》」

「イーダスは？」

「おれが連れて行くよ。おれの犬だから」少年は少し考え、付け加えた。「おれの村の人たちはみんないい人だよ。きみを売ったりしない」

少女の唇が少し動いたが、暗闇の中では誰にも見えなかった。少女は心に温かいものが湧き上がり、慰められるのを感じた。あの鼻の尖った小さな動物の鼻でつつかれたように。

「食べ物はなくなった。ここにいても、うえ死にするだけだよ」少年の言葉に、少女ははっとした。飢えが、一本の大きな手のように彼女の身体に入り込み、胸の中をかき回し、肩甲骨を攫《さら》い、更に深く降りて胃の中を探ったが、そこには何もなかった。

「夜婆《ヤーポー》を食べればいい」

「ヤーポーって何？」

「コウモリだよ。母さんは夜婆って呼んでる」

少年は言った。「あ、Bkaric《ブカリック》のことか」

「なに？」

「今きみが言ったやつだよ」少年は少し考えてから言った。「おれたち、何かを交かんしない？」

「交かん？」

「おれのタマが言ってた。もし不思議な場所で、不思議なことに出会ったら、持っているものを何かひとつ置いてくれれば、安全にそこを出られるって」

「わたしもあんたに何かをあげるということ？」

少年は暗闇の中で肩をすくめ、頷き、少し迷ってからまた肩をすくめた。「よければ」と言うと同時に、鞘に入ったナイフを手渡してきた。

「タマがくれた。アリスが打ったんだよ。アリスは刀を作るのがクニブで一番上手なんだ。すごくするどくて、なんでも切れる」

少女はナイフを受け取り、その重さを感じた。何年も後になって少女は理解する。巨大な物事はいつも自分を失望させる。それらは時間の中で壊れ、まるで最初から存在していなかったかのように消滅していく。だが身に着けることができるもの、蛋捲《エッグロール》の缶に入れて部屋の片隅に忘れ置かれているようなものは、そうではない。ある日ふと思い出したり、偶然見つけたりすると、それらは何事もなかったかのようにずっとそこにあるのだ。

少女は家を出る時、もう二度とここには戻らないと思った。だが今、彼女は理解した。人が生きていくために必要なものは、小さなリュックサック一つには収まらないのだと。少女は、少年が手渡してきたナイフはただのナイフではなく、彼が本当に大事にしているものだとわかった。自分は彼と何を交換したらいいのだろう？　少女はリュックサックの中に入っている本のことを思い出した。

少女はリュックサックを開き、手探りでその本を取り出した。何度も繰り返し読んだので、ページの縁がまるまっていた。少女は少年に本を手渡した。ごおおおっという汽車の轟《とどろ》きが、二人の心の間を駆け抜けた。

「これ何？」

「本だよ。父さんはわたしに本を読むなというから、いつも米びつの下にかくしてるんだ」少年はまだ学校に上がっていなかった。学校に上がれば、本というものがあると聞いてはいたが、今までに本を触ったことは一度もなかった。

右耳の方向から、また人の声が伝わってきた。今回はとてもはっきりと、そしてさっきよりずいぶんと近かった。

少年は言った。「きみはおれの名前のほうに行って」

「うん。あんたはわたしの名前の方に行くのね？」

イーダスが鼻で少女をつついた。二人の子供は立ち上がり、背中合わせになり、恐る恐る、外に向かって歩き出した。

第二章　雨季

宇宙と小宇宙

「最も消化しづらいものは、時間」雨季に、巨人ダナマイが双子の兄のことを思い出すと、二人で討論をして遊んでいた時の情景が頭に浮かぶ。互いに一問一答し、どちらが難しい問題を出せるか競うのだ。

「次の台風の後、どこに新しい川ができる?」

「以前、私たちが住んでいたあの山で、最も忘れられないものは何?」

「鳥が雲を通り抜ける時、何か感じるだろうか?」

「カニクイマングースはなぜ蟹を食べる?」

「今年、どんな珍しい鳥がここに迷い込んでくるだろう?」

「最も消化しづらいものは何だろう?」

だが、ある一つの問いだけは、巨人がもう一人の巨人に問うことは決してない。それは「巨人はどこから来たのか?」という問いだ。なぜなら、もし自分たちがどこから来たのか知ってしまったら、巨人を生み出した力はそこで失われ、巨人の衰弱が始まるからだ。すべてが山嵐、煙霧、霜雪、季節風の中に隠されていてこそ、巨人は存在できる。

巨人にとって、世界の創生と自身の出生はほぼ同じことだった。時間は、早朝の瑞々《みずみず》しい露の球が陽光を浴びて蒸散《じょうさん》した瞬間に始まり、雲が雨のひと粒となって落下する時に終わる、途切れることのない循環である。

最も年長の巨人は、この星が光から生まれ、火から生まれたあの時代のことを微かに覚えていた。Theia《テイア》*1が地球に衝突し、衝撃ではじけ飛んだ欠片《かけら》が地球の一部分を持ち去った——長い時間が経った後、人類が誕生し、それをMǣnōn《メノーン》、Selene《セレーネ》、Diana《ダイアナ》、Cynthia《シンシア》、太陰《たいいん》、あるいは地球の第一衛星、Idas《イーダス》、月球または月と命名した。

地球の自転の角運動量は月の軌道に伝わり、両者の間の距離は次第に広がった。月では灼熱のマグマの海が徐々に冷えてゆき、当初の熱は、静寂と少量の水と氷、岩石と塵に変わった。一方、地球には絶え間なく雨が降った。大雨が夜を日に継いで降り注ぎ、幾日も、幾月も、幾年も、幾百年も降り続けた。雨水は大陸の上に落ち、空っぽだった窪地に流れ込み、めぐり集まって海となった。

＊1　Theia（テイア）：地球と月の成り立ちに関するジャイアント・インパクト仮説において、約四十五億年前の地球に衝突したと仮定される原始惑星。

海水は、夏には沸きあがり、冬にはすっかり凍り付いた。潮の満ち干は地球に呼吸をもたらし、生命を呼び覚ました。

高温で酸素のない海底の熱泉が形成した白いチムニーと黒いチムニー《熱水噴出孔》が沸きたち、大海原の深淵にある失われた都市で、最初の住民たちが生まれた。数十メートルの高さで海底に屹立《きつりつ》するそれら白いチムニーは、海水と、マントルで生まれた火成岩とが地熱で化学反応を起こしてできたもので、その一本一本にそれぞれの生態系が育まれていた。硫化水素、メタンガス、水素ガス、有機酸の化合が、日光の代わりとなってこの暗黒世界の民を養っていた。長期間光の届いていないこの場所では、生物たちはすべて真っ白だった。次第に、海中の無機物が結合して単純な有機物となり、単純な有機物が複雑な有機物となった。生命は少種類から多種類へ、簡素なものから複雑なものへと変化した。環形動物、蠕虫《ぜんちゅう》、小型の蟹、ついに大型の無脊椎動物と脊椎のある魚類や哺乳類が出現し、その中の一部が岸に泳ぎ着いて上陸した。

そして潮汐力《ちょうせき》が月の自転に影響を及ぼし、月は終始同じ面だけを地球に向け、もう一面は永遠に地球と反対を向くようになった。

五十億年が過ぎた。これは巨人にも想像のつかない時間だ。奇妙なのは、実際に目撃したわけではないのに、これらの光景が巨人たちの記憶の中に埋め込まれていることだ。記憶の中で彼らは、別の星の上に立ち、この星が歳月の推移に伴って青から白に変わり、再び青く変わるのを眺めていた。

誤解しないでほしい。巨人は、罰を受けて地球を背負っているというあのアトラスではない。彼の出現は、現在に至るまで秘密なのだ。巨人の「巨」は、もともと一つの抽象的な概念であり、知識と想像力によって作り上げられた広大無辺さを意味している。一方、「人」は一つの比喩、いや、互いに流動し、影響し合い、浸透し合うことの隠喩なのかもしれない。巨人と人とはそれほどまでに似ていて、鏡像のように寄り添い、共生していた。

巨人は「巨人語」を創造することはなかった。幸いなことに、このことが巨人を自由にした。彼らが望めば、大樹や、空を飛ぶ鳥、地を走る獣と言葉を交わすことができたし、雨や霧、石ころや星の気持ちを感じることもできた。翻訳を経る必要はなかった。彼らは水が雲に変化するように意思を通わせた。巨人は人類にはめったに話しかけなかったが、巨人が無理をして人類の声で話をしようとする時、あるいは人類と会話をしようとする時には、彼らは一言ひと言の前に、必ず「シュッ」とか「シュッシュッ」という音を発した。力を込めて言葉を絞り出しているかのようでもあり、あまりしゃべり過ぎてはいけないと自分を戒《いまし》めているようでもあった。

もし、彼らの頭に浮かぶ考えを一冊の本にまとめたなら、巨人が考えることのすべては、人類が書くさまざまな書物の中に再現されていることに気がつくだろう。あるいは逆に、人類が書物に著《あらわ》すあらゆる考えは、かつて巨人の心を水のようにさらさらと過《よぎ》ったものだと言ってもいい。それがいかに深遠な思索、あるいは純粋な欲望であり、自由意志から発したかに見え、円心から円周に向かって放射状に広がる無限の選択の可能性から出たかのようであったとしても、実際のところは、あらゆる知的生物の精神は、ただ幾すじかの固定された路線の上で、その想像力を発揮しているに過ぎない。

例えば今この時、巨人の頭にはこんな考えが浮かんだ。「これらの想像が正鵠《せいこく》を射うるのは、我々が慰めを求める時には、本能上の共通性があるからかもしれない。つまり人間性というものが揺るぎないものであるからこそ、人類は植物を植えるのであるし、天の神々が常に高山におわし、湖は世界の眼であると考えることで、自らの魂の均衡を保っているのである」これは同時に、ある昆虫学者が著書に記した言葉にほぼ完全に再現されていた。

そしてその直後、今この時、電気が走るように、鳥が掠め飛ぶように、巨人の頭を過り、この後とある書物の中に記されることとなるもう一つのフレーズは、以下のようなものであった。「宇宙のすべてのものは、周期的な目印、あるいは『リズム』とでも言うべきものを有する。小宇宙のすべてのものは、その極性、あるいは『緊張』とも言うべきものを有する」

島で最後の双子の巨人

巨人はかつて栄えていた。人類が出現する遥か以前に。彼らは、洪水、海底火山の噴火、そして数多くの不可思議な現象を目撃してきた。巨人たちの中には自分の名前、あるいは人類が付与した名前を持つ者もいた。例えば、防風氏《ぼうふうし》、ネフィリムなど。大地の母ガイアと天空の神ウラヌスの間に生まれた独眼の巨人は、キュクロープスと呼ばれた。居住する場所から名前を付けられた巨人たちもいた。例えば、河の巨人、森の巨人、湖の巨人、峡谷の巨人、洞穴の巨人、氷河の巨人など。だが、人間がこの星の地上至る所に遍《あまね》く足跡を残すようになるにつれ、巨人は次第に身の置きどころを失っていった。人類の中には巨人を競争相手と見なすものもいたが、巨人の多くにとって「競争」というものはその性格に合わなかった。だから巨人たちの一部は、その生存環境の中に自身を融け込ませた。生き延びるために擬態しなければならなかったのである。

この島の東部に住む、二人の子供に悪戯《いたずら》をしかけたこの巨人が、山に擬態してからどのくらいの月日が経ったのか、彼自身ももう覚えていなかった。横向きに体を横たえて鼻息を止めるか、夢を見ながら眠るかすれば、それでもう山となることができた。山はふつう、自分が山になってどのくらい経ったかなど知らないだろう。

巨人の見る夢は、人類の見る夢に比べて巨大だった。彼らは時おり夢の中で、島が形成される様《さま》を再体験した。夢では、この星の核心で巨大な力が何度も発揮され、陸地と海底のプレートが互いに阻《はば》み合い、押し合って、島と列島、島弧を形作った。

巨人は夢の中で、自分がいるこの島弧の並びを思い描いた。Aleutian islands、Курильские острова、にほんれっとう、琉球弧、福爾摩沙《フォルモサ》、Philippine Islands、East Indies。この島が幾度も海水に沈み、浮上することを繰り返していた時代には、巨人は海上を航行し、大海中の島と島の間を漂流した。何千万年の後、島は再び浮上し、そして再び水没し、再び浮上し、後に山脈の尾根となるものが僅かに水面上に顔を出した。数百万年前になって、島の付近を漂っていた巨人族はそれぞれ自ら漂流を終わらせ、島に上陸して居を定めた。これが、島嶼《とうしょ》東部に住む巨人の記憶の暦法の中で、「生根紀《しょうこんき》」と呼ばれる時代である。

「生根紀」の後には「海枯紀《かいこき》」が続く。気候の急変によって海峡の海水はほぼ干上がり、数多くの動物と昆虫が植物の種子を携えて、陸地となった海を行き来した。その後、海面は再び上昇し、山岳は島となった。これを「島生紀《とうせいき》」と呼ぶ。このような海枯と島生は数回繰り返された。人類が島に定住すると、彼らの命名方法が、巨人の命名方法に取って代わった。

巨人は、人類が巨木を選んで舟を造り、大海上の島と島の間を行き来する時代を目撃した。時に巨人は人類のために巨木を引き倒してやり、送別の贈り物とすることもあった。

だがこれらのことは、個々の巨人の記憶においては不完全なものだった。それはまるで、この星に残る地殻変動の痕跡にも「大不整合（The Great Unconformity）」という空白があるように。この世界に永劫《えいごう》が存在しない理由は、永劫が存在しないためではなく、空白を乗り越えることが困難だからである。

人類と巨人には、お互いに干渉せず、静かに共存している時代があった。生存するために必要なものが、巨人と人類それぞれに異なっていたためである。人類は他のすべての生物と同様、種の存続と生存圏の拡大を追求したが、巨人は、知覚あるいは想像によって生命の存続と充足を得ていた。巨人と人類の感情に於いて共通するものは、ただ、愛に対する愚昧《ぐまい》と期待、そして失望だった。

この島の東部の人類の伝説において、巨人は好色だった。大雨で渓流が増水した時、巨人はその長い陰茎を渓谷に差し渡し、道に迷った猟師や山菜摘みの人に、山の峰の間に突然橋が出現したと思わせた。悪戯好きの巨人は、見目美しい青年は無事にそこを渡らせ、醜い青年は川へと振り落とした。時に、巨人は勃起した陰茎を抑制することができなくなり、婦女を傷つけ、辱めを受けたと感じさせることもあった。巨人にとって、こうしたことはただの悪戯に過ぎなかったが、人類はそう受け取ってはいなかった。

　巨人の悪戯と、時おり起こす気まぐれなふるまいは、彼らが意識しないうちに人類の命運に影響をもたらした。例えば、彼らが海辺から山の頂へ歩いて行った時、一歩踏みしめて平らになったところが布洛湾《ブロワン》となり、もう一歩が巴達岡《バダガン》となり、もう一歩は天祥《ティエンシャン》となり、赫赫斯《ホホス》、西寶《シパウ》、洛韶《ルサウ》、蓮花池《リエンホワチー》……などの場所となった。確かに、巨人はたまに人類をからかいもした。猟師が何日もかけて追っていた獲物を、巨人は森の終わるところで大きく口を開いて待ち受け、そのまま呑み込んでしまう。すっかり意気消沈して帰る猟師を見て、巨人はおかしくて大笑いしたくなったが、地震を引き起こさぬよう必死でそれを堪《こら》えた。だが、巨人が悪戯好きなのは、巨人自身にはどうにも抑制できないことであった。

　巨人の名前は、彼らに気づいた者の命名によって変わっていった。例えば、島の東部に住むこの巨人は、時によって、巨人、高くて大きな樹、Dnami、Tbawki、Paras Rangi、Watan Mahung、Bngci あるいは Dnamay《ダナマイ》 と呼ばれた。

　巨人は、大地の上に横たわって自分の身体の上で樹々が根を張るに任せ、真菌ときのこ類、昆虫を生活させた。口を大きく開け、そこに落ちてくる雨水、動物、果物と土を味わった。小鳥たちは黄昏時に巨人の耳元にやってきて、その日得た見聞を報告し、それから巨人の髪の間にもぐり込んで休息した。こうして、巨人は人類のことを深く理解するようになり、人類の方では巨人に関するたくさんの伝説と笑い話を編み出した。

善良な巨人、醜悪な巨人、悪戯好きの巨人、好色な巨人など、どんな性質を持つ巨人であっても、それらはすべて人類が感じたことでしかない。巨人はただ、彼らがしたいことを気の向くままにしていただけだ。季節が来れば樹は葉を落とし、雨の後には虹が出、森林が酷暑と乾燥で大火事を起こすのと同様、巨人は美しいものを見れば感動であんぐりと口を開け、涼しい秋になれば眠りをむさぼり、夕陽を見ながらわけも分からず涙を落とし、悪戯の後にはハハハと大笑いをした。

だが、悪戯で傷つけられた人類は、そう考えてはいなかった。理由もなく獲物を奪われた猟師、辱められて泣きながら家に帰った妻、渓谷の橋を渡る途中で突然川に落とされた少年……。彼らが巨人を憎んだのも、ごく自然なことである。恨みを抱いた人々は、大きな岩を掘り出し、それを真っ赤になるまで焼いて崖の上に積み上げ、獲物を追っているふりをして「猪がそっちに行ったぞ！　行ったぞ！」と大声で叫んだ。声に誘われた巨人はそれを真に受け、人類の獲物を労無くいただいてしまおうと崖の下で口を開けて待っていたところ、呑み込んだのは人々が崖の上から落とした真っ赤に焼けた岩だった。別の人々は、巨人が眠っている隙に、その陰茎を鋭利な斧と猟刀で木を伐るようにばっさり伐り落とし、細かく切り刻んで海に投げ棄てた。

巨人を襲撃して村に戻った人々は、自分たちの想像で物語を補足した。彼らは、巨人には邪悪な考えがあり、巨人が冷酷に肩をすくめたら、山にいる猟師や採集者は理不尽な死を遂げるとか、巨人が退屈まぎれに寝返りを打ったら、その地区全体に滅亡が訪れる、などと吹聴《ふいちょう》した。彼らは、報復を誓う巨人の声を聞いたとも明言した。「大雨を降らせ、大風を吹かせてやるぞ！」こうして、突発的に起きた洪水、地震、台風などは、すべて巨人のしわざとされた。

巨人と人間の間の衝突を煽ろうとする人々は言った。「英俊で見目良い青年男女を捧げ物として海に投げ込まなければ、巨人の怒りは収まらないだろう」それを聞いた人々は思った。「英俊で美しい男女を巨人に捧げるなんて、可哀そうだし、もったいないではないか」そこで、一対の見目の良くない青年男女を選び、衣服を整え化粧を施し、装飾品を身につけさせて、海に放り込んだ。だが、その後も洪水が退《ひ》くことはなく、地震も依然として発生した。それらは巨人が制御できるものではなかったからである。生贄《いけにえ》の効果がなかったことを知り、人々は巨人の伝言を修正した。「飾り立てたものは要らない。生まれつき美しいものが欲しい。お前たちはなぜおれを欺こうとするのか？　本当の美しさは、化粧や衣装で作れるものではない。お前たちはなぜおれを欺こうとするのか？」そこで人々は、今度こそ一対の美しい青年男女を選び、海に放り込んだ。

最後の洪水が引いた後、地上に残された食べられるものは魚だけだった。飢餓に直面した人々は、雨や雷さえも巨人のしわざと考えた。「大風は巨人の耳から発せられ、大雨は巨人が垂れ流す小便、雷鳴は巨人の咆哮《ほうこう》だ。猟師が獲物を獲れないのは、弓の上手い巨人が、山の獲物を殺し尽くしてしまったからだ」彼らの言い分の中での巨人は、粗暴で、無知で、自分勝手で、貪欲だった。まるで人類そのもののように。

それまで平静であった巨人も、ここに至って平静ではいられなくなった。巨人たちは、小鳥たちが運んでくる人類の情報の中で、自分たちがこれほどまでに忌み嫌われるようになってしまったことに当惑した。傷つきやすい一部の巨人たちは、流言に意気消沈して活力を失い、ついには次第に木石と一体化し、萎《しな》びていった。流言を信じない巨人たちに対して、人類は彼らを傷つける別の方法を考え出した。つまり、故意に巨人の話をしないこと、巨人を無視することである。巨人は人類の想像力による支えを少しずつ失い、衰弱して死んでいった。

最後に、島には一対の双子の巨人だけが残った。二人は巨人が既に絶滅に向かいつつあることを知っていた。彼らは遠方にいる氷河の巨人、雨林の巨人、それに河川の名前の付いた数多くの巨人たちが、早々に衰え、滅びに近づいていることを感じとっていた。孤独が、双子の心の中で一本の巨木に成長した。

こうして、最後の双子の巨人は、自分たちの身を隠すことを決心した。山の深いところの更に奥深くで、彼らは一問一答を続け、孤独を追いやっていた。

弟が兄に質問した。「誰が敗者なんだろう?」

兄は、心の中を過った、人類が将来書き記すことになる一文をもって答えた。

「真相とは、人々ができるだけ早く振り落とさねばならないもの、他の人に伝染させなければならないものである。疾病《しっぺい》と同じだ。これが疾病を治療する唯一の方法だ。真相を保有する者が、すなわち敗者である」

最後の巨人

この世の生命で、完全に一致するものは一つもない。自己複製の能力を備えた生命であっても変異が生まれる。上昇宮が同じ風象星座の人でも、双子の巨人でも、全く同じ性格を持つわけではない。

兄の巨人ダナマイは、弟ほど固く自分の身を隠そうと決心してはいなかった。兄は相変わらず、自分に対する人類の評価を知ろうとして、毎朝小鳥を派遣して情報を探らせ、深夜にはコウモリやフクロウに報せを持ち帰らせた。兄は、二人が隠遁したにもかかわらず、一部の人間たちが相変わらず巨人を誹謗し続けていることを知って、髪が養分を失って抜け落ち、目は感情の輝きを失くし、山肌のように堅毅《けんき》な顔には悲しみが浮かび、皮膚は哀しみが透けて紫色となった。耳は悪意を吸収して急速に膨張し、熟しすぎたイチジクのごとく何の予兆もなくもげ落ちた。無意識のうちに涙が滝のようにざあざあと流れ、身体も日を追ってげっそりと痩せていき、明らかにどんどん縮んでいった。

兄の輪郭は日ごとに曖昧模糊となり、身体の上に生えていた樹木が倒れ、小鳥たちが鳴き声を上げて一斉に四方へ逃げた。一度に大量の涙を流したために渓流の水源が涸れ、嘆き悲しむ目に雨水が貯まるのみとなった。

双子の巨人の兄はとうとう、人類に直接理由を尋ねようと身を起こした。山に山菜を採りに来た女が、ぼろぼろの衣しか身に着けていない巨人の姿を見て、狂ったように叫びながら山を下りた。集落の人間たちが兄の巨人を見つけ、彼を追い立て、取り囲んで、海の中へと追い詰めた。かつては泳ぎが得意だった彼だが、今は泳ぐことを放棄し、ついには海中で溺死した。

死んだ巨人の弟は、こうして最後の巨人となった。

最後の巨人は、ほとんどの時間を自分のつま先の影を見ながらぼんやりと過ごした。その他の時間は、山の方を見ていた。山の中のあらゆるものは山と共に進化してきた。だから山より長く生きてきた者であっても、山のすべてを見尽くすことはない。だが、彼が海の方を見ようとしない本当の理由は、沈んでゆく兄の姿が永遠に目に焼き付いているからだった。

最後の巨人が山を見ていると、ある一帯は樹木の葉の色が濃く、また別の一帯は枯れかかって色が薄くなっているのがわかった。その後、一陣の突風が吹き、濃い色の葉の一帯の下の方が、枯れて黄味がかっているのが見えた。この時巨人は、樹々がこちらに何か報せを伝えているのだと感じた。ある時、目の前を鳥の一群が飛び過ぎていった。彼は反応する暇もなく、群れが視界から消えるまで、その混乱の中にも秩序のある姿に魅了されていた。彼は思った。人類と関わりを持たず、人類の世界の移り変わりと評価を耳に入れないことこそが、巨人が生存する道なのだろうか？

最後の巨人は小山の一つに似た姿になり、山々の間に自分を隠した。海に向かって横向きに横たわり、世界の果てのどこかで誰かが手回し蓄音機を回しているような波の音を聞いた。歌声はなく、詩もない。鳥の隊列もなく、角笛《つのぶえ》もなく、瀑布《ばくふ》もない。母親もなく、父親もなく、背骨を指でなぞる恋人もなく、一問一答する兄弟もないまま、四季が流水のように身体を流れていった。自分と同じ種族がもういない孤独な巨人にとって、長寿は一種の責め苦であった。

一日また一日と代わり映えのない日々が繰り返されるなか、最後の巨人はいつも、ほんの少しでもいいから、通常とは何か違うことが起きるのを期待した。この夜、巨人は、前足の一本がちぎれ、三本足になった一匹のカニクイマングースに気がついた。

自ら前足を嚙み切れ

山の中腹あたりで、灰褐色と白の毛が入り交じり、口元の両脇から後ろに向かって淡い黄色の美しい毛が一筋ずつ流れ、ばさばさした尻尾を引きずった一匹の小動物が、渓流の傍《そば》を歩いていた。動物は長い鼻面を伸ばして匂いを嗅ぎ、何か美味しそうな食べ物がないか探していた。渓流を渡って小魚や小エビを驚かせ、時に頭を上げ、時に頭を低くして探し続ける。カタツムリを咀《そ》嚼《しゃく》する時、その桃色の鼻先は、まるで誰かと話をしているように上下にうごめいている。それは一匹のカニクイマングースで、この時、ひとりで朝食を摂っていた。

渓流を渡りきり、森の低い茂みに向かっていた彼は、突然、何かに足を引っ張られて転んでしまった。彼は顔を上げ、何が起きたのか訳も分からないまま、本能的に頭を振って周囲を見回した。この時突然、疼痛《とうつう》が、**真正面**から彼に摑みかかった。彼は「ギャアー！　ギャアー！」と絶叫し、後ろに飛びのいて逃れようとした。何かの声が彼の耳元でささやいた気がしたが、すべてはもう遅かった。

カニクイマングースは痛みでしばし気を失った。そのごく短い時間に、彼の小さな心臓は幾度か停まり、その後、再び拍動を開始した。気を取り戻した後、動物は気も狂わんばかりに、自分を捕らえている何かから抜けだそうと試みたが無駄だった。最後に彼は全身の気力をふり絞り、何かに咬みつかれ、既に骨が折れている足先を、尖った歯で自ら嚙み切り、傷を負ったままその場を離れた。

渓谷と、風と森林を通り抜け、追ってくる者がないことを確認した後、彼はようやく元は右前足であったその場所を舐めはじめた。骨と筋肉が引きちぎられたその部分は、千鳥刃の鋸《のこぎり》で挽かれたようになっていた。傷口からはまだ膿《うみ》と血が流れだし、疼痛が影のようにつきまとっていた。

この時期は季節性の大雨が降る。朝には静かでほぼ生気がなかった風景にも、陽光が出た後には、緑色のもの、活き活きとしたもの、温かなもの、震えているものなど、さまざまな生命を見ることができる。太陽に温められたオオカナメモチとコケ類の匂いが漂い出し、樹々は樹液を噴出し、水流がほとばしり、緑の渓谷の上をかすめる白い雲が影を落とし、青草は突破できるかぎりの隙間をついて土から芽を出す。

すべてはいつもと何も変わらない。ただカニクイマングースだけが、今では三本足のカニクイマングースに変わっていた。

前足を失ったカニクイマングースは意識を失い、自分がさっき小走りに通ってきた露に湿った草地や、つるつる滑る石、質感がそれぞれに異なる落ち葉などを夢に見た。彼にはもう足は三本しか残っていなかったが。目が覚めた彼は、自分を慰めて思った。私は夢で、夢は私だったのだ。カニクイマングースの身体は、水分と、痛みを和らげることができるかもしれない野草を渇望していた。だがほどなく彼は、山はもう自分の味方ではなくなったことを感じた。動物と昆虫が虎視眈々《たんたん》と彼を狙い、植物までもが、彼にぜひ自分の近くで死んでほしいという期待を発散するようになった。前足を一本失ったカニクイマングースは、ただ渓流脇の草むらの石の狭い隙間にもぐり込み、通りかかったカタツムリや昆虫を待ち伏せして食べることしかできなかった。

はじめのうち、最後の巨人は前足を失ったカニクイマングースに特に注意を払ってはいなかった。夜に「フゥ〜、フゥ〜」「ウ〜、ウ〜」という悲しい鳴き声を聞き、その後、眼窩《がんか》の端にある石の隙間に、一匹の傷ついたカニクイマングースが隠れていることに気がついた。動物の前足から流れ出た血が、巨人の鼻梁《びりょう》と目の間でほくろのように凝結した。死の辺縁、生の絶望。珍しくもない出来事に、巨人が心を動かされることはなかった。

この日の真夜中、前足を失くしたカニクイマングースは再び意識を失った。彼の息は、もうとても弱々しかった。昏迷と夢の境を徘徊し、同じく夢を見ていた巨人の頭髪を数本、無意識のうちに自分のちっぽけな体の上に覆いかぶせた。一見何の役にも立たないような巨人の頭髪は、知らぬ間にカニクイマングースが感じる寒さを和らげ、彼の形跡を覆い隠して捕食者や腐肉食動物の目に触れないようにした。夢うつつの中で、何故かは知らぬが、最後の巨人は兄が死んで以来、初めて涙を落とした。

意識を失ったままのカニクイマングースは、巨人の涙にすっぽりと包み込まれた。涙は異常に温かく、森林が百年間貯めこんだ露、雨、雲霧《うんむ》でできているかのように、カニクイマングースの傷口に浸潤し、悪化を止めた。

翌日、巨人はカニクイマングースがまだ息をしていることを知って驚き、この小さな生命の強靭さに感嘆した。

朝、目を覚ましたカニクイマングースは、涙でできた湖を見て、自分の何百倍もの大きさを持つ巨人を発見した。彼はまだぼんやりしている意識の中で、涙でできたと思われる湖に向かって尋ねた。

「私は誰なの？」

「お前は足が三本しかないカニクイマングースだよ」

「あなたは誰？」

「私は巨人ダナマイの最後の家族、ダナマイだ」

第三章　冬春

海辺の小村

大洋の南方からやってくる黒潮の流れの上、一千メートルの上空から下を見れば、クニブの村は、群山の中に置かれた房飾り状の光点のようにそこに横たわっている。天から一筋の水流がしたたり落ち、そのしぶきが近隣の山のふもとに飛んだかのように。村は両側を山々に囲まれている。南湖大山《ナンフー》、中央尖山、奇萊山《チーライ》、無名山《ウーミン》、合歓《ホーファン》山東峰——。遠くなるほどに標高を増す山々が、巨人のごとく、この小さな村を見下ろしていた。村を貫く主要な道路からほど近いところは、もう太平洋だ。村内の少し高い建物からは、直接海を眺めることができる。

小さな村の主要な道路はその一本だけで、他はすべて、車が一台ようやく通れるほどの狭い路地だ。どこもかしこも陽に照らされてくっきりと輝き、通りに面した家々には潮の匂いが充満している。海からは防風林で隔てられ、背後の高い山に寄り添っていることで、この場所には一つの独立した気候帯が形成されていた。早朝は清涼な空気に満たされ、昼にはまばゆい陽光が降り注ぐ。午後になって山の方で雨雲が集まると、もうすぐ驟雨《しゅうう》が来る予兆だ。夕方、陸地から海へ吹き下ろす風は、さながらこの一帯の熱帯植物をさらさらと鳴らすために生まれたかのようで、その音を聞けば、村の人々は気温がどんなに高くとも、爽やかな気持ちになった。小さな村全体が、のどかではあるが怠惰ではなく、自由ではあるがぞんざいではない、そんな息遣いを発散し、ここで生活する人々はこの世界を熱愛しているに違いないと思わせるものがあった。

首を軽く傾《かし》げた小太りの中年の男が、家の入り口の前に座っている。心配事で頭がいっぱいの様子だ。スーツケースを引き、小花模様のワンピースを着た若い女の子が、彼の左側で立ち止まり、道を尋ねていることにも気づかない。彼女から二度目に声を掛けられた時、男はようやく我に返り、「なんだって?」と返した。

男の首はいつも少し右を向くように曲がっていたので、女の子は彼が故意にこちらを見ないようにしているのかと思った。

「あの、海豊《ハイフォン》小学校はどこでしょうか?」

男はあごをしゃくって示した。「この先を右だ」

女の子は礼を言って歩き出した。男は突然何かを思い出し、彼女の後ろ姿に声を掛けた。「新しく来た先生か?」

女の子は振り返って頷き、「うん」と言って笑った。

男はユダウ・ジヤン(Yudaw Jiyan)。だがほとんどの村人は、彼を「首曲がり」とか「首曲がりユダウ」と呼んだ。彼の首は、若い時、怒り狂ったシンクウラン ウットゥフ(Sngkgulan Utux

／神霊の使者）に張り倒されて曲がってしまったからだ。

あの時ユダウ・ジヤンは、初めてただ一人で、自分が仕掛けた罠を見回りに行っていた。初めの幾つかの罠に収獲はなく、気落ちしながら最後から二番目の罠に向かうと、罠に近づく前から犬の鳴き声のようなもの（だが、明らかに犬の鳴き声ではないもの）が聞こえてきた。罠に獲物がかかっているらしいことに、ユダウはひどく興奮した。自分もついに一人前の罠の猟師になれたのだ。だが更に近づくにつれ、心の奥底に不安な気持ちが湧き始めた。

罠にかかっていたのは、一頭の幼い子熊だった。

それは彼が期待していたものではなかった。タロコ人はKumay（黒熊）を精霊の使者だとみなしている。通常は、森で出くわしてもこれを殺さず、避けることを選択する。「黒熊を撃っちまったら、食っても不味《まず》い、警察には捕まる、売ろうったって売れやしない。しかもガヤ（Gaya／先祖の教え、習俗、禁忌）に背くことだから、悪運を招いちまう」小さい頃、タマ《父親》は彼にそう言った。

大型の獲物を捕らえるための罠を製作しながら、猟師たちが心から期待するのは、そこにキョンや山羊が踏み入ることだ。だがそれでも、事故で熊がかかってしまうこともある。生きた大人の黒熊が罠にかかってしまったら、誰がそこに近寄れるだろう？　罠にかかって反撃してくることのできない熊を銃で撃ち殺せば、猟師の心には往々にして暗い影――Bhring（運気）を損なったことによる翳《かげ》り――を残す。これはトゥルク[*1]（Truku）の猟師の将来にとって、致命的なことであった。

村では猟で熊を捕獲して悪運を招いたという話が山ほどあった。ユダウはタマからこんな話も聞いた。「以前、二人の猟師が仕掛けた罠に、一頭の雌の熊がかかった。その後、待ち伏せをしてもう一頭の熊を撃ち殺した。二人は傷ついた熊を追いつめ、熊は渓谷へ転げ落ちて死んだ。当時、熊の皮と胆《きも》は漢人に良い値で売れたから、二人は村に戻って人を集め、死んだ熊を渓谷から引き揚げた。その後、どうなったと思う？　しばらくしてな、そのうちの一人は交通事故で死んだ。もう片方の一人息子が沢に水浴びに行き、泳いでいるうちに暗流につかまって溺れ死んだ。泳ぎが上手い子だったんだ。嘘じゃない」こう語るタマのまなざしが、ユダウの心に深く突き刺さった。「本当にな……、罠から抜け出せる熊もいるが、足首や手首から先を失くしては、もう樹には登れない。メシが食えなくなって、飢え死にすることもある。だから猟師の中には、熊が罠にかかっちまったら、見なかったことにして、そいつが哀れに吼《ほ》えながら死ぬまで放っておくやつもいる。俺ならどうするかって？　悪運なんて気にするな、ひと思いに楽にしてやれ」

ユダウは、自分が初めてタマやカバスランタマ（Qbsuran Tama／叔父）の助けを借りずに仕掛けた罠で、こんな選択に直面するとは、全く思ってもみなかった。これは獲物が何もかからないよりまだ辛いことだった。ユダウは幼い子熊の体格を観察し、罠から外してやる時にそいつが攻撃してきたとしても、せいぜいひっかき傷が幾つかできる程度だろうと判断した。彼は周囲を見回し、辺りに熊の成獣がいないことを確認し、罠を作る時に使うペンチを取り出して、ワイヤー

＊1　トゥルク（Truku）：タロコ語での「タロコ人（太魯閣人）」の自称。

ロープを断ち切ろうとした。子熊はおそらく初めて人間を見たのだろう、歯をむき出して威嚇することも忘れ、不安でいっぱいの眼差しをしている。バチッと音を立ててワイヤーロープが切れた瞬間、ユダウは心の中で「まずい」とつぶやいた。背後から、ひと塊の熱風がずっしりとのしかかってきたからだ。

後にユダウが思い返した時、最後に記憶に残っているのは、後ろを振り向いた瞬間に、雌の熊と正面から向き合っていた光景だ。荒涼とした冷たい眼差し、湿って光を放つ鼻先、胸にくっきりと浮かんだ弦月《げんげつ》が、すぐ目の前にあった。続いてむっとする栗の匂いがすべてを断ち切った。その後は何が起きたのか覚えていない。近隣の猟師ウガが満面血まみれのユダウを発見したが、衣服と銃でようやく彼だと判別した。ウガが言った。「熊にキスされなくて良かったな。一発張り倒されて、数日間眠らされただけで済んだ」

ベッドに横たわったユダウは、自分の首を指さした。「それに、これもな」

ユダウの知る範囲では、それ以前に仲間が黒熊に襲われたことはなかった。熊は人間を怖れ、人間は熊を避ける。だから老人たちも巫師《ふし》も、ユダウが熊に傷を負わされたことの意味を解釈しかねていた。ユダウはベッドで休養している間ずっと、あの日の朝、出かける前に聞こえた鳥占いの鳥の鳴き声が耳から離れなかった。目の前を横切った七羽目のSisil［メジロチメドリ］が、木の梢《こずえ》で彼をちらりと見たのだ。「それがどういう意味なのか、あの時の俺はわからなかったんだよなぁ」結局のところ、山中の狩場ではすべてのことに道理があるが、道理だけで解釈することはできないのだ。

家で休養している間、ユダウは頭の中が空っぽになったように感じていた。ただ、雌熊にびんたを喰らう前、自分は子熊の手に嵌《は》まったワイヤーを切っただろうか？ということだけが気になっていた。

「見てきたよ。切ってあった。熊もいなかった。あの親子は家に帰った後、お前をひっぱたいたのは間違いだったと気がついて、山の神様にそう話したかもなぁ。もしかしたら、災い転じて福となるかもしれないぞ」叔父が言った。「お前の罠が子熊を傷つけて、子熊のブブ《母親》（Bubu）がお前をひっぱたいて、お前は首が曲がった。おあいこだな」

ユダウの母親は叔父の勧めを聞きいれ、彼を連れてEmpsapuh（巫医）のもとへ行った。巫医はタバコの葉と呪文でまじないを行い、更に竹占いをした。占いの結果は、「四本足のもの」を捧げなければならないと出た。

母親は豚を一頭買ってきて殺し、親戚や友人と分け合って食べた。しばらく様子を見たが、ユダウの首はそのままだった。母親の親戚の漢人が、街にいる推拿《すいな》*2の医者を紹介してくれた。その後、母親はようやく、神霊も「裸足の医者」〔民間療法の治療者〕も、息子の曲がった首を治すことはできないのだという事実を、認めざるをえなくなった。

これ以降、ユダウ・ジヤンは首曲がりユダウになった。首曲がりユダウはいつも首を傾げて何かを考えているように見えた。彼はガヤに従い、二度と猟には出なかった。彼の猟霊は汚れてし

＊2　推拿：整体、指圧などの施術をおこなう手技療法。

まったからだ。彼は畑でMasu（粟《あわ》）を栽培しながら、亡くなったタマの事業──村の住民たちの紛糾を仲裁する仕事を引き継いだ。最後に高校の教官[*3]からかかってきた一本の電話により、タマがかつて村の代表をしていた政党に加入した。更にいくつかの因縁や偶然が重なる中、党の後援の下で選挙に出馬し、首曲がりユダウ村長となった。

ユダウに道を尋ねた女の子は、村に新しく来たばかりの教師だった。村に赴任してくる教師で、この女の子のように嬉しそうにしている者はいない。多くはこの村に配属されたことを一種の不幸とみなし、憂鬱を顔に張り付けて教壇に立つ。小学生たちは教師たちのその表情は「街の人の顔」なのだと考え、そこから「街の人の生活は楽しくないのだろう」と推測した。矛盾しているのは、子供たち自身が、自分の心の奥にぼんやりとした街への憧れがあるのを、はっきり自覚していたことだ。楽しく暮らしている人間がどうして、楽しくない暮らしをしている人たちの住むところに憧れるのか？　子供たちにもその理由がわからなかった。

よく見れば、この新任の女性教師は、普通よりも大きな瞳を持っていることがわかる。それに加えて右頬のえくぼときゃしゃな骨格が、彼女を実際の年齢よりも幼く見せている。この女性教師は、笑う時に口もとを手で隠したりしなかった。彼女は学生の時から見知らぬ町や村を訪ねるのが好きで、一軒一軒の家の内部の様子や、自分がその家に上がり込んで夕食の支度を手伝い、その家の子供の頭をぽんぽんと撫でるところを想像した。更には、それらさまざまな家庭で育った男たちとの生活は、いったいどんな感じだろうとまで夢想した。

師範専門学校から師範学院に昇格した母校を卒業する時、女の子は成績優秀にもかかわらず辺《へん》鄙《ぴ》な寒村への配属を希望して、教師や同級生たちの好奇心と心配を集めた。それは、ある旅行がきっかけだった。一人で旅に出た彼女は、列車の中で居眠りして駅を幾つも乗り過ごし、とある駅で寝ぼけたまま列車から飛び降りた。反対方向の列車に乗って引き返すつもりだったが、時刻表を見て初めて、次の列車が来るのは何時間も先であることを発見した。――列車もめったに停まらない場所だったなんて。女の子は次の列車の時刻を記憶し、駅から出てぶらぶらしてみることにした。

小さな村は、彼女が知っているどの場所よりも静かだった。見渡したところ、三階建てよりも高い建物は一軒もなく、大部分は古びた簡素な住宅で、そのうち数軒には小さな庭があった。幅の広くない道路の脇に、小さな麺店、小さなバイク修理店、小さな雑貨屋がある。雑貨屋に入ってみると、棚には黒人ハミガキ粉、ココナッツサブレ、黒松沙士《ヘイソンシャーシ》〔ルートビアのような炭酸飲料〕、インスタントラーメンなどが並び、山で採ってきたらしき山菜もあった。老婦人が黒光りする歯を見せて彼女に笑いかけ、また下を向いて何かを編む作業に戻った。

ここの雰囲気は、彼女が今まで行ったことのある西部のどの村とも違っていた。村人の顔も、台北の人々とは違う。彼らが話す時、話の最後の音が僅かに揚がり、そこから歌が始まりそうだった。

＊3　教官：学校に駐在し、生徒たちの風紀、治安などを監視する軍人。

ぶらぶら歩いているうちに、女の子は海岸に出た。怪我の功名だ、と彼女は思った。今回の旅では、海が見たいと思っていたのだ。実際のところ、この村では唯一の大きな通り以外のすべての道が海辺に通じているのだった。その日の海は陰鬱な灰青色で、さわさわとやさしく海岸に打ち寄せていた。

彼女が突然思い出して腕時計を見ると、列車の時間が迫っていた。これを逃してしまえば、この見知らぬ村で一夜を過ごさなければならなくなる。彼女は慌てて、道のない「草原」のような場所を抜けようとした。草原の端まで歩いてくると、そこに「海豊小学校」という文字と何かの幾何学模様とが木に彫られた校門、そして一列に並ぶシュロのような背の高い樹があった。

学校を卒業する年、女の子はあちこちに旅行し、その土地の小学校を見て回った。彼女は「ひと目惚れ」を期待していた。だが、都市の小学校はどれも千篇一律だった。校門の近くに孫文か蔣介石（当時、この二人の名前を出す際には、必ず「気をつけ」の姿勢をとらなければならなかった）の銅像が立ち、銅像の周りを小さな花壇が囲み、その両側に巨大な標語が書かれた回廊がある。その後ろに校舎が一列また一列と建ち、一番奥は悲しいほど小さな楕円形の運動場だ。旅行から台北に戻る度に、あの美しい海辺の小学校のことが懐かしく思い出された。

台北に戻り、彼女は当時のボーイフレンドにあの小学校の様子を詳しく話して聞かせた。「決めた。あの学校の先生になる。これは縁だから」ボーイフレンドはつっこんだ。「どの学校を見てもそう言ってるじゃないか」その後、ボーイフレンドはあれこれ言いがかりをつけてけんかを吹っかけてくるようになった。彼女が自分に黙って一人で旅行に行ったこと、そしてこんな大事なことを一人で決めてしまったのが気に入らなかったのだ。彼女の方も、そんな彼の大人げのなさに腹が立った。七か月間の攻防のあと、彼女はその恋に見切りをつけた。そして今、赴任に関する書類を手に、この小学校の門と並んだシュロの樹の下に立って、名前のわからない例の模様と、何か物語を秘めていそうな彫刻を眺めていた。

校舎は勾配屋根のある数棟の平屋で、教室にはすべて小さな調理場がついているようだった。彼女が煉瓦の塀に沿って歩いてゆくと、突然塀が終わり、目の前に空き地が出現した。あの日、彼女が急いで通り抜けた草地は、実は野球場だった。外野には草が高く伸び、赤土の地面はでこぼこで、まるでついさっき耕耘機《こううんき》ででたらめに掘り返したかのようで、ところどころ水溜まりもできている。野球場の向こうに村の公共墓地が見え、その更に奥はもう山だ。野球場の反対側は海辺に続く道で、あの日、彼女はそこからこの校庭に入り込んだのだ。

幾人かの少年少女たちが野球をしている。グローブをはめている子は誰もいない。バッターが手にしているのは真っ黒な棒っきれ、街路樹の支柱のような木の棒だった。空気中に、青草の息吹が充満していた。

「カッ！」ヒットしたボールが、彼女の近くまで転がってきた。三塁側にいた少年が、彼女の前まで真っすぐに走ってくると、しゃがんでボールを拾い、振り向いてチームメイトに投げた。少年は彼女の方をちらりと見た。自分の守備位置に駆け戻る途中、少年は突然、彼女の方を振り返って叫んだ。「まさか、新しく来た先生じゃないよね？」

彼女はえくぼを窪ませて、嬉しそうにうなずいた。少年は大声でチームメイトたちに知らせた。

「すっごくちっちゃい先生がきたぞ！　おれよりちっちゃい先生だ！」

「ははっ！」

「はっ！」

「ほんとだ！」

「ちっちゃい先生！」

「ちびっこ先生！」

村の小学校

この小さな小学校で最も壮観なのは、校門を入ったところに並ぶ背の高い五本のビロウの樹だ。新任の教師たちがこの樹をヤシとかシュロとか呼ぶたびに、学校で最も職歴の長い校務員の老丁《ラオディン》は、すぐさま「ビロウだ」と訂正した。校門の彫刻も老丁が彫ったものだ。見た人はみな、展覧会を開くといい、と言った。

だがこの樹々が、学校が建つ前から生えているものなのか、それとも学校ができた後に植えられたものなのか、はっきりと知る者はいなかった。もし老丁に尋ねたなら、彼は、巨人が植えた、と答える。「俺はこの目で見た。巨人が、夜に一本一本、稲の苗を植えるように一列に植えたんだ。最初はもっとたくさん植わっていた」その後、樹々は毎年の台風で少しずつ減ってゆき、今では残った五本のビロウが、衛兵のようにそこに立っている。

　小学校の規模は小さく、六学年とも一クラスのみ、各クラスの生徒は十人前後だった。女の子は着任した後に、この学校の教職員もわずか五人であることを知った。感情の抑制された張りつめた顔をして、常に揉み手をするのが癖になっている許《シュー》校長。息が詰まるような緊張感を周囲に与え、にこりともしない高《ガオ》主任（彼は教務主任と生活指導主任も兼任している）。おそらくこの学校で定年退職を迎えるであろう年配の、些細なことをすぐ大きく騒ぎ立てる、喘息持ちのように甲高い声の康《カン》教諭（彼女は総務主任を兼任している）。そして野球部の教練で、お気に入りの青いスポーツシャツの表面にいつも白い塩の花を咲かせている徐《シュー》教諭。

　数週間の後、許校長は、適応が早くて生徒たちに好かれていると彼女を褒めた。以前、子供たちは代講に来た漢人の教師をからかったり、時には物陰からどんぐりの実をぶつけたり、小さな悪戯をしかけたりしていた。だが子供たちは、生徒と一緒に掃除をし、夕暮れの海辺に出かけて潮だまりに残った魚を掬《すく》い、山で野草を摘むこの先生のことをすぐに受け入れた。ほどなく、一部のやんちゃな子供たちは彼女を「ちびっこ先生」と呼ぶようになり、そこまでやんちゃではない子供たちは「小美《シアオメイ》先生」と呼ぶようになった。

　小美先生の本名は江　暁美《ジアンシアオメイ》だったが、生徒たちからすれば「暁《シアオ》」はつまり「小《シアオ》」で、宿題帳の担任の名前を書く欄にはいつも「江小美」と記入した。しばらく経つと、彼女は自分でも思うところあり、戸籍管理事務所に行って、あっさりと「江小美」に改名した。

小美はこの学校に来て、教育実習の時にも味わった教師という職業のもどかしさを、よりいっそう実感することになった。小美は常に、時間割通りに生徒に学習内容を教えることほど、人間の個性を傷つけるものはないと思っている。しかも国家機関が編集作製した教科書は、ここの子供たちに合っているわけではない。ここの子供たちは、毎朝太陽が海から昇るのを眺めて暮らし、後ろの山と目の前の海がうちの冷蔵庫だよ、と言う。放課後、家に帰ってするべきことは宿題ではなく、布を織ることや鶏の世話、豆を植えること、あるいは罠の作り方を学ぶことだ。一方、教科書は、今とは別の生活があることを彼らに教え、その生活に憧れを抱かせる。

小美は、以前のボーイフレンドにこう話していた。「私ね、教職を選んだのは、本当の自分をひっそり押し殺した結果なの。だからね、子供たちには本当の自分を押し殺すことを教えたくないのよ」

小美は「教科書は教科書、教室は教室」の方針をとることに決めた。音楽の時間に『Proud Mary』とメンデルスゾーンを聴かせ、数学の時間には、近所の家が台所の小屋を建てる手伝いに連れて行く道で加減乗除を暗記させた。次第に彼女は、ここの子供たちが、初めて触れる物事に対し、熱狂的に反応することがわかってきた。

小美は常に、この学校の子供たちを良く育てたいと思っていた。「良い」というのはいったいどういうことなのか、自分でもはっきりとわかってはいなかったのだが。来たばかりの頃、生徒の親たちと話をすると、親たちは最後に「うちの子をよろしくお願いします」と言う代わりに、いつも「まあ、気楽にいきましょう」と言った。小美はここの人たちが考える「良い」は、自分が過去に考えていたものとは違うようだということをぼんやりと感じていた。

　ここの人々の、世界に対する考え方も、彼女の認識とは違っていた。青毛蟹《チンマオシエ》〔ミナミモクズガニ〕が獲れる季節の間、「毛蟹」のあだ名を持つ男の子は毎朝遅刻した。父親と共に毛蟹を獲りに行っていたからだ。ある日、彼が遅刻せずに登校してきた。小美が、今日はどうしたの？と尋ねると、彼は言った。

「ちびっこ先生、知らないの？　昨日は満月だったよ」

「月と何の関係があるの？」

「満月にはね、毛蟹をとらないよ。父さんが言ってる。蟹は自分の影がこわくて、やせちゃっておいしくなくなるんだよ。満月にはね、毛蟹の体のもさもさの毛が月に照らされて、もさもさの影になって、すごくこわいんだ。毛蟹は自分の影にびっくりして、走って逃げるんだよ。走れば走るほどやせるし、やせればもっと速く走れる。それでさ、また走ってやせちゃうんだ」

「うそでしょ？」

「それにね、父さんが言ってた。つかまえた毛蟹は街の人に食べさせるから、おれたちはあんまり食べないようにしよう、って」

「どうして？」

「毛蟹」は言った。「先生は知らないと思うけど、毛蟹はふつうの動物じゃないんだよ。あんなにたくさん脚があるでしょ？　父さんが言ってた。人は死んだあと、虹の橋を無事に渡れたら、先祖の霊が住んでるところに行けるんだって。毛蟹たちは、橋から川に落ちた人を食べちゃうから、あんなに太ってるんだよ」

「うそでしょ！」

「先生、先生、『毛蟹』は小さい頃、毛蟹に挟まれたんだよ。その後ずっと泣いてたから、みんなから『毛蟹』って呼ばれてるの」。「小心《シアオシン》」というあだ名の女の子が、口を挟んだ。

小美が村に来た最初の一年は、台風の多い年だった。合計七つもの台風が上陸し、秋から冬の間にも、あきらめの悪い台風が一つやってきた。村の人々はこの台風が太平洋上で「踊りを踊ったまま立ち去らず」、その後「明らかにわざと」上陸した、と言った。

その夜、小さな村のあらゆる植物が大波のように揺れ動き、小学校の前の五本のビロウの樹も折れんばかりにしなった。滝のような雨水は、山脈と、岩と道路を洗い清めた。

台風が去った後、村の至るところに土砂や石ころが残され、大きな道路はまるで礫浜《れきはま》のようなありさまだった。小美が外に出ると、「毛蟹」と、長身で髪が長く、小学生には見えない「小心」が一緒に歩いているのを見た。それぞれ手に水の入ったバケツを提げている。持ち帰って家を掃除するのだろう。

小美は二人を呼び止め、同級生たちの家の被害の状況を尋ねた。毛蟹が答えた。「大したことないよ。家がつぶれてもまた建てればいいって父さんが言ってる。でも竹鶏《てっけい》んちの壁が倒れた。おれ、朝に見に行ったら、竹鶏のばあちゃんが押入れの中でこうやって天井をながめてたよ。壁が倒れたってのにさ」毛蟹は老人の表情を真似して見せた。小美は思った。これが、この村の人々の特殊能力なのだろう。そんな内容を、こんなに楽しそうに話すのだから。

小美は二人に言った。「毛蟹、小心、中高学年の生徒を集めてきて。みんなでここにある石ころを海に運びましょう」

「いいよ」

「うん。先に水を置いてくる」

ほどなくして、中高学年のほぼすべての生徒が集まってきた。小美は意気軒高に腕まくりをしながら号令をかけた。「始めましょう！」子供たちはそれぞれ自分が動かせる石を持ち上げ、海岸まで運んで投げ捨てた。「大きな石は大人か公路局に任せて。けがをしないように！」

海は、今ではただ静かに横たわり、一面の銀色で、一片の影もなかった。だが昨夜は高く聳《そび》える石垣を越え、巨大な石を道路へ打ち上げ、その力を見せつけたのだ。だがそれから半日も経たないうちに、何事もなかったように灼熱の太陽が小美の頭と腕を焼き、小美はまるで肌を紙やすりでこすられているような痛みを感じていた。子供たちは石を運びながらどなった。

「石のやつめ！」

「バカ石め！」

「あほたれ巨人の石め！」

「イノシシ石め！」

子供たちはそれぞれ自分が思いついた言葉で自分を鼓舞した。それは情け容赦ない天災が、この場所で少し前にしたことを、「ほら見てみろ、俺たちは痛くも痒くもないぞ。もう過ぎたことだ。また新しく始めるぞ」と追い払うためのようでもあった。小美はこの光景を目にし、彼らと共に自分たちの住む場所の復旧に汗を流すことで、自分が既に村の一員となれたように感じていた。

作業が一段落した時、小美は無意識のうちに、野球場、墓地、そしてその奥にある山道の方を見て、目を休ませようとした。すっきりと洗い清められた緑の中を、男が一人、何かを背負い、歌いながら、リズムに乗るような足取りで降りてきた。小美にはそれが黄家輝《ホアンジアーホイ》だとすぐにわかった。村の人たちは彼のことをドゥヌと呼んでいる。ドゥヌ・ウミン。彼の歌声には、草花や動物すらも顔を上げる。ほどなく彼は立ちどまり、山の方へ向かおうとする誰かと話をした。名前は知らないが、ときどき村で見かけるぽっちゃりした若者だった。

彼らは短く言葉を交わしてすれ違った。黄家輝は引き続き村の方へ向かい、若者は山の方へ登って行った。黄家輝がこちらへ近づいてきた時、小美は彼が背負っているのが折れた樹の幹の一部だと気づいた。早朝のうちに、上流から流されてきた木材を探しに行ったんだろう。生徒たちに聞いたことがある。ある種の木材や石はとても高く売れる。畑で作物を育てるよりも手っ取り早く、多くの金を稼ぐことができる。

「台風、ひどかったわね」小美は子供たちに向かって声を掛けた。実のところ、黄家輝に聞こえるようにわざと声を張り上げていたのだった。

「こんなの大したことないよ。ちっちゃいよ」毛蟹が言った。

「こーんなにちっちゃい」もう一人の子供が、指と指で粟《あわ》ひと粒ほどの大きさを示して見せた。

「おれたち、もうなれてるんだよ。ちびっこ先生は大げさだな」

「江先生」一分ほど経って、ようやく小美とすれ違うところまで来た黄家輝が言った。「あんたは村の人間じゃないから、これくらいの台風で驚くんですよ」

小美は胸がぎゅっと締め付けられ、先ほどまでの「私も村の一員になれた」という感激が、あっという間に消え失せた。

彼女は心の中で自分に言った。そうだ。私はここを「村」と呼んだが、彼らはここを「Alang《アラン》（集落）」と呼んでいるのだ。

小学校脇の猟道

この猟道を歩いていて、遠くの駅に列車が入ってくるのが見えると、ドゥヌはタマ《父親》、ウミン・ナナン（Umin Nanang）が以前言っていたことを思い出す。――あの年、決意して村を出た時、俺は生まれて初めて汽車に乗ったんだ。帰ってくる時も汽車に乗ったが、その時には三人になっていた。

子供の頃のウミンは、海と汽車を見るのに夢中になっていた。ウミンはトンネル工事の砕石を積みあげた堤の上に座り、汽車が来ると振り向いて線路の方を眺め、汽車が行ってしまうとまた海を眺めた。だが彼はブブ《母親》から、彼のタマ《父親》——つまりはドゥヌのバキ《祖父》(Baki) にあたるナナン・カラウ (Nanang Karaw) は汽車が大嫌いだったと聞いていた。ナナンは言った。「俺たちは山に生き、すぐそばに海もある。村に暮らしていれば、なんでもある。どうしてよそに行く？ 街に出てKlmukan(漢人) なんかと付き合うやつらはみんな馬鹿だ。みんな役立たずだ。本物のトゥルクじゃない」ウミンは次第に、汽車に対して矛盾した感情を抱くようになった。煙を吐きながらうーうーと唸り、「チッチャン、チッチャン」と大きな音を発するあの汽車がひどくかっこいいと感じる。その一方、タマの言葉の影響を受け、汽車は村の人々を一群、また一群と連れ去ってしまう陰険な存在だとも思った。そして連れ去られた人々は、みな本物のトゥルクではなくなる。

ナナンは、集落の誰もが認める優れた勇士、優れた猟師であり、山中を風のように速く歩く男だった。タイヤル人[*4]は彼を「山を登る虎」と呼んだ。彼が山に入る時には、いつも矢を三本しか持たなかった。「三本あれば必ず獲物を仕留める」からである。ウミンは父に訊いたことがある。「三本で仕留められなくて、その後にまた獲物が出てきたらどうするの？」父は答えた。「ありえないことを訊くんじゃない」こんなナナンが、その後、行方不明になってしまうとは、村の誰もが想像もしなかった。

タマが失踪したことにより、叔父がウミンの猟の先生となった。それ以前には、小さなウミンが撃ったことがあるのはモモンガだけだった。叔父は言った。「それは猟のうちには入らない。お前のタマに訊いても、そう言うはずだ。モモンガしか撃ったことがないやつは、まだ本物の猟師じゃない」

ウミンを連れて猟に行く時、叔父は歌の上手いウミンに、声を出して歌わないように言いつけた。猪は耳がいいからな、歌を聞いたらすぐ逃げちまう。猟師なら静かに山に入り、静かに猟をする。山の神はそういう猟師を祝福してくれる。だが猟がうまくいき、獲物を背負って下山する時には、叔父はウミンが歌うのを止めなかった。獲物が獲れたのは幸せなことで、それを他の人とも分かち合うべきだからだ。「好きなだけ歌え。みんなに聞かせろ。村まで届くほどにな」叔父自身、ウミンの歌を聴くのが好きだった。叔父は言った。「山の神もきっとお前の歌を聴くのが好きだろう。特別な能力を持った人間は、それを発揮してこそ祝福される」

中学を卒業してほどなく、ウミンの同級生が台北から手紙をよこした。仕事を探してくれるし、住む場所もあるという。ウミンはこの計画をブブには言わなかった。母が同意するはずがないとわかっていたからだ。だから叔父だけに相談した。叔父は悲しく思ったが、ウミンが猟師として村で生きていきたいと思ってはいないことも多少は理解できた。叔父は計画の隠蔽《いんぺい》に協力し、更には僅かな資金援助もして、ウミンを汽車に乗せて台北に送り出した。汽車の中でウミンはたった一人、車窓の外を流れる世界を眺めた。人々、稲田、街路樹、牛、河の流れ、家々、寺廟、トラクターや漢字、電線がごちゃごちゃに巻き付いた電信柱と、星々や太陽よりもずっと明るい電光看板などが、窓の外に列をなして飛び去ってゆく。彼は眩暈《めまい》を覚えて目を閉じたが、それらを

＊4　タイヤル人：台湾原住民族の一民族、タイヤル族（泰雅族）。

振り払うことはできなかった。子供の頃、ウミンは、ただ良い猟師になれればそれでいいと思っていた。だがその後、自分が求めているものはそれだけではないことに気がついた。……恥知らずにも**ラジオの中の世界**を渇望し、恥知らずにもタマが嫌っていた汽車に乗った。

　汽車が台北に着いた時、ウミン・ナナンは黄自強《ホアンヅーチアン》になった。学校の教室で呼ばれる彼の名前、試験用紙に書く名前、戸籍名簿上の名前だ。

　黄自強はもうひとつの「村」に加わった。それは生活のために都市に出てきた原住民たちが集まっている場所で、その後、こうした場所は聚落《しゅうらく》と呼ばれるようになった。聚落は涸れた川床で増え広がり、その上に架かる大きな橋を自動車が疾走していた。重量のある工事車両が橋を通る時には、聚落全体が震えた。まるで不安定な、不確定な世界のように。

　ウミンは友人と一緒に、橋の下で仕事を待つ生活を始めた。彼にとって、こんな生活は良いとも悪いともいえなかった。十六人共用の浴室で歯を磨いて顔を洗ったり、お互いの汗の臭いを嗅ぎ合いながら真っ暗な部屋で雑魚寝《ざこね》したりすることは、なんとか我慢ができた。我慢できなかったのは、都市に来た当初の新鮮感が洗い流された後、コンクリートを攪拌《かくはん》し、灰色の砂とセメントをシャベルで掬い上げ、ねこ車で砕石を運び、あるいは砂利の袋を一袋ずつ肩に担ぎあげる時、ふと故郷を思い出し、街に来たのはいったい何のためだろう？と思ってしまうことだった。そんな時、彼は、朝早く叔父が窓の外で「ウミン、ウミン、早く起きろ。今日は山に行くぞ」と呼ぶ光景を、懐かしく思い出した。

　初めてウミンを猟に連れていった日、叔父は言った。「トウモロコシや粟を播《ま》いたあと、収穫できるまでには時間がかかるな。山は俺たちが飢え死にするのを心配して、たくさんの動物を用意してくれている。俺たちは粟が育つのを待つ間、猟に行く。その年初めての猟の前には、必ず祖先に話しかけて、鶏を捧げて儀式をするんだ。もし供え物の鶏が小さかったら、なぜこんな小さい鶏しか用意できなかったのか、それも祖先に説明しなければならない。でなければ、祖先は変に思うだろ。どうして鶏がこんなに小さくなってしまったのか、お前たちはどうしてこんな小さい鶏しか育てられないのか、と。次に猟に行く時は、もう鶏は要らない。祖先はもうわかっているし、供え物も受け取ったからな、もうPowsa(罠を仕掛けることの婉曲な言い方)に行ってもいい。でも山に入る前には、やっぱり祖霊に話しかけるんだぞ。ひとことでいい。ぐだぐだ言うな。大事なのは、Bhring(幸運)の祝福を受けることだ。今日はお前が初めて正式に猟に出る。お前のために鶏を持ってきたぞ」山に入る前、叔父はふわふわの鶏を地面に置き、頭を山の方、猟道の方へ向け、脚を後ろに伸ばした。ストレッチをさせるかのように。

叔父は祈りの言葉を唱えた。「私はトゥルクの子、七頭の熊よりも強い度胸と智慧《ちえ》を持つ」ここで一呼吸置き、ウミンに復唱させ、その後を続けた。「私はいま山に入り、猟を行う。あなたの中へ踏み入る。獣たちが私の庭へやってきて、自ら罠にかかりますように。獣よ、お前が罠にかかったら、もう逃げられない。藤蔓《ふじづる》がお前を捕らえ、木もお前を捕らえ、雑草もお前を捕らえるだろう。獣たちは必ず私の罠に踏み込む。日の出から日の入りまで、あらゆる獣がここに集まる。山を下りる時には、私が背負う荷は重い。獣を背負っているからだ。私を無事に山から下ろしてください。村に戻る私の足取りが、獲物で重くなりますように」

彼らは二重唱のように、祈りの最後の一句を詠んだ。「今回の猟で良い収獲があることを願い、祖霊に酒を捧げます」叔父は酒をウミンに手渡し、地面に撒《ま》かせた。土はゆっくりと酒を吸収した。なにかを深く記憶するかのように。叔父は歩きながら言った。「お前が話しかけて、祖霊が答えたら、霊力《ちから》をもらえて、もっと安全になる。俺たちトゥルク猟師の霊力は、祖先の猟師から来ている。祖霊になった優秀な猟師の一人ひとりが、彼らの霊力を俺たちに授けてくれる。山の獣は、祖霊と、上帝〔神〕が養っている」叔父はタマと同様、自分の歩く速度にウミンがついてきているかどうかを気に掛けなかったので、彼が話す言葉はよく独り言のようになった。「祖霊は祈りの言葉を聴いたらわかってくれる。実は言葉で言わなくとも、祖霊には伝わるんだ。だが言葉にする時には、心を込めにゃならん。心を込めて祖霊に伝えるには、やっぱり祝詞に頼る、言葉に頼る必要がある」

山に入った後、叔父はウミンに罠を作る技術を教えた。どのように木を選び、どうやってQlubung(くくり罠)を作るのか。例えば、Btraw(ヒサカキ)、Sraw(シマサルスベリ)、Basiq(タロコガシ)の枝を、罠を撥ね上げるばねに使い、Qnahur(タイワンクズ)とKrig rungay(アオカラムシ)を撚《よ》って罠の輪を作り、最後にKlung-paru(リュウビンタイ)を被せて罠を隠す。「ほら、うまく隠した罠は見えないし、匂いもしない」叔父が言った。「山はこんなに大きいんだ。動物の脚がお前の仕掛けた罠を踏むかどうかは、運じゃない。山の神の庇護と、お前の技術や経験にかかっている。まず、動物たちがどこを通るかを知らなければならない。鹿には鹿の、猪には猪の、兎には兎の道がある。罠のまわりにお前の匂いや痕跡を残すなよ。まるでお前がここには一度も来たことがない、家でずっと寝ていたみたいに。罠のくくり紐は敏感じゃなければだめだが、鳥を捕まえてしまうほど敏感ではいけない。罠は動物を見極める。目があるみたいにだ。それからな、罠の中には何も置くなよ。家鴨《あひる》の卵を置くといいと言うやつもいるが、そんなのでたらめだ。家鴨の卵なんか置いたら腐って匂う。動物がそんな罠を踏むわけないだろ」

すべての罠を仕掛け終えたあと、二人は猟師小屋に行ってひと休みした。猟師たちはみな、猟区の中に幾つも猟師小屋を持っていて、休息したり、資材を補充したりする。小屋に入る前、叔父はここでも、地面に酒を撒くようウミンに言った。「土地のTnpusu Hini(元から住んでいる者)に捧げるんだ。こうしないとな、俺たちは彼らにケチだと思われて、腹がぱんぱんに膨れ上がっちまうからな。しかもお前はここに来たばかりだ。小屋はまだお前のことをよく知らない」夜、小屋の中で木炭を焚いて蚊遣《かや》りにし、暖を取っている時、叔父は何か思うところがあるように、こう言った。「お前のタマ、トゥルク最高の勇士、最高の猟師も、今はこの小屋を護っていてくれている」

ウミンは叔父の言うことを聞きながら学び、あっという間に猟師としての天賦の才能を現した。はじめのうちは叔父と一緒に山に入っても、体力がついていかないと感じていた。だが数日間なんとか持ちこたえると、知らず知らずのうちに身体が山に適応し、五官の感覚が日を追って鋭敏になり、以前は聞こえなかった音が聞こえ、見えていなかった細微なものが見えるようになった。ウミンは次第に、叔父から伝え聞く、タマがかつて話した言葉を信じるようになった。「俺たちはもちろん、腹を満たすために山に猟に行く。だが、それは表面的なことだ。俺たちは楽しい生活をするために猟に行くんだ。『Tmsamat』〔狩猟〕という言葉の意味は、国語[*5]では言い表せない。『猟』という意味だけではない。山や森に入っていき、動物と一緒に生活することだ。俺たちは動物を食うが、死んだら俺たちの体は山や森に捧げる、そういうことだ」

「山も動物も、ウットゥフ（Utux／神霊）がくれたものだ。政府じゃない」焚火で野鼠を焼く叔父は、手にした竹の棒をくるくる回しながら言った。「だけど、喜びと尊厳は、自分で自分に与えるものだ」


　年老いた後のウミンは、無意識に自分が若い時の話をドゥヌに繰り返し語って聞かせた。ドゥヌも時おり、自分で自分に問いかけた。「喜びと尊厳は、本当に自分で自分に与えられるのか？　そんなことができるのか？」

　運命は、星が星の軌跡をなぞるように動く。花蓮《ホワリエン》の高校に通ったドゥヌは、商店でレコードを売っているのを目にし、家電製品店のテレビで歌唱コンテストを放映しているのを見た。ドゥヌは以前、何人かの男子と一緒に、学校の体育教師「あご長《なが》」にギターを習ったことを思い出した。ドゥヌはあっという間にいくつかのコードを覚え、一度聴いた曲はすぐに弾けるようになった。「あご長」は、ドゥヌには才能があると言った。「人間は、自分が得意なことをやるべきだ」

「先生も、自分が得意なことだから、ここで体育教師をしてるんですか？」

　かつて台湾省運動会の十種競技で準優勝し、国家重点育成選手に選出されて国際大会に出場する予定だった「あご長」は、自分の過去を思い起こした。身体能力がまさにピークにあったあの年、彼は父親を殴った。何年も母親を殴り続けたあげくに家を捨て、息子が賞金を得たと知ったとたんに帰ってきて金をせびったあの父親を。あの数発が（いったい何発殴ったのか、「あご長」はよく覚えていない）、彼を人生の軌道から追い落とした。彼の成績は一直線に下降し、特に槍《やり》投げとハードル走が不振となり、しまいにコーチは彼を見放した。師範専科学校体育科での最後の一年、彼はバイクでむやみと走り回り、たどり着いた蚤《のみ》の市でStevie Ray Vaughan And Double Troubleのアルバムを買った。その中の一曲『Pride and Joy』に彼はすっかり魅了され、一心不乱にギターを練習し始めた。

「あご長」は自分の過去を回想し、答えた。「俺は自分が得意なことで失敗したから、ここにいるんだ」

高校を卒業したドゥヌから、都会に出て自分を試してみたい、と打ち明けられた時、ウミンは寝床の板の上に座ったまま、一言も言葉を発しなかった。しばらくして、ウミンは表情を変えずに寝床の板の下から紙袋を取り出し、言った。「行ってこい。春になって、夏になって、秋になって、それから冬になって、帰りたくなったらいつでも帰ってこい。お前が帰ってきた時が、新しい季節の始まりだ。心配するな。その時もし俺がいなくても、山と海がお前を養ってくれる」

＊5　国語：ここでは「中国語（北京語）」のこと。多民族・多言語の島である台湾では、原住民族の各言語、台湾語（閩南語《びんなん》／福佬語《ホーロー》）、客家語《はっか》などが話される。日本統治時代には日本語が「国語」とされたが、戦後、国民党政府の台湾への遷移と共に、中国語（北京語）が「国語」と呼ばれた。

台北に来たドゥヌは黄家輝《ホァンジアーホイ》となり、タマの友人の阿旭《アシュー》おじさんのところに寄宿した。阿旭は彼に小さな仕事をいくつか紹介してくれ、西門町《シーメンディン》の商場での臨時雇い店員の口も探してくれた。時が経つにつれ、ドゥヌはかつてのウミンと同様、自分は都市に帰属していないという感覚を強めていった。ここでの仕事は自分のためのものではない。山で桂竹《けいちく》［タイワンマダケ］を伐って家を補修するためではなく、家族や愛する人にキョンの腿肉を食べさせるためではなく、村の中での自分の評判のためでもない……。黄家輝は、稼いだ金の一部を貯める以外は（タマは家に送ってこなくていいと言った）、すべてタバコと酒に費やした。大学を受けたいとも思ったが、そのためにはまず丸々一年分の補習費を払わなくてはならない。人とはこういうものだ。山のこちら側にいる時は、山の向こうの生活に憧れる。峠を越えてみて突然気づく。人生は山で見る夜空や、太平洋の波や、星や太陽のように日々繰り返すのではない。過ぎ去って二度と戻ってこないのだ。

台北に来て二年目、黄家輝が、故郷に帰ろうか、ここに残るかを考えていたある日、阿旭の息子、阿宗《アツォン》が帰宅し、一本のハーモニカをくれた。「これ、吹ける？」今日、阿宗は引っ越しの仕事に行き、親方が捨てようとしたものの中からこれを拾ってきた。阿宗は、黄家輝が夜になると部屋の中で歌を歌っているのを聞いていたので、もしかしたらこれにも興味があるのではないかと思ったのだ。黄家輝は首を横に振った。阿宗が言った。「教えてやるよ。とっても簡単だ。基本的には吹いて吸うんだ。僕は一本持ってるから、これは君にやるよ」

それ以降、黄家輝はハーモニカをいつも持ち歩き、わずか一週間後には、彼が二段ベッドの上に腰かけて吹く音色が、窓から外へ流れ出すようになった。その音色を聴いた川端のバラック聚落の住民たちは、顔を上げて月を眺め、インスタントラーメンをすすりながら何人もが涙を落とした。

しばらくして阿宗は彼に、いいところに連れて行ってやると持ちかけた。上り坂になった橋を渡る時にいつもぷすぷすと息切れする中古のYAMAHAスクーターに二人乗りし、街を横断して、都市のもう一方の端にある橋のたもとまで行った。橋の下では煌々《こうこう》と明かりがともり、さまざまな食べ物や中古の商品、アダルトビデオや安い服などを売る露店が並び、臨時の市場を形成していた。

彼らはぶらぶらと歩いて、山羊鬚《やぎひげ》を生やした爺さんの露店の前まで来た。店は小さく、幾つかの木箱いっぱいにカセットテープやレコードが入っていた。それぞれの木箱には、流行りの洋楽、国語や台湾語の曲、「金韻賞《きんいんしょう》[*6]」受賞曲などの海賊版アルバムが、ジャンル別に並んでいる。ポータブルのカセットテープ・プレーヤーが、Bee Gees の『Children Of The World』を流していた。

黄家輝が音楽を聴きながら、難民のように寄せ集められたカセットテープの山をほじくっていると、阿宗が彼に何かを指さして見せた。そこには、ジャケットに写真がなく、手書き文字がガリ版で簡単に印刷されただけのカセットテープが並んでいた。

「ほら、これはパンツァハ、こっちはブヌン[*7]の歌だよ」

＊6　金韻賞：台湾で一九七七年〜一九八〇年および一九八四年に開催された学園フォークソングのコンテスト。
＊7　パンツァハ、ブヌン：共に台湾原住民族の民族名。パンツァハはアミ族（阿美族）の人々の自分たちの言葉での自民族の呼称。ブヌンはブヌン族（布農族）のこと。

「なんでこんなものが？」

「おいおい、聴く人がいるからだろ。だから連れてきたんだ」

「トゥルクのもあるのか？」

「店長に訊いてみなよ」

店長は本当に山羊によく似ていて、黄家輝はその顔を見ながら必死で笑いを堪《こら》えた。店長は、ここにあるテープの歌い手は、みな台北に出稼ぎに来ている人間で、休みの日にスタジオで歌を録音してテープを作り、ここに持ってきて委託販売をするのだと言った。

これらのカセットテープは、一般的な音楽テープのようにジャケットに歌手の写真を載せたものはなく、中には歌手名すら書いていないものもあった。ただ曲目が簡単に手書きされ、異なる民族の言語の歌が一緒に録音されているものもあるようだった。

「買うやつがいるのか？」

「そのうち売れるから見ていろ」店長は山羊鬚を撫でた。「台北に出てきた山地人[*8]がどれだけいると思う？　数万、十数万かもしれんな。もちろん買う人がいるさ。いなきゃここに並べん」

「試聴してもいい？」

「ああ。あっちのプレーヤーで聴いてくれ。こっちのは使っている」

黄家輝は店の小さなプレーヤーにカセットを入れ、阿宗と並んでしゃがみ込み、少し聴いては少し早送りすることを繰り返した。ナイトマーケットの喧騒《けんそう》の中、さまざまな言語の流行音楽の隙間でカセットテープが発する原住民の言葉は、録音の質が良くないこともあり、とりわけ小さく、か細く聞こえた。

何本かのテープを聴いたあと、黄家輝の耳は突然震えた。ついに彼が良く知っている歌が聞こえたのだ。それは『Uyas Mgrbu』（おはようの歌）という歌で、トゥルク語の童謡だった。聴いているうちに、黄家輝はドゥヌ・ウミンに戻っていった。タマの後を追って猟道を歩いていく。陽光がじりじりと照りつけ、風はびゅうびゅうと吹き抜けていく。雨の後に突然出現する渓流が、足の裏をさらさらと流れていく。

彼は目を潤ませて阿宗を振り返り、言った。「俺、今すぐごく山で猟をして、山を下りながら歌を歌いたい！」

猟道から入る大きな山

小林《シアオリン》〔林くん〕が猟道を通って山に入ろうとした時、歌を歌いながら、美しいヒノキの太い幹の

＊8　山地人：戦後、国民党政府は、台湾原住民族のことを「山地人」「山地同胞」と呼ぶよう指導した。一九八〇年代に入ると、原住民族の権利回復運動が盛んとなり、九〇年代から二〇〇〇年にかけて憲法改正が行われ、現在は「原住民」または「原住民族」と呼ぶことが正式に決められている。

一節を背負って下りてくる村人に出会った。村でドゥヌと呼ばれている若者だ。小林はここに調査に来るといつも、ドゥヌの家の近くで漢人が経営する「海鷗旅社《ハイオウ》」[*9]に泊まる。

小林は彼の方に歩いてゆき、声を掛けた。「兄弟、お疲れさま。大収穫みたいだね」小林は既に、村の人々の挨拶を学んでいた。彼は、雇い主である許《シュー》教授からこう教わっていた。フィールドワークで重要なのは、山地人と良い関係を結ぶことだ。

「ありがとうよ。山に行くのか？　足元が悪いから気をつけてな」

「ありがとう。夜になっても戻らなかったら、救助に来てくれよ。ハハハ」二人は山道ですれ違った。

小林は台風の去った直後のぬかるむ道を歩きながら、道沿いの動植物をノートに記録していた。これが目下、教授から与えられている仕事だ。ある特定の区域内における種のリストと、エコトープの詳細な観察記録を作成すること。つまり、彼はこの調査プロジェクトの現場で働く基礎調査員だった。教授は学生たちに、調査記録をつける際に、それぞれの研究テーマの観点を反映させることは要求してはいなかったし、小林もただ金のためにこの一見単純そうな仕事を受けたに過ぎない。「見た物をすべて記録する。とにかく、基本的な資料を蒐集《しゅうしゅう》してくれればそれでいい」小林はこの猟道と、そこに繋がる主要な山道を歩いてゆけば、一つのブロックをぐるりと囲む形で調査ができるだろうと考えた。

「何かの観点を持って記録しなくてもいい。数字と情報だけ集めてくれれば、それでいい」教授はこう言いつけた。だが小林はここに来るたびに、どうしても記録ノートにデータ以外のメモや、

絵を描き入れたくなった。そこで彼はノートを二冊用意し、一冊は教授に提出し、もう一冊は自
分用に残しておくことにした。数字。種《しゅ》。種。数字。
山は、台風で「損壊」されたばかりだったが、小林の目には相変わらず生気に満ちているよう
に見えた。「損壊」というのは、昨日の新聞で使われていた言葉だ。だが小林はそれが気に入ら
なかった。彼が以前読んだ海外の生態学者の本には、自然の環境では、天災に遭うことで再生が
始まる場合があると書いてあった。その本の帯には哲学的な文章が載せてあった。「これが、人
と自然の大きな違いである。人の一生では、成熟に達した後はただ下降していくのみで、あらゆ
る生理的機能は向上する可能性はない。だが自然では、死により、それより多くの復活や再生が
引き起こされる」

雨後の樹林は至るところで樹が倒れ、道を塞いでいたが、既にさまざまな鳥たちが出動し、捕
食に励んでいた。這うように枝を伸ばす木苺の季節最後の鮮やかな紅い果実がすっかり地面に落
とされ、ナンバンギセルはイネ科のススキの下で、その独特な花をどこか陰鬱に咲かせている。
空気中にはある種の腐敗した、だが新鮮な匂いが満ちていた。小林はいま自分が記録している資
料の用途について明確には知らない。その一方で、うっすらと知っているような気もした。自分

＊9　旅社：中国語圏において、主に現地の人が利用する比較的安価な宿泊施設。規模が小さく、設備の簡素なものが多い。旅館。

が何をしているのかわかっているような、でも確実にわかっているわけではない。こんな心の状態は「便秘みたいだ」と小林は思った。

「お前は感受性が強すぎる」仲のいい友人、〝痩《や》せ男《お》〟が言った。「コウモリを見ただけで泣きそうになるって、いったい何なんだ？」小林はもともと、コウモリを研究テーマにしようと思っていた。だが、教授は言った。「コウモリというのは、良いテーマではない。少なくとも今のところは。先行研究が少なすぎるし、録音機材を買うのに金もかかるだろう。まずは私のプロジェクトを手伝いなさい。後で良いテーマを考えてやる」

「良いテーマ？『良い』テーマって何だ？」山の中腹まで登ってきた小林が振り返ると、ふもとの村はもう小さく見えた。両の掌で覆い隠すことができる模型のように。

小林がフィールドワークでコウモリを特に気にするのは、幼い頃、家の隣の遺棄された豚舎に一匹だけ棲んでいた黒いコウモリと関係があるだろう。小さい頃の小林は、孤独を収容することができる小さな空間が必要な子供だった。それが見つからないと、彼は失望して落ち込み、深いぬかるみの中に沈んでいった。今でもそれは変わらないが、医者に診てもらったことはない。それが母親の影響によるもののようだと気がついたからだ。もし自分が医者にかかれば、母親を否定することになる。母親は、他の人から病気だと言われることを最も嫌がっていた。息子が、自分は病気だと思うことも嫌がるだろう。

「コウモリは鳥と違って、骨を中空構造に進化させてこなかった。後ろ足を退化させることで身体の総重量を軽くして、ようやく飛べるようになったんだ。でも多くの鳥のように、地上に立った状態から飛び立つことはできない」

「だから？」小林が初めて付き合った文系のガールフレンドは、訝《いぶか》しそうに訊いた。

「だから逆さにぶら下がってるんだ」

「ぶら下がれば飛べるの？」

「違うよ。ぶら下がった状態で脚を離せば、位置エネルギーをすぐに運動エネルギーに変換できるってこと」

「はぁ……」

「どうかした？」

「なんだかいつも、あなたの言っていることが理解できないのよね」

彼女と別れたのは、お互いの話を理解できなかったことが原因だったのかどうか、小林はよくわからない。理解できないのなら、理解できるようにすればいいのではないか？　小林は思った。

今日、山に入る前、海豊小学校の校門のところに並ぶ五本のビロウの樹を見に寄った小林は、台風で樹が倒れていないのを知って安心した。「あのコウモリたちもきっと無事だっただろう」

小林が海鷗旅社に泊まっているのは、海豊小学校に近いからだ。初めて教授と一緒に海豊村を訪れた時、小林は四階建ての建物ほどの高さがあるあのビロウの樹に、数百匹の、もしかしたら千匹以上のコウモリが隠れていることを発見した。ビロウの樹など、普通の人ならただ遠くから眺めるだけ、いや、普通の人は上を向いてビロウの樹の葉を見やることなどほぼないだろう。だが小林はひと目見て、薄い緑色の若い葉と褐色に枯れた古い葉の間に、たくさんの、濃さの異なる鳶《とび》色の毛玉がわらわらと動いているのを発見した。「見て、たぶんアジアコイエローハウスコウモリだよ」小林は、一緒に調査に来ていた〝痩せ男〟に指さして見せた。

海外の学術雑誌でアジアコイエローハウスコウモリの習性について読んでいた小林は、弁当を食べる間もずっとビロウの樹の梢《こずえ》を注視していた。空が暗くなる頃、ビロウの葉が風もないのに小刻みに揺れ出した。翼を縮めたコウモリのシルエットが、一匹、また一匹と葉を伝って降りてゆく。葉の尖端まで降りると、葉から離れて自然落下し、そして翼膜を広げて果断に飛び去って行った。十四、五十四、百匹、三百匹……、コウモリの数を数えていた小林は、すぐにそれが徒労だと気がついた。コウモリたちはまるで精霊のごとく、ビロウの葉から湧き出てきたかのように見えた。彼は、興奮と感激で鳥肌が立った。

「いったい何匹くらいいるんだろう？」痩せ男が言った。この光景は数分間続いた。群れになって飛び立つ数は少しずつ減っていき、最後には一匹、二匹が散発的に飛び出すだけになった。

「本で読んだことがある。アジアコイエローハウスコウモリは一つの場所に定住せずに、移動するんだって」

「渡り鳥みたいに？」

「うん」

「すごいな。で、移動するのは冬？　夏？　島内で移動するのか、それとも海を渡って他の島に行くのか」

「なんだかすごく良い研究テーマみたいだ」小林はこのことを教授に話したかったが、話が喉まで出かかったところで口に出すのをやめてしまった。

「それで、その観察に何年かけるのかね？」小林は教授がこう返してくるだろうことが想像できた。時間。種。種。時間。

小林は傾斜が緩く、陽の当たる山の斜面を選んで腰を下ろした。この辺りの斜面は石灰岩を多く含み、さまざまな樹形のタロコガシが生えている。台風が去り、雨上がりの空気は素晴らしく澄んで、視界はこの上なくくっきりと冴えていた。手を伸ばせば村に届きそうだ。更に背伸びをすれば、海の水に触れることもできそうだった。

この時、ふさふさした体毛を持つ小さな動物が一匹、ゆったりとした足取りで小林の目の前に現れた。動物は、小林がいることに突然気づいたのか、一瞬、凍り付いたように動かなくなった。小林が止めていた息を我慢できずに吐くと、動物はくるりと身を翻して雑草の生い茂る斜面のどこかに走り込んでいった。

カニクイマングース？　小林はノートにそう書き込み、リストの枠の外にクエスチョンマークを加えた。

大きな山から見下ろす小さな村で唯一光を発するところ

山の中腹に夕暮れまで滞在していれば、夜の帳《とばり》が下りる頃、眼下で微かな燈火《とうか》がまばらに灯りだすのが見えるだろう。燈火はクニブの村を、夜、港に戻る一艘の船のように偽装させる。微かな光はある一つの場所に集中し、その他の場所にもぽつりぽつりと散らばっている。目を凝らせば、光の中心に、看板に「立ＯＫ」とだけ書かれた小さな店があるのが見える。

燈火に引き寄せられて山を下り、そちらへ近づいていくにつれ、それらが数軒のぱっとしない店舗であることがわかる。その中で最も明るいのが、二階建ての簡素な建物にトタンで増築された厨房のついた店だ。

建物の正面に三枚の巻き上げ式シャッターがあるが、左右の二枚が上げられることはめったにない。中央の一枚が上がっていれば、それが「営業中」を意味する。入り口右側の柱の上に、それほど大きくない電光看板があり、店名の文字が貼りつけてあった。「卡拉《カラ》ＯＫ《オケ》」の文字のうち、「卡」は既になくなり、「拉」は「立」の部分だけが残っている。店の中に入ると、左手の隅に大型のテレビとカラオケ機器が置いてある。その上には、長いこと使われ続けてページの端が捲《めく》れあがった歌本が載っている。店には名前がなかったが、村から海に向かう道にあり、北東の季節風が吹く時期には海風にびゅうびゅうと晒《さら》されることから、皆はここを「海風《ハイフォン》カラオケ」と呼んでいた。

店には大きな円卓が一つと、小さな四角いテーブルが三つ、そして赤いプラスチック椅子が二十個ほどある。テレビの近くには角材と板で造られた、人ふたりが立てるほどの広さのステージがあり、クリーム色の、だが今ではほぼ茶色に見える安物のカーペットが敷かれている。その上にはミラーボールが一つ下がり、ライトを当てれば星のような光を四方に飛ばしながら回転して、つかの間、きらびやかな錯覚をひき起こす。

海風カラオケの歌本の中の曲は、いくつかのジャンルに分かれていた。「国語曲」「台湾語曲」「洋楽」「聖歌」そして「山地歌曲」。およそ、曲数が多い順番に並んでいる。

この日、円卓には首曲がりユダウと、一人の女性が座っていた。女性は目と目の間の距離が近く、あまり元気がないようにも見える。だが、ある種の得も言われぬ魅力、彼女に心の奥を打ち明けたくなるような魅力を持っていた。彼女はナオミ・クラス（Naomi Kulas）。大港口《ダァガンコウ》からこの村に嫁いできたアミ族[*10]で、このカラオケ店のオーナーでもある。彼らと一緒にビール《ジョウ》を飲み、炙った猪肉を食べているのは、椅子に腰かけていても長身であることがわかる周伝道師だ。彼は村で唯一眼鏡をかけた人間で、高く秀《ひい》でた額の上に濃密な黒髪が載り、年齢を推測しがたい容貌をしている。同じ円卓にいながら他の人から離れた椅子に座っている、小柄で猫背、頭全体が白

＊10　アミ族：台湾原住民族の一民族。阿美族（79頁注＊7の「パンツァハ」に同じ）。

髪の男は、かつて中部横貫公路[*11]の建設に従事し、引退後にこの村に住みついた退役兵士の老温《ラオウェン》〔温さん〕だった。

別のテーブルには、小美《シァオメイ》とドゥヌ、そしてドゥヌの幼なじみで遠洋漁業の船から降りたばかりのウィラン・ワタン（Wilang Watan）が座っていた。

周伝道師はユダウに無理やり引きずり込まれたのであって、通常なら自らカラオケ店に足を踏み入れることはなかった。なぜなら教会では、薄暗い照明の下で歌ったり酒を飲んだりするカラオケ店は、信仰心を容易に挫折させる場所とみなされているからだ。

周伝道師のタマ《父親》も周伝道師だった。そして周伝道師のバキ《祖父》は、村で最初期に教会に入信した一人であり、やはり皆から周伝道師と呼ばれていた。村で最も早く信仰に入ったのは、漢名を田三多《ティエンサムトー》という男だという。末期の結核を患い、当時の病院でも手の施しようがないと診断され、家族が村に連れ帰って巫医《ふい》に診せたが治らなかった。この頃、時おり村に薬草を売りに来る姓を呉《ンゴォ》、名前を石連《チョオリエン》という教会の信徒の漢人がいた。呉石連は田三多のことを聞きつけ、既に息も絶え絶えの、村人が誰一人近づこうとしない彼の枕元へ来て、言った。「心の底からイエスを信じなさい。あなたの信仰、心からの信仰により、巨大な力が奇跡を生み出し、全能の神がこの薬草を以《もっ》てあなたの病を癒すでしょう」田三多は養うべき子供たちのことを思い出し、毎日熱心に祈りを捧げ、呉から薬草を買って飲んでいると、なんとしばらくして病がすっかり治ってしまった。これがきっかけで、伝道者と教会の名声が、村で静かに広まりだした。

伝道者たちは、教会は真の神の「聖霊」によって成立したものであり、彼らが村へ伝道に来たのも聖霊の意思である、と宣《のたま》った。だがトゥルク最初期の信者たちは、これに疑問を抱いた。何かが起きた時、我々は聖霊を信じるべきなのか、それとも祖霊《ウットゥフ》を信じるべきなのか？

伝道者たちは会議を開いてこの二つを両立させる解釈を考え出し、トゥルクの人々に対してこう説明した。ウットゥフは祖先の神霊である。だがウットゥフの前にもウットゥフがいた。そのもっと昔にもウットゥフのウットゥフがいた。そして我々が想像もできないほど昔には、ウットゥフバラウ（Utux Baraw／上帝）が存在していた。上帝はウットゥフの上位のウットゥフである。一部の人々はこの考え方を受け入れ、教会は次第に村に根を下ろしていった。もちろんその一方で、伝道者たちの言うウットゥフは本物のウットゥフではなく、これを新たに信じることは背反であると考える人々もいた。これにより、村を離れる人々もでた。

周伝道師のバキ《祖父》は、非常に魅力的な詩才と歌声を持つ人だった。詩篇のいくつかをトゥルク語に翻訳し、聖歌の教室を開いて村人に歌わせた。こうして、彼は信者から伝道師に昇格した。小さな教会は、礼拝の時には村人でいっぱいになった。一部の人々は、ここが聖歌を聴いたり主《しゅ》に感謝を捧げたりするための場所であることも知らず、ただ新奇な雰囲気を味わうために来ていた。それはかつて人々が家族ごとに山のあちこちに散らばって住んでいた時代に、たまに皆で集まる

＊11　中部横貫公路：台湾の中央部を東西に横断する道路。台湾西部の台中市東勢区から、中央山脈を越え、東部花蓮県新城郷へ至る。一九五六年建設開始、一九六〇年完成。

時の賑やかで楽しい感覚とよく似ていた。

周伝道師のタマ《父親》は弁舌に優れていた。彼の語る聖書の物語を聴いて信仰に入り、更にはこの村に引っ越してくる者もいた。彼は伝道の口きりに、よくこの物語を語った。「日本人は我々を無理やり平地に移住させ、イエスを信じる人々を捕まえて牢に閉じ込めた。捕らえられた人々は、信仰を認めれば自分の身に災厄が起きることを知っていたが、誰もそれを隠すことなく、信徒であることを勇敢に認めた。彼らが首を斬り落とされる日の前夜、突然、台風がやってきた。冬に台風が来るなんて、とても変だ。台風はとてもとても大きかったから、日本人の警察官たちはその被害に対処するのに手いっぱいになった。捕らえられた人々は処刑されなかったばかりか、牢から出され、手伝いに駆り出された。その後、災害対応の功労があったということで、彼らは釈放されたんだ。これこそは神の御業《みわざ》、上帝の恩寵《おんちょう》なのだよ」

神の御業と恩寵。周伝道師は、幼い頃からこの二つの言葉と共に育った。彼はウットゥフバラウ（上帝）と、ウットゥフルダン（Utux Rudan／祖霊）が並存する世界に生きていた。

だが周伝道師のタマは、神の御業に与《あずか》れたわけではなく、働き盛りの年齢で腎臓がんのために亡くなった。腎臓がんは沈黙の病気だ。はじめのうち彼はただ尿が赤くなることが増えたなと感じ、檳榔《びんろう》[*12]を嚙む習慣を止めた。その後、足首が腫《は》れはじめた。靴を履くこともできなくなった彼は、祈りも効果がないとわかったところでようやく病院に検査に行ったが、時は既に遅かった。

まだ少年だった周伝道師は、早くから教会の聖歌の教室で働いていた。彼の説教は、長期にわたる教会システムの訓練を受けた結果、大きすぎず小さすぎない音量で、日本語とトゥルク語を自由自在に入れ替えて語られた。彼の喉と思想は、まるで容易に調整できる水道の蛇口のように、慎ましく、優雅だった。周伝道師が自身の喉を開放するのはただ二つの場合に限られた。一つはトゥルク語で上帝と会話をする時、もう一つは歌を歌う時だ。彼にとって、それらは共に神聖な時間であった。声を解き放つ時、いつもは温文爾雅《おんぶんじが》な周伝道師は魂の歌い手となった。まるでその体の中に、もう一つの霊魂が存在しているかのように。

首曲がり村長にカラオケ店に引っ張り込まれた時、周伝道師は礼儀上、一度は辞退した。村長は言った。「いいからいいから。酒を飲ませようっていうんじゃない。歌を一曲歌うだけじゃないか。聖歌を歌ってくださいよ」周伝道師は店に入り、マイクロフォンを受け取ると、まるで準備万端でステージに上がった歌手のように、躊躇なく歌い出した。

強き葦《あし》は、流れにも耐え
野に咲く百合は、麗しく鮮やかに
慈悲深きイエスは、人のために十字架に架かり

＊12　檳榔：ヤシ科の植物。種を取り出した実を石灰やキンマ（コショウ科の植物）の葉と共に嚙むことで、覚醒・酩酊効果の得られる嗜好品として、台湾を含むアジア、オセアニア各地で常用されてきた。発癌性があるため、近年は嚙む人が減っている。

死から蘇りて、我らに永遠の希望を与う
素晴らしき主は、いま死に勝ちて
罪より我を救いたもう、悩みも苦しみも去りて
我は愛によりて、主の家を讃《たた》う*13

この『素晴らしき愛』という歌は、中国語で書かれたものではあるが、そこにはトゥルクの息吹が備わっていた。周伝道師はこの歌を歌うたび、子供の頃、母親が言っていたことを思い出す。「聖歌を歌う時にはね、『歌で人の心を動かす』ように歌うのよ。歌詞を理解して、心は神の恩寵に満たされて、神を敬う心を持つ。それが聖歌を歌うということよ」その頃の周伝道師はまだそれをよく理解できてはいなかったが、今ではもう理解できたと自認している。神の愛は、我々が神を求める理由よりも強く大きい。聖歌を歌うことは神への奉仕の一環だ。自分も神の意思の容れ物に過ぎず、人がなすべきことはただ神の願いを実現させることだ。たとえ、それがカラオケ店で歌うことであっても。

だが周伝道師が歌い終わった時、その場の雰囲気は少々冷めていた。海風カラオケは、この村における残酷な試練の場だ。歌が聴く人の心を摑んだかどうかは、拍手の多寡ですぐわかる。

周伝道師は少し気落ちした。だが首曲がりユダウは周伝道師がまだマイクを手放さないのを見て、再びカラオケ機にコインを入れ、もう一曲選んだ。海風カラオケのカラオケ機に入っている唯一のトゥルク語の歌だった。但しトゥルク語は歌い出しの数フレーズだけだったが。ユダウは

知っていた。この歌を歌えば、楽しい雰囲気があっという間に店内に広がる。

Rimuy sura yug（みんなで踊ろう）
Rimuy sura yug（みんなで踊ろう）
Knmalu na ga dgiyaq（美しい山の峰に）
Saw smdamat alang mu（故郷の村を思い出して）[*14]

「Rimuy sura yug, Rimuy sura yug」ユダウが合わせて歌いだした。ナオミも歌いだした。ドゥヌも歌いだした。ウィランも歌いだした。小美と、少し離れた所に座った老温は歌えなかった。ドゥヌも老温は、海風カラオケで一番熱心な聴衆だった。誰が歌おうとも、情熱的なファンのように手拍子を打った。

老温は海風カラオケに来る中で唯一、今まで一度も歌を歌ったことがない客だ。だが、彼はとても熱心に歌を聴く人だった。ステージの歌に心を動かされた時には、彼のむくんだ瞼《まぶた》が僅かに震え、更にたくさんの米酒《ミージョウ》〔米を原料とする蒸留酒〕を飲み、テーブル一杯に並ぶつまみを食べ、更

＊13　周裕豊作詞作曲『奇妙的愛』。
＊14　周裕豊作詞作曲『太魯閣之戀』の冒頭部分。

にビールを飲み、手拍子を打ち、最後に熱烈な拍手を送った。彼はいつも同じ場所に座った。時には前の晩にも来た客が、老温が昨夜と同じ席に座っているのを見て、昨日からずっとそこに座ったままなのではないかとびっくりすることもあった。老温の姿勢も、テーブル上のつまみの種類も、完全に昨夜のままだった。

確かに老温は、万物が不変であることを信じていた。山は変化しているように見えて実は変わっていない。天気は変化しているように見えて実は変わっていない。もちろん人間も、変化しているようで実は変わらない。あの年、輸送艦で運ばれて基隆《ジーロン》の港に降りた時、当時まだ「小温《シアオウエン》」〔温くん〕と呼ばれていた彼は、部隊の同僚と長官に命令されて前へ歩きながら、自分はただ「人波」の中の一片の葉っぱに過ぎないのだと感じていた。一片の葉っぱが、何に変われるだろうか？　葉っぱは葉っぱでしかない。たとえ彼の心の底に、いつの日か故郷に帰り、継母の顔をひと目見て、自分もそこで生涯を終えたいという微かな願いがあったとしても。

ウィランは、自分がまさか、人の心を惑わせるあの広大な海から陸地に戻り、故郷に帰ってくることができるとは思っていなかった。だが祖霊や上帝が、海で起きたことを見ていたとも思ってはいなかった。遠洋漁業の船に乗りたいとブブ《母親》のマランに告げ、その訳を訊かれた時、ウィランは躊躇することなく答えた。「海を愛しているから」

その言葉は嘘であり、嘘ではなかった。だがマランにとっては、十九年前にも聞いたことのある言葉だった。それは彼女がウィランを生んだ年、そして彼女がウィランの父親と知り合った年であった。

ウィランの父親のことを考える時、マランは兄のワリスのことも思い出す。

マランは永遠に忘れない。あの朝のまどろみの中、窓の外で誰かが兄の漢名〔中国語での名前〕を呼ぶ声を聞いた気がした。しばらくすると兄は自分の部屋を出て行き、そして二度と帰ってこなかった。マランの家は大家族で、ワリスは同父異母の長兄であった。二十歳上のワリスは小さな妹をとても可愛がり、マランは彼を英雄のように崇拝していた。当時の兄は父親の事業を引き継ぎ、集落のリーダー的な人物になっていた。だが、家族全員のあらゆる伝手《つて》を動員しても、ワリスを捜し出すことはできなかった。マランは後に、家族たちがこのことに関して曖昧な言い方で話し合っているのを聞くうち、ワリスは政治上の職敵たちの多くから目障りな存在だと思われていたことを知った。村では更に、ワリスは金を横領して海外へ逃亡したのだという悪意ある噂まで流れた。だが、彼が何の金を持ち逃げしたのか、それは誰の金なのかを言える者はいなかった。

あれから何年も経つが、マランは、兄の漢名を呼んだあの声を覚えている。善意に満ちているようでもあり、その善意は作り物であるかのようでもある、聞き覚えのない声。その後、彼女はよく夢の中でその声を聞き、驚いて目を覚ました。

数年が経ち、美しい少女マランの評判は、風に運ばれる種のごとく周囲の村々に広まり、遠くの集落にまで届いた。馴染みの人々や見知らぬ人々が、結婚を申し込みにマランの家につめかけた。あるいは兄を探しに、台中、日本、中国やアメリカへ連れて行ってあげようと言う人もいた。こうした「求婚者」たちの出現で、マランはある事実を学んだ。男が女を口説く時には、こちらがまっとうな判断ができなくなるほど、熱心になることができるのだ。マランは判断することを拒絶し、そんな名目で彼女に近づいてくるすべての追求者をきっぱりと拒絶した。

二十歳の年、マランは突如として、村で魚を捕って暮らしている男に嫁ぐことを決めた。二人がどのように恋愛をしていたのか、見たことのある者はいなかった。ただ、マランは一日の農作業を終えると、いつも海辺に行って暗くなるまで座っていた。はじめはマラン一人だったが、そのうちマランと「あの」男の二人になった。

ウィランの父親となった男は、宜蘭《イーラン》からこの村に最初に移民してきた漢人の一人だった。彼らは行嚢《こうのう》を担ぎ、ひと一人がようやく通れるほどの幅の古道を歩き、港から港へ、市《いち》から市へと渡り歩き、移動しながらわずかな金を稼ぎ、金を稼ぎながら各地に根を下ろしていった。彼らは故郷の神様の像を携えてきて、定住した先で場所を探し、小さな廟を建てて土地公〔その土地の守り神〕を祀《まつ》った。

海豊村に住む漢人は多くなかった。彼らは毎年、南澳《ナンアオ》から巡行に来る媽祖《まそ》様を出迎えた。だが村には媽祖様が休憩できる廟がなかったことから、神様がこの村を素通りし、隣の村に滞在するのを黙って眺めているしかなかった。それは小さな村の移民たちにとって、面目丸つぶれのことだった。当時の海豊小学校の彭《ポン》校長は、皆で集まって茶を飲んでいる時、こう提案した。「わしらも自分たちで土地公の廟を建てればいいじゃないか。少しずつ金を出し合えば、すぐに建つだろう？」そこで有名な隻眼《せきがん》の風水師を蘇澳《スーアオ》から呼び寄せ、廟を建てるべき土地を見てもらったところ、風水師は村のある場所を選んだ。それはまさにウィランの父親が住む家、村の中で最もちっぽけな一軒だった。村の人々は言った。「土地公様はようわかっとらっしゃる。大きな土地は選べんもんな」村人は少しずつ金を出し、別の場所に土地を買ってウィランの父親の土地と交換し、家を取り壊した後に、海豊村初の土地公廟を建てた。落成式典の日、村人は順番に香を上げて廟を拝んだ。だが顔を上げて廟を見ると、どこかおかしいような気がしてならない。あれこれ角度を変えて見てみると、梁《はり》が歪んでいるようだ。

皆は廟を建てた親方のところに行って文句を言った。親方は、自分は曲尺《かねじゃく》を使って精確に測って建てたと言い張ったが、その曲尺を持ってこさせると、そもそもその曲尺が歪んでいたのだった。皆が大いに憤慨している時、ウィランの父親が口を挟んだ。「親方は何て名だ?」

「口まがりだ」

「そりゃそうじゃ。口まがりに建てさせた廟なら、歪んでて当然じゃ。俺たちが心を込めて拝みゃあ、神さんだって責めはせんさ」そこで皆が擲筊《ポアポエ》をしてみると、六回続けて聖筊《シンポエ》が出た。[*15] こうして、梁の歪んだ土地公廟は、この村に残ることになったのだ。

ウィランの父親は勤勉な漁師で、朝、海に出る前には必ず土地公の廟に香を上げ、海から戻ると一番いい魚を廟に供えた。マランが海を見に行くと、彼は遠く離れた石の上に腰を下ろし、去

＊15　擲筊、聖筊：擲筊は、道教の廟で、知りたいことの是非を神に問いかけながら、三日月形の木片二つを地面に投げ、答えを得る占い。聖筊は、擲筊で投げた木片の一つが裏、もう一つが表を向いている状態で、質問に対して神が「そうである／宜《よろ》しい」と答えた、と読み取る。

る時には魚を一袋、マランに置いていった。

二人が座る距離がどんどん近くなり、村で噂が立っても離れようとしないのはなぜなのか、村人たちは理解できなかった。ただマラン自身だけが知っていた。自分と話をする時の彼の眼差《まなざ》しは、兄ワリスとそっくりだったのだ。

村一番の美女、マランが漢人に嫁いだ時、多くの人が陰口をささやいた。家族の同意が得られなかったため、婚礼では豚を一頭も殺さなかった。だが、一度下した決心は千軍万馬を以てしても揺るがすことができない性格のマランは、この年の末、ウィランを生んだ。

ウィランが生まれた冬と春の変わり目のこと、ウィランの父親はある夜、河口に鰻《うなぎ》の稚魚を捕りに行ったまま姿を消し、数日後、少し南にある別の川の河口で発見された。この辺りの海と河はいつもこうだ。毎年冬になると、彼らは結託して、鰻の稚魚で人を誘い出す。誘惑に負けた者は、ヘッドライトを点け、掬い網を手にして一晩中波打ち際に立ち、波のリズムに合わせて網を下ろしたり上げたりして、透明で、そこにいるかいないかわからぬような鰻の稚魚に神経を集中させる。そして両足の感覚が水の冷たさで麻痺しているのを忘れた頃、ふと気を抜いたところに、理不尽な大波が突如として襲い掛かり、その者を海中に引きずり込み、数日後、再び岸へと吐き戻すのだ。

その年のシーズンが始まったばかりだが、鰻の稚魚の価格は既におかしなほどに跳ね上がっていた。屍体が上がった夜も、海豊渓の河口は稚魚を掬う人々でいっぱいだった。十歩ごとにヘッドライトがともり、廃材や廃看板、帆布などで造られた簡易テントが河岸を埋め尽くし、遠くから見ると、まるで海岸に夜市が出ているようだった。

だから、息子が「海を愛している」と言った時、マランは本当は彼にこう言いたかった。「お前の父親は海に持っていかれたんだよ。海を愛しすぎて、私のところに帰ってくるのも忘れたんだ。海の上を漂って、風船みたいに膨らんでさ。お前は今また、海を愛していると言う。言っておくけどね、海にとって、お前の愛なんか**ありがたくない**。**ありがたくもないのさ**」

だが、マランは夫そっくりの息子の顔、そっくりの眼差しを見ながら、結局はその言葉を呑み込んで、言った。「じゃあ、豚を殺さなきゃね。私の結婚の時にも豚を殺さなかったから」

マランは空が明るくなる前にスクーターで養豚場に行き、あっちの豚こっちの豚と、まるで息子の嫁を決めるかのように品定めをした。一頭の豚を載せた養豚場の運搬車がマランのスクーターの後につき、ぴいぴいと豚たちの鳴き声を響かせながら家まで戻ると、家の前で親戚や友人たちが待っていた。その中には、以前マランの陰口を言っていた者も混じっていた。

皆で豚を縛り、ウィランが喉にナイフを突き刺した。血は豚の首を伝って塩をいっぱいに盛った盆に流れ出し、鮮やかな紅から、ゆっくりと暗い赤に変わった。血を抜き終わった豚を、枝を積み上げた焚火の上であぶり、毛抜きを手にした人がUbal Babuy(豚の毛)を抜く。組んだ台の上に青いビニールシートを敷き、その上に豚を置いて、頭を切り離す。

マランは歌いながら豚を解体した。「豚の身体の中から取り出したのは、Tama Baraq(心臓)、その下の大きいのはBaraq(肺)、豚の腹から取り出したのは、Rumul(肝臓)、Qurug(腎臓)、Rktu(胃)、Iraq(小腸)にIraq Paru(大腸)。盆にはDara(血)を入れよう。それからよく切れる刃物でKukuh

（脚）を切り取り、そしてBirat（耳）とQraqil（皮）を頭の骨から切り分ける。私の手際をごらん。私の刃物をごらん。皮と肉を分けて、脂身のついた皮、美味しいSnbuyu（背肉）とHiyi（かたまり肉）にした。美しいPapak Buut（腿の骨）、Tkrang（胸骨）、Tudu Buut（背骨）とNgungu（尻尾の骨）をごらん。なんて美しい豚だろう」

歌うマランの目には、光るものが浮かんでいた。彼女はウィランにナイフを渡し、二頭目の豚の解体は彼に任せた。だが、ウィランはマランのように歌いながら豚を解体することはできず、正しくない場所に刃を入れたり、歌詞を忘れたりした。そんな時、マランはその場所の歌詞を歌い直し、ウィランにもそれを繰り返させた。

二頭の豚を解体し終わると、マランと親戚、友人たちで肉を分け合った。傍らでおしゃべりをしたり歌ったりしていた親戚や友人たちが、世代や親しさの順番にマランとウィランの傍に来て、ポリ袋を受け取ると、目の前の部位を袋に入れて次の人に手渡した。皆はヨーハイ、ヨーホーと掛け声を発しながら、マランの優しさと気配りに感謝し、祝福の言葉を述べた。

「無事に帰ってくるよう、山の祝福がありますように」

「漁の時、風は穏やかで波は静かに、魚たちが船の網に飛び込んできますように」

「毎日忘れずに祈りなさい」

「あなたたち母子に幸福が与えられたことを、天の父に感謝します」

「ハレルヤ」

「道中、祖霊の守護がありますように」

マランは、まさかこんな形で親戚や友人と和解することになるとは考えたこともなかった。その隣で、まるで他人事《ひとごと》のような顔をしているウィランは、心の奥底で、そんな遠い海の上にまで、祖霊の力が及ぶはずはないと思っていた。

酔いが回ったウィランは、着ていたシャツを脱ぎ捨てた。薄暗い灯りの下、彼の背中の鯨が筋肉の動きに伴い、活き活きと風を切り、波に乗っているように見えた。鯨は不思議な形で彼と共生し、まるで背中から肩甲骨へ泳いでゆき、その後、波と共に去っていくかのようだった。

流行歌を何曲か歌った後、ウィランが店のオーナーのナオミに、ここのカラオケ機には他にタロコ語の歌は入ってないのかと尋ねると、ドゥヌが横から口を挟んだ。「カラオケには俺たちの歌はないんだよ」

「自分で機械を作るしかないな」

「曲も自分で録音しないとな」

「俺、テープ録音したことがあるぜ」ドゥヌが言った。「カラオケはいらねぇ。歌って聴かせてやるよ。伴奏なしで！」

伴奏なしで歌うドゥヌの歌声は、聴く者の心に沁み込む力を持っていた。皆、テーブルの自分の席に座り、それぞれの思いにふけった。ドゥヌが歌い終わると、ナオミが目じりに涙を光らせて言った。「あんたのお父さんもさ、すっごく歌が上手だったのよ。私、若い時、彼の歌を聴いて、うっかり結婚しちゃうとこだったわ」

みんながどっと笑った。ドゥヌはタバコの一本に火を点け、ウィランと代わるがわる吸った。心の奥に、朝に駅で出会ったあの女と、彼女に手を引かれた小さな女の子のことがひっかかっていた。女の子の顔は、記憶の中のあの少女とそっくりだった。その少女の顔を見たのは、小さな炎に照らされた一瞬だけだったが。だが、ありえない。あの少女が今でもあの時と同じくらいの年であるわけがない。

傍らで、小美が部外者のようにぽつんと座っていた。朝、生徒たちを連れて路上の落石を片付けている時、山から木の塊を背負って降りてきたドゥヌと出くわし、声を掛けられた。「先生、今夜一緒にカラオケに行きましょう」小美はこれは何か特別な誘いだと期待したが、実は村の人々はこうして日常的にカラオケに誘い合っているのだった。いま、彼女は隅っこでひとり干されていた。

「よし、一曲入れて、みんなで順番に歌おうぜ」ウィランは小美の気持ちを読み、カラオケ機のところへ行って、『夢醒時分*16〔夢から覚めて〕』を入れた。当時台北で流行していた、新しい曲だ。一人一フレーズずつ歌ってゆき、マイクは最後にドゥヌから小美に回された。

「台北から来たんだから、歌えるだろ」

小美はマイクを差し出してきたドゥヌを見て、それを受け取るべきかどうかわからなかった。心の中で、時間が静止するというのは、こういうことを言うんだろうと思っていた。

首曲がりユダウは疲れを感じていた。頭がくらくらするまで海風カラオケにいたのは初めてだ。今朝、「彼ら」がまたあの話をしに来た。「彼ら」の話す声を頭から振り払うことができず、歌を歌っていても気持ちが落ち着かなかった。

ユダウは入り口の扉を押し開けて外に出、うな垂れて自分の影を見ながらつぶやいた。「どうしたらいいんだ？　祖霊は俺たちにどうして欲しいんだ？」ユダウの後から出てきた周伝道師には、ユダウが「聖霊は俺たちにどうして欲しいんだ？」と言ったように聞こえ、反射的に答えた。「祈りなさい。祈りなさい」

この時、店の中の若者たちは、もう次の曲を入れていた。周伝道師が帰ってしまったのを知ったからだろう、彼らが歌っているのは、悩みをしばし忘れることができる「悪い歌」だった。

俺を弄《もてあそ》んでもいいさ、無視してもいい
もう愛していなくても、顔見たら〝ハロー〟くらい言えよ
俺を騙してもいいさ、利用してもいい[*17]
もう愛していなくても……

＊16　『夢醒時分』：陳淑樺の歌った一九八九年のヒット曲。
＊17　プユマ族（卑南族）の高子洋（高飛龍）による曲『可憐的落魄人』。一九七〇年代末から原住民集落で広まり、八〇年代に同じくプユマ族の歌手・陳明仁が歌ったことで人気が出た。当時の政府による歌曲審査制度で「猥雑で退廃的、公序良俗に反する」として公共で流すことを禁止されたが、カセットテープは七十万本以上売れ、さらに多くの海賊版が流布する大ヒットとなった。自嘲的な歌詞の中に、当時、政府や社会から差別、冷遇されていた台湾原住民族の悲哀と反骨精神が表現されていると言われる。

第四章　仲秋

青い海の近くにある灰色の鉄道駅

　ドゥヌが陽に当てて乾かした木材をオートバイに載せ、物置にしている場所へと運ぶ途中、滅多に降りる者のない鉄道駅から、小さな女の子の手を引いた女が出てくるのを見かけた。女は小柄で胸は薄く、ぴったりとした上衣とパンツを身に着けていたため、ドゥヌは最初、痩せた若者が女の子を連れているのだと見間違えた。だがドゥヌはすぐに、女はそれほど背が低いわけではなく、ただ小柄に「感じられる」のだと気がついた。彼はブレーキをかけ、振り返って女をよく見ようと思ったが、それも唐突な気がして、ただしばしそこにとどまり、オートバイの排気音をぷっぷっぷっぷっぷっと鳴らしていた。

　反対の方向へ歩きだしていた女がドゥヌに気がついた。彼女が振りむくと、女の子も一緒に振りむいた。二人の顔は驚くほど似ている。まるで二つの異なる時間の「彼女」が、同時にこちらを見つめているかのように。

「海豊《ハイフォン》村に行くのか？」ドゥヌは慌てて、親しみをこめた口調で尋ねた。

「ええ、そうよ」

「この道を行くといい。それほど遠くない。だけど、台風が来たばかりだから、少し歩きにくいかもしれない」

「大丈夫」

「遊びに来たのか？」ドゥヌはこの村に遊びに来る人などいないことは知っていたが、他に話の続けようがなかった。

「いいえ。人に会いに」

女と女の子が、ドゥヌがオートバイの後ろに載せている木材に目をやった。確かに木材は特別な形状をしていて、とても目を引く。女の子が突然口を開いた。「変な形の木」

ドゥヌは笑った。「ヒノキだよ」女の子の声は、遥か以前、あの山の洞穴で出会った少女のことを思い起こさせた。

この時、女の方も、ヒノキの淡い香りとドゥヌの眼差しで、かつて見たマッチの火の小さな灯りと、つかの間燃え上がった何かを思い出した。

山の洞穴から出てきた少女

集落の人々が山の洞穴から少女を連れ帰った時、別の場所で捜索をしていて、そこから急いで戻ろうとしたウミン・ナナンは、不幸にも足を滑らせて谷の斜面を落ち、樹の間にひっかかって動けなくなった。仲間たちが手元にあった登山ロープをウミンの腰に巻き付け、谷から引き上げた。彼は病院には行かないと言い張ったが、激痛で右腕が上がらず、仲間に背負われて車に乗せられ、病院へ担ぎ込まれた。

その夜、集落の人々はあれやこれやと意見を述べ合った。ウミンちのドゥヌは男の子なのに、捜索隊が洞穴から女の子を連れ帰ってきたというのは、あまりにおかしなことではないか。こんなことを言う人もいた——これはもしかして妖怪や精霊、あるいは巨人が悪さをして、男の子を女の子に変えてしまったのでは？　ウミンかドゥヌが何かのガヤ《禁忌》に背いて、こんな結果を招いたのでは？

皆の話が盛り上がっているまさにその時、教会の戴《ダイ》牧師がこう指摘した。「もしかしたら、ドゥヌはまだ洞穴の中にいるのかもしれない。もっと深いところは捜したか？」

これを聞き、少女を連れ帰ったウマウ（Umaw）とリカウ（Rikaw）が、すぐさま装備を背負って再び洞穴に向かった。二人はそこがとても奇妙な洞穴であることを知って驚いた。洞穴は、奥の方へまっすぐ延びているのではなく、ぐねぐねと曲がり、途中に幾つもの分岐があった。底部に水の溜まった場所もあり、見えない川がそこを流れているようだ。二人が今日のところはここまでにし、明朝また装備を揃えて捜索をしようと決めた時、突然、地が揺れ動いた。ウマウとリカウが慌てふためいて洞穴を出ようとすると、彼らの背後の、洞穴の深いところから低い唸り声が聞こえてきた。山での経験が豊富な二人だったが、これにはさすがに足も震え、何度も転びながら山を下り、彼らを迎えに出た人々が持つ電灯の光を見て、ようやくほっと息をついた。

洞穴から救い出された少女が、まっすぐウミンの家に連れていかれることはなかった。ウミンは妹と一緒に住んでいたが、ウミン本人が重傷を負った今、妹一人でウミンと少女の両方の面倒を見ることは難しかったからだ。村長と老人たちが相談し、少女をスリン・クム（Sring Kumu）の家に預け、彼とそのアミ族の妻ナオミに面倒を見させることにした。二人は子供がいなかったので、しばらくの間、少女を預かることに問題はなかった。

少女は身体は衰弱しているものの、意識ははっきりしていた。だが会話をすることは拒み、夢を見ているようにぼんやりとした眼差しをしていた。ナオミが粟粥《あわがゆ》と山で採った薬草を飲ませると、ぐったりと眠り込んでしまった。大人たちは知らなかったが、少女はこの数日間にした経験の記憶の中を徘徊していた。自分がたどり着いたのがあの少年の村であろうことは少女にもわかっていたが、今起きていることのすべてが、夢の中のことのように感じられた。少女は高熱を出し、高熱が更に夢見心地を増幅させた。夢の中で、少女は洞穴の中に住むお姫さまだった。彼女の魔法の杖は小さなナイフで、それをひと振りすれば、コウモリたちを意のままに動かすことができる。忠実なコウモリたちは彼女のために木の実を採ってきてくれた。少女が裏切り者に攫《さら》われ、監禁され、虐められ、痛めつけられた時には、コウモリたちはあの口の尖《とが》った小さな動物と協力して彼女を救い出し、洞穴に連れ帰ってくれた。

高熱が引いた後、少女はとてもがっかりして、もう一度大病に罹《かか》りたいと切に願った。病から回復した後の少女は、魔法の力が消え、眠りと覚醒の間を夢で行き来する能力を失っていたからだ。

少女が救出された次の日、スリンの家を訪ねたウミンは、熟睡し、時おり目を開けてもまだ夢の中にいるような状態の少女を見た。ウミンは自分で洞穴の奥に入ってドゥヌを捜したいと焦っていた。だが右足と右腕が粉砕骨折していると診断され、数時間の外出のみを許されている状態では、どうにもしようがなかった。医者は言った。「今あんたの身体の半分はあんたのものじゃない。ゆっくり休みなさい」

午後、洞穴に捜索に入った村人たちは、入院中のウミンに悪い報せを伝えた。「ひどい状態だった。奥の方は粉塵が充満していてはっきり見えない。たぶんあちこち崩落したんだろう」

洞穴にドゥヌはいなかった。

少女は、この夫婦が二人で会話する時に使う言葉はわからなかったが、彼らが真心をもって自分の世話をしてくれていることは敏感に感じ取った。だが心の深いところで、それはすべて偽りの姿ではないかと恐れてもいた。彼らは自分の父親と同じように、逃げ出そうとする者に厳しい罰を与えるのかもしれない。少女はそんな結末になるかもしれないという心の準備ができていた。だがそうなる前には、沈黙が何よりも重要だ。沈黙していれば、状況をよく観察できるし、他人に自分の心の中を知られることもない。

右腕を失くした後の父親は、ごく小さなきっかけでも、酒を飲んでいなくても、突如として自制を失って激昂した。だから少女は、周囲の人の情緒の微妙な変化を観察することがうまくなった。一時期、少女は毎日母の手伝いをして夕食のスープを煮ていた。母親が畑から拾ってきたトウモロコシ、落花生、菜っ葉、サツマイモ、ジャガイモなどを一緒に鍋で煮込み、家の入り口の前に植えているトウガラシを一つかみ加える。少女はスープを煮る過程が好きだった。鍋がぐつぐついう音を聞き、その中でいろいろな野菜がふつふつと動くのを見ているうちに、スープは次第に色を変え、湯気が四方に立ち上る。少女は自分が小さな魔女になったのを想像した。

ある日、どういうわけか、スープの中にヤモリが一匹跳び込んでしまった。そんなのは特に珍しいことではない。各種の虫や小さな動物が、蓋を開けたどこかの瞬間に鍋に跳び込んでしまうのはよくあることだ。だが父親は少女を呼びつけ、彼女の頬を力いっぱい張った。父親が少女を打《ぶ》つのはこれが初めてではなかった。ただこの時、父親の腕の力は一切の手加減を加えられることなく少女の頬に伝わった。噴き出た鼻血が壁に飛び散った。少女は泣かなかった。泣けば、父親は更に激昂するだけだと知っていたからだ。

この張り手は、何かを打ち砕き、少女の心に深い傷口を作った。少女はそれを「金魚鉢を割ったびんた」と定義づけた。少女の記憶はかなり幼いところから始まっていたが、最も早い記憶は、金魚に関することだった。それは姉二人が夜市で掬《すく》ってきた赤い金魚で、何かの空き瓶に入れて飼われていた。ある時、水を換えようとした姉がうっかり瓶を取り落とし、ガラス瓶は地面に落ちて割れた。最初のうち、金魚は地面でぴちぴちと元気に跳ねていた。姉妹は急いで碗を持ってきて魚を入れた。しかしほどなく魚は水面に浮かび、嗅いだことのない臭いを発した。姉二人は大泣きしたが、少女は泣かなかった。その時はまだ、死がどういうものかを理解していなかったのかもしれない。

一旦割れてしまった後、父親が娘たちを叩くことに、以前より更に躊躇がなくなったと少女は感じた。彼女には理解することのできない巨大な変化の力が、もともと崩れかかっていたこの家を完全に破壊した。大雨の後、山上から大音声と共に転がり落ちてくる巨石を、誰も止めることができないように。少女と母親、姉たちは、ただひたすら逃げまわるしかなかった。

少女はいつしか、意識を体から「離脱」させることを覚えた。一旦離脱すると決めてしまえば、自分を怒鳴りつける父親の声も、とても遠いところで鳴る音のように聞こえる。自分がどこか遠い山の頂上に立っていると想像し、そこで貝殻を耳に当て、自分の心の中の声を聞いていることもあった。またある時は、自分を小さく変えてみた。誰からも見えなくなるほど小さく。

こんな生活に慣れていた少女にとって、目の前のことには全く現実感がなかった。太っちょのナオミが炭火でトウモロコシを炙り、口数が少なく強面《こわもて》のスリンが、新聞紙で作った筒にそれを包んで、少女の前に差し出し、おかしな発音の国語〔中国語〕で言った。「食え食え、ねずみっ子」

自分は本当に、あの洞穴を通ったことで生まれ変わり、新しい世界に来たのだろうか？
ナオミはリュックサックを返してくれた。中を見せろと要求もしなかった。少女も彼らがリュックサックを開けて中身を見たのかどうか、わからなかった。午後になってまた、怪我を負ったウミンが妹に車椅子を押されてやってきた。

「何て名前だ？」ナオミとスリンから一万回訊かれた質問だった。

「家はどこだ？」一千回。

「男の子に会わなかったか？」一千万回。

「カバンの中を見せてくれるか？」

少女の心の奥で、何かの声がこう言っていた。言っちゃえ言っちゃえ。お前はお高くとまったお姫さまじゃない。ひとに何か尋ねられたら、答えなくちゃいけないんだよ。「お高くとまった」という言葉は、自分を可愛がってくれるサトウキビ労働者の阿徳《アテッ》おじさんが、古紙回収の人から引き取ってきた物語の本の中で覚えたのだ。そういう本の中では、お姫さまはいつもお高くとまり、魔女には良い魔女と悪い魔女がいて、動物には嘘をつくのが上手い動物と嘘をつかない動物がいた。

傍らにいたナオミは、少女が「男の子」という言葉を聞いた時、その表情に微細な変化が起きたことに気がついた。だがそれは一瞬のことで、その後すぐ少女は平静に戻った。

ウミンが諦めて帰ろうとした時、少女は泣きだした。何者も止めることができない山津波のように泣き出した。

山の洞穴から出てきた少年

白犬と共に男の村へ連れて行かれた時、少年は一種いわく言い難い雰囲気を感じた。村は、少女が一人行方不明になった村のようには見えなかった。もちろん少年も、少女が一人行方不明になった村がどんな様子なのかは知らない。だが、この村の「何事も起きていない」かのような雰囲気は、彼にはひどく奇妙に思えた。彼の集落では今ごろ人々が総出で彼を捜し回っているはずだ。タマ《父親》は山じゅうあちこちほっくり返して自分を捜しているだろう。少年は、白犬を早くタマに見せたかった。自分は一匹の猟犬を手なずけた。これから丁寧に訓練して、自分の良き相棒にするのだ。自分は猟犬を所有する猟師になったと。

少年は目の前の状況を理解しようと努めた。馴染みのない植物が発する匂い、彼の集落のものとは違う形の家、明らかに低い雲と山、そして手を繋ごうとして彼に拒否され、逃げ出されるのを怖れて彼の腕をきつく摑んでいるこの男。男は農薬のロゴのついたシャツを着て、背が低くがっしりとした体つき、頭はすっきりとしたスポーツ刈りにしていた。少年が洞穴の入り口を出た時、見かけたのは彼ただ一人だった。実際、秀子《シウヅ》を捜索していたのも彼一人、サトウキビ労働者たちから阿徳《アテツ》と呼ばれるこの男だけだった。

阿徳は、父親に弁当を届けにサトウキビ畑に来た秀子を見かけて、笑うと瞳が明るい光を放つこの小さな少女に魅了され、彼女が父親に何かを届けに来るたびに、ひと言ふた言話しかけるようになった。ある日の仕事終わり、彼は、廃品回収の老婦人が押す台車に、子供向けの本が詰まった箱がひとつ、載っているのを見かけた。阿徳はそれをくず紙よりも高い値段で買い取り、秀子に会うたびに数冊ずつ贈った。

秀子の父親はそれを良くは思わなかった。理由の半分は、自分と同じサトウキビ労働者であるこの男の意図がわからなかったからだが、もう半分は、秀子が本を読むのが気に入らなかったのだ。女が本を読むなど百害あって一利なし、せいぜい口答えを覚えるだけではないか。父親は本を見つける度にそれを捨てた。秀子は最も好きな数冊を、米櫃《こめびつ》の下に隠した。そこは母親だけが知っている場所、父親が決して探そうとしない場所だった。

秀子の父親は右腕を失った後、サトウキビ労働者から雑用工になった。阿徳は、秀子の父親が雑用工として農園で働けるよう奔走してくれた数少ない同僚の一人だったから、父親の阿徳に対する気持ちには複雑なものがあった。二日続けて秀子の姿を見なかった阿徳が秀子の父親にそのことを尋ねると、返ってきた答えは「親戚が連れてった。街でいい暮らしをする」だった。だがその口調には、一種の怒りと、この事には触れてほしくないという気持ちが隠れているように阿徳には感じられた。

サトウキビ農園以外に働き口がないほど小さなこの村では、誰々の家の前にパパイヤの樹が一本生えてきた、ということすら、人々の耳目を集めるのを避けられない。あの臭蛇《しゅうだ》の臭いのする男が村に来たことは村の誰もが知っていたので、「秀子が売られていった」という噂はすぐに広まっていった。

「臭蛇みたいにくさい男にお前を売っちゃうぞ」子供たちは冗談で脅かし合った。

「売られたらどうなるの？」

「蛇に食われちゃうんだ」

村の大人たちも、秀子が消えたことにはもちろん感づいていたが、それを口に出すことはなかった。あるいは、そんな話をしている暇はなかった。彼らにとって人生とはサトウキビの搾かすのようなもので、これ以上何かを搾り出すことはできなかった。父親は秀子を売った金が手に入らなかったばかりか、秀子が消えたことで働き手を一人失っていた。秀子の失踪は、父親にとって憤懣《ふんまん》やるかたないことだった。妻は、村の周辺を捜してみてはどうかと提案したが、秀子の父親は意固地になって言った。「連れ戻しても、食いぶちが増えるだけや」

心配した阿徳が家に来た時、秀子の母親は、夫が見ていない隙に阿徳に言った。「たぶん、山に逃げたぁて思う」

阿徳はそれで思い出した。あの見知らぬ男が車で村を去った日、ちょうど休みで自転車に乗って村の周りをぶらぶらしていた阿徳は、車を降りて檳榔《びんろう》を買った男の車内に秀子の姿はなかったのをはっきりと見ていたのだ。阿徳は秀子が行きそうな場所について思いを巡らし、ある時、父親に弁当を届けに来た秀子が、帰る前に阿徳に本の礼を言い、ある会話を交わしたのを思い出した。

「阿徳おじさん、わたしきのう、山のどうくつに入る夢を見たの。本にあったのと同じに」

「どんな洞窟だい？」

「すごく小さいの。草にかくれているどうくつ」

「どうやって見つけたの？」

「鼻のとがった小さい動物につれていかれたの。本とはちがう動物。本では、うさぎだったけど」

「洞窟で、何か見た？」

「わたしは入らなかったの。こわいから」

「それはそうだな。怖がらなきゃいけないものもある」

物語の本を読んだ子供が、自分も本の登場人物と同じ経験をしたように夢想することは、よくあることだ。だが阿徳はこの記憶に賭けて、山に行って秀子を捜してみることにした。どちらにしろ村から山へ行く道で、秀子のような子供が歩けるものは二、三本しかない。

阿徳は、歩きながら秀子の名前を呼んだ。まずは付近の田んぼの周辺を回り、その後、道幅のそれほど広くない産業道路に出て、ハナシュクシャが一面に咲く野を通り、いつの間にか、彼もあまり来たことのない道へ出た。阿徳は二十歩ごとに、大声で秀子の名を叫んでみた。一時間ほどそうして、彼がもう諦めようかと思った時、草むらの深いところから犬が吠える声が切れ切れに聞こえてきた。阿徳が近づいてしゃがんでみると、そこに小さな洞穴の口があった。阿徳は大声で「秀子！　秀子！」と叫んだ。しばらくすると、足音と呼吸の音が少しずつこちらに近づいてきて、最後に少年と痩せ細った白い犬が洞穴から這い出してきた。

阿徳が驚きで何を言っていいかわからないまま、疲弊した様子の少年に水と饅頭《マントウ》を与えると、少年はそれぞれ半分を白犬に分け与えた。この間、阿徳は何度も「どこから来た？」「どうして洞穴の中にいた？」「秀子は？　洞穴の中で女の子を見なかったか？」と少年に訊いた。

少年が首を横に振ることはなかったが、話をすることもなく、ただ漆黒の瞳で阿徳を見つめた。阿徳の姿から何かを読み取ろうとするかのように。


阿徳が少年を村に連れ帰ると、話を聞きつけた村人たちが、心配している者もそうでない者も、みな秀子の家に集まってきた。この村は、そもそもサトウキビの栽培のために作られた集落で、暮らしには何の娯楽もない。「女の子が一人失踪した」結果、「男の子が一人出現した」というようなドラマチックな出来事は、まるで祭りでもあるかのように、村人たちの挨拶代わりとなった。一部の村人はこの少年を「磅空《ポンカン》〔トンネル〕から出てきた男の子」と呼んだ。扉を開けた秀子の父親は無表情だったが、母親は高ぶる感情を抑えている様子だった。父親が言った。「こんなガキ連れてきてどうしろって？」

「口をきこうとせんのやが、この子は秀子がどこにおるか、知っとうと思うんや」阿徳が言った。

「秀子は親戚の家に行っとるだけや。他人の家のことに首を突っ込むな」

集まった村人から声が上がった。「息子が欲しかったんやろ？　ちょうどええやないか」

「警察に届けろ、それが簡単や」

少年は彼らの言葉が分からず、ますます緊張が増した。少年は思っていた。秀子のために時間を稼がなければ。少なくとも両親が秀子を叱らないことがはっきりしないうちは、秀子の行方を明かさない方がいい。少年は状況から「両親は秀子が失踪したことを認めようとしていない」ことに気がついた。彼は黙り込み、赤ん坊のようにただ周囲の人々を観察していた。特に秀子の母親を。小さい時に母親を失った少年だが、目の前にいるこの女が、口には出さないが彼に何かを尋ねたがっていることを感じていた。

この時、原住民の集落から来ているあるサトウキビ労働者は、少年の輪郭や眼差しが客家人《はっか》や閩南《びんなん》人*1とは違うように感じ、自分の民族の言葉で少年に尋ねた。「Truku《トゥルク》 su《ス》 hug《ホ》?(お前、トゥルクか？)」

少年はその言葉を聞き、自分が沈黙を守っていたことも忘れ、考える間もなく答えてしまった。

「Yaku《ヤク》 o《オ》 Truku《トゥルク》(おれはトゥルクだ)」

＊1　客家人、閩南人：漢人の中のエスニックグループ。台湾の閩南人（福佬人《ホーロー》）は、台湾最大のエスニックグループで、十七世紀ごろ中国大陸の福建省周辺から台湾へ渡ってきた人々とその子孫。台湾の客家人は、現在の広東省北東部や福建省西部から移住してきた人々とその子孫。

山の洞穴に帰りたい少女

毎日たくさんの村人がスリンの家に少女を見に来たが、その中にはドゥヌの遊び仲間たちもいた。そのうちウィランという少年は、将来ドゥヌと猟の相棒になると約束している仲のいい友人だ。彼らはしょっちゅう、一つの猟区で互いに援護しあって猪を狩るごっこ遊びをしていた。ウィランはほぼ毎日スリンの家にやってきて、夢うつつの状態にある少女に話しかけた。

「ドゥヌに会ったんだろ？　あのナイフは、ドゥヌの父さんがドゥヌのために特別に作らせたやつだ。あいつが簡単に人にやるわけない。おれ、知ってるよ」

「あいつ、一人で山に行ったのか？　ばかだなぁ。おじさんが言ってたよ。山くずれとか、山つなみの夢を見た時だけ、イノシシがとれるんだって。山くずれや山つなみがひどければひどいほど、大きいイノシシがとれる。ドゥヌはいっつも山のどうくつの夢を見るって言ってた。どうくつなんか見たって、イノシシはとれないだろ、あのばかたれ。でもおじさんは、女の子が自分に向かって笑ってる夢を見たら、猟に行くほうがいいとも言ってたよ。ドゥヌは夢の中できみに会ったって言ってた？　おれには言ってなかったけど」

少女は彼に笑いかけたかったが、その気力も、勇気もなかった。だがウィランの屈託のない声と笑顔は、少女にも感染した。ウィランもドゥヌと同様、周囲の反応を気にせず話し続け、なぜか相手に温かさを感じさせる人間だった。光のない洞穴にいる時に少女はそのことを感じ、ドゥヌと話をしてもいいと思ったのだ。

少女が自分の家のことを思い出す時、そこに光がないというわけではない。少女の記憶はかなり早くから始まっていた。少女がまだ幼い頃、言葉を覚え始めると、すぐに非常に熱心に話をした。母親が国語〔中国語〕で「秀子《シウヅ》は少し大きくなったみたいね」と話しかけると、秀子は答えた。「秀子はどのきせつにも、どのきせつにも、どのきせつにも大きくなるの」母親は自分が秀子に対していつ「季節」という言葉を使ったか、思い出せなかった。母親自身は教育を受ける機会がなかったが、娘がある種の天賦の才を持っていることはわかった。母親は、秀子をきつく抱きしめて言った。「お前はどうしてこんなに賢いんやろうねぇ。賢うのうてええのに」後ろに付け加えた言葉は、母親の喜びではなく、哀しみだった。

村で最もありふれ、最も手に入れやすいおやつはサトウキビだ。言葉を覚えた少女は、自分は大人のようにはうまく齧れないことを発見して、父親にこう頼んだ。「とうさん、かんであげる」その時の彼女にはまだ、「わたし」と「あなた」がはっきりと分かれてはいなかった。言葉を学ぶすべての人は、必ずこのような時期を通過する。あなたはわたしであり、わたしはあなたである。

父親は、少女のためにサトウキビを噛み、甘い汁を匙《さじ》に吐き出して彼女に飲ませた。その頃の彼は、子供に対して特に良くも悪くもない父親、生活を少しでも楽にしようと毎日働く父親だった。サトウキビ苗の植え付けが終わり、珍しく休みの取れた日の午後、父親は少女と姉たちを連れて川に泳ぎに行った。姉たちは怖がって水に入らなかった。父親は少女に、川に入るか、と訊いた。

少女は頷いた。父親は自分の服を脱ぎ、少女の服を脱がせて、川に連れてゆき、少女の手を引いてゆっくりと深い方へ入っていった。少女は背中を引き締め、両手を十字に開いて水面に浮かんだ。水草が髪の間を漂う。「雲の上みたいやろう?」流れの静かな淵のところまで来た時、少女は父親が「何かの動きをした」気がした。慌てて視線を父親に向けると、彼は両手を上に高く挙げていた。一秒で、少女は今はもう父親の手が水の下で自分の身体を支えていないことに気づいた。その瞬間、少女は浮力を失い、動転して足をばたばたさせたが、身体は逆に沈んでいった。父親は掌で彼女を支え、言った。「大丈夫や。父さんは**ここにおる**」数秒後、彼女は驚くべき本能で身体を反転させ、手と足で水を掻き、水面から頭を持ち上げて空気を吸い込んだ。少女は泳いでいた。自分だけの力で。だが、彼女の自信は父親がくれたものだ。少女は**なぜかそうわかっていた**。

父親が大声で嬉しそうに笑い、岸にいる二人の姉に手を振った。過去も今も、そして未来も、なにもかもうまくいくかのようだった。母親が妹を生んで、その後すぐ父親が片腕を失うまでは。

見知らぬ男女の家に連れてこられた時、秀子が最初に感じたのは、馴染みのある黴《かび》臭さだった。自分の家と同様、小さな空間にいろいろな物が山積みにされている。だがここに積まれている物は、自分の家の物とは少し違っている。何かの樹の幹、石、シダ類、そして各種の針金や、壊れた看板など……。秀子はこの夫婦が何をして暮らしているのか、判断できなかった。夜、遠くから微かに聞こえてくる犬の鳴き声で（ここではどの家でも犬を飼っているようだった）目を覚ました秀子は、少年と白犬イーダスのことを思い出した。

ナオミは畑で働く時も、海辺に石や木切れ、貝殻などを拾いに行く時も、休日に教会に行く時にまで、秀子を一緒に連れて行った。秀子はすぐに、ナオミとスリンの金を稼ぐ方法が、「物を拾ってくる」ことだと気がついた。山で物を拾い、海辺で物を拾う。その後それらを加工して、全く違う見た目のものに作り変えた。二人は歌が好きで、夜には歌いながら仕事をした。

少女はナオミと一緒に海辺で貝殻を拾うのが好きになった。踏むとちゃちゃちゃっと音がする石ころの浜も、歩くと少し足が埋まる砂浜もどちらも好きだ。少女はこの二つの場所で拾える貝殻の種類が違うことや、河口とその奥の渓流では拾える石や木切れの形状が違うことを発見した。ナオミは貝殻にどんな違いがあるか少女に教えてくれた。もちろん、どんな貝殻が良い値で売れるかも。良い値で売れる、という言葉を聞いて、少女はより熱心に貝を拾うようになった。自分の家の不幸は、すべて金が足りないせいなのではないかと、彼女は思いはじめていた。

毎日海の波の咆哮を聞きながら、さまざまな思いが少女を揺さぶり、彼女を再び選択の境界に立たせた。心が落ち着かなくなった少女は、本を読みたい、そこに載っている絵を見たいと切に思った。だが阿徳《アテッ》おじさんがくれた本の中で、唯一持ち出した一冊はドゥヌにあげてしまっていたし、ナオミの家には一冊も本がなかった。

数日後、少女はナオミの手を引き、言った。「わたしのなまえは秀子」

「わぁ、良かった！　秀子なのね」

ナオミは、これまで何度も繰り返した質問を少女に訊くのをぐっと堪《こら》えた。

秀子が言った。「またどうくつに入りたいの」

「うん」

「ドゥヌをつれてかえるの。わたしと交かんで」

「ドゥヌはどこにいるの？」

「たぶん、わたしの村」

ここまで聞いて、ナオミは涙がこぼれそうになった。この話を言い出すのに少女がどれほどの気力を使ったのか、ナオミはわかっていたからだ。そして二人の子供に洞穴でいったい何があったのか、自分たちは知らない。ナオミは嬉しさと興奮で秀子を抱きしめ、秀子の手を引いてスリンのいる海辺へ飛んでゆき、秀子の話を繰り返した。話を聞いたスリンは、ウミンの家に駆けつけてこの報せを伝えた。

「ドゥヌはまだ洞穴にいるのか？」

「いや、別の方向に行ったそうだ。別のっていうのは、秀子の名前を呼んでいる方で、ドゥヌは秀子に代わってそっちに行ったらしい」

その夜、秀子はぐっすりと眠った。水中の石のように、宝貝のように、森の底にある樹の切り株のように深く。足が一本ない、鼻の尖った動物がその切り株の後からひょっこりと頭を出した時、彼女はようやく目を覚ました。

山の洞穴に帰りたい少年

秀子《シゥヅ》の父親は、目の前に現れた少年を見ながら、どうしていいのかわからなかった。少年は自分がどこから来たのか言わず、秀子の行方を明かそうともしない。秀子の父親の方でも、秀子が失踪したことを認めたくないし、この少年が秀子の行方を知っていることを認めたくもなかった。秀子の母親は傍らで夫の方を見つめ、感情のない顔をしている。彼女が何かを怖れているのか、切羽詰まっているのか、何かを求めているのか、そこからは読み取れない。彼女は夫の前では、怖れからか、哀れみからか、自分の考えを言う勇気がどんどん萎《な》えていくのだった。

はじめのうち、阿徳《アテッ》と夫婦はただ黙ってそこに突っ立っていた。だが人は、沈黙が長く続くことに耐えられなくなるものだ。

「何て名だ？」先ほどのサトウキビ労働者が、タロコ語で尋ねた。少年は聞こえてはいたが、答えることを拒絶した。

数秒、あるいは数分間考えた後、秀子の父親がついに口を開いた。「子供はとりあえずうちにおく。それか、誰か連れて帰りたいやつがいるか？」

集まった村人は互いに顔を見合わせた。自分の家に、わけもなく男の子一人の食い扶持《ぶち》を増やしたいと思う者はいなかったし、もしかしたら後に面倒なことになるかもしれないのも怖かった。

秀子の父親は心の中ではっきりわかっていた。警察に知らせてはいけない。少なくとも、しばらくの間は。まずは警察に面倒なことを言わせないような言い訳を考え出さないといけない。

「犬はどうする？」阿徳が訊いた。

「イーダスもいっしょに」少年は阿徳の眼差しから言葉の内容を推測し、急いで口を挟んだ。

秀子の家の部屋は正方形の空間で、十歩ほど歩けば壁に行き着く程度の広さしかなく、そこに台所が繋がっていた。部屋の中にはソファ一台と木製のテーブル、腰掛が幾つか、そしてミシンがあり、隅にはたくさんの雑多なものが積み上げられていて、室内の空気はひどく黴臭かった。入り口の反対側にもう一つの扉があり、その向こうに別の部屋があるようだ。少年が台所の方を見ると、隅の方につっこまれた大きなビスケットの缶が見つかった。きっとあれが、秀子が言っていた米櫃、つまり秀子が物語の本を隠している場所だろう。

秀子の父親は少年を腰掛に座らせ、自分は古くてぼろぼろのソファに座り、国語で尋ねた。

「お前、何て名前だ？」

「黄家輝《ホアンジアーホイ》、ドゥヌ」

「秀子がどこに行ったかは訊かない。言うか言わないか好きにしろ。ここに置いてほしかったら、働け」

「この子は見たところまだ五、六歳くらいやよ。何の仕事をさせようというの？」秀子の母親がようやく勇気を振り絞って口を開いた。

「秀子がしとったことをこいつにやらせろ。秀子が帰るまで」

ふと、秀子の父親は何かを思いつき、少年に冷たく言った。「もし警察が来て何か訊かれたら、何も知らないいって言えよ」

外は暗くなりかけていたが、窓の外の街路灯は灯《とも》るのを忘れているようだった。もしかしたら、今夜はずっと灯らないのかもしれない。ドゥヌと、秀子の二人の姉は碗や皿、部屋の中を片付けた後、秀子の母親を手伝ってトウモロコシの粒をもぎ、緑豆と小豆の殻を剝き、それらを小さな袋に詰めた。秀子の母親は窓辺のミシンに向かい、「ダダダダ、ダダダダ」とそれを踏んだ。

どのくらい経ったかわからないが、どこかへ出かけていた父親が酔っぱらって帰り、ソファに倒れ込んで寝てしまった。母親は子供たちを家の外に連れて行って手足を洗わせ、寝支度をさせた。秀子の双子の姉たちは、ドゥヌに先に身体を洗わせたがっているようだった。ドゥヌはずっと、姉たちと秀子は顔立ちがあまり似ていないと感じていた。顔立ちが違うだけでなく、二人は明らかに秀子より少し年上なのに、いくつかの短い言葉しか発せず、秀子のことをドゥヌに尋ねようともしなかった。

足を洗っている時、ドゥヌはパンノキにとまった一羽のPuurung(フクロウ)が、「フゥ、フゥ、フフーゥ、フゥ、フゥ、フフーゥ」と鳴いているのに気がついた。その声は、握り合った二本の手が作る輪のように、風が生んだ木霊《こだま》のように響き、聞く者の心に疑惑を植え付け、戸惑いを生じさせた。ドゥヌはフクロウに向かって尋ねた。「お前は巨人のつかいか？」タマ《父親》は言っていた。

山に住む巨人は、フクロウやその他の鳥を遣わして、村の様子を探りに来ると。Puurungが「フゥ、フゥ、フフーゥ、フゥ」と返事をした。

秀子の母親はドゥヌの椀に水を少しと、トウモロコシを一本入れてくれた。ドゥヌはトウモロコシを二つに折り、半分をイーダスに食べさせた。

ドゥヌは秀子の母親の左側に寝かされ、母親の右側には三人の娘たちが寝た。既に秋ではあったが、まだじっとりと暑く、蚊がひっきりなしに唸っている。秀子の母親は窓の外で何かの草を焚き、その煙が、淡い、眩暈《めまい》がするような香りを発していた。

Puurungは規則正しく鳴き続け、その声は蚯蚓《みみず》のようにドゥヌの心にもぐり込んだ。ドゥヌは思った。あいつはきっと、山の神か巨人のところに帰って、彼の行動を報告するだろう。さっきあいつともう少し話をして、報せを持ち帰らせるべきだったのだ。そうすれば、山の神か巨人はそれをタマの夢に見せ、タマは彼がどこにいるか知るかもしれない。だがすぐに思い直した。そうなれば秀子はすぐ連れ戻されてしまう。秀子は帰りたくないのだ。帰ればきっとぶたれるし、もしかしたらまた売り飛ばされるかもしれない。秀子をひどい目に遭わせることになる。

ドゥヌは自分の矛盾する思いに責め苛《さいな》まれ、涙が出た。辛い気持ちがだんだん抑えきれなくなり、最後には嗚咽《おえつ》が漏れてしまった。ドゥヌは秀子の母親に聞かれないように寝返りを打って背を向けた。秀子を助けるためにこんな見知らぬ場所に来てしまったことを、ドゥヌは少し後悔していた。その気持ちは、次第に秀子への同情を超えて膨らんでいった。

この時、一本の腕が伸びてきて彼をかき抱いた。誰の腕かはわからない。誰の腕かもかまわず、ドゥヌはその腕にしがみつき、堪えきれずに大声をあげて泣き出した。

再びの交換

周《ジョウ》伝道師は講壇に立ち、信徒たちのために祈禱《きとう》文を詠みながら、壇下の村人たちが祈る姿に感動していた。礼拝を執り行う中で、最も満足を感じるひとときだ。彼は気がついた――人は、目を閉じて両手を胸の前で交差させていれば、通常よりも敬虔《けいけん》なように見えるのだ。彼は同時に、壇下にいる息子が、壇上の彼の一挙手一投足をきちんと注視しているかを確認した。一つ一つの細かい動作を覚えてこそ、将来、この伝道師の職務を引き継ぐことができる。

周伝道師が属するこの新しい教派では、「伝統」の多くは新たに作られたものだ。例えば、周伝道師の父親《タマ》の時代には、まだ伝道師という職位を使用していなかった。教派は、西洋人たちが主導するプロテスタント教会から分派したもので、漢人により、この集落に伝えられた。

「渓流から渓流が分かれるように、分かれたのだ」周伝道師のタマは言った。「トゥルクの上帝への信仰は、自然に生まれたもので、宣教の結果ではない。我々の教会と、もともとのプロテスタントやカトリックの教会との違いは、我々は上帝とも、ウットゥフとも対話ができることだ。今まで通りウットゥフの声を聞けるし、上帝の声を聞くこともできる」

周伝道師のタマは、息子の真剣なまなざしを見て、息子が将来、自分の跡を継ぐことを確信し、続けた。「昔、出草《しゅっそう》〔敵対する集団に属する人の首を狩ること〕が成功することは、ウットゥフが我々の側にあることを示し、我々の為すことはウットゥフの支持を得ているということを意味した。だから、首を獲られた敵のウットゥフも、我々の集落の保護霊に転化する。しかし日本人との戦《いくさ》の後、すべてが変わってしまった。日本人は我々をたくさん殺し、出草も禁止した。出草ができなければ、集落の保護霊の力はどんどん弱まってしまう。伝統的な信仰が行えず、我々に迷いが生じた時、キリストの福音がやってきた。我々トゥルクに手を差し伸べるように。上帝は、我々が出草をしなくとも、集落が引き続き祝福を得られるようにしてくれたのだ」

周伝道師は、集落の老人が語ったという出草のようすを、タマから伝聞の形で聞いた。出草に成功した勇士がその首を集落に持ち帰ると、巫師《ふし》は儀式に適切な日にちを選ぶ。巫師は特別な服飾とTowrah(菱形の赤い胸当て)を身に着け、Marung(貝殻で作った勲章)を付けて、首に対する敬意を表する。出草に参加した勇士たちが、首を置いてある棚の前に進み出て、両腕を広げて左右に振り動かしながらまじないの言葉を唱える。儀式を司《つかさど》る者が右手に首を持ち、頭を垂れてうずくまった出草隊の前で下から上へ弧を描くようにそれを捧げ動かすと、勇士たちもそのリズムに合わせて全員で頭を上げ下げする。最後に皆が見守る中、勇士は一人ずつ、右手に血酒を満たした壺を、左手に首を持ち、首と共に一つの壺から酒を飲む。

首は、その後も引き続き棚の上に並べられ、毎日夕方になると、老人たちが首と一緒に酒を飲み、子供たちは食べ物を持ってきて首に与える。すべての儀式が終わるまでは、首の魂はまだそこにいると考えているからだ。儀式の時、巫師は首に向かって言う。「あなたの家族も連れてきてください。拒否するなら、向こうを向いてください」

敵の首が自分の集落の人々を連れてきてくれるなら、この集落の人々は引き続き出草に出て、敵の力を削《そ》ぐことができる。

「首が拒否することもあるの？」

「我々にとっての敵でも、首にとっては身内だ。連れてきたくないのは当然だろう」

まだ小さかった周伝道師は、生きている人と死んだ人とが自由に言葉を交わしていたかつての光景に深く引き付けられた。だが、それは『聖書』の教えと完全に融合させることはできなかった。タマはこう答えた。「信じなさい。疑いを持たずに。お前のバキ《祖父》の時代には、キリストを信じる者たちは、日本人を怖れることなく、勇敢に殉教していった。その後、日本人は負けた。これはつまり、トゥルクがウットゥフと話ができる方法を再び手に入れたということを証明しているのだ。お前は人々の望みや祈りに正しく応え、手を差し伸べて彼らの魂を支え、上帝を信じさせなければならない」

周伝道師は、秀子《シウツ》を連れて礼拝に来たナオミの顔を見て、彼女が手助けを必要としていることを読み取った。礼拝の後、彼はナオミがやってくるのを待ち、秀子が口を開いたことについてナオミがひと通り話すのを黙って聞いた。

「その後、秀子は何か言いましたか？」

「山の洞穴に帰りたいと」

「山の洞穴ではなく、家に帰りたいのではないですか？」

「でも、秀子がそう言ってることには、何か理由があると思うんです」

「うん？」

「家に帰ると言わないのは、何か理由があると感じるんです。山の洞穴に戻りたいというのは、ドゥヌを帰らせたいということでしょう。秀子は洞穴でドゥヌと会った時の話をしてくれました。秀子は、ドゥヌを村に帰らせたいけれど、自分の家には帰りたくないんです」

「秀子は、ドゥヌがどこにいるか知っているのですか？」

「たぶん、秀子の住んでいた村ではないかと。二人は洞穴で進む方向を交換したようなんです」

「秀子は村の名前を言いましたか？」

「それはまだ言いたくないみたいで」

「でも、秀子はドゥヌが無事に彼女の村にたどり着いたか、誰かに助けてもらえたかは知らないのですよね？」

「そうです」

「では、まずは秀子に村の名前を訊き、人をやって、そこにドゥヌがいるか確かめるのがいいでしょうね」

「そうするしかないようですね」

「これはウットゥフ トゥムニヌン（Utux Tmninun／万物を編みだした神霊）のお導きです」周伝道師はナオミを見て言った。「悩みは、正しい判断の妨げとなります。祈るのです。祈れば、ウットゥフトゥムニヌンがあなたに決断の智慧《ちえ》を授けてくれるでしょう」

秀子は小さな礼拝堂の椅子に座っていた。山の方を眺めているが、その視線は遠いところ、近いところに何かを探している。窓のガラスに額を押し付け、ガラスを通して外の世界を見ているように。秀子は、先ほどの礼拝で全員で聖歌を歌った時の震撼に浸《ひた》っていた。歌声は、耳を通じて秀子の中に入り込み、その小さな身体を揺すぶった。小さな礼拝堂、小さな身体であったが、自分の肉体が一つの楽器となって微かに震えているように感じた。その震えは、過去に感じたものとは違い、怖れから来たものではなく、感動によるものだった。

秀子の視界に、礼拝堂の窓から差し込む明るい光線の中をこちらに向かって歩いてくるナオミの姿が入った。一方ナオミの目には、長椅子に腰かけた漆黒の瞳の秀子が、光を沐浴《もくよく》している天使のように見えた。ナオミは、想像を超える成熟さを備えたこの少女に深く魅了された。とりわけ少女のその形容しがたい顔立ちに。この村で常に山から海へ移動していく雲のように、角度を変えて見る度にまた別の人のように見えるその容貌に。

ナオミが秀子の傍まで来て、目の前で手を振ると、秀子はようやく我に返った。秀子は突然口を開いた。「大仁《ダーレン》」ナオミにはそれが秀子の村の名前だとわかった。涙がふつふつと零《こぼ》れ落ちた。

ナオミと秀子が家に戻ると、家の前で二人を待っている人々がいた。車椅子に座ったウミンとその妹、そして制服を着た警官だった。

秀子は本能的にナオミの後ろに隠れ、スリンが出てきて警官と言葉を交わした。若い警官は隣の集落の人で、ナオミはその顔に見覚えがあった。ナオミは秀子の手を握り、心配しなくていいと伝えた。

「ダッキス（Dakis）です」若い警官はナオミを見て自己紹介し、二人は頷きあった。警官の視線は、自然と秀子の上に注がれた。スリンが言った。「秀子が、自分の村は大仁村だと言いました」

「それは良かった」

「でも変でしょう」

「大仁村はすごく遠いですよね」

「そう、とても遠い」

「例の山の洞穴がそこまで続いているというのは、ありえないですよね」

「途中に幾つも川があるんですよ。スリンの足でも、二、三時間はかかる」

「ありえない。ドゥヌは本当にそこにいるのか？」

「すぐ局の同僚に確かめてもらいます」十数分後、ダッキスの無線が、その場でじりじりとした気持ちで待っていた全員に、驚くべき報せを伝えた。

「見つかりました！」

「見つかった！」

一晩かけて向こうの村とやりとりし、翌日、ダッキスとウミンが再びスリンの家を訪ね、スリンとナオミを秀子から見えないところへ引っ張って行って、こう伝えた。「すべて手配しました。向こうの村の人がドゥヌを連れてきます。今後、何か面倒があるといけないので、双方の親とあなたたち、それに二人の子供は、お互いに会わせないことにしました。我々で秀子を送って行って、向こうの村の警察がドゥヌを連れてきます」

ナオミが頷いた。小さな少女が、川を幾つも跨《また》いだ遠いところから洞穴を抜けてこの村に来て、小さな少年は川を幾つも跨いだ別の村へ洞穴を抜けて行った。そして二人は再び交換されて帰される。

これが、ウットゥフトゥムニヌンの決めたことなのだろうか？

この地区を管轄する警官二人が家の戸を叩いた時、秀子の父親は二日酔いのただ中にいた。秀子の母親が戸を開けると、経歴が長いと思われる方の禿頭《はげあたま》の警官が、家の中に向かって大声でどなった。「林金順《リンジンシュン》、何をまだ寝てやがる。お前の家にどっから来たかわからん子供がいるってのに、俺に報告もしないってのは、お前死にてえのか？　阿徳が知らせてきたぞ。子供がここにいるって」

秀子の父親は飛び起きて、妻に煙草を持ってこさせた。

「要らん。用が済んだら帰る。とっとと済まさんと、向こうの人が来ちまう。海豊村からだ」禿頭の警官はそう言いながらも煙草に火をつけた。秀子の父親は若い方の警官にも煙草を渡した。

「この子か？」

「はい」

「海豊村から来たんだ。そんで、お前の娘はいま海豊村にいる」

「秀子が海豊村に？」

「そうだ」

「どうしてそんな遠くに？　幾つも先の駅ですよ」

「そうだよ。奇っ怪だろ。上が電話してきた。俺たちは男のガキを送っていって、向こうはお前の娘を送り返してくる。お前こそどうした？　娘がいなくなったのに、なんで警察に届けない？」

「いなくなってませんよ。親戚のところに遊びに行って……」

「ふざけるなよ。急げ、この件は今日中に片づけたいんだ」

ドゥヌは部屋の隅に座り、期待半分、緊張半分の心持ちでいた。「海豊に帰れるのか？　秀子に会えるかな？　秀子はまたぶたれるのかな？」この時なぜか、彼の小さな身体から勇気が湧きおこった。ただイーダスを連れ戻すためだけに、深い洞穴の奥へ奥へと入っていったあの時のように。ドゥヌは秀子の母親の手を引っ張り、耳元で言った。

「秀子が帰ってきても、ぶたないでくれる？」

秀子の母親は、ドゥヌの手を握った。彼女のまなざしは、それを約束しているようでもあり、約束していないようでもあった。

多くの人は、縦谷《じゅうこく》の上の空の色はいつも同じ、無限に透明に近い青だと思っている。だがそれは恐らく、心がざわついているか、レジャーでごく短い時間しか東部に滞在したことしかない人の誤解だ。実際には、縦谷の青は午後には消えてしまう。高山の上で対流雲が盛んに生まれ、陽光で蒸発した水分が緩やかに凝集し、雨雲が形成される。雨が降るかどうかにかかわらず、縦谷は一面の靄《もや》に包まれる。山の風と海の雨、それがこの土地の本来の力だ。

この日の午後、南に向かう列車と北に向かう列車にそれぞれ乗った秀子とドゥヌは、同じ時刻に窓の外を眺めていた。ドゥヌが見たのは太平洋、秀子が見たのは奇萊《チーライ》山。この日の雨雲は、列車の上の空で凝結し、今にも雨粒が落ちてきそうだったが、まだ落ちてきてはいなかった。

第五章　乾季

消滅

時に巨人は思う。この世で消滅を怖れないものがあるだろうか？　消滅は死ではない。死は個体における概念であり、死に対する怖れは個体が生み出すものだ。集団の視点から見れば、そのような怖れは存在しない。一羽のメジロチメドリの死は、一羽のメジロチメドリの死に過ぎない。集団としてのメジロチメドリは、依然として集団のメジロチメドリの目標に向かって奔走する。死に対する集団の哀惜は短く、そもそも長く継続することができない。集団は、死に対して過度に執着しない。

死に対する長期の哀惜は、人類に他の動物とは異なる進化をもたらした。それによって人は、生きる中で躊躇し、立ちどまり、多くの心配を抱えることになった。時に人類は、死ではなく、消滅を怖れることもある。

消滅とは、消え去って二度と戻らないことだ。

兄のダナマイが死んでだいぶ経つが、巨人ダナマイの記憶から兄が消滅することはなかった。

ダナマイが兄のことを思い出さなくなった時、真の消滅がやってくるのだろう。消滅は必ずしも死の後に起きるのではなく、時には死より先に起きることもある。生存活動への意欲を失った生命が、言葉は役に立たず、文字も役に立たず、記憶も役に立たないと感じた時、消滅はもう目の前に迫っている。

巨人は時に思う。彼にとって大切な記憶の数々は、今はもう存在しない巨人たち、浮かび上がった島、漂う陸地、そしてこの青い星にとっては、さほど意義のあることではないのだろう。少なくとも、巨人はその意義を思いつかない。意義は、巨人が考え付く前に消滅してしまったのだろう。塚もなく、墓碑もなく、さざ波もない。時間は洪水が押し寄せるようにすべての生命の生活を貫き、消滅を忘れないための儀式そのものですら、いつか消滅していく。メジロチメドリが巨人に伝えた物語のすべては、ただチチチチという鳥のさえずりとなり、風に吹かれて消えていく。

消滅に抵抗するため、人類は山の中に墓を掘り、海辺に墓を掘り、更には生きている人の住居の中にまで墓を掘った。人類以外の動物には消滅の概念がない。だから動物たちは人類が墓を掘り、墓碑を作ることに驚きを感じ、時にはそこに嘲笑も加わった。

巨人は兄のために墓碑を建てようかと考えたこともあったが、同時に、それはばかばかしすぎるとも思った。兄のために建てる巨人唯一の墓碑は、おそらく自分自身の墓碑にもなるだろう。墓碑を建てれば、人類はこの世界にまだ巨人が存在していたことを知ってしまうからだ。巨人の存在に気付いた後、人類は巨人に対して何をするか？　巨人に確信はなく、想像することもできなかった。
長い間、巨人は人類に発見されるのを避け、鳥やコウモリ、モグラなど、動き回るのが好きでおせっかいな動物たちが耳元に来て喋《しゃべ》る話から、世の中の動きを知った。この辺りに住む人類たちが、死者を家の中に掘った穴に膝を曲げた形で埋葬することは、モグラから聞いて知ったのだ。これは、人類が死を怖れている一方、身近に感じてもいることを示している。だからこそ、生者と死者が同じ家に共存することを受け入れているのだ。家が墓であり、墓は居室でもある。この点については、多くの動物も共感できるところだろう。

一匹の傷ついたカニクイマングースが自分の瞼《まぶた》の辺りに隠れているのに気づいた時、巨人は睫《まつ》毛《げ》を動かす時になるべく力を入れないようにした。これは傷ついたカニクイマングースに対する巨人の小さな善意だった。巨人は何かの神通力のようなものを発揮するつもりはなかった。実際、彼には何の神通力もなかった。巨人の髪に凝結した露が、涙袋の下の皺に大雨の後にだけ出現する小川となって流れ、カニクイマングースが体力をさほど消耗せずにそこで魚や蟹を獲れるようになった。更に偶然にも、巨人の眼窩《がんか》の脇には刀傷草〔ヤナギニガナ。痛み止め、消炎解毒の効能があると言われる〕の群生があった。カニクイマングースは飢えを満たす本能でこの草を食べ、その後自分の傷の上に吐き出した。巨人の濃密な睫毛はカニクイマングースの痕跡を覆い、暫《しば》しの間、捕食者の目からそれを隠した。終始、夢うつつの境にいるカニクイマングースは、まるで自分がまだどこかの小さな渓流で泳いで食べ物を探しているかのように、水かきのある三本の小さな足をかき動かしたので、巨人は瞼に微かなくすぐったさを感じた。

生き物の生死が、まさに自分の「すぐ目の前」にあるのを見て、巨人はこの動物の運命に興味を持った。ただこの時、巨人の心に一つの言葉が浮かんだ。

「何かを懐かしく思うな。何かを取り戻そうと渇望するな。奇跡を期待するな」

そこに鹿を見るだろう

巨人の心に浮かびあがる、人類が書いた言葉の数々には、巨人が同意できるものもあり、納得できないものもあった。彼の感想がどうであれ、それらの文字が彼の心で葉をつけ、落葉するのは、避けることができなかった。

奇跡に関するこの言葉については、巨人はもっともだと思った。奇跡は期待して得られるものではないからこそ、奇跡と呼ぶ資格がある。

巨人と人類の最大の違いは、巨人の世界では、巨人対巨人の戦争は一度も起きていないことだ。これも一つの奇跡だろう。それに比べ、人類の歴史はほぼ戦争を主旋律として叙述される。人類の発展の歴史の中で、自ら戦争を発動したことのない集団は既に存在しない。巨人が戦争をしたことがないのは、彼らがことさらに善良だからではない。根本的な理由は、彼らが想像によって存在を獲得できているからだ。ある生命の想像が、別の生命の想像と衝突したとしても、相手を消滅させるまでには至らない。

巨人は、個体の想像ではなく、集団の想像によって存在していた。一定数の成員によって構成される集団が、共同で巨人を想像して初めて、巨人はその足を持ち上げ、その足を踏み下ろして台地を作ることができる。だから、人類が巨人族は既に滅んだと認識し、大多数の人が巨人の物語を語り伝えることを必要としなくなった時、巨人は次第に活力を失っていった。

巨人自身も、自分が人類に発見されないがためにここに横たわって身を隠しているのか、それとも人類がもう巨人に興味を失ったことで、自分がここに横たわっているしかなくなったのか、はっきりとはわからなかった。巨人がわかっているのはただ、自分が既にかなり衰弱していて、もしかしたら、もしかしたら明日にはもう存在していないのかもしれないということだった。いずれにしろ、このところ巨人がしているのは、もっぱら静かに横たわり、過去を回想することだけだ。世界にまだ悪戯《いたずら》好きの巨人が満ち満ちていたあの時代のことを。

巨人たちの悪戯の起源は、往々にして「もしこうしたら、どうなるんだろう」と思ったことだった。悪戯は時に、巨人も予想していなかった傷害をもたらすこともあった。悪戯と本物の悪との違いは、ただその動機にあるだけだった。

巨人が直近に行った悪戯は、横たわったままできるものだ。彼は口を大きく開き、いつも心の中で彼と対話していた少年が、白い犬を追いかけてきたところを誘い込んだのだ。巨人は同時に、今までにたくさんの不思議な物語を読んでいた家出少女を、臍《へそ》を通して彼の体の中に入れた。しかし巨人は、少年がここまでの強い勇気をもって、これほど深くまで分け入ってくるとは思っていなかったし、少女の心の奥の暗い陰がここまで強い意志を彼女に持たせ、これほど深くまで入り込んでくるとも予想していなかった。

二人の子供たちは巨人の身体の中で出会い、知り合った。村人たちがその道を通って進入してきたが、二人の子供たちが連れ出された後、巨人は急いで、その道を封鎖した。ただな、ただ、「**ある場所は、いったん人が踏み込んでしまったら、もう無傷ではいられない**」のだ。

巨人は、二人の子供が別れる前、巨人の身体の中で行った「交換」に、心を打たれた。交換は、生命が関係を確立するための重要な活動だ。それは互恵に基づくものだが、双方の間のバランスはとても微妙である。一粒の小石と、歌の一節が交換されることがある。誰かを一生涯守りぬくのは、ただ一瞬の微笑を見るためのこともある。その天秤のバランスは、完全に交換の当事者同士のみにより決められる。「私」の一部分を「あなた」に与え、「あなた」も自分の一部分を「私」に与えることで、死や消滅もそれほど怖ろしいものではなくなる。贈り物の交換は、自分が消滅から逃れるための一種の儀式だ。

巨人はふと思い出した。巨人族と人類が共存するための暗黙の了解は、ある意味で「交換」という儀式によって壊れてしまったとも言えた。初めの頃の交換は、この二人の子供がしたように、純粋で、無欲なものだったのかもしれない。だが次第に人類は、交換に何かを求めるようになった。交換は期待を呼び起こす。欲望によって、交換のバランスは呆気《あっけ》なく崩れ、一方が不満を抱くこととなった。

ここまで考えた時、巨人の心臓が突然飛び跳ね、ある声が聞こえた。「我々がたどり着いたのは、かつて離れてきた場所だった。我々が失ったのは、我々が追い求めていたものだった」

そうだろう。巨人と人類が共存し始めた頃、その関係は疎遠なものだった。人類の集団は巨人の姿を想像した。これにより、巨人は人類とよく似た容姿を獲得したばかりか、情緒、感情、欲望なども持つこととなった。自然界に生きる人類は、鳥、コウモリ、カニクイマングースと同様、洪水や日照り、山崩れや台風などに遭遇した。そして競争し、傷つけ合い、奪い合ううちに、独占したいという欲望が生まれた。人類が巨人と衝突するのは、避けられないことだった。

巨人が理解できなかったのは、人類が、巨人にも自分たち人類と同じように要求があるのだろうと想像し、巨人が捧げものを要求しているのだと考えたことだ。人類は大自然の営みがもたらす苦しみを巨人のせいにし、巨人に許しを請い、巨人の要求に「応じ」ようと宣言した。巨人はこれにとりあわなかった。だが、巨人が悪戯をして人類と衝突が発生した時、人類は何の躊躇もなく巨人を罵《ののし》り、巨人たちを成敗した。まるでかつて祈りや儀式で見せた愛や崇拝など、もうすべて消えてしまったかのように。

「愛と暴力は、表と裏で色の違う葉のように、背中合わせである。だが風が吹けば、それらはお互いになり、絶え間なく入れ替わる」巨人ダナマイは、兄のダナマイの心に浮かび上がったある言葉を思い出した。兄はこの言葉を掌の上で揉み、その後、弟に手渡した。弟は、それを口に放り込み、繰り返し咀嚼《そしゃく》して、味わった。

その日も、ダナマイは目を覚ました。海岸近くの山脈の上に横たわっていたので、右の目に海が見え、左の目には山の一角が見えた。彼は兄が海に沈んでいった日のことを思い出した。あの日も、自分はこうやって横たわっていた。あの時、自分は右目を見開き、自分の兄が追いたてられて殺されるのを目撃していた。兄の鼻梁《びりょう》がゆっくり海中に沈んでいった時、弟は上半身を起こしたものの（これにより地震が発生した）、巨人の天性に引き止められた。衝突する勇気がない、衝突したくない、衝突できない。ただ、左眼からゆっくりと涙が流れ落ちた。

巨人ダナマイの兄の死後すぐ、この島には珍しく、長い乾季が訪れた。砂粒と砂粒の間をくっつけていた水の仲介がなくなったことから、辺りには茫々《ぼうぼう》と砂埃が立ち込めた。この時、巨人はもう一つの目で、既に未来にもう一つの乾季が到来することを見ていた。水鹿《すいろく》の群れが、川辺に水源を探しに行く途中、濃い霧の中で方向を見失っていた。鹿たちは頭を上げ、水のありかを嗅ぎ取ろうとした。巨人の心に、一見、この状況にはあまりふさわしくない、だが何か関連があるようにも思える言葉が浮かび上がった。「本来しごく明らかであるはずの事物を忘れ、明らかに捏造《ねつぞう》と分かる事物を構築する時、そこに鹿を見るだろう」

自由は鴻毛の如く軽く、未知は鉄の如く重い

生死の境にあった三本足のカニクイマングースは、ホルモンの作用によって全身の感覚が極限まで開放され、その瞬間、巨人の存在を感知した。

巨人がひっそりと身を隠している間、さまざまな生き物たちが彼の身体の上に棲み着いた。生き物たちは巨人の身体の上で泳ぎ、巣を築き、土を掘り、もぐり込んで身を隠して、あたりまえのように暮らしていた。あるいはこう言ってもいいかもしれない。生き物たちから見た巨人は、この世界の一部分であった。人類の伝説や物語の中で語られる巨人の姿は、人類が大脳の中で構築し、視覚で本当に体験したかのように創造したものだ。こうして、樹や岩石、水流、動物たちによって隠されていた巨人の輪郭が発掘されたのである。

生死の境をさまよい、巨人の涙の中で泳ぎ、巨人の皮膚に生える薬草を食べたカニクイマングースの傷口には次第にかさぶたができ、彼は一命をとりとめた。三本足のカニクイマングースになってしまってはいたが。

この日、彼はふとしたはずみに、巨人の濃密な体毛の間に孔《あな》が開《あ》いていること、そのうちの幾つかは巨人の身体の中に通じていることを発見した。彼はそのひとつひとつを探索した。巨人の

血管と、山の水脈、平地の地下水の層は繋がっていて、三本足のカニクイマングースはその道筋を通って移動することができた。足先を失い、歩く能力は損傷を受けてしまったが、泳ぐにはそれほどの支障はなかった。三本足のカニクイマングースは、巨人の身体の中と、地下に水脈が張り巡らされたこの島の東部を自由に行き来した。過去と比べても、よっぽど自由だった。

日々泳ぎ回っているうちに、三本足のカニクイマングースは巨人の心の中の思いを受け取るようになった。彼は自分が巨人語とカニクイマングース語の変換に対応しつつあることに気がついた。これは、喉からの発声を大脳が解読し、記号に転化するものではない。言ってみれば、象たちが低い唸り声でひそかに連絡を取る時の、鯨やイルカが不規則に繰り返される吟唱で求愛する時の、あるいはコウモリが超音波で空間に触る時の方法に似ていた。

彼は、巨人の体内に、不思議な場所があるのも発見した。そこには一本の大樹が生えていた。毎日二回、大樹はすべての葉を落とし、そして再び新芽が萌《も》えだし、新しい葉が茂った。落葉と芽吹きの間に、カニクイマングースはさまざまな声を聞いた。だが、その大部分を彼は理解できなかった。例えば、こんな言葉を。

「巨人に呑み込まれた者は山の一部となり、巨人に吐き出された者は山を理解する者となる。地下の渓流をたどって行けば、蟹を見つけ、巨人の心にも入ることができる。未来の日々の中で、自由は鴻毛《こうもう》の如く軽く、未知は鉄の如く重い」

第六章　暖冬

星影のワルツ

首曲がりユダウはふらふらとスクーターを走らせていた。さきほど郷長[*1]のところで少し酒を飲んできたのだが、ふらふらしているのは酒のせいではなく、酒の場で耳にしたある話のせいだった。

交差点で信号が変わるのを待つ間、ユダウはあやうく眠ってしまうところだった。いや、実際に少し居眠りしてしまい、短い夢まで見ていた。夢の中で、彼は行けども行けどもまた分岐が現れる道をスクーターで走っていた。どちらかの道を選んで走り出す度に、その先にまた新たな分岐が生まれるのだ。

ユダウがその短い夢から醒めると、目の前には本当に二つの分かれ道が現れた。

ユダウは、彼の世代では珍しく、街の高校を出て村に戻ってきた人間だ。中学の成績が良かったユダウは花蓮《ホワリエン》の高校に合格し、村きってのエリートとなった。当時、家に祝いにやってきた村の人たちは、ユダウはタマの聡明さを受け継いだ、将来は村長になる定めだと口々に言った。

小学校の時、算数の教師が、ユダウに数学の才能があることを発見した。計算が得意だというだけではなく、ユダウには数字を通じて問題を解決する一種の能力があるようなのだ。教師からそう告げられた時、ユダウは心の中で少しだけ誇らしく感じた。だがすぐに、算数の宿題をタマに質問した時のことを思い出した。タマはそれを見た後、うんざりした表情をして言った。「こんなもの勉強してどうする」

「おもしろいよ。テストにも出るんだ」

「数学なんて役に立たん。村では一と二以上の数字は必要ない」

「どうして?」

「二十以上の数を数える必要がないからだ。二十以上持っていたら、それは持ちすぎだ。持ちすぎていたら、皆と分け合わなきゃいかん。分け合うことを知らなければ、お前は村では失格だ」

「どうして?」

「ばかたれ。とにかく失格なんだ」

ユダウはあの時タマが言った道理のことを繰り返し考えた。いったい、村のガヤ《規範》に従うべきなのか、花蓮の街に出てから見聞きした別のルールに従うべきなのか。この先ずっと村で生活していくのであれば、村と共存共生する方法は自然と身につくのだろう。時が来れば陰毛や髭が生え

＊1　郷長:「郷」は台湾の行政区分で、「県(縣)」の下部、「村」の上部にあたる区分。

るのと同じで。だが街の学校に入ってしばらく経つと、タマの道理や村のガヤを、かばんに入れて学校に持ち込むことはできないことが彼にも分かった。ユダウは思った。タマの聡明さは、別の世界の聡明さだ。タマの原則や信念も、別の世界の原則や信念なのだ。

　ユダウが数学を好きだったのは、数学の問題の面白さが、答えは「こうである」とはっきり決まっているところにあるからだ。すべての設問には、解く者を安心させる答えがある。答えを間違えれば「そうではない」と提示される。だが高校に上がり、数学の教師から数列と確率変数を習った時、ユダウの世界観は再び調整された——万物は固定であり、且つ、変動する。変動には規則がある。ユダウは座標変換の問題、空間の問題、それに各種の数理物理学と度量衡の問題に特に長《た》けていた。

　高校の数学教師も、ユダウの数学の才能にすぐに気がついた。教師は、半日経つともううっすら髭《ひげ》が生えてくるユダウの顔を見ながら言った。「山地人にも数学の才能がある人間がいるとはね。君らが得意なのは、走ることや歌うことだけかと思っていたよ。つまりね、君がこの成績をずっと維持できて、文系の科目も捨てずに勉強すれば、もしかしたら国立大学に行くチャンスがあるかもしれない」当時のユダウは、数学教師が恐らく無意識に言葉に含めた差別に完全には気づかず、それをある種の誉め言葉として受け取ったばかりか、はにかむように微笑んで見せた。

　数学教師はユダウの顎《あご》を指さして言った。「髭はきれいに剃《そ》っておくんだ。私は放課後の五時から六時までは時間がある。質問があったら訊きに来なさい」数学教師は、教員室の彼の向かいの、夕食の支度のためにいつも定時に帰る国文教師の席にユダウを座らせ、反古紙《ほごがみ》の裏に問題を幾つか書いて解かせた。ユダウが問題を解き終わると、今度はユダウが考えた問題を教師が解いた。次第に、数学教師はユダウの出す問題に手こずるようになり、白シャツが透けるほど冷や汗をかいた。その後、ユダウが問題を出す部分は取り消された。

高校を卒業する年、ユダウのブブ《母親》が大病を患ったが、ブブは病の床でユダウに大きな町に行って何か役に立つものを学ぶよう言いつけるのを忘れなかった。役に立つものとは何か、ユダウが数学教師に尋ねると、教師は少し考えた後、ため息をつきながら言った。「君の才能であれば、もちろん数学を専攻するべきだろう。だが、お母さんの言う〝役に立つ〟とはどういう意味かも理解できる。会計学を選んではどうか」

大学連合入学試験を経て、ユダウは村で初めて、台北の大学に進んだ人間になった。村人は再び彼の家に詰めかけて酒を飲み、村長を出した家の息子はさすがに大したもんだと褒め称《たた》えた。親戚一同、ユダウが学を成して帰った暁には、選挙に出てあの舌足らずの漢人を打ち負かすことを期待した。

大学二年の時、ブブの原因不明の病は急転直下で悪化した。ブブは骨と皮ばかりに痩せ、身体を起こすこともできなくなり、穴の開いた麻袋のように家の金が出ていった。村に残ってブブの介護をしていた妹の負担を減らすため、ユダウは黙って学校をやめて村に戻った。ブブには、大学はもう卒業したと嘘をついた。ユダウはタマの遺した土地に作物を植え、叔父と一緒に山に入って罠の仕掛け方を覚え、捕まえたキョンの肉で粥《かゆ》をこしらえてブブに食べさせ、彼女の体重を維持した。

一年が経つころ、妹は、子供に勉強を教えるサークル活動で村に滞在し、妹が店番をする雑貨店に毎日やってきていた台北の大学生と結婚することを決めた。大学生は雑貨店の住所を書き留めておき、夏休みが終わって台北に戻った後も、毎日妹に手紙を書いてきた。

妹は、手紙が店に配達されるのを魂も抜け出たように待ち焦がれた。ブブの重病ですら、この村を離れてあの男のもとへ行くという妹の決心を鈍らせることはなかった。しかたなく、ブブは娘の結婚を許した。村のガヤでは、よそから来た男は、婚約者の生まれ故郷でそのタマと共に一定期間を過ごし、お互いによく知り合い、生活に必要な技術を学ばなければならない。ユダウたちのタマは既に亡くなっているため、ユダウが妹の婚約者のために、一週間の充実したスケジュール表を準備した。だが、一日目の沢登りの時、妹の婚約者は足首を捻挫した。川辺の石に腰かけて休み、おびただしい数の蝶たちが沢で水を飲んでいるのを眺めながら、ユダウは尋ねた。

「妹と結婚したら、あんたはここに住むのか?」

妹の婚約者が言った。「本当は、ここはちっとも好きじゃない。ここには慣れない」

「そうだろうな」

「僕が結婚したいのはあなたの妹だ。ここの生活じゃない」

「うん。わかってる」ユダウは妹の婚約者の足首を固定してやり、彼を背負って猟師小屋の一つへ運んでその夜はそこで泊まり、翌日、再び彼を背負って村に戻った。出迎えた妹と、寝床に横たわるブブにユダウは言った。「彼は合格だ」

結婚式は台北で行われた。妹の婚約者が、トゥルク式の結婚式をやりたくないと固持したからだ。はじめのうちブブは許さなかった。だがある夜、夫が夢に出てきてこう言った。「石ころを屈服させることはできない」ユダウはブブを連れて台北へ行き、床がぴかぴかに磨かれたホテルへ足を踏み入れた。その日、妹は西洋式の白いウェディングドレスを着た。ユダウとブブは完全に時代遅れの大仰な礼服を持参し、トイレでそれに着替えた。披露宴の最後に、ブブは黙ったまま手櫛で娘の髪を梳《す》いてやり、その手を取って自分の腕にしっかりとのせた。その後、彼らは一緒に写真を撮った。写真の中で、彼ら三人はぎこちなく、だが幸福そうに笑っていた。写真を撮り終わると、妹は泣いた。

妹の結婚後、ブブは奇跡的に病の難所を乗り越えた。だが脚力は弱り、立ち上がることができなくなった。ユダウは雑貨店の店番をし、親戚や友人たちの猟のグループに入り、家族の畑は漢人に貸した。その年の春、ユダウは一人で山に入って罠を仕掛けてもよいという認定を叔父から得て、自分の猟区を持つことになった。彼は興奮を胸に山に入り、自分は今まさに真のトゥルクになれるのだと期待した。だがそこで思いがけずも熊のびんたを喰らい、首曲がりユダウとなったのだった。

ユダウが首曲がりユダウになった後のある日、以前、タマと仕事上のパートナーだったという人物が、雑貨店に訪ねて来た。ユダウはその人が沈《シェン》という姓で、生前のタマをしょっちゅう海風《ハイフォン》カラオケへ連れ出し、酒を飲んで何かを話していたのを覚えていた。沈氏は痩せて小柄な体つき、黒ずんだ顔をしていて、カラスのようにいつも全身黒ずくめだった。ユダウが沈氏と何を話したらいいのかわからずにいると、沈氏は突然、アタッシェケースを取り出してユダウの前に押し出し、ケースの上を指でコンコンと叩いて、開けるようにユダウに示した。

　ユダウは、彼の意図が分からず、黙って相手を見ていた。

「林貴方《リングイファン》、あんたのおやじさんは素晴らしい猟師で、良い縁にも恵まれていた。おやじさんがずっと、前の村長のために働いてきたのはあんたも知ってるだろう？　林季順《リンジーシュン》が村長になったのは、俺たちの後ろ盾があったからだ」沈氏は店の棚から五香粉味の乖乖《グァイグァイ》〔コーンスナック〕をとり、袋を開いて食べ始め、一粒一粒、口に放り込みながら言った。「俺たちは今の村長が嫌いだ」

「……」

「俺たちは、あんたのおやじさんが持ってた縁をあんたに引き継いでもらおうと思っている。林季順の縁を、あんたにやろう」

「どうして俺なんだ？」

「あんたは村では珍しく大学に行った人だ。学位は取れなかったようだが、俺たちはそれでもかまわない。しかも、あんたんとこは親戚も多い。……あんたらみたいな山地人の村では、親戚が多いやつが勝つ」

「……」

「あんた次第だ」沈氏は身体を前方へかがめた。お辞儀のようにも見えたが、そうではなく、刃物を突き付けるように例のアタッシェケースを押し付けてきた。ユダウは沈氏の身体から、どこかで嗅いだことのある臭いが漂ってくることに気がついた。ずいぶんと考えた末、それは胎位異常の胎児を出産しようとする母豚が、糞尿まみれでもがいている時の臭いだと気がついた。

沈氏が去った後、ユダウは彼の話の内容をすべてブブに告げた。アタッシェケースは結局受け取らなかったので、その部分は省いた。

ブブは言った。「ユダウ、お前が自分で決めなさい。お前のタマが村長の手伝いをしてた時、村の人のことにあれこれ手を貸したよ。もちろん、タマのことを良く思わない人もいた。沈という人のことは知ってる。あたしはあの人が嫌いだよ。でも、タマは言っていたよ。この世界には、良い悪人もいるし、悪い善人もいる。こんな考えの人もいるし、あんな考えの人もいる。何かをする時には、良いことも悪いことも併せ呑まなきゃならない。どんな仕事も、誰かがやらなければいけない。村長の仕事もその一つさ。村長ってのは、特別な人じゃないし、地位が高い人でもない。仕事をする人だよ。もしお前がそれを引き受けるなら、そのことを忘れてはいけないよ」

信号の前で居眠りをし、目を醒ましたユダウは、「良い縁」について思い返した。長い時間をかけて、彼はようやく、タマの良い縁と沈氏の言う良い縁とは違うものだということを理解した。村の中で良い縁があるということは、タマが以前言っていたように「計算が上手くなり過ぎてはいけない。二十以上を数えてはいけない。たくさん持っていたら分け合うこと」であるが、沈氏が言う良い縁はそれとは別の意味だった。

ユダウはアクセルをひねり、直感に任せて走り出した。今しがた、王郷長《ワン》が街のクラブのＶＩＰルームで開いた会合で、ユダウは、大きな円卓にずらりと並ぶ沈氏によく似た人々と会った。見た目が似ているのではなく、沈氏のような臭いのする人々だ。この数年、ユダウは雑貨店の店主から猟師になり、首曲がりユダウとなり、そして首曲がりユダウ村長となるにつれ、こんな臭いの人々と会うことが多くなった。初めのうちはどうにも馴染めなかったが、時間が経つにつれ、彼らと一緒に席に就き、一緒に歌って一緒に酒を飲めるようになった。彼はこうした人々との「良い縁」を維持する方法も覚えた。

円卓で、皆はひとしきりウィスキーを飲み、それからビールを飲んだ。狸のような顔をして口の周囲にぐるりと髭を生やした人が、ようやく口を開いて本題について話し始め、「もうすぐ海豊《ハイフォン》村で起きようとしている、海豊村の人々に金と仕事をもたらす計画」についてひととおり語った。

その人は首曲がりユダウに質問の機会を与えず、続けた。「この話は、もちろんあらかじめ村長にお伝えし、相談したものであります」その後、少し考え、強調するような語気で言った。「相談した、わけではないかもしれませんが、結局のところ、この手のことは相談できるものではないのです。これは政策、政策なのですから。国が決めたことです」

傍らに座っていた劉《リウ》秘書がげっぷをし、勝手にユダウに代わって「もちろん、もちろんです」と相槌を打った。劉秘書は、沈氏がユダウにあてがった秘書で、この数年来、ユダウの行動を最も掌握している人物だった。彼はユダウが選挙に出馬した際に寄付を集め、のぼり旗を作り、当選後はユダウのスケジュールを管理し、誰と会うかを選別した。劉秘書は、ユダウと一緒に教会に行き、村人と一緒に祈ることまでした。そしてユダウに、もっと大きな声でお祈りしたほうがいいですよ、と勧めた。「礼拝堂にいる全員に聞こえるようにね」

ただ、なぜかはわからないが、当選から数か月が過ぎた頃、ユダウは自分が村長という仕事にあまり適応できず、食べ物に混じった砂粒を噛んでしまったような嫌悪感を覚えているのに気がついた。その嫌悪感を克服するため、ユダウはもう少し勉強して、村のことを理解しようと自分に言い聞かせた。彼は台北で通っていた大学に行き、村に関する歴史資料をコピーしてきた。その多くは日本人が書いたものだった。『太魯閣《たろこ》蕃調査事項』という文献では、清《しん》朝時代から大正三年までに行われた各種の施策とその沿革が列挙されていた。また、『太魯閣蕃方面気候概要』という一冊は、ことさらユダウに感慨を抱かせた。日本人は、トゥルクを攻撃するために、トゥルクの言語や、居住地域の雨量、気温、降雨日数を調査した。そこには、ある一年に雷が起きた日にちまで、詳細に記録されていた。

「つまりこれが、あんたらが俺を村長に推した理由か？」ユダウは劉秘書にだけ聞こえる声で尋ねた。劉秘書は答えず、目の前の鳳梨蝦球《フォンリーシアチョウ》〔エビのフリットとパイナップルのマヨネーズ和え〕を箸でつまんで口に放り込んだ。

タマが生きている時、日本時代にも村長をしていたことのあるRudan（先輩）、つまりタマが補佐をしていた元村長の話をよくしていた。ユダウが小さい頃には、タマはこんなことも言っていた。日本人が台湾を去った後、元村長はしょっちゅう一人で海辺に行くようになった。不思議に思ったタマは、ある時こっそりその後をつけた。村長は、河口にある林の向こうまで歩いてゆき、礫石《れきせき》の浜の間に挟まれた小さな砂浜に立ち、海に向かって日本の歌を歌った。歌い終わると、村長はポケットから本を取り出し、波浪の音と競うかのように大声で読み上げた。

「何の本だったの？」

「国民学校[*2]の教科書だ」

「どうして小学校の教科書を読んでたの？　試験のため？」

「『国語』〔中国語〕を勉強することを自分に強いていたんだ。村長が国語ができなかったら、村の人が政府と衝突した時に助けることができないだろう。国語ができなければ、選挙に出ることもできない」

だが、村の人が必要とする助けというのは、いったいどういうものだろう？　首曲がりユダウは村長ユダウに問いかけた。あの「もうすぐ海豊村で起きようとしている計画」も、村の人のためになるものなのだろうか？

ユダウは黄色いランプが灯っているのを見て、無意識のうちにスクーターを停めた。「歌が歌いたいなぁ」ユダウは思った。彼が小さい頃、タマも歌を歌うのが好きだった。中でもユダウの印象に残っているのは、『星影のワルツ』という歌だ。歌詞の意味は全く分からないが、タマが歌う時に、タマの口真似をしてひと言ひと言歌っていたら、いつの間にか覚えてしまった。

ユダウは知らず知らずのうちに、その歌を口ずさみ始めた。いつもとは違う様子の黄色のランプも、コマみたいにくるくると回り、まるで歌の旋律に合わせるかのようだった。ユダウはスクーターのエンジンを切ってその場に停め、酔ってか酔わずかのうちに踊りだした。

歌い終わると、酔いが少し醒めた。よく見てみると、黄色いランプは海風カラオケのステージの照明ではなく、回転する警告灯だった。

だが、なぜこんなところに、警告灯が出現したのだろう？　ふわふわする頭でユダウは思った。俺は本当に酔っぱらっちまったのか？　目を閉じて少し揉み、再び開けてよく見ると、自分が山上へ向かう道に来ていたことに気がついた。目の前にはブルドーザーが一台停めてあり、細い道の入り口が拓かれていたが、それがどこへ続いているのかはわからなかった。

もうムラタは使わないほうがいい

ドゥヌは一人、誰もいない猟道を歩いていた。雨が上がった後で予想より更に乱雑に伸びた灌《かん》木《ぼく》やススキを、手にした猟刀で時おり切り払う。呼吸の中に、さまざまな植物の汁の匂いが充満した。「工事用の道は、まだこの猟道のところにまでは来ていないようだな」彼はしゃがみこみ、獣の通った痕跡を丁寧に観察した。フクロウが音もなく頭上を掠《かす》めて飛んで行き、彼は一瞬鳥肌を立てた。

＊2　国民学校：戦後の台湾で、国民党政府により設置された初等教育機関。一九六八年に現在の「国民小学」に改称された。

周囲があまりに静かすぎて、彼の耳元でタマ《父親》が吟唱する古謡が響きだした。タマはドゥヌに狩猟に関する考え方や禁忌をたくさん教え、それはいつも歌にのせられていた。二人は前と後ろに並んで歩きながら、歌を歌うことで呼吸のリズムを整えた。古謡には四つの音階しかないが、音の長短と配列が自由自在に変化する。伝えたいことを「歌」にする。その感覚が、ドゥヌは大好きだった。歌う方が、話すよりも恥ずかしくなかった。

「Giril（イブキシダ）は猪が大好きな隠れ家、Rmala Bbuyu（ヒリュウシダ）は猪が大好きな隠れ家、圧《お》しつぶされた草が教えてくれた、圧しつぶされた草が教えてくれた」タマが一フレーズずつ歌い、ドゥヌが小さな声でそれを繰り返す。学校の授業と同じように。「おしつぶされた草がおしえてくれた」

都会にいた頃、ドゥヌは仕事が一区切りついて友人たちと酒を飲んだ後、夜中に古いビルの奥にある録音スタジオに行って歌を録音した。彼は、教会で歌う歌曲を立て続けに十数曲録音し、流行歌の曲に自分で書いた歌詞をつけたものを数曲歌い、最後に記憶に残っているタマの古謡を一、二曲加えた。

「そういうのは、あんまり入れなくてもいい。誰も聴かん」

「……」

「こっちをもう少し入れろ。流行曲の替え歌」

「ああ。だけどあの曲、俺が歌ったあれも、それほどテープの尺をとらないけど」

「俺とお前、どっちがボスだ？」

「あんただ」

「まだ何か言うことがあるか？」

長い間追跡を続けたドゥヌは、ついに遠くの草むらに光る緑の火を見た。彼は全身の筋肉を、張りつめすぎない程度に緊張させ、音を発しないように身体を抑制し、弾薬が一発装塡《そうてん》された銃をゆっくりと持ち上げ、息を止めて、緑の火に向かって撃った。

「**パン**――パン――パン――パン……」銃声がこだました。反響が耳に伝わる前に、ドゥヌは足を踏み出し、撃った方向へ飛び出していった。

ドゥヌはいつものムラタを――精確に言えば「十八年式村田銃の猟銃」を捧げ持っていた。それは彼が海豊村に戻った後のある日、二人で山に猟に行った時、タマが手ずからくれたものだ。それは彼ら父子が一緒に山に入った最後の日でもあった。猟の帰り道、タマはこともなげに話した。これは日本人が撤退した後、政府が俺たちの手元にある銃を交換するというので、自分は日本の「三十年式小銃」とこれを交換したんだ。その「三十年式小銃」をどうやって手に入れたのかについては、タマは多くを語らなかった。

「なんで銃を交換したの？」

タマが説明した。ムラタ銃は鎖閂《ささん》式の単発銃だ。自動装塡機能はない。一度に装塡できる弾薬は一発だけ。「つまりな、この銃で強盗を働こうって奴はいないってことだ。一発撃ったらその場で取り押さえられて終わりだ。しかもこの種の銃は当たらない。撃てば撃つほど当たらない。

調整しても無駄だ。政府がこんな銃をよこした理由はそれだよ。目の前に山羊《やぎ》がつっ立ってたとしても、この銃を撃って死ぬのは俺たちの方かもしれない。いつか猟師がいなくなるとしたらな、猟師になりたいやつがいなくなったんじゃなくて、こんな古くてろくでもない銃で猟師が全滅したからかもしれん」

「じゃあ、どうしてこれを俺にくれるの？」

「お前にこれをやるのはな、俺が猟師だったと覚えていて欲しいからだ。お前は猟師になってもならなくてもいい。時代は変わった」

銃の槊杖《さくじょう》〔銃身内を掃除する細長い鉄の棒〕は、前床《ぜんしょう》の中に格納されている。子供の頃のドゥヌは、晴れた日に、タマが銃の手入れをするのを見るのが好きだった。タマは銃を両膝の間に寝かせて置き、銃床から槊杖を取り出し、銃を両膝で挟んで真っすぐに立て、槊杖に清潔な白い布を挟んで銃身に差し込む。銃身から引っ張り出された布は、油のかすと火薬にまみれて真っ黒に変わっている。布が白いままで出てくるようになるまで、布を取り換えて繰り返し拭いてゆく。

「腔発《こうはつ》〔弾薬が銃腔内で爆発する事故〕ってのは恐ろしいんだ。お前はもうムラタは使わないほうがいい。本当に銃で猟をしたいなら、どうにかして別の銃を手に入れるんだな」だが、ドゥヌはタマの言うことを聞かず、今日もまたこの銃を持って山に入った。

タマが、ドゥヌに初めて銃で獲物を撃たせた時、ドゥヌの心臓はまるで中からキョンが一頭飛び出してくるかのように跳ねていた。銃を構えたドゥヌの耳元でタマは繰り返しささやいた。

「もう少し近づいてから撃つんだ。もう少し、あと少し。堪《こら》えろ」

頃合いが最も大事だ。ドゥヌはタマが銃を撃つ姿勢や、撃った後に銃を置く瞬間の眼差《まなざ》しを何度も目にしてきた。身体は自然とそれを模倣する。タマは言った。「手をもう少し上に挙げろ。そうすれば、弾はもっと広がる」

思い出すと、タマは銃を撃つ前に、時間をかけて照準を合わせることは稀《まれ》だった。それはドゥヌが兵役に就いて、部隊で五七式歩兵銃を使用した時に教えられたのとは全く違っていた。タマは直感で、動物のいる方向と距離を察知した。できる限り獲物に近づき、銃口を獲物に向け、獲物が筋肉の緊張を解放して逃げる体勢に入るその瞬間に引金を引いた。その後、すばやく遊底《ゆうてい》を動かし、弾丸を弾倉の送り板に押し当てて薬室に送る。これが重要だ。獲物の方へ走る前に、次の弾丸を準備する。そうすれば、傷ついた獲物が突然死にもの狂いで反撃してくるのに対応することができる。

タマは言った。「丸い弾丸は、撃った後に破裂して、鉛の粒を広い範囲にまき散らす。動物に傷を負わせるチャンスは増えるが、致命傷ではない。だから生命力が強くて気が荒い、走るのがお前よりも早い動物、例えば猪みたいなやつには注意が必要だ。この世で最も危険なのは、台風が去った後の山と、傷ついた猪だ」

タマの身体からは火薬の匂いがした。哀傷《あいしょう》の匂いだ。銃声が、森にこだました。

ドゥヌは獲物に弾が当たったのが分かっていた。彼は獲物を探すうちに、いつの間にか、樹々の間から遠くに村を見下ろせる平坦な台地に出ていた。記憶の中のこの道はもっと広かったはずだが、今では植物に取り込まれようとしている。

方向を間違ったのか？　それとも獲物は傷を負ったまま、もっと遠くまで逃げた？　ドゥヌは違う方向も探してみた。雨の後の道は予測できない状態になっていて、硬い地面を踏んだかと思えば、次の一歩は軟らかい泥の中に踏み込んだ。草は肩の高さまで伸びていた。ドゥヌは、確かにあの水鹿《すいろく》に命中したはずだが、と考えていた。そう、鹿だった。彼は鹿の苦痛を感じ取っていた。

猟を学び始めた頃、タマはドゥヌに、弾の当たった小さな水鹿に、猟刀で止《とど》めをさせたことがあった。「恐怖を長引かせるな。こいつのためにも、俺たちのためにも。長いこと恐怖を感じた動物は肉がまずくなる」あの日、山を下りる時のドゥヌは、興奮しながらも憂鬱な気持ちだった。タマは彼の心を見透かしたように、言った。「ドゥヌ、ああいう動物たちは幸せだと思うか？」

「ああいうって？」ドゥヌは、タマが猟以外の話題をこんな真剣な調子で話しかけてきたことに驚いた。

「山にいる動物だ」

「幸せだと思うけど」

「俺たちに殺されてもか？」

「わからない」

「じゃあ、あいつらは自由か？」

「自由？」

「ああ。小学校の宿題帳の裏にも書いてあるだろう？　『自由』って」

「わからない」

「自由」「幸せ」「殺す」これらの言葉の意味をドゥヌは知っている。だが、それを二つずつ組み合わせてみると、ドゥヌはわからなくなった。

「本当の自由ってやつには、いろんなものが含まれる。死も含まれるかもしれないな。人間は全部に勝てるわけじゃない」

何年も経ち、ドゥヌは列車の中でこの日の会話を思い出した。その時、彼はまさに決定を下そうとしていた。台北に居続けるのか、それとも村に帰るのか。自由とは何なのか？　台北にいた期間の自分は、自由だったと言えるのだろうか？　そうだとしたら、それはあまりに空虚だ。あれは宿無しか野獣が味わう自由だろう。彼が自由を味わうとしたら、それは今のような状況のことだろう。彼の乗る列車も自由だし、空っぽの弁当箱も自由だ。

行動することだけが、自由だ。決定したことだけが、自由なのだ。その他はすべて、水、霧、雨に過ぎない。

「タマ、俺たちはみんな、神様のために造られたって戴《ダイ》牧師が言ってたよ。じゃあ、幸せは神様のためなの？　自由も神様のため？」

「ブブ《母親》の言うことをきいてお前を連れて教会に行ったけどな、俺は教会で聞いた話や、言われた言葉を完全に信じてはいない。俺はまだ、いろんなことについて考えていて、結論が出ていないからだ。だからな、もしかするとだが、上帝だってまだ考えてる最中なんじゃないか？」

「神様の考えは全部本に書いてあるんじゃないの？」

「本なんか信じられるか！　俺たちトゥルクに本はない。覚えていることと、忘れちまったことしかない。あの本は本当に上帝が書いたのかどうかもわからん」

「じゃあ、神様が言っていることは正しいの？」

「俺たちが祈っているのが、慈悲深い上帝なのか、それとも根に持つ上帝なのか、どうしてわかる？」ドゥヌはひどく驚いた。タマは神を信じているのだとずっと思っていた。

タマは、ドゥヌのまなざしの中の戸惑いに気付き、言った。「俺はただ、教会に行くのが好きなだけだ」そこで一息つき、付け加えた。「若い時にな、上帝を信じる人たちの中には、自分が他人よりも良い人間だと思っている人がいるって気がついて、それは変だと思ったんだよ。俺が教会に行くのが好きなのは、あの建物は信念のある人たちが集まって建てたものだからだ」


鹿は草むらに倒れていて、まだ息があった。ドゥヌは鹿の身体に開いた血が流れ出る孔《あな》を撫でた。ちょうど小指が入るほどの大きさで、温かく湿っていた。鹿は舌を垂らし、何か話したいことがあるかのようだった。月光の下で黒い瞳がまだ光を発し、怖れを発散していた。鹿はドゥヌから逃れようともがき、跳ねるように動いたが、ほっそりとした四本の脚はもう彼の言うことをきかなかった。

ドゥヌは手についた鹿の血を、地面の上の落ち葉で拭《ぬぐ》った。手は、泥と樹の小枝と葉にまみれた。彼はその手を鼻に近づけて匂いを嗅いだ。いつの頃からか、それが習慣となっていた。彼は動物の身体から流れ出たばかりの血の、鉄さびと硫黄《いおう》の匂いが好きだった。それはある種の清らかな匂いだ。ドゥヌは猟刀を抜き、片手で鹿の頭を押さえ、その喉を切り裂いた。鹿の血がしぶきとなって噴き出した。月明かりの下、ドゥヌが鹿の腹を一直線に切り開くと、熱い内臓がどっとあふれ出た。彼は今回、少し長く山に留まるつもりだった。まだあと数日は。鹿を一頭丸ごと背負って下山するつもりもなかった。山に置いておいて腐らせないため、後できれいな水を探して鹿の尻を洗わなければいけない。最期にもがいた時に鹿は失禁していた。ドゥヌはKdang（セキショウ）の葉を採ってきて、鹿の腹に詰めた。

「こうすれば獲物は腐らない」ウミンが歌った。

「こうすれば獲物は腐らない」ドゥヌが歌った。

　こと切れる前、鹿は咳き込んだ。ドゥヌはこの数日、タマもずっと咳をしていることを思い出した。咳き込んで真っ赤になった顔は、高粱《ガオリャン》酒を飲み過ぎた時のようだった。ドゥヌは背中を叩いてやったが、背に手が触れた瞬間、タマが枯草のように痩せていることに気がついた。横になると肺が痛むタマのために、ドゥヌは家の中の服を全部出してきて彼の背後に積み、寄りかかって眠れるようにした。**老い**とは、こういうことだったのだ。昨日家を出る前、タマは突然目を覚まし、猟の道具を準備しているドゥヌに、何かが外にいるんじゃないかと尋ねた。

「何もいないよ」

「本当か？」

「いないよ」ドゥヌは外を見もせずに答えた。ドゥヌは今ではタマが何を言っても、気にしたり、相手にしたりすることはなくなった。

「海にすごくでかいクジラがいるみたいだぞ」

壁の外

小美《シアオメイ》は駅のホームに着くと、この駅のただ一人の駅員と挨拶を交わした。次の列車が到着すれば、駅員もその列車に乗って花蓮に帰り、ここは無人駅となる。小美は少し興奮していた。今日は人を迎えに来たのだ。海豊に来て以来、表面上は、村の人たちと楽しく付き合えている。だがおかしなことに、毎晩寝る時には、壁の方を向いていないと眠れなかった。

昼間、小美は元気を奮い起こして〝ちびっこ先生〟を演じたが、このわずか数か月の間での、生徒たちの外見上の成長の速さには戸惑った。夜、部屋に戻ってシャワーを浴びる時、小美は以前より頻繁に鏡を見るようになった。かつては若さと愛らしさの象徴だったまん丸の顔は弛《たる》みはじめ、くるくると活発に動く黒い瞳にも疲れが現れている。小美は、何かが飛ぶように失われつつあることに気がついた。

ホームはあまりに静かで、列車がまだ遥か遠くにいる時から、軌道がきしむ音が聞こえてきた。

列車が停まり、中から降りてきた人影が見えると、小美はすぐにそちらに向かって駆けだした。降りたのはただ一人。いきなり抱きついても間違えることはない。

「阿楽《アルー》！」

すっきりと切り揃えられた短髪の阿楽は、小美の高校の同級生だ。大学の学部は違ったが、「共済社」という社会福祉系のサークルで一緒になり、次第に仲良くなった。阿楽から見ると、小柄で色白の肌の小美は、そのひ弱そうな見た目に似合わず、石貝《いしがい》のように頑固な性格の台北の少女だった。小美から見た阿楽は、勇敢で逞《たくま》しい、蜂蜜色の肌をした客家《はっか》人の女の子だった。その年、二人は救国団[*3]が主催する中部横貫公路ハイキングに参加した。皆で『萍聚』[*4]を歌いながら下山する時、二人も並んで歩きながら歌った。

だがその後、他のサークルにも積極的に参加していた阿楽は、当時、政治批判的な色合いのあった「草原文学社」に加わった。彼女はその時にはもう、救国団が主催する活動は、若者のガス抜きのためのものに過ぎないと認識していた。小美はそういう尖った意見をあまり理解できず、

＊3　救国団：正式名称は「中国青年救国団」。一九五二年に国防部の下部組織として若者に反共教育を行うために設立された政治機関。一九七〇年代には、青少年のキャンプ、イベントなどの活動を盛んに行った。一九八九年に社団法人化。

＊4　『萍聚』：タイトルは「つかの間の出会い」の意。一九七〇年代、救国団の青少年キャンプで盛んに歌われた。

養老院や孤児院でのボランティア活動のほうに熱心に参加した。小美は、自分は誰かに寄り添う方が向いていると感じていた。「だって、天秤座だから」

小美が海豊小学校に行くことを告げると、花蓮出身の阿楽は大いに驚いた。阿楽は花蓮のとある客家集落に生まれ、良い高校に通うために北部の親戚の家に住んでいた。阿楽はしばらく考えて言った。「いつか、私も花蓮に帰って働くかも」

「いつかっていつよ?」

「今の恋愛がうまくいくかどうかによる」


小美から見ると、阿楽はいつも「自ら火に飛び込む蛾」のような恋愛をしていた。阿楽の当時の相手は既婚の党外人士[*5]で、阿楽は決然として自分のすべての時間を投じ、彼の選挙運動を手伝っていた。阿楽と話をする時、小美はいつもこんなことを考えた。阿楽のような女にとって、愛はただの愛ではない。いついかなる時に爆発するかわからない、天地を覆す力、何もかも根こそぎひっくり返す台風や地震のような力、新たな生命システム、新たな宇宙を生み出してしまうほど強大な力なのだ。もちろんこんな恋愛では、愛する方も愛される方も、安穏と暮らすことはできない。阿楽の愛は、愛する相手自身へ注がれるだけでなく、彼が興味を持つさまざまなテーマにまで向けられる。普通の男は、こんなことにはとても耐えられないだろう。

だがそんな阿楽の熱狂も、潮が退く時はあっさりしたものだった。先週、小美が電話で、海豊の土地の一部がセメント工場開発のために徴収されるかもしれないと話すと、阿楽はすぐにこう返した。「じゃあ私、来週花蓮に帰るわ。とりあえずあんたのところに泊まって、仕事を探す」

「彼は？」

「別れた」

「別れた？　でも、どうして実家に戻らないの？」

「私が実家に泊まったことある？」

「花蓮に帰るから別れたの？」

「何言ってんのよ。花蓮に帰るのは、たった今あんたから海豊の話を聞いて、たった今決めたんじゃない。彼とはとっくの昔に別れてたよ」

受話器を置いたあと、小美は苦笑した。自分だって、ここに来る時にボーイフレンドと別れたことを思い出したのだ。いま電話で言ったことは、自分自身のことではないか。結局、自分と阿楽は似た者同士だったのかもしれない。

列車から跳び下りた阿楽は、息もできないほどきつく小美を抱きしめた。阿楽は今まで、列車の上からでしか海豊を見たことがなかった。台北から花蓮に帰る時、車窓から海豊湾が見えると、故郷が近いことを知るのだ。

＊5　党外人士：「国民党の所属以外で政治活動をする人」の意味。台湾では九〇年代まで国民党が一党独裁の専制政治をしいていたため、七〇～八〇年代に民主化運動をしていた民主活動家を指す。

「初めてここの駅で降りたわ」

「前に降りたことないの？」

「降りたことない」

「そうだ。いま六時だから、まだ間に合うよ」小美は阿楽の手をとり、もう一方の手で阿楽のスーツケースの一つを引いた。二人は足取りを速めて村に入り、小さな路地で曲がって、海豊小学校の脇門を入り、運動場を横切って朝礼台のところまで歩いていった。

「ここに座って。特別席だよ。今日まだ見られるはず。まだ始まってないと思う」

「何が始まるの？」

「しっ」

十数分ほど経った時、小美は校門のところに生えているビロウの樹（老丁《ラオディン》に何度か訂正され、もう間違えることはなくなった）の尖った葉のシルエットが、風はなく、地震でもないのに、わずかに顫動《せんどう》しているのを指さした。葉の一枚一枚が精霊に変身するかのように、それぞれが違う形に変形し、そして小さな黒点が一つまた一つと飛び出して、暮れてゆく空に溶けていった。

「鳥？」

小美は首を振った。「No, no, no《ノー、ノー、ノー》、コウモリだよ」

翼を縮めた一匹一匹のコウモリのシルエットが葉を伝って下へ降りてゆき、葉の尖端まで来ると、小さな翼膜を開いて果敢に飛び去ってゆく。十四、五十四、百四、三百匹……、一列に整然と並ぶ隊列のように、葉の一枚一枚からコウモリが飛び立った。しゃしゃしゃしゃしゃしゃ。この時の空は、高速で飛行しながらもお互いにぶつかることはない黒い翼でいっぱいだった。それが次第にまばらになり、最後に元の静けさに戻った。

「これ、ヤシの樹？」

「ビロウ。私も最初はヤシかシュロだと思ってた」

「まったく、鳥肌立っちゃったわよ。どうして初日からこんなもの見せるのよ」

「明日はもう見られないんじゃないかと思って。村に来てる大学院生がうちの学校の先生に言ってたんだけど、ここのは特別な種類のコウモリで、渡り鳥みたいに季節ごとに移動するんだって。先週、阿楽がここに来るって聞いてから、毎日見てたんだよ。もし、あんたが帰ってきた時にコウモリがまだいたなら、それは何かの象徴だって」

「何の象徴よ？」

「何かの象徴だよ。もう、深く追求しないでよ」

ひとしきり笑った後、二人は黙った。風が吹き、樹と、樹の影が揺れ動き、離れ、寄り添い合った。風の中に、誰かの歌声が混じった。「君を待っていたのに……」[*6]

小美が阿楽に言った。「海風カラオケが開《あ》いたよ。荷物を置いたら、一緒に行こう」

＊6　一九八九年から一九九〇年にかけて大ヒットした張洪量の曲『你知道我在等你嗎？〔君を待っていたのに〕』（作詞作曲 張洪量）の一節。

ここでクラブを開いたら

秀子《シゥヅ》はベッドに寝転び、六歳のあの年の出会いについて思い出していた。秀子が家に帰りついた時、「自分と交換された」あの少年に会うことはなかった。父親は残った左手で容赦なく秀子を打《ぶ》ち、母親は台所でサツマイモ粥を煮ながら咳をして、泣いているのを隠そうとしていた。以来、秀子はサツマイモ粥と、鍋の中で食べ物が煮える時のふつふつという音を憎むようになった。

翌朝目を覚ますと、世界はまた「正常」に戻っていた。母親は秀子を連れて菜っ葉を拾いに行き、父親は市場で日雇いの仕事を待ち、ほぼ毎日酒を飲んで帰ってきた。秀子は父親が仕事にありつけた日が好きだった。それはいつもより多めに金を手にした父親が、いつもより多めに酒を飲めることを意味している。その後父親はぐっすりと眠り込み、家族は翌日の昼まで一息つくことができる。恐ろしいのは、父親の金か、誰かが奢ってくれた酒が足りず、中途半端に酔って帰ってくることだった。あの頃、秀子は目を覚ましながら夢に浸り続けることに慣れ、夜と昼を一つの世界に繋げて生きていた。おかずにする落花生を畑から盗んでくる時も、薪の代わりにするアダンの葉を拾う時も、川で水を汲む時も、まるで夢の中にいるようだった。秀子には、この家、この生活に何らかの変化が起きる可能性は見えなかった。もしかしたら、いや必ず、父親はまたあの臭蛇《しゅうだ》の臭いのする男を呼んでくるに違いない。秀子にできるのは、いつもよりもっと一生懸命に働くことだけだ。「役に立つ」存在でいることだけが、売りとばされない唯一の方法だった。

その時、母親は、自分を護ってくれるだろうか？　わからない。秀子には何もわからなかった。

学校に上がると、秀子は再び、家出する可能性を考え始めた。秀子は少し大人になり、学校で勉強したことから、鉄道に乗れば大きな街へ行けるのを知っていたし、それ以上に山での生活の方法にも詳しくなった。もしかしたら自分も、あのドゥヌという少年と同じように犬を飼い、山に隠れて木の実や山菜を採り、インゲン豆を植えることができるかもしれない。一袋のインゲン豆があれば、畑一面のインゲン豆を育てることができるのを秀子は知っている。

だが、日々はただ続いていった。特別なこともなく、代わり映えもせず、奇跡も起きずに続いていった。秀子は自分にはもうチャンスはないのかもしれないと思った。逃げ出す勇気もないのかもしれない。おかしな状況だったが、人は、慣れてしまう。試みが失敗した後には特に。秀子は通学の途中、アカギの老樹の下に建てられた、小さな土地公廟の前を通りかかった。樹の幹には赤い帯が巻かれている。秀子はいつも立ちどまり、両手を合わせて祈った。大洪水がやってきて村を沈め、わたしの家を押し流し、父さんが溺れて死にますように。小さい頃、おっぱいを飲ませてもらっていたアミ族のおばさんが、真っ黒な歯を見せてこう言っていた。むかしむかし、世界は洪水に呑み込まれたんだよ。

「こうずいはまたくる？」

「一度起きたことは、また起きるさ」

なら、早く来て。早く。


秀子は目を開いた。暗さに目が慣れるまでしばらくかかったが、眠り込んだ娘の顔がようやく目の前にはっきり見えてきた。娘は秀子によく似ていて、あの男にも似ている。二つの影が重なり合うように。秀子は頭を振った。あの男のことを思い出すつもりはなかった。秀子はとっくの昔に、あの男のためには、記憶の空間の僅かな隙間も使わないことに決めていた。だが人は、記憶の中から誰か一人を抽出して消し去ることはできない。記憶の中の人物は、彼の隣にいる人、彼の後ろにある景色、彼が立っている土地、土地の上の空、空間に漂う匂いと一緒に、一つのシーンとして思い出される。菜園で育てている植物のどれを残し、どれを根こそぎ抜いてしまうかを選択するように、自分でコントロールしたり、取捨したりできるものではない。

窓の外は月が明るかった。秀子は小鷗《シアオオウ》の顔を見ながら、この子がもう、いつも彼女のスカートの端を握り、何かの精霊のように後にくっついてくるあの小さな女の子ではないのだと考えていた。あの小さな女の子は、まるで瞬《まばた》きする間にどこかへ消えてしまったかのようだ。長い睫毛《まつげ》の奥に黒く大きな瞳を輝かせ、ピチュピチュとおしゃべりが止まらず、大脳の思考を経ずに、子犬が自分の尻尾を追うかのように、右から左へ、左から右へと走り回っていたあの子は、今では秀子が家出をした年齢よりも大きくなっていた。

秀子は、小鷗を連れて長いこと流れ歩いてきた。海豊に来たのは、秀子の人生で最も重要な選択だったかもしれない。ここに住めば、少なくとも今後は、小鷗を比較的落ち着いた環境で成長させ、勉強させることができる。秀子自身も、今後の人生を安心して過ごすための十分な資金を作れるかどうか、賭けてみることができる。

秀子はあの時、小鷗を腹に押し戻す決定をしたことに、とても満足していた。人生に男はいなくてもいいが、小鷗が欠けることはありえない。どんなに風変わりな子供でも。

小鷗が一、二歳の頃、秀子は娘がめったに泣かないことに気がついた。怒った時、小鷗は泣きも騒ぎもせず、ただ黙って物を床に投げた。小鷗は、秀子がこちらを見ているかどうかを確かめたうえで、物を投げた。秀子が厳しい眼差しで小鷗を見ると、小鷗はよりいっそう決然とした態度で、秀子の目の前に物を落とした。

当時、秀子はナイトクラブの専属歌手で、スケジュールはいつもびっしりと詰まっていた。ある日、深夜まで歌い、疲れ果てて宿舎に戻ると、小鷗はまだぱっちりと目を開けていた。小鷗は母親が帰ってきたのを見て、この時を待っていたとばかりに、秀子の前の床に一つ、また一つとおもちゃを投げ捨てた。

秀子にはもう小鷗とやりあう気力はなかった。それに秀子は、絶対に子供を打《ぶ》たない、自分の親の轍《てつ》は決して踏まないと誓ってもいた。だが、ついに彼女は無意識のうちに手を振り上げてしまった。この時、小鷗は泣いた。天地が震えるほどに泣き叫び、どうやっても泣き止まなかった。また別の時には、秀子はあまりに疲れていて、小鷗の泣き声を聞きながら眠ってしまった。目覚めると、小鷗はまだ泣いていた。酸欠のエビのように縮こまり、顔を紫にしながらも泣くのを止めなかった。

その後、秀子は、こんな事態を収拾するのに、小鷗を力いっぱい抱きしめることが有効だと気がついた。思いきり力を込めて。まるで憎い相手の骨を抱き砕くかのように。秀子は小鷗を腹に押し戻した夜のことを思い出した。もう少しで、娘との永遠の別れになるところだったあの夜を。小鷗はこの世界の空気を吸うのと同時に死んでいてもおかしくなかった。そのせいだろうか、小鷗は、自分を抱きしめる二本の腕を必要としていた。自分が何よりも大事だと感じさせるもの、息をすることが無駄ではないと自分に言い聞かせるものを必要としていた。

いま、秀子は熟睡する小鷗を抱きしめながら、ふがいないことに、またもあの男のことを思い出していた。初めの頃、彼に抱きしめられた時の、彼の人差し指が腋《わき》の下にもたらした痛みと温かさ、彼の身体に沁みついた煙草の臭い。そして彼が語った言葉のすべて。かつての秀子をうっとりさせたあの話し方。


中学生になった秀子は、家計の足しにするため、村の人について近くの川に行き、磨けば玉《ぎょく》になる石を拾うようになった。同年代の女子の拾い手たちの中には、さらさらと流れる川の中から緑色の玉の原石をひと目で見分けることができる秀子のような者はいなかった。当時、川の中流はすべて採石業者の鉱区になっていて、山を火薬で爆破して石を採掘していた。大量の石が、吊り上げて運搬しやすいよう立方体の塊に切り分けられ、化学薬品の液体で洗浄された後、白石村《バイシー》から港の工場まで運ばれて加工される。数年も経たないうちに大型の原石は採り尽くされ、垂れ流された薬液で川から生きものが消えた。工場は閉鎖され、簡単な鉄柵で封鎖しただけの坑口《こうこう》と、壊れた機械設備だけが残された。

　村の玉拾いは経験と脚力で、山を越え川を渡り、火薬で吹き飛ばされたり転がり落ちたりして処理されないまま川の底に沈んでいる原石のかけらを探し歩いた。村の人は言った。「脚の骨がやわい」やつには玉は拾えない、「眼力がない」やつも。秀子はまさに〝足の骨が硬く〟〝眼力がある〟玉拾いだった。

　玉拾いとしてあまりに優秀だったため、玉の仲買人はほどなく秀子を「玉子《ユィヅ》」と呼ぶようになった。玉子は玉を拾うことで、少しずつ家の暮らし向きを変えてゆき、同時に玉拾いの様相も変えていった。近くの村の若者たちは、白玉渓に玉を拾いに来るようになった。玉はそれほど拾えなくても、ひと言ふた言、玉子と言葉を交わすことができれば、彼らにとってその日は大収穫の一日となった。

　そんな時、玉子は彼に出会った。彼はこの付近の村の青年ではなく、遠く台北から来た大学出の男だった。当時、「大学」の二文字だけでも、娘をぜひ嫁がせたいと田舎の父母に思わせるのに十分だった。だが実は、彼の専攻は「将来稼げる」類《たぐい》のものではなかった。痩せぎすで、実際の年齢よりも老け、結核病みのようにも見える男は芸術家を自称し、将来は偉大な映画を撮るのだとうそぶいていた。男は遺棄された採石坑に住み、絵の道具を携えてしばしば渓流の傍で写生をしていた。

「この世界では、単純な人間ほどうまくやっていけると俺は思うね。俺の親父みたいなのは、大学の哲学科の教授で、六つの言語がわかるのに、釘の一本も打てない。あいつは簡単な事実をやたらと込み入った言い方で説明する。どうして我々は金が必要なのか、あるいは、どうして我々は理想のためなら金は要らないのか、とかをね。マルクス主義の信徒なのさ。マルクス主義って、何か知ってる？　あいつが若い時には、マルクスって名前は口にできなかったけどね」

付近の村の若者たちが使わないような彼の言葉は、玉子にとって新鮮に聞こえた。自分の父親を悪く言う言葉すら、新鮮すぎて、まるで別の新しい世界に来たように感じた。彼が描く山と渓流は、まるで新たにデザインし直されたようだった（面白いことに、彼は一度も海の方向を描いたことはなかった）。明らかにここで画板を広げて写生したのに、目の前の風景とは違い、だがやはりこの渓流を見て描いたと感じられる絵だった。更に特別なのは、彼がどこで写生したのかを見ていなくても、絵を見ただけで、玉子にはそれがどの渓流か、どの角度から見た山なのかがわかった。彼は、その景色の精神を絵の中に写しとっているかのようだった。

彼はいつも、経済的に自立したいという抱負を語っていた。「大学に入った後、家から一銭ももらうつもりはなかった。世界と相対するには、芸術家は弱くあってはいけない」

こうした言葉のすべてが、玉子から抵抗力を奪った。だが今の玉子なら、彼にこう問いただすだろう。弱くてはだめなの？　家のお金をもらったっていいじゃない。あんたがその後、私にした仕打ちに比べたら、そんなの恥ずべきことでも何でもないわよ。

翌朝、玉子は小鷗と手を繋ぎ、宿の向かいにある「立ＯＫ」の小さな看板の下に立っていた。

今回ここに戻ってくる前に、玉子は電話帳でこの海鷗旅社の電話番号を見つけた。だが、それがスリンとナオミの家の向かいにあるとは、全く予想もしていなかった。

昨日、駅から宿へ向かう道すがら、歌声が聞こえ、それがどんどん大きくなっていった。玉子は二つの教会と小学校の位置を目印に歩いてきて、昔、少しの間滞在した「家」の前に辿り着いた。中の様子を窺《うかが》うと、店内は歌を歌う客で満席だったが、ナオミとスリンの姿は見えなかった。

玉子は、あの頃もう海鷗旅社があったかどうかは覚えていなかった。だが、この「立ＯＫ」がなかったのは確実だ。玉子ははじめ、ナオミはもう引っ越したのかもしれないと思った。だが、店のあちこちに、見覚えのある流木や、形も大きさもさまざまな貝殻が配置され、天井からも貝殻を繋いだ飾りがたくさん下がっているのを見つけて、そこがスリンたちの家であることに確信を持った。

「海鷗旅社」の四文字は、最近赤いペンキで上書きされたようで、それぞれの字の下に古い文字が重複して見えた。玉子は小鷗の手を引いて中に入った。引き戸を開ける音で、カウンターに突っ伏して眠っていた老婦人が目を覚ました。老婦人は顔を上げ、しばらく経ってからようやく口を開いた。「あんた、電話してきた人かね？」

玉子が戸惑っているのを見て、老婦人は続けた。「あ、台湾語はわからんかね？」

玉子が答えた。「わかります」

老婦人はカウンターの中をあちこちまさぐり、鍵を一つ取り出して、台湾語訛りの中国語で言った。「三階の、大きい部屋だよ」

三階というのはこの建物の最上階だ。旅社は村では数少ない三階建ての建物だった。玉子は荷物を引きずるようにして三階まで上がった。老婦人は手伝おうとはせず、玉子の後から階段を上った。

「娘さん、可愛いね。ここは初めて？」

「来たことがあります。二十年前に」

「二十年前？　そんときゃーうちはまだ開店しとらんだね」老婦人は再び台湾語に戻った。中国語を話すのは慣れていないようだ。

「そうですか」

「旅社を始めたのは、道路のためだわ。あんときゃー、道路の建設のために技師がやってくるちゅうで、うちの人がここで旅社やって、長期貸しするって決めたぁで。嘘やなぁで、あの頃ぁここはいつも満室やったわ。この通りには五つも旅社があったんだわ。でも工事が終わったら、ときどき山登りの人が泊まるくらぁで、商売になったもんやなぁで。一軒一軒廃《や》めていって、最後にうちだけ残った。でもこの旅社で、あたしゃ六人の子供を育てたんだわ」

ようやく三階までたどり着くと、玉子はすぐに荷物を下ろして息をついた。

老婦人は手にした鍵で部屋のドアを開けた。「あたしは秀英《シウイン》っていうんやよ。何ぞあったら言って。だいたい階下《した》におるで」

「あの、向かいのカラオケの店はいつ開店したんやろうかね？」玉子は訊いてみた。

「ずいぶん前だねぇ。あそこの旦那が死んだ年に、生活のために始めたんだわ」

ということは、スリンは死んだのか？「奥さんの名前を知っとられますか？」玉子は、もしかしてナオミももうここには住んでいないのではと心配になった。

「あたしゃ、オミって呼んどうけどね」

部屋に荷物を下ろし、玉子は海に向いた方の窓を開けた。今日の海は一枚の絵のように静かだ。見渡すかぎりの霧、砂と灰色の水。もう年末ではあったが、まだ冬の気配はない。暖冬の年には、渡り鳥はいつもより早く故郷に帰るのだろうか？　小鷗は自分の小さな荷物の整理を始め、バッグの中のものをすべて取り出して並べた。物語の本が何冊か。兎、ペンギン、猫のぬいぐるみ。それに、玉子があげた小さいナイフ。

玉子は今回の、この場所に戻ってくるという選択は、何だったのだろうと考えた。良い悪いの選択ではなく、「どうあるべきか」と「こうなるかもしれない」の間での選択だった。玉子はずっと、安定した計画というものを嫌ってきた。金門《ジンメン》島にいた時、既婚の少将から「求婚」されたことも含めて。いまの彼女はもう、定められた運命というものを信じていない。死んだ後に成仏できない亡霊たちは、自分がいったいどうなったのか、どこへ行くべきか、その後どうなるのかも全くわかっていないのだ。もしかしたら死人は、生きている人よりも迷いが多いのかもしれない。

翌朝早く、玉子はカラオケ店のシャッターがいつの間にか三分の一ほど上がっているのを見て、すぐに小鷗を連れて降りていった。二人は背をかがめ、腰の高さくらいまで巻き上げられたシャッターの隙間から中に入ったが、店には誰もいなかった。玉子は店内を見回して、ここがあの時の家であると認識した。真っすぐな柱は一本もなく、壁のどの面も平らではない。そんな自由さが、とても心地よかった。玉子は思い出をたどっていった。スリンとナオミの「作品」たちは、時の流れのせいか、木彫りの部分が骨のような色に変わっていた。流木を集めて作った奥の部屋に通じる扉の方は、新しく白い塗料で塗られていた。あの頃と違うのは、テーブルや椅子が何組か増えたこと、部屋の隅にテレビとカラオケの機器が置かれていること、その上に、今は回転していないミラーボールが下がっていることだった。

流木を集めて作った扉が開き、中からナオミが出てきた。

「あなたは？」

玉子の記憶の中のナオミは、小柄で小太りの豪快な女だった。だが今の彼女は、眼差しは温かいが、声は紙のようにかすれ、両頬の落ちくぼんだ、痩せた中年女性に変わっていた。

玉子は小鷗の手を引いたまま、言った。「私、秀子です。秀子」

ナオミはわっと泣き出した。玉子は事前にナオミの反応をあれこれ予想していたが、こんな反応は想像もしていなかった。玉子が最も期待していたのは、ナオミが少しよそよそしい態度で彼女に椅子を勧め、お茶を出してくれるというものだった。

玉子がナオミに近づいて身体に軽く手を回すと、ナオミは玉子をきつく抱きしめ返した。

「今までどうしてたの？」

「手短に話してほしい？　それとも長い話？」

「どっちも聞きたい。あなたと連絡をとっちゃいけないと言われたのよ。知ってた？」

「知ってたわ」

「この子、あなたの娘？　娘なの？」

玉子が頷くと、小鷗はさっと玉子の後ろに隠れた。

「ちっちゃい時のあなたとそっくりじゃないの。見てすぐに分かったわ」ナオミは、スリンが自作したに違いない腰掛をすすめ、冷蔵庫から蘆筍汁《アスパラガスジュース》を二本取り出した。

「いったいどうして、私に会いにくることにしたの？」

「金門でガバウ（Gabaw）に会ったの」

「ガバウは金門で何してるの？」

「ひと言では言えないけど、彼女も戻ってくるかもしれないわよ。私の計画が上手くいけば」

「計画って？」

「ガバウが言ってたの。ここにセメント工場ができるから、何千人もの人が働きに来るんじゃないかって」

「何でそんなこと知ってるの？」

「あなたたち、まさか知らないの？」

「知らなくはないけど、まだ決まった話じゃないみたいだから。みんな勝手に言ってるだけで、正式には発表されてないのよ」

「私はここで店をやろうと思ってるの。この店に似たような感じの。ここ、あなたの店？」

「そう、私の店だよ」

「こういうカラオケ店みたいな感じだけど、少し違うの。……でも、あなたがカラオケ店を開いていたなんて、びっくりしたわ」

「うんうん、あの後に開いたんだよ」

「昨日の夜、一晩考えたのよ」

「何を?」

「もしよければ、私もこの店に入りたい。私を雇ってくれる?」

「もちろんだよ。でも、海豊に引っ越してくるの?」

「うん」

「じゃあ、あなたがこの店をやりなさいよ。私は引退しようと思ってたんだ」

「店はなんて名前?」

「名前はないよ。でも、この場所は海風が強いから、みんな海風《ハイフォン》カラオケって呼んでるよ」

「海風って、いい名前ね。でもカラオケじゃない方がいいかも」

「じゃあ、どうする?」

「酒店《クラブ》。海風クラブ」

第七章　雨夏

怖れるな、俺たちには山刀がある

　朝、高級な自家用車が首曲がりユダウの家の前に停まったと聞きつけた村人たちは、それぞれの家や田畑を出た。ある者は草刈りに使っていた鎌を持ったまま、またある者は摘んだ山菜を手にしたまま。途中、互いに言葉を交わすことはなく、他の人にあからさまに目を向ける者もなく、それぞれが自分の周りに奇妙な渦を纏《まと》っているかのようだった。踏みしだかれた青草と野の花の匂いが、空気中に充満していた。彼らは首曲がりの家の前まで来て、釉薬《ゆうやく》をかけた闇夜のように黒光りするその大型車を眺めていた。

　村人たちがささやき合う声には、心配と興奮、好奇心が混ざり合い、三々五々、家の近くの路地や草むらに佇《たたず》んだり、樹の下に置かれている村長が丸太を伐って作った椅子に座ったりしていた。この距離感は、まさに彼らの「家の中で起きていること」に対する戸惑いと疑いを表していたが、同時に村長への尊重も含んでいた。

ドゥヌ、小美《シアオメイ》、阿楽《アルー》、ウィランも、次々に現場に到着した。ドゥヌにとって、これは故郷に戻って以来初めての、村全体に関わる一大事だった。彼は報せを聞くやいなや、布を頭に縛って家を出た。これは彼の習慣で、重要だと思う出来事に直面した時には、必ず布を頭に縛った。

最初に到着し、ひとしきり成り行きを観察していたウィランは、船を降りてからおそらく一度も洗っていないジーンズを穿いていた。彼は後から来たドゥヌ、小美、阿楽と、顔を見て頷き合った。彼らは海風カラオケのおかげで、だいぶ前から顔見知りになっていた。せっかちなドゥヌは、外でぼんやり待つことに早々に耐えられなくなり、村長の家の裏手に回り、そこに生えている村で一番大きなアカギの樹に登った。少し距離はあるが、ここからなら通風用の窓を通して村長の家の中の様子を見ることができる。他人の家の窓に貼りついて中を覗く疚《やま》しさもない。

カーテンのない窓から、首曲がりユダウの顔半分と、痩せたイタチのような劉《リウ》秘書が見えた。彼らの向かいには、灰色の背広を着た灰色の髪の中年男と、向かいの席の全員の姿を彼一人の背中で覆い隠してしまうほど太った男が座り、更に都会人っぽい身なりをした髪の長い女性が慌ただしく出入りしていた。

ドゥヌは樹から跳び下りて言った。「何かを討論しているようだ」

「だから、何をだ?」年配の村人が寄ってきて尋ねた。

「セメント工場を建てる件だ。きっとそのことだと思う」

「港も造るらしいな」

「それに火力発電所も」

「そういう話を何度も聞いたな」

「俺も聞いた」

「うん」

村人が次々に寄り集まった。だが、この件について皆が持っている情報が少なすぎ、話はなかなか続かなかった。

「セメント工場って、どう建てるんだ？」

「どうも山を掘って、土を工場に運んで処理して、加工した後に出荷するらしいぞ」

「それと村は何の関わりがあるのだ？」年配者が訊いた。

「立ち退かされるらしい」

「山を掘るんだろう？　山を」

「俺たちは山に住んでるんだよ」

「しかもトンネルも掘るらしい」

「かまわんさ、電気を引いてくれるんだろ？」

「そうとは限らんぞ」

「電線用とは違う。セメント用のトンネルはすごく太いらしい」

「工場と港も造るんだろ。セメント工場では火を焚くから、ガスとか、水も要るだろう」

「土地はあなたたちのものでしょう？　立ち退きなんておかしいよ！」阿楽の突然の発言に、村人たちは皆びっくりして、村の人らしくない服装をしたこの若い娘を見た。遅れて到着した小林《シアオリン》は離れた所に立ってやりとりを眺めていたが、黄色いパックの「長寿」〔煙草の銘柄〕を取り出して吸い始めると、話しかけてきた村人たちにせがまれ、煙草はあっという間に空になってしまった。ドゥヌは唇を固く一直線に引き締めていた。彼は、奇妙な、しかしはっきりとした悪い予感を感じていたが、それを口に出したくはなかった。

家の中の人が出てこないので、外にいる村人たちは他になすすべもなく、ただ首曲がりユダウが出てきたら話を聞こうとだけ思っていた。このまま待ち続けるべきかどうか皆が迷い始めたその時、突然大雨が降りだし、その場にいた人々を無慈悲に追い散らした。雨の勢いはあっという間に激しくなり、草地にはすぐに水溜まりが幾つも出現した。残った人々は、村長の日本式家屋の玄関の軒下に入って雨宿りした。何人かは窓に近い場所を確保し、ついに家の中から漏れてくる話に公明正大に聞き耳を立てられるようになった。

国有地ザザザザ権利ザザザ売るザザ売ザザザザ生活ザザザ会社ザなザザザザザ良いことザザザザザ煤ザザ猟ザザザザザザザザザザザザ……。

だが室内から漏れる声は、聞く者の耳から隠れるように、雨音で終始かき消された。

大雨が止む気配はなかった。激しい雨で海面がぼんやり霞んで見えるようになった頃、ついにガラリと戸が開き、中から誰か出てきた。玄関の両側で盗み聞きしていた人々は、出てきて周囲を見回した劉秘書と顔を突き合わせる形になったが、気まずさを感じることはなかった。劉秘書は車まで走ってドアを開け、中から黒い大きな傘を取り出し、太った男、灰色の髪の中年男、長髪の女性のいる玄関まで戻った。灰色の髪の男は、目が合った村人一人ひとりに鷹揚《おうよう》に微笑みかけたが、ドゥヌはそれを非常に不快に感じた。

「なに笑ってやがる」彼は小さくつぶやいた。

女性が灰色の髪の男に傘を差しかけ、例の釉薬をかけたような黒塗りの車に飛び乗ってこの場を去った後、誰かが周囲の人々を見回して、言った。

「怖れるな、俺たちには山刀《さんとう》がある」

「そうだ、俺たちには山刀があるぞ」その言葉に幾人かがぱらぱらと呼応したが、口に出してから、自分は何故こんなことを言わなければならないのだろうと思った。このわずかな間に、彼らはお互いに目を合わせることができなくなっていた。今日の大雨は、以前の雨とは違うことを直感していたからかもしれない。あるいは、既に走り去った黒塗りの車の低いエンジンの唸りがまだ耳から離れないのに、自分たちの発した言葉はあっという間に雨音にかき消されてしまったのに気がついたからかもしれない。

大火

大雨はしばらくの間、いや、丸一日、丸二日降り続き、一週間、そして二週間続いた。大雨が時間となり、時間の数え方を忘れさせた。雨が強すぎて、村人たちはほぼ家から出られなかった。

カラオケにも行けないので、あの黒い陶器みたいにぴかぴか光る大きな車が来た後の続報を交換することもできなかった。大雨が七日間降り続いた時、歳をとった人々は、祖先がトゥルクトゥルワン(Truku Truwan／托魯湾)を出て東へ向かう旅で出遭った大雨の記憶を思い起こし、みな窓の外を眺めながら、それぞれの思いに浸《ひた》った。

「こんな激しい雨、まるで大火事みたいだな」毛蟹のタマ《父親》、バトゥン(Batun)が言った。

「大雨が、どうして大火事みたいなの?」毛蟹が訊いた。

「多くのものは度を過ぎてしまうと、同じになるんだ。激しすぎる雨は大火事みたいだし、激しすぎる火は大雨みたいだ」

「なに言ってるか分かんない」毛蟹が言った。

「昔、私たちの父さんや母さんも、大雨に遭ったんだよ」毛蟹のブブ《母親》、ジミ(Gimi)が口を挟んだ。

私たちの祖先は、はじめはトゥルワンに住んでいたが、時が経ち、人口が増えてくるにつれて、獲物も土地も足りなくなった。そんな時、バトゥ・ウマウ(Batu Umaw)という男が、夢の中でこんな声を聞いた。「目が覚めたら、東へ向かって歩け。振り返るな。犬を連れて、東へ行け」彼は目を覚まし、妻子がいったい何事かと問うのにも構わず、たった一人で猟犬を連れて出発した。彼はシカラハン(Sqrxan／希卡拉汗)からラウス(Raus／茎西)へ歩いた後、美しい渓谷に入った。その場所がサカダン(Skadang／砂卡礑)である。

それはとても長く、驚くべき道のりであった。後に、どうやってそんな遠くまで行ったのかと村の人々が尋ねた時、バトゥは答えた。良い犬がいてくれたからな。良い犬が一緒にいれば、男はどこへだって行ける。彼の犬は黒犬だった。黒犬は、勇敢な犬だ。

犬と共にサカダン渓に入ったバトゥは、そこに緑したたる谷あいの土地を見つけた。その川原の石は美しい赤い色をしていて、山が流した血のようでもあり、台風が来る前の空の色にも似ていた。彼はそこに何日か滞在し、付近の植物や道をよく把握した後、ようやく元の道をたどって村に戻った。彼は帰り道のところどころに、切り取ったウジルカンダの蔓《つる》を結び付け、今後また来る時の目印とした。家に帰りつくと、バトゥは出迎えた妻と五人の子供たちに言った。

「俺はもう年老いた。いつかお前たちがトゥルワンに住めなくなったら、東へ行け。そこに俺たちの子孫が繁栄できる場所がある」

ほどなく、バトゥは本当に死んでしまった。その年、長いこと雨が降らなかった。動物たちは危険を冒して川辺を徘徊し、遠くの山から、高い天空から、水が流れてくるのを待った。風が辺りに砂埃を巻き上げ、植物の葉と茎は乾ききって脆《もろ》くなり、触れるとすぐに折れた。バトゥの五人の子供たちは、それぞれ名をイバン(Ibang)、ウダウ(Udaw)、パイヤン(Payan)、クラシ(Krasi)、カフイ(Qahuy)と言ったが、彼らはタマの話を思い出した。**東へ行け**。

窓の外の大雨を見ながら、ウィランは全身が痛み始めた。船を降りて以降、この疼痛《とうつう》は影のようにいつも彼に付きまとい、天気が変わる度に、誰かに筋肉を引っ張られているように古傷が痛む。鏡に映した背中の刺青《いれずみ》を、首をねじるようにして見ている彼の頭の中に、海上で起きた幾つかの出来事が過《よぎ》っていった。

マランはこの雨で、きのこを栽培している山の小屋に行けず、塞いだ気持ちでテーブルの前に座り、手工芸の内職をしていた。今やっているのは、村で内職の仕事をとりまとめているクム（Kumu）から受けた「中国結び」だ。マランは阿霧《アウー》の家で半日たっぷりかけて結い方を覚え、家に持ち帰ってやっていたが、まだしょっちゅう結い間違えた。

「ブブ《母さん》、俺が小さい時、祖先が雨の降る中、東へ行った話をしてくれたの、覚えてる？」

「覚えてるわよ」

「歌もあったよね」

「そうね」

Dawin dawin lita kana lita kana（友よ、皆よ、共に行こう）
Rimuy yug, maku win.（親愛なる友よ）
Ga dgiyaq gaga nniqan rudan ta,（山の向こう、先祖が住んだところ）
Tblnga ayug, bi mlawa tnan,（渓谷の声が呼んでいる）
Mgrig ka rnaaw meuyas ka yayung（森は踊り、川は歌う）[*1]
……
歌詞はだいぶ忘れてしまったが、ウィランは、あの時ブブが言った言葉をはっきりと覚えている。「道はとても美しかった。でも、美しい道ほど歩きにくいのよ」

幾つかの家族で構成された隊列は、出発から二日目に、驚くほどの大雨に遭遇した。雨は、樹々の頂をうな垂れさせ、石を渓谷へ滑落させ、人々の前進を阻むほど激しく降った。

こんなに雨が降ったのだから、トゥルワンの旱魃《かんばつ》も解消されるのでは？と考える人もいた。それなら故郷に引き返してもいいのかもしれない。故郷へ戻る道はわかっているが、この先、東へ行く道のりは全くの未知だ。バトゥの五人の子供たちと、彼らと一緒に来た者たちは集まって相談したが、反対する者と賛成する者の数が拮抗《きっこう》し、どうにも結論が出なかった。数日後、雨は止んだ。山と谷は真新しい姿を見せ、道の状況は大きく様変わりしていた。山に住む者はみな知っている。大雨の後、山は非常に不安定となり、突然猛り狂うこともある。注意が必要だった。

この朝、一人の子供が、昨夜見た夢の話を母親にした。夢の中で、とてもとてもとても年をとった老人が、子供の前に現れた。老人はHarung(松）で作った松明《たいまつ》の先を前方の林に向け、くるりと回した。すると樹々が門のように左右に分かれ、林の中に一本の道が現れた。

「たいまつが、かぎみたいだったってこと？」幼いウィランが尋ねた。

「鍵みたいだったのよ」

「すごいな」

＊1　周裕豊作詞作曲『美麗的太魯閣』。

「そう、すごいのよ」

「ぼくもそういうのがほしい」

皆が試しに、子供が夢で見た「門」の方角に進んでみると、樹々の向こうに突如として、緩やかな傾斜を持つ平坦な台地が現れた。彼らが大雨で足止めされていた場所からわずか五百歩ほどの距離だったが、それまで誰も気がつかなかった。その場所のあまりの美しさに、一行のうちの何人かが、そこに定住することを決めた。その場所は蛇が多く、Huhus《ホホス》と呼ばれる大樹〔黄杞〕がたくさん生えていたことから、この場所を「ホホス」(赫赫斯)と呼ぶことにした。

マランはウィランに言った。「覚えておいて。樹が多いところには蛇も多い。蛇の多いところは、とても美しいところなのよ。カエルも鳥もいる。カエルや鳥がいれば、水がある。水と樹がある場所にはたくさんの獲物がいる。獲物がいれば人はお腹を満たせて、良い暮らしができる。夢を見た子供は、ナナン・カラウという名前だった。彼は私の兄さんの猟の先生で、良い友人だった。それが、お前の親友ドゥヌのバキ《祖父》だよ。彼らは二人とも、その旅で新しい村にやってきた人だ。でもその後で二人とも失踪してしまった。運命を共にする双子みたいにね」

ある日の黄昏時《たそがれ》、ドゥヌのタマが午睡から目を覚ました。この時、彼は小さなドゥヌを目にした。肩車が大好きな目のくりくりした小さな男の子、猟小屋の片づけや罠を仕掛けに山に行く道すがら、Brunguy(背負子)に入って背負われ、物語を聴くのが大好きだった、あの小さな男の子を。

ナナン・カラウ、林の中に「門」を指さした子供。大雨後、夢のお告げでホホスへの入り口を示した子供。それが俺のタマ、お前のバキだ。

その時、俺たちの家族はホホスに留まることを選んだ。ホホスはトゥルワンより海に近く、山を下りてゆけば、海の少し手前に漢人の村落があった。あの頃、山に住む人々はときどき山を下りてアランパル（Alang Paru／新城）という名の漢人の村に行き、獣の角と、外国の船が運んできた銃を交換した。お前のバキは、成人の儀式を終えるとすぐに良い猟師になった。射撃の腕が良いだけではなく、山の獣と同じような直感を持っていたし、不思議と運が強かった。彼が作った罠は周囲の景色に融け込んで、獲物はぼんやりしてるうちにひょいと足を踏み入れちまう。猟の運にも恵まれていた。ある時なんか、銃弾一発で二頭のキョンを撃ち倒したこともあった。

ある日ナナンが銃弾を求めて山を下りると、いつも取引をしている漢人が、日本人が来た、と言うのを聞いた。漢人は金儲けがしたい、だから俺たちは漢人が何が欲しいかわかる。だけど日本人がどこからやってきて、何が欲しいのか、俺たちはわからなかった。初めは俺たちも日本人ともうまくやっていけるだろうと信じていたが、結局は衝突が起きた。

お前も知ってる通り、山での生活で最も大切なのは、強くあることだ。トゥルクは、よその相手と衝突が起こるのを怖れたことはない。当時、村にはハルク・ナウィ（Haruq Nawi）という男がいて、俺のタマを含む勇士たちを率いて、漢人から買い付けた武器で日本人に抵抗した。日本人は山で戦うことに慣れていなかったから、終始苦戦し、しばらくすると大きな船を乗り付けてきて、その上から俺たちに向けて大砲を撃ってきた。

トゥルクの人たちは驚いたよ。そんなに威力のある武器を今まで見たことがなかったからな。大砲の砲弾は、まるで巨人が片足を踏み下ろして地面に穴を開け、もう片方の足で森を踏み潰したみたいに強大だった。だけど狙いはあまり正確ではなかったから、人の住む家に直接当たることは少なかった。樹は倒されてもすぐにまた伸びてくる。家が潰されても、皆で力を合わせて新しい家を建ててしまう。海の上から大砲を撃っても届かないところにな。日本人は望遠鏡で、俺たちが水を汲んだり、働いたり、飯を炊いたりしていつものように暮らしているのを見て、怒り狂った。これを続けていたら、砲弾がなくなるまで撃っても効果が出ないと思ったんだろう。

だから日本人は、軍隊を山の中に送る決心をした。ブセガン(Bsngan／玻士岸)、タビド(Tpdu／天祥)、ルサウ(Rusaw／洛韶)を通り、クバヤン(Kbayan／古白楊)まで進んだ。俺たちの勇士は裸足で、物音ひとつ立てずに森の中に潜んだ。藤蔓《ふじづる》を撚《よ》って作った縄で丸太や大きな岩を縛っておき、日本人が断崖を通る時、縄を切って落とした。岩はごろんごろんと跳ねながら日本人たちを襲い、ある者は驚きで足を滑らせて谷に落ちていった。谷は深く、落ちていく者が上げるあああぁぁぁという悲鳴が、かなり経って谷から上がってきた。

日本人は勇敢だったが、そんな悲鳴を聞いて恐怖を覚えない者はいない。彼らは毎晩眠れず、ようやく眠れば悪夢を見た。こんな恥辱を雪《すす》ぐため、彼らは俺たちの中の足が遅くて逃げ遅れた男や、女や子供を攫《さら》ったり殺したりして、俺たちに打撃を与えようとした。だから俺たちは女と子供を連れてLhngaw(洞穴)に隠れた。洞穴には祖霊や山の神がいるところもあるからな、そういう洞穴に隠れれば、日本人からは見えないんだ。

ある時、お前のバキが友達と一緒にタボコ(Tpuqu／陶樸閣)に行った時、日本の警察に会った。警察は酒を出してバキたちに飲ませ、この付近の村の場所を聞きだそうとした。バキは答えなかったが、遅かれ早かれ、日本人が攻めてくることを知り、村に帰ってみんなに警告した。日本人は今度は西側から山を越えて、セラオカ(Seraoka／西拉歐卡)に進入した。率いていたのはサクマ(佐久間)[*2]という官員だ。山は日本人を消耗させた。俺たちの勇士は、日本軍はきっと歩きやすい道を通ってくるだろうと推測し、林の中の小路で待ち伏せして、やつらが俺たちの大きな罠に入り込むのを待った。

日本軍は猪のように罠の中につっこんだ。森で待ち伏せしていた俺たちは、美しい軍服を着た何人かに向かって銃を撃った。そのうちの一人がサクマだった。日本人は機関銃で撃ち返してきて、ダダダダダッと樹を穴だらけにし、鳥と獣の耳を聾《ろう》した。待ち伏せしていた勇士たちは、ガヤ《しきたり》どおりに敵の首を獲れないことを知り、急いで撤退した。

そうだ、間違いない。あのサクマという官員は、お前のバキであり、俺のタマであるナナン・カラウの手によって死んだのだ。他にもいろいろ言うやつはいるが、これはお前のバキがお前の

＊2　サクマ（佐久間）：第五代台湾総督の佐久間左馬太《さまた》。一九〇六〜一九一五年の総督在任時、「理蕃政策」（当時「蕃人」と呼ばれた原住民族が住む「蕃地」を支配下に置くための政策）を重視した。一九一四年五月、タロコ人に対する大規模な攻撃（当時の日本では「太魯閣蕃討伐」、現在の台湾では「太魯閣戦争」と呼ばれる）が開始され、双方に多数の死傷者を出した後、八月にタロコ人の帰順式が行われることで終結した。

パイ《祖母》（Payi）に話し、その後俺に伝えた話だ。ナナンの目は澄みきっていて、自信に満ち、引鉄《ひきがね》を引く前に祖霊に祈りを捧げたそうだ。「日本人が我々トゥルクの村を侵略し、我々の土地を侵し、多くの仲間を殺しました。いま迎え来るのはまさに日本の軍隊の頭目、サクマです。どうか、俺の銃弾がやつの身体を貫きますように」

　銃弾は、祖霊の言うことをきいてサクマの身体を貫いた。[*3] サクマは救助され、運び出されたが、ほどなく死んでしまった。

　だが、日本人はそう簡単には退き下がらなかった。サクマの死も日本人を長く引き止めはしなかった。日本軍は進入経路を木瓜《もっか》渓谷に改め、ドーモン（Dowmung／銅門）から山を越えてプラタン（Pratan／三棧）へ行き、再びクバヤンへ進んだ。一方、彼らは山のふもとの道を閉鎖したので、俺たちはほどなく弾が尽き、食べ物も足りなくなった。

　あの時、俺たちに怖れはなかった。ただ、とても憂鬱だった。

　こうして撃ち合ったり、止《や》めたりしているうちに、たくさんの日本人が死に、トゥルクもたくさん死んだ。血が、谷筋から渓流に流れて川を赤く染め、振り向きもせずに海に流れ込んだ。この時日本人は、早くから山を下りて暮らし日本に留学までしたチワン（Ciwan）というトゥルク女性を説得によこした。俺たちはもうこれ以上、犠牲を出し続けるわけにはいかない、死んだ人の数が生まれてくる赤ん坊よりもずいぶん多くなってしまったと感じ、やむなく日本人と停戦を話し合うことにした。

　話し合うとはいうものの、実際には投降だった。日本人は俺たちが漢人から買った十五発の弾を撃てる銃を没収して、銃の持ち主に二十円を払った。多くの人は気が塞いで、その二十円で酒を買って飲んだ。飲んだら、金はなくなった。

その後、猟に行きたい時には、日本の警察の駐在所で銃を借りるしかなかった。だが、一回につき借りられるのは七日間だけ、弾は三発しか支給されない。猟から戻ったら、獲物のUrung（角）か、Mirit（羊）そのものを日本人に見せなければならない。貪欲な警官に当たってしまったら、背肉も差し出さなければならなかった。銃が没収されると聞いて、俺のタマは日本人から奪った「三十年式小銃」をある秘密の洞穴に隠し、猟に行く時ひそかに取り出して使った。あの時、タマには弟のようにいつも一緒に猟に出かける男がいた。彼らのそれぞれの猟場は近かった。それがお前の友達ウィランの、母親の兄のワリスだ。

銃を没収した後、日本人はトゥルクにやつらのために土嚢《どのう》を運ばせたり、工事にかり出したり、猟をさせたり木を伐らせたりした。そして最後の最後には、トゥルクが反抗する力を徹底的に奪うため、俺たちを村から追い出した。

日本人は俺たちの頭目に言った。「お前たちは山の中に住むのは不便だろう。平地で土地を探せ。その土地と交換してやろう。どこでも好きなところに移り住め」彼らは頭目たちをあちこち

＊3　日本側の記録によると、佐久間左馬太はタロコ人との戦闘期間中に自ら足を滑らせて断崖から落ちて重傷を負ったが、その場で死亡することはなく、帰国後に死亡した。一方、現地のタロコ人の間では、「佐久間はタロコ人の射撃によって死亡した」という伝説が多く流布している。

連れまわし、台北にまで連れて行った。だが頭目たちが見たところ、台北には猪もいない。それでどうやって生活しろというんだ？　西部の海辺は陽光が強すぎ、水も浅くて、こちらも気に入らなかった。結局、頭目たちは縦谷《じゅうこく》の山のふもとの平地を選んだ。日本人は、兄をある場所へ、弟をまた別の場所へと、時間の間隔を空けて移住させた。こうして家族は散り散りになった。一部の人々はそのまま山に残され、日本人のために野菜を育てた。

その夏、強制的に移住させられたトゥルクたちは、子供と竹籠を背負い、竹籠にはサツマイモを詰め、涙を流しながらSika Bari(風への祈り)を歌った。腹が減れば、サツマイモを食べた。歌の歌詞は祖先に風の霊を呼んできてもらうよう求めるもので、風を祈る歌だった。歌い終わると、すぐに風が吹いてきて、故郷を追われたトゥルクたちの心をしばし慰めた。

日没症候群

黒い陶器のような大型車が村長の家に来た日の夜、ドゥヌはおかしな夢を見た。彼は大勢の見知らぬ人、見知った人と共に、中に何が詰まっているかわからない麻袋を担ぎ、一列になって山へ入る道を歩いていた。途中から人が少しずつ減っていき、それぞれ違う道を選んだんだろうとドゥヌは推測した。ドゥヌがタマ《父親》――ふくらはぎでそれがタマだと分かった――の後について、以前よく歩いた猟道を歩いてゆくと、タマがいつも風に当たりに連れていってくれた場所にたどり着いた。何の予告もなく、タマは担いでいた物を下ろし、底も見えないほど深い洞穴の中に投げ落とした。そして手ぶりで、ドゥヌにも肩に担いでいる物を投げ捨てるように示した。

「どうして？」ドゥヌにはいまだにタマのふくらはぎしか見えない。

「太陽が山に沈んだからな」

「俺たちは今どこにいるの？」

「巨人の睫毛《まつげ》の上だよ」タマは大きく息を吸い、笑って言った。「なんだかぐらぐらする場所に立ってると思わないか？」


目を覚ましたドゥヌは、今見た夢を解釈してみようとした。だがその後、自嘲的に笑った。今の夢に解釈なんか必要ないじゃないか。黄昏時は確かに、一日の中で彼が最も恐れている時間だからだ。

黒塗りの車が去った翌日の夕方、午睡《ひるね》から目覚めたタマは、窓を開け、両手の指を組んで外に向かって祈りを始めた。

「主に感謝します。あなたは我らにあなたがいらっしゃることを示し、あなたの下《もと》で我らは喜びを得ます。我らに罪を犯すものを我らが許すごとく、我らの罪をも許してください。我らを試みに遭わせず、一生、敬虔《けいけん》にあなたにお仕えすることができますように。アーメン」

「タマ、何言ってるの？」

「朝の祈りだ」

「もう夕方だよ」

「うそだろう?」ウミンは振り返ってこちらを見た。「伝道師様、もう夕方だとおっしゃったんですか?」

「俺はドゥヌだよ、あんたの息子だ。伝道師様じゃない」ドゥヌがウミンを見ると、逆光の室内で、彼はとりわけちっぽけに見えた。まるでずぶ濡れになって一回り小さくなったモモンガみたいに。黒い髭に覆われた頰と、湿地のように深く落ちくぼんだ目の縁が、疑わしそうな眼差《まなざ》しを取り囲んでいた。ウミンの身体からは不快な、だが馴染みのある匂いがしていた。まるで長いこと誰も住んでいない家のような。ただ、その家はドゥヌが子供の頃から今まで親しみ、慣れている場所でもある。


タマはいなくなった。だが、まだいるようでもある。

ごくごく短期間、本当にあっという間に、タマは別の人間になってしまった。変化があまりに急で、ドゥヌはその過程を思い出すことができない。そしてこれが**どれだけ続くのか**、見当もつかなかった。はじめの頃のこと、夕方ドゥヌが家に帰る途中、真理堂の前でタマの姿を見かけた。足取りはおぼつかなく、トゥルクの言葉で何かつぶやいている。ドゥヌは追いかけていって、後ろから声を掛けた。「よう、タマ、タマ!」ウミンは振り向かなかった。ドゥヌが前に回り込んで顔を見ると、ウミンの目は盲人のそれのように焦点が合わず、まるで目を覚ましたまま夢を見ているかのようであった。ドゥヌはバイクの速度を落とし、ウミンの後ろをついていった。ウミンは通行人と建物の角をうまく避けながら歩いた。子供が漕ぐ三輪車がぶつかりそうになった時にも、機敏に身を躱《かわ》した。

ウミンは家に着くと、後から家に入ってきたドゥヌに向かって言った。「帰ったか」まるでさっきのはある一つの時空で、今はまた別の時空であるかのように。

その後ドゥヌは、ウミンが食事の時によく物をこぼすようになったのに気がついた。家のあちらこちらに、硬く乾いた粥《かゆ》や肉の干物、魚の骨が落ちていた。最初のうち、ドゥヌはそれらを拾って拭いた後、ウミンに文句を言った。ウミンは恥ずかしそうな顔をする時もあったし、何も気にしていないような時もあった。時には、息子が自分に濡れ衣を着せていると怒って反論することもあった。

「お前がこぼしたのに、俺のせいにするな。お前いったい幾つになったんだ」

ドゥヌは特に清潔好きでもなかったので、面倒になった時は床に落ちた食べ物をただ蹴り出し、もうあまり目が見えていないイーダスがそれを拾って食べた。だが食べ物の滓《かす》はゴキブリ、鼠、蟻などを呼び寄せた。ある時、夜中に目を覚ましたドゥヌは、そうしたものたちがウミンの身体の上で食べ物を探しているのを見た。そこが依然として豊かな土地で、運び出し、食べ、消化する価値があるかのように。

その後、ウミンは自分とドゥヌを「閉じ込め」始めた。

ウミンはある時、カーキ色の粘着テープで家の戸や窓など光と風が通る場所を封じ、テープが無くなるまでやめなかった。最初ドゥヌはあまり気にせず、テープが無くなればまた新しいのを買ってきた。ところがある日、ドゥヌが知り合いの家の普請《ふしん》を手伝いに南澳《ナンアオ》に行って帰り、疲れ果てて寝落ちしてしまったとき、目が覚めると、タマがすべての戸や窓を封鎖し、二人して家の中に閉じ込められていることを発見した。

それ以降、ドゥヌは粘着テープを買ってくることを拒否した。だがそれも無駄だった。タマは自分で漢人の雑貨店に行って買うことができたし、首曲がりユダウの母親がやっている雑貨店で買うこともできた。しかも、もう一つおまけでもらってくることまであった。そのうち、ドゥヌは一つの法則を発見した。タマが家の戸を封鎖しようとするのは、いつも黄昏の時間だった。沈んでゆく太陽が、一種の信号になっているように。

ドゥヌは夜更けに、真っ暗な中でウミンが何かを喋っているのを聞いた。ウミンは寝返りを打ち、熊と取っ組み合うかのように、両足とまだ力の入る方の腕を振り回し、全身に汗をかいていた。夢を見ているのだった。

海豊の湿気は、ある種、骨の髄まで染み入るような、塩分を含んだ湿気だ。ドゥヌは上半身を少し起こし、開けたままの出入り口から、隣の部屋のベッドの上にいるタマを見ていた。ドゥヌが感じていたのは疲弊ではなく、本物の深淵に相対しているかのような恐怖だった。

先週のこと、ドゥヌが夜中にふと目を覚ますと、ベッドのすぐ脇にタマが立ち、まだ寝ぼけているドゥヌに向かって言った。「こんなのは間違っている」ドゥヌが訊いた。「何がだよ？」真っ暗な、半開きの目でタマが言った。「何もかも間違っている。全部だ！」ドゥヌはこの時初めて、タマの手にムラタが握られ、その銃口がベッドに横たわる自分に向けられているのを見た。冷や汗がどっと噴き出した。ベッドから床に転げ落ちるように下りて、タマの手から銃を奪い取った。

ドゥヌは、タマがまるで二人か三人の人間に分かれてしまったように思えた。時には十歳、時には三十歳、時には六十歳。台北から帰り、タマと暮らす時間が長くなると、自分は実はタマを理解していなかったことに気がついた。タマも自分を理解していないように。タマは俺が台北にいた数年に何があったのかを知らないし、尋ねもしなかったな、とドゥヌは思った。彼も、タマに何があったのかを知らなかった。

いま、ウミンはひとり窓際に座り、独り言のように歌を歌っていた。何を歌っているのかドゥヌが注意して聞いてみると、ある歌の内容はドゥヌの母がタマに話しているものであり、別の歌はタマの弟がタマに語りかけているものだった。ドゥヌはもちろん知っている。この二人はもう空の上に行ってしまった。母親はまだとても若いうちに、半年の間、骨の痛みに耐えた後、医者に癌だと診断され、どんどん痩せ細って家で死んだ。タマの弟は酒を飲んでスクーターごと谷に落ちた。歌の歌詞はこうだった。「俺は谷底で兄さんと酒を飲めるのを待っている。新しいタイヤを忘れずに持ってきてくれ」

ドゥヌはインスタントラーメンを買いに外出することにしたが、出かける時、ウミンに特には何も言いつけなかった。家の中にはもう粘着テープはないはずだから。だが戻ると、入り口の戸は押しても開かなくなっていた。

ドゥヌは戸を何度か叩いてみた後、戸の隙間に何かのチラシが挟まっているのを見つけ、それを引っ張り出した。

就業機会を増やします
汚染防止設備は万全です
小学校、病院、駐車場を建設し
手厚い土地徴収補償金を約束します
工事区域では防塵対策を強化し、住宅地での粉塵量を抑えます
「先建後遷」[*4]のコミュニティ開発で、自由に住宅を選べます
緑地帯を設置し、住宅区への騒音を減らします
水土保持工事で斜面崩れを防止し、景観を保全します

ドゥヌはチラシに痰を吐き、握りつぶして近くの草むらに投げ捨てると、家の周囲を回って窓を点検し始めた。戸や窓が開かない原因は、タマが釘で板を打ち付けたことのようだ。窓ガラスから中を窺《うかが》うと、打ち付けられた板は、家にあった椅子を壊したものらしかった。台所に近い窓を思いっきり引っ張ると、ガタンという音と共に隙間ができた。「ここが開くぞ」開いた窓からドゥヌはするりと中に飛び込んだ。
部屋は真っ暗だったが、ドゥヌは家の中のことを自分の身体のように把握していた。彼は竃《かまど》の近くに置かれた、猪の牙、キョンの蹄《ひづめ》、猪の頭蓋骨などを並べてある棚を倒さないよう、重心を

右側にかけた。だが足が床に着く直前、何か黒い影が目の端に入った。驚いたドゥヌは反射的に後ろに跳び退き、結局、体ごと棚にぶつかって倒れた。置いてあった獣の骨が床に落ちて砕け散った。ドゥヌが顔を上げると、素っ裸の男が、台所とつながる居間の真ん中に立っていた。

「川に行く道が、わかるか？」ウミンだった。

「あぁ？」ドゥヌはようやく立ち上がり、手探りで電灯のスイッチを探した。「何だって？　何やってるんだ？」

「川だ。川で水浴びをしたいんだ」

黄杞《こうき》生い茂るところ

大雨が去ったこの日、空はことのほか晴れ上がり、じりじりと照りつける暑さとなった。人々は陽光の眩しさに目を細めながら、それぞれ家の戸を開け、部屋の中を掃除したり、作物の様子を見に行ったりした。

＊4　先建後遷：セメント工場側が先に住宅を建設し、移転を承諾した住民がそこに移住するという方式。実際の争議中にセメント工場側がよく使用した言葉。

小林《シアオリン》はバイクで南下して国家公園の管理事務所まで行き、整備されて間もない登山道の入り口を見つけた。小林は前々からこのことを計画していた。海豊鉱区に関する現地調査が一段落し、後は報告書を書くだけになった頃、小林はこの期間を利用して、将来の長期的研究のテーマを探そうと考えた。この時思い出したのが、夕市で出会ったお婆さんから聞いた集落と、ひたすら「上へ上へ歩く」という山道のことだった。

初めて夕市でお婆さんを見かけた時から、小林は彼女のことが気になっていた。お婆さんの売り場には、イノモトソウ、ヒロハノコギリシダ、オオタニワタリなどの山菜が並び、時おり中海抜に生える珍しい蘭も売られていた。

そして真っ白な髪のお婆さんは、唇の周囲から両耳にかけて、模様で埋められたU字形の刺青《いれずみ》があり、額にも数本の直線の刺青があった。小林は興味を引かれたが、それをじっと見つめることははばかられた。小林は山菜を幾つか買う時に、毎回数秒だけ、気後れすることなく彼女と目を合わせ、その顔の刺青を観察した。刺青の模様は並行する何本かの細い線の組み合わせで、それらが交差してできる小さな菱形が並んでいた。それは美しい蛇の鱗《うろこ》のようでもあり、無数の目がこちらを見ているようでもあった。

幾度か山菜を買った後、二人は話をするようになった。お婆さんはホホスという集落から来ていた。孫たちに会いに山を下りる際、ついでに山菜を少し持ってきてここで売っているのだという。

「ホホスは遠いんですか？」

「バスで公園まで行って……、国家公園っていうのがあるだろう？　それから山道を歩く。歩いて、二時間半。だいたいね」

「この荷物を担いで、そんな遠くから歩いて来てるんですか？」

お婆さんはにっこりと笑った。刺青が波のようにうねった。「近いよ」彼女が言った。


小林は、できて間もない国家公園管理事務所で、ホホスに行くには二つの道筋があることを聞いた。一つは渓流に沿って登っていく道、もう一つは管理事務所のすぐ裏から登る山道だ。彼は管理事務所裏の道を行くことにした。こちらが地元の人が使っていた旧道で、もう一つは発電所のために造られた道だ。真新しいビジターセンターが山あいの台地に建てられていた。聞くところによれば、ここは周辺の集落の人々が平地に移住させられた際の最初の拠点だったそうだが、今ではごくわずかな人々が住んでいるだけだ。大型バスが客を満載して立ち寄り、炒麵や山胞[*5]の食べ物を売るさまざまな売店が出て、さながら小さな市場のようだった。

小林はそこにオートバイを停め、人けのない山道を見つけて登り始めたが、すぐに息が上がった。道は、想像していたよりも急だった。山道はただひたすら上に向かって続いていくだけで、分かれ道はなかった。行き方を尋ねた時、市場で会ったお婆さんはこう答えた。「とにかく上に

＊5　山胞：「山地同胞」の略。「山地人」と同様、一九四〇年代後半から一九八〇年代まで使われた、台湾原住民族を示す呼称。

上に、上にずっと歩いていく」

はじめのうち、彼にはまだ渓谷の風景を見渡し、目に入った野の花や聴こえてきた鳥の声をノートに記録する余裕があったが、次第に息をするだけで精一杯になった。険しい山道を歩くことで身体が酸欠になり、頭がうまく働かなくなったからだ。道は巨大な岩石と砕石だらけで、両側を高い崖に挟まれている。ある場所では六十度近い傾斜があり、まるで巨大生物の背骨にしがみつくように、ロープを摑んで登らなければならなかった。

二時間あまりの後、小林は半分這うようにして、お婆さんが言っていた貨物用ロープウェイのところまで登った。「そこまで行けば、ホホスはもうすぐだよ」ロープウェイの基台は、斜面から突出した崖の上にあった。小林がそこから頭を出して下の渓流を覗いてみると、谷は霧に覆われていてよく見えなかった。大雨は去ったが、空気中の水分はまだかなり高いようだ。山道の脇に積まれている物資から見ると、このロープウェイは山から伐り出した木材をふもとへ運ぶ一方、物資をホホスに運び上げるのにも使われているのだろう。今はただ、谷の下へと延びる二本のケーブルが、深い雲霧の向こうへ呑み込まれていくのが見えるだけだった。

ガラガラと樹の屍体が運び下ろされ、ガラガラとチェーンソーが食物を運び上げる。小林はロープウェイの姿をスケッチし、その余白に、自分でもあまり出来が良くないとわかっている句を書き込んだ。専攻は生物学であったが、小林は絵を描くのが好きだった。しかもその脇によく「詩のようなもの」を書き入れたので、同級生たちの中でいっそう孤立することとなった。小林が大きく息を吐いて顔を上げると、後ろの草むらでヒナノボタンの株が今まさに白い花を咲かせていた。

小林は、高級車が村にやってきた日のことを思い出した。何ものをも恐れることのない猛禽が軽々と林の中に舞い降り、林じゅうの小鳥たちが、どう反応すればいいのか、どうすれば安全なのかわからずに慌てふためいているようだった。小林は村人たちの間に交じり、なるべく目立たないようにつとめていたが、なんだか自分がひどく場違いに思え、更には一種の妙な罪悪感まで感じた。

「俺たちには山刀があるぞ」この言葉は彼に向けられたものではなかったが、小林は黙ってニコンのカメラを背負い、村長の家から離れた。その後、雨はどんどん激しくなり、旅社に戻りついた時には既に全身ずぶぬれになっていた。彼は慌てて服の中に隠したカメラを取り出し、水気を拭き取った。

旅社には彼の他に一組の母娘が泊まっているだけだったが、旅社の秀英《シウイン》おかみが食事を作ってくれるので、食べ物の心配はなかった。旅社の一階でも簡単な雑貨を売っていたし、向かいにあるカラオケ店の店主がしょっちゅうおかみとおしゃべりをしにやって来て、手作りの料理を持ってきてくれてもいた。こうして、日々はあっという間に過ぎていた。

小林はこの間ずっと、雨が上がったら、ホホスに行ってみようと思っていた。

「どっちにしろ、報告書ももう出したんだ」

小林は更に少し道を進み、道標に従って谷の方へ下ってゆき、桂竹《けいちく》の林の中を通り抜けた。霧はますます濃くなり、終《しま》いには自分の足元まで見えなくなった。小林は足を滑らすのを恐れた。ぼんやりと建物の影が見えた時、きっとここが目的地なのだろうと思いながらそちらへ向かった。リュックサックを下ろして建物の壁にもたれ、目を閉じて霧が晴れるのを待った。小林が目を開けると、すぐ目の前に、白髪で小柄な老人が立ち、微笑みながらこちらを見ていた。物音一つ立てずに近寄ってきていたので、小林は息が止まるほどびっくりした。

「一人か？　あんただけ？」

「はい」小林は立ち上がり、無意識のうちに自分の身体のあちこちをおさえた。

「ここまで上がってくる人は少ないよ」

「ここに住んでいるんですか？」

「妻とね」

老人は小林を家に招いた。小林は老人の後について歩きながら、彼の僅かに曲がった背中とO脚を見て、自分は精霊か何かに連れられているような気持ちになった。この時、既に霧は晴れていた。小林が振り返ると、さきほど休憩したあのコンクリート造りの建物がはっきり見えた。切妻屋根の尖端に十字架が一つ立ち、その下に「礼拝堂」と書いてあった。

老人はほど近くにある家の一つに小林を連れてゆき、身体を温めるようにとお湯を一杯出してくれた。

「さっき火を起こしたんで、ちょうど湯があった」夏ではあったが、霧が出た後の山間は、骨に沁みるように冷えた。

小林は家の中の様子をつぶさに観察した。太くて丈夫な孟宗竹《もうそうちく》を組んで骨組みにし、四方の壁と屋根は、縦半分に割った桂竹の天地を逆にして、割った側を互い違いに嚙み合わせて並べることで平面を造り出していた。これは賢い排水方法だな、と小林は思った。屋根の一部はヘゴの葉で覆ってあり、風を通しながらもある程度の雨を防いでいた。壁面は、黒く燻《いぶ》した木片——小林には何の木かわからなかった——を鱗のように並べて覆っていた。

「あの、すみません、お名前を存じ上げないんですが……、写真を撮ってもいいですか？」

老人は小林が自分をどう呼んでいいか迷っているのに気づき、言った。「撮れ。かまわん。俺を撮らなければそれでいい。俺のことはイチ（Ici）と呼んでくれ」

「この家は建って何年くらいですか？」

「何年？　覚えてない。俺が十歳の時、おやじが造った」

「自分で造ったんですか？」

「親戚もみんな手伝ってくれた。あの頃、ここにはたくさん住んでいたんだ。今はもう出ていってしまった。あの頃、七、八日あれば家ができた。今なら俺が半年かけても終わらない」

老人のはきはきとした話し方が心地よく、小林はだんだんとリラックスしてきた。

家を出ると、入り口の上に横聯《おうれん》〔出入り口の上に貼る、めでたい句が書かれた横長の紙〕が貼ってあり、「キリストは我が家の主」と書かれているのを見た。家の両脇には石で囲った小さな菜園があって、葱《ねぎ》、らっきょう、ミツバ、タロイモ、カンゾウ、キュウリ、トウモロコシなどが育てられ、背の高いパパイヤやカラスザンショウが植えられていた。家の傍のトタンと木の板、矢竹で囲んで作った鶏小屋で、鶏が七、八羽飼われていた。

畑の傍に立つ電信柱にも破れかけた貼り紙があり、消えかけた文字が「神愛是人[*6]〔神の愛が、人である〕」と読むことができた。小林は、この書き間違いは、なかなかうまいことを言っているな、と思った。

「電気は来てるんですか？」

「ない。前は来てたこともあった」

「なぜ山を下りて暮らさないんです？」

「山を下りたら借金しなきゃならんだろう？　十年前、あの『政府』とかいうやつらがまたやってきて、みんなを山から下ろした。学校やら保健所やら、いろんなものは全部下にあるからな。しょうがないから、若いもんはみんな下に仕事を探しに行った。孫の小学校も下にあるから、ここには戻ってこんよ。俺はここを出たくないし、出る金もない。ここには食べるもんが何でもある。ここの野菜とか、動物とかな」イチは小さな菜園のあちこちを指さして見せた。「見ろ、この土地には上帝がいるから、野菜がこんなに良く育つ。何を植えても良く育つんだ」

家の後ろにはもう一つ作業小屋があり、中にたくさんのポリ袋が見えた。小林はそれが椎茸《しいたけ》を栽培するのに使うものだと知っていた。この辺りの気候は、きのこ類を栽培するのに向いている。彼は、夕市で会ったお婆さんを思い出した。もしかしたら、彼女はこの老人と何か関係があるかもしれない。見たところ、この付近ではこの家以外に人が住んでいる気配はなさそうだ。だが、どこか気まずいものを感じ、すぐに老人に尋ねることはしなかった。

「これはきのこの栽培に使うものですか?」

「前はたくさん作っていたけど、今は少しだけだ」小林は、そこに並んでいるほだ木を撫でてみた。一部はクリの木で、他にブナ類もあるようだった。

「今はもう安くしか売れないんだ。買い手にどんどん値切られる。だから自分たちで食べる分だけ育てて、余った時だけ売ることにした」

きのこ小屋の外に長椅子が置いてあり、その上に大小の竹筒を並べた楽器と、竹の切片で作った口琴《こうきん》のようなものが置いてあった。

「一人で住んでいらっしゃるんですか?」小林は、老人を名前で直接呼ぶことはまだ遠慮した。

「妻がいる。いまは蘭と金線蓮〔キバナシュスラン〕を探しに行っている」それから自分の脚を軽く叩いて言った。「足を怪我してから、一緒に行けないんだ」

小林は、街の夕市で出会ったお婆さんの話を出してみた。その容貌を説明し終わらないうちに、老人は言った。「それはあいつだ。間違いない」

「きのこは誰に売るんですか? お婆さんが売っているのを見たことがありません」

「ラジオで売るんだ。買って行って、ラジオで売る人がいる。山の下まで来て、買い付けていく」

老人の家の入り口から、そう遠くないところに礼拝堂の十字架が見えた。山の天気は一瞬で変

---

*6 神愛是人:「神愛世人」(ヨハネの福音書三章十六節、「神は世を愛した」)と同音の書き間違い。

わる。また細かな雨が降り出し、霧が立ち始めた。遠くの山と海が、重量感を失った。十字架も空に浮かんでいるかのようだった。

「ここのところ、下ではずっと雨が降っていたんですよ」

「ずっと？　いや、そんなことはないだろう」

「あの礼拝堂には、礼拝に来る人がいるんですか？」

「いる。後で俺たちも行く。一緒に来るか？」

「他にも誰か来るんですか？」小林は不思議に思い、周囲を見回した。老人以外の人がここで活動している様子は見えなかった。

「今日は五人来るはずだ」老人が言った。「あんたも入れてな。あいつが帰ってきた」小林は視力はいい方だと自認していたが、老人が目をやった方向の山道に、人影を見出すことはできなかった。ただ、桂竹の林の縁にそびえる黄杞《こうき》が、幾重にも重なりあって道を覆い隠しているのが見えた。

夏鳥、そしてさよならの物語

夢を見た小鷗《シアオオウ》が手と足をこちらの体に乗せてきたので、玉子《ユイヅ》はごく自然に抱きしめ返した。

小鷗の眉が、ちょうど玉子の唇に触れる位置にあった。この時、玉子は子供の成長の速さに驚き、胸に何かの感情があふれ出した。彼女は強く抱きしめ過ぎて子供を傷つけないよう、激情を必死で抑えた。すべての母親は子供を産んで初めて、完全に無私の抱擁とは何かを体験する。

玉子は小鷗が成長する過程で、娘を抱きしめることにたくさんの時間を費やした。小鷗は玉子の胸の辺りに頭をくっつけているのが好きだった。心臓の音が聴こえるからだろう。子供の頃の玉子にはそんな機会はなかった。母親は玉子が三歳になって以降、彼女を抱きしめたことはほとんどなかった。抱きしめられたいという欲望は、玉子の青春期まで後を引いた。十代の時、玉子は再び家を出た。あの男と一緒に山の猟師小屋で暮らす間、玉子は彼の胸元に頭を寄せなければ眠れなかった。玉子には、眠っている彼の喉が鳴るくぐもった音を聴き、彼の身体が発する淡い黴《かび》の匂いを嗅ぐことが必要だった。

玉子が村で一番の玉拾《ぎょく》いになった時、なぜ彼女が渓谷で、時には渓流の水の下にも、瞬時に原石を見つけられるのか、その秘密を知るのは玉子自身だけだった。それはとても奇妙な、人と石との繋がりだった。人には言わなかったけれど、玉子は石が自分を呼ぶ声が聞こえるような気がしていた。玉子が玉拾いを始めた頃には、この辺りの渓流で玉が拾える時代は既に終わりに近づいていたが、それでも彼女はかなりの金額を稼いで家計を助けた。片方の腕を失った父親は、簡単な雑用仕事を得る機会もなくなっていた。玉子が稼いでくるようになり、父親は玉子を売り飛ばそうという考えは捨てた。それでも父娘の間の感情は修復されることはなかった。

その日、玉子が渓流へ石を拾いに行くと、その男が川辺で写生をしていた。彼は岸辺から玉子に声を掛け、彼女を描いていいかと尋ねた。玉子は自分を「描く」とはどういうことかよくわからなかったので、良いも悪いも言わずにただ微笑み、自分の仕事に戻った。

玉子は次第に、彼が話しかけることを受け入れるようになった。ある日、彼は石を拾う玉子を描いた絵を玉子に見せた。玉子はこんな世界があることを初めて知った。人が、絵を描いて生活しているなんて、考えたこともなかった。彼は全く新しい言語を玉子にもたらし、彼の画材を玉子に貸してもくれた。

玉子が初めて絵を描いた時、彼は後ろから彼女に近寄って声を掛けた。「君には才能があるってわかってたよ」ある種の微妙な息吹が、自分の身体の隅っこの、凹んだところ、孔《あな》から発散されたことを、玉子は自分でも感じた。彼は玉子の隣に腰を下ろした。二人は大きな岩の上にいて、両側の山肌では翡翠《ひすい》色の緑が尾根に沿うように伸び、手を伸ばせばすぐに触れそうだった。

「調和」「息遣い」「情緒」……村の人々は使うことのない単語が、彼の口から語られ、世界のすべてを新しく塗り変えた。それらの単語は玉子の目の前で小さな霧の塊を形成し、拡散してゆき、二人の身体の間の窪地を満たした。

かつての玉子は、彼を信じきっていた。彼が話すひと言ひと言を。彼の話は、彼女の考えの一つ一つを動揺させる力を持っていた。だから、彼女は彼と一緒に出ていったのだ。だが最終的に出ていったのは彼で、彼女と彼女は残された。玉子は絶望の極みで、シバル・ウマウ（Sibal Umaw）に出会った。シバルは玉子を自分の六番目の娘とみなし、玉子が産んだ小鷗は自分の七番目の娘にした。

シバルの娘たちは村でも珍しく、他の村人のように父親の名前を継がず[*7]、シバルの名前を継いでいた。玉子はその理由を尋ねたことはない。シバルは玉子のことを我が子同然に扱ったが、玉子は心の中でやはり自分は部外者だと感じていた。小鷗と一緒にシバルの家に住まわせてもらう間、玉子は玉拾いの仕事を再開した。シバルとその娘たちは、流木を拾い、蘭の花を採取するコツを玉子に教えてくれ、休日になると収獲物を街に持ってゆき、平地の人と交易をした。玉子はシバルと暮らすうちに、渓流や、山や植物のことを改めて識《し》っていった。あの男の言葉が玉子に新しい世界を認識させたとするならば、シバルは玉子に山のすべてに「触れ」させた。シバルは玉子に言った。「私たちは山に養われているんだから、山の機嫌に合わせなきゃいけないよ」

シバルの娘たちのうち、玉子は三女のイパイ・シバル（Ipay Sibal）と年齢も近く、最も気が合った。イパイは高校生の時から街のレストランで歌を歌っていた。その頃、街では台北のオーナーが出資した、歌手が歌を聴かせるレストランが出現しはじめていて、同じ通りに三軒もそんな店があった。

ある時、イパイは生理痛がひどくて起き上がれず、玉子に代わりを頼んだ。玉子は店に行き、がちがちに緊張しながら、村のカラオケで流行している歌を一曲と、シバルに習った古謡を一曲

＊7　タロコ人の多くは自分の名前の後に父親の名前を加えて名乗る（例えば、ウミンの息子のドゥヌは、「ドゥヌ・ウミン」と名乗る）。何らかの理由により、母親の名前を加えて名乗る家族もある。

歌った。仕事が終わるや否や、店のオーナーは次のステージの金を前払いした。玉子の美貌と声は瞬く間に客の口から口へ伝わり、次の週末には玉子とイパイが一緒にステージに立った。その後、オーナーは二人それぞれにショーを受け持たせ、店の二本柱とした。

数か月後、厨房で皿洗いをしている中年女性の玉鳳《ユイフォン》が、玉子とイパイに「金門《ジンメン》」に行く気はないかとこっそり尋ねた。ここでの倍の稼ぎになるからと。金門という前線の小島について、玉子はよく耳にしてはいたものの、どんな場所なのか全くイメージを持っていなかった。

玉鳳は二人にこう説明した。「あそこには何万人もの軍人がいるんだよ。休日に行くところがないから、歌手のいる店でちょっとだけ酒を飲んで歌を聴いてる。あたしの親戚があっちで働いてるんだ。あんたたち、ここでもうけっこう歌ってるんだから、あっちに行ったらきっと人気が出るよ。若いうちに稼いでおくんだよ。娘のためにね。山でも、ここでも大した稼ぎにはならないだろう？　それとね、もし行かなくても、オーナーに言うんじゃないよ。何も言っちゃだめだ。でないと、あたしゃこっぴどく叱られるよ」玉鳳は一息つき、付け加えた。「もし行くんならね、あたしにおひねりをくれりゃ、それでいいよ」

二人は長いこと相談したが結論が出せず、シバル・ウマウにこのことを話した。シバルははじめ、占いをしてみようと思ったが、結局は彼女たち自身に決めさせることにした。玉子は金門に行くことを決め、イパイは台北に出て歌の仕事をすることにした。

「保証するよ。あそこの軍人たちは、若いのも年取ったのも、全員詰め寄ってきて給料を全部あんたにつぎ込むだろうよ」玉子から金門に行くと聞かされた玉鳳は、まるで自分がステージで熱い歓声を浴びているがごとく興奮した。

この場所を離れる前の晩、玉子は三歳半の小鷗に説明した。この時、小鷗が自分の話を完全に理解したのか、「離れる」という意味をわかっているのか、玉子にはよくわからなかった。

その時期、小鷗はよく、玉子と一緒にある遊びをしていた。玉子が狼と七匹の子ヤギの本を読み聞かせて以来、小鷗はすっかりこの物語が気に入っていた。小鷗は、狼が母ヤギのふりをして家の戸を叩き、子ヤギたちを騙そうとわざと甲高い声を出したり、小麦粉で前足を白くしたりする部分が特に好きだった。小鷗はしょっちゅう玉子の前にやってきて「コンコンコン」と戸を叩く真似をし、このくだりを繰り返し演じて見せた。そして玉子にも自分のところの戸を叩くよう要求し、自分は柱時計の中に隠れて難を逃れた末っ子の賢い子ヤギを演じるのだった。

「コンコンコン」

「だあれ？」

「ママですよ」

「ママはこんなガラガラのこえじゃないよ」

狼を演じる方は喉をしぼり、大げさな甲高い声で言い直す。「ママですよ」

小鷗は、自分が最初に聴いた物語のバージョンを忠実になぞることにこだわった。もし玉子の答えがこのバージョンに沿ったものではないと、小鷗は言い間違えだと指摘した。ところがある時、何故かわからないが、玉子の演じる狼が戸を開けて子ヤギたちを「食べてしまおう」としたその瞬間、小鷗は急にセリフを変更して言った。「わたしはあなたのこどもだよ」

玉子が言った。「でも、俺は狼で、お前は人じゃないか」

小鷗が答えた。「ひとじゃないよ。わたしはオオカミのこどもだよ」

「狼の子供って誰?」

「あかちゃんオオカミ」

玉子は、小鷗が「食べられない」ようにこんな答えを思いついたのだと推測した。狼だって、自分の子供を食べたりはしないだろう。

何度か繰り返すうち、玉子はこれではなんだか面白くないと思いはじめた。ある時、玉子は狼の役を演じていて、予告なしに「私はモモンガですよ」とセリフを改変し、小鷗の反応をうかがった。小鷗は一瞬驚いたものの、すぐにこの即興の変更を受け入れ、笑って答えた。「わたしはモモンガのこども」マンネリな言葉遊びから抜け出そうと、玉子は小鷗に毎回違う答えを言わせたり、答えに矛盾がないよう考えさせたりするために、頭を絞った。

私はシカですよ。

わたしはシカのこども。

私はミミズですよ。

わたしはミミズのこども。

私は小川ですよ。

わたしはおがわのこども。

小川に子供がいるの?

いるよ。ちっちゃいおがわ。

私は雲ですよ。

わたしはくものこども。

雲の子供はなあに？

ちっちゃいくもだよ。

私は石、小さな石ですよ。

わたしはいしのこども。ママがかわからひろってくるちいさなちいさないし。

この夜、小鷗はまたママとごっこ遊びをしたい気持ちでいっぱいで、金門に歌を歌いに行くという玉子の説明をよく聞いてはいなかった。玉子が「私たちはここを離れるよ」と言った時、小鷗は躊躇せずに言った。「じゃあ、わたしはハナレルのこども」


あれから何年も経ったが、あの日、山を下りて駅に向かうまでの道を、玉子は鮮明に記憶している。道の途中で見たある石の色、今まさに巣作り中で周辺を警邏《けいら》しているスズメバチの群れ、そして道端で満開だった白い花、他の白い花とは異なる白さの白い花。シバルは、駅舎を建て替え中の駅まで三人の娘を送った。だが、彼女は「見送る」とは言わなかった。彼女は言った。

「帰りを待ってるよ」

玉子は小鷗とイパイを連れて列車で北上した。台北でイパイは下車し、二人はガラス越しにいつまでも手を振り合った。その後、母娘はそのまま高雄まで列車に乗り続け、船に乗り換えて金門に着いた。一昼夜の旅の間、小鷗は泣いたりぐずったりせず、寝て起きると、いまどこ？と訊いた。灰色にぼんやりした大海の上で、小鷗はちっとも彼女を怖れないカモメに饅頭《マントウ》をやった。

「小鷗が初めて見たカモメ」玉子はノートにそう記した。

港で彼女たちを出迎えたのは、玉鳳の妹の玉蘭《ユイラン》だった。髪が姉ほど白くないことを除けば、玉蘭は玉鳳とそっくりだった。玉子は玉鳳をそう呼んでいたように、玉蘭のことを姐《ねえ》さんと呼び、彼女が手配した「宿舎」に入った。宿舎では、他の三人の女の子たちと同居することになった。小鷗がいるので、玉子は窓際の一番大きなベッドをもらえた。身を寄せ合えば、二人で一緒に寝ることができた。

初めてステージに立った時、玉子は既に、「いついかなる時にも戦争のために」備え、至るところ反共スローガンだらけのこの島の話題を席巻することが決定づけられた。「上海小吃店《シャンハイシアオチーディエン》」という名前の小さな店では、チケットを買うために行列ができる騒ぎが起きた。何人もの軍官が、コネを駆使して玉子のステージのチケットを買い求めた。彼らは客席で瓜子《グアヅ》〔カボチャなどの種を炒ったつまみ〕を食べ、茶（と、規定では禁止されているはずの酒）を飲み、魅入られたように手拍子を打ち、隙を見ては玉子にチップとラブレターを押し付けた。

玉子は、雄の動物たちから注がれるねっとりした眼差しには慣れていたし、玉蘭からも何度もこう注意された。「ほとんどの軍官には奥さんがいるからね、あいつらの金のことだけ考えて、人のことは気に掛けちゃだめだよ」

玉子が唯一心を動かされ、個人的に散歩に出かける約束をしたのは、ある上尉連長〔中隊長の大尉」だった。彼が玉子に送った手紙の封筒に、カセットテープが同封されていた。テープには、玉子が聴いたこともない西洋の曲を、彼自身が歌ったものが録音してあった。更に手書きの目録と、すべての曲の歌詞を手書きで写したものも入っている。玉子には一文字も読めなかったが、カセットテープに録音された音には心を打たれた。

魔がさしたのか、玉子は小鷗を同室の女の子たちに預け、上尉と一緒に海辺の散歩に行った。そこは一般人の立ち入りが禁止された「秘境」だと上尉が言う場所だった。

浜一面に、海に向かって突き出す鉄の棒のようなものが並べられていた。上尉はそれらを「軌《き》條砦《じょうさい》」というものだと説明した。「鉄道の廃レールを削って作ったんだ。共匪《きょうひ》＊8が簡単に上陸できないように」

たくさんのカモメが、ずらりと並ぶ人造物の間で食べ物を探している。牡蠣を採ることを生業としている人たちだけが、ここに入ることを許されているそうだ。寄せる波のように、一羽、また一羽と海上からこちらへ飛んでくるカモメを見て、玉子はあの男のことを思い出した。何年も前、あの男も玉子を海辺に誘い、言った。「ほら、カモメが波のようだ」玉子にとって、海とはものを拾い、食べ物を探す場所であって、腰を下ろして眺める場所ではなかった。

上尉は慣れた様子で、隙間なく並んでいるかに見える軌條砦の間に一本の道を見つけ、玉子を案内した。道は岩場に続いていた。上尉は、巨大な岩の上に登るのを口実に玉子の手を握るつも

＊8　共匪：国民党側が共産党側を〝匪族〟だと貶めて呼ぶ言い方。

りだったのだが、玉子は彼の想像より身軽に岩を登った。北へ帰るカモメそのもののように。

この時、玉子は目の前の岩の上に一羽の緑色の鳥が留まっているのに気がついた。アイマスクを付けたような模様で、嘴《くちばし》が下方に向かって弧を描いている。鳥が飛び立った瞬間、玉子はその羽ばたきの中に、海の色とも空の色とも違う青い色を見た。

上尉はその後も何度か玉子を誘い、毎週欠かさず歌を聴きに来たが、玉子は二度と彼と出かけることはなかった。彼女は自らを小さな「上海小吃店」の中に閉じ込め、食費以外のすべての金を貯めた。同室の女の子たちとおしゃべりをし、小鷗にお話を聞かせてあげる時だけが、心和むささやかな時間だった。小鷗が少しずつ成長するのを見ながら、玉子はある願いを誰にも言わず心に秘めていた——傷つき、育てられ、別れてきたあの土地——島の東部に帰ること。

そして今、玉子は帰ってきた。彼女は熟睡する小鷗の額にもう一度キスし、明日になったら、将来のことについてナオミとよくよく話し合おうと考えた。玉子が想い描くクラブでは、屋上から海が見える。今後、「海風カラオケ」の屋上にも席を設けよう。グラスはすべてぴかぴかに磨き上げ、ステージの両脇には最高性能のスピーカーを置く。台北から取り寄せてもいい。資金はある。金門で稼いだ金。それが玉子の基盤、玉子の元手だ。

自分では認めたくないのかもしれないが、玉子はあの少年にももう一度会ってみたかった。ナイフを贈ってくれたあの少年に。心の中では、駅を出た時に会ったのが、彼であることはわかっていた。オートバイに乗り、どこに行くのか訊ねてきた、火のような眼差しを持つ男が、きっとドゥヌなのだ。ずっと昔、マッチの炎の光の中に浮かび上がったあの目。だが、彼女はこんな形で彼と再会するつもりはなかった。いや、再会する必要はないのかもしれない。玉子は彼に、自分がこの数年どうやって生きてきたかを知って欲しくなかった、こんな形でここに帰ってきたことを知られたくなかった。最も美しいものは、もう自分の手で埋葬してしまった。

玉子は、シバルに会いに行くことも忘れてはいなかった。近いうちに必ず、小鷗を連れて山の集落に行かなければならない。「あんたは戻ってくるよ」シバルの予言はいつも正しい。たとえ、いま自分の腕の中にいる小鷗に対して不安を感じているとしても。この子は母親の抱擁を求め過ぎる。抱きしめられたいという渇望は、遺伝するのだろうか？

玉子は寝る前に小鷗とした話を思い出した。最近、小鷗は今まで以上に物語を聴きたがるようになった。さまざまな新しい物語を。すべてが落ち着いて、ここで自分の家を持つことができたら、玉子は必ず物語の本をたくさん小鷗に買い与え、自分の本棚も持たせてあげたいと思っていた。

「ママ、今日はママがお話をする番だよ」二人は一日ごとに交代で、物語を話すことに決めていた。「かわりばんこにね」小鷗が言った。

玉子は頭の中を探しまわった。子供の頃、おじさんがくれた本の中の物語はもうすべて話してしまったので、今ではすべて自分で考えた物語を話して聞かせていた。

「三本足の動物の物語はだめだよ」

「うん、わかった」数日前、玉子は三本足のキエリテンの物語を作って話していた。山に住む数年の間、玉子はよく罠に嵌《は》まって足を切断した動物を見ていたからだ。

「さよならする物語もだめだよ」

「さよならする物語なんてしたことある？」

「あるよ。ママが前に話したピノキオの物語」

「ピノキオのどこがさよならする物語なの？　最後は靴職人のお父さんと一緒に暮らすのよ」

「ちーがうー。あれはさよならする物語だよ」

水路

大雨で皆が村長の家から去ったあの日、傘を持っていたのは小美《シアオメイ》だけだった。小美が傘を開き、阿楽《アルー》がごく自然に一緒に入った。ウィランとドゥヌは服を頭から被り、大雨を衝いて走って帰った。

雑貨店までたどり着いた時、ウィランとドゥヌは全身ずぶぬれだったが、小美と阿楽はまだのんびりと道を歩いていた。ウィランとドゥヌは黙ったまま、さきほど村長の家の前で村の人たちと話したことを考えていた。

「セメントを掘らせるというのは、やつらが山全体に竹を挿すのを許すということだよな」こう言ったのは、トゥルクは切った竹を挿しておくことで、自分の耕作地の境を示しているからだ。

「石炭置き場に使われちまうだろう」

「石炭を何に使うんだ？」

「工場も造るって言っただろ？　工場は石炭を燃やすぞ」

「セメントを作るのに石炭を燃やすのか？　掘り出せばセメントになるのかと思った」

「そんなわけないだろ！」

「そうじゃない、加工が必要なんだ」

「あいつらを海豊から追い出せ！」

「海まで追い詰めろ！」

「俺たちには山刀があるぞ」

「そうだ、俺たちには山刀がある」

「何もかも山の向こう側だけで起きていて、俺たちはいつまでもハクビシンみたいに暮らしているっていうのは、おかしいんじゃないのか？」その場の人々の視線が、声の方に集まった。発言したのは林建興《リンジェンシン》、バトゥン（Batun）だった。バトゥンはドゥヌとウィランの小学校の同級生で、村で首曲がりユダウに続いて大学に行き、卒業までした人間だった。ドゥヌの記憶によれば、彼の専攻は材料工学だった。

「だからって、セメント工場ができれば、俺たちも台北人みたいな生活ができるっていうのか？」ドゥヌがつっかかった。

「彼らと条件を交渉して、俺たちが**欲しいような**村を新しく作ればいい」

「お前は今の村は要らないってことか？」ドゥヌが言った。ウィランが寄ってきてドゥヌを軽く引き離し、林建興の焼けつくような視線との間に自ら割って入った。

前回は、ドゥヌの方がウィランを止めたのだった。ウィランは小さい頃から他の子供と衝突する勇気がない子供だった。ウィランは攻撃を受けると、いつも自分の世界に引き下がった。布団の中で全身を小さく丸め、何者も入ってくることのできない小さな世界に閉じこもる。同級生たちが彼をからかう声も入ってこない。父親の事故死も入ってこない。村の人たちが母親をあざ笑う声も、外側に締め出しておくことができる。

中学校の時、ウィランは便所の掃除をめぐって同級生とけんかになった。相手はウィランの口《こう》唇裂《しんれつ》を嘲笑し、ウィランの母親を「金のために漢人に嫁いだ卑しい女」だと揶揄《やゆ》した。ウィランは教室からカッターナイフをとって便所に戻り、互いに威嚇《いかく》し合う中、勢いで相手の手を傷つけた。傍《そば》にいたドゥヌがナイフを必死で取り上げたが、ウィランはもう少しで感化院に入るところだった。

これ以降、ウィランは学校との縁が切れた。なんとか中学を卒業すると、仲の良いブヌン族の友人アヌとつるんで、南方澳《ナンファンアオ》のやくざの下働きをするようになった。ウィランとは正反対に大柄な体格のアヌは、次第に組の構成員となってゆき、ボスの指示であちこち取り立てに出向くようになった。だがアヌはずっと、ウィランを組に入れようとはしなかった。

「入らなくても、仕事は回してやるよ。お前は腕は立たないからな。俺が武将で、お前は頭を使う役だ」

ある夜、アヌがマランの家にやってきてウィランを呼び出し、こう持ち掛けた。「漁船で稼ぎに行かないか？」アヌは薬を買うために組の金を使い込み、ボスから「処理」されようとしていた。アヌが思いついた唯一の逃げ道は、友人に勧められた方法——海に出ることだった。「遠ければ遠いほどいい。帰った時には金も貯まってるし、ボスだってお前のことは忘れてるさ」

ウィランはほとんど考えもせず、言った。「俺も行くよ」

その夜、ウィランはマランに、海に出たいと告げた。マランは息子を見つめ、その後、顔をそむけた。

マランが最も若く美しかった時、南澳《ナンアオ》から来た劉漢民《リウハンミン》という閩南《びんなん》人に嫁いだ。当時、劉漢民は、村で土地公の廟《びょう》を建てるために、住んでいた家の土地を手放し、トゥルクが住む地域の近くに移ってきて、マランと知り合ったのだ。

あの頃、マランに言い寄る者は多かった。だが彼女はこともあろうにこの半農半漁、三十五を過ぎて独り者の劉漢民を愛したのだ。当時としては「流れ者」のような、どこかに問題があると疑われてもしかたのない男を。

マランと結婚し、子供が産まれた冬から春への変わり目に、劉漢民は鰻《うなぎ》の稚魚を掬《すく》っていて波にさらわれた。死体が南の方の村に上がったその日、マランは土地公の廟に行って唾を吐きかけた。「あの人はあんたに土地を譲ってやったのに、あんたは息子から父親を奪うなんて、いったいどこが土地公よ！」それ以来、マランは廟の前のあの道を通ったことはない。

夫のために、マランは息子に劉の姓を継がせ、トゥルクの名前を漢字にして威郎《ウェイラン》と名付けた。
「漢人の神様は父さんを護ってくれなかったからね、お前にはトゥルクの名前を残したかったのよ」マランは、ウィランにこう説明した。

ウィランから海に出たいと聞かされた時、マランの心は息子を行かせたくない気持ちでいっぱいだった。だが彼の性格をよく知っているマランは、もし行かせなければ、息子を海で死なせることはなくても、自分は永遠にこの子を失ってしまうだろうとわかっていた。彼女は何も気にかけていない風を装い、言った。「じゃあ明日、豚を買ってきて殺そうね」

高雄《ガオシオン》の港までたどり着いて初めて、ウィランとアヌは、自分たちが紹介されたのはイカ釣り漁船であり、数か月かけてアルゼンチンまでイカを釣りに行くのだということを知った。二人はたった三日間の簡単な研修を受けた後、すぐに契約をし、グループに分けられて船に乗った。船が船尾波を引いて出港し、住み慣れた小さな島を離れた時、アヌはウィランの肩を叩いて言った。
「俺って天才だよな！」

新入りの彼らは、船倉《せんそう》のエンジンに近い場所をあてがわれた。「くそっ、走ってるトラックのすぐ脇で寝てるみたいじゃないか」アヌが言った。彼らはフィリピン人、インドネシア人の作業員と一緒に組まされた。彼らをまとめる班長の老蕭《ラオシアオ》は、いつも野球帽を被り、口数は少ないが、流暢《りゅうちょう》に台湾語を話す人で、海事学校を卒業しているとのことだった。

彼らの毎日の仕事は、錆取り、ペンキ塗り、漁網の修理、清掃、運搬などで、時おり甲板の上で機械の操作を学ぶこともあった。船に乗った当初、アヌは五日間、ウィランは一週間吐き続けた。船倉内で吐いてはいけないので、甲板へ出て船べりに腹ばいになり、吐いたものを風に飛ばし、海に落とすようにした。熱の籠った船倉、目が灼けるほど青い海、長い待ち時間、船べりでの嘔吐。つかの間の興奮が、極度に冗長な疲弊に変化していく過程で、ウィランは、自分は絶対にブブ《母親》マランや家が恋しくならないと思っていたが、それは間違いだったと気がついた。後になってウィランはようやく学んだ。人は、子供時代から大人になるまで、常に自分のことを見誤ってばかりいるのだ。

閩南人はウィランとアヌを「番仔《ホァンナア》*9」と呼び、フィリピン人とインドネシア人を「黒番《オーホアン》」と呼んだ。二人は「シーザー」という名前の黒番と仲良くなったが、二人を仲間扱いしない人たちもいた。

シーザーは老練な漁船作業員だった。船上ではいつも足幅を大きくとり、安定した様子で、微動だにせず立っていた。まるで甲板に根を生やし、風景の一部分になったように。彼はいつも笑みを浮かべ、腕には闇ルートで手に入れた明らかに偽物とわかる腕時計をはめていた。彼はときどき、ウィランとアヌを「ブラザー」と呼んだ。「少なくとも、番仔じゃないしな」アヌが言った。シーザーはベッドの上に一冊の「コーラン」を置き、時間になると床に敷きものを敷いて、決まった方角に向かって祈りを捧げた。

＊9　番仔：台湾語でかつて使われていた、原住民族を指す言葉。「番」は未開の意が含まれ、差別の意味がある。

「何考えてる?」ドゥヌはぼんやりしているウィランを、現実に引き戻した。阿楽と小美も到着した。

「私たち、時間を決めて会議をしましょう」阿楽が言った。

「何を話すんだよ?」ドゥヌとウィランが訊いた。

「あなたたちを追い出そうとしている人たちをどうやっつけるか、話し合うのよ!」

ひどく興奮している阿楽を見て、ウィランはどう反応していいかわからず、言った。「わかんないけど、俺……」

「雨が止んだら! 雨が止んだら海風カラオケに集合!」

そう宣言すると、阿楽と小美はまた二人で傘をさして雨の中を踏み出した。ドゥヌはウィランの肩を叩いた。「帰るよ」この時、遠くで驚くほど大きな雷鳴が響き、そこにいた皆を震え上がらせた。

小美が大声を上げた。「びっくりした!」

「ただの雷でしょ」

「雷じゃない。巨人がひっくり返ったんだ」ドゥヌは振り向いて笑い、着ていた白いTシャツで頭を覆って雨の中に駆け出していった。

第八章　旱季

ジジジ、穴、穴穴

夕暮れ時、そろそろ寝支度をしようとしていた三本足のカニクイマングースは、鳥たちの甲高い鳴き声に注意を引かれた。目を見開くと、たくさんのメジロチメドリたちが、大樹に寄り集まるように巨人の耳の辺りに群がって飛び、お互いに口を挟みあってさえずっていた。

ジジージ、ジ、シュシュ、ジ、穴、山、穴、掘ってる
ジ、穴、人、ポン、大きい、深い。ジジジージージジ
ジジ、たくさん、人、道、下に、掘る、ジジジー穴穴

カニクイマングースはメジロチメドリの言葉を完全には理解できないので、さえずりの意味を推測しながら聞いた。小型の鳥と鼠たちは情報収集が得意だということは、森の動物たちの皆が知るところだ。だが鳥や鼠たちも、人類の言葉を完全に理解しているわけではない。彼らは自分が観察したものを、自分が理解した形で伝えているに過ぎなかった。動物たちの生活スタイルは人類とはかなりかけ離れている。彼らが観察して伝播《でんぱ》したものは、往々にして不正確なものもあ

り、**彼らの認識に従って**陳述している部分が多かった。だから動物の話を理解しようとする時には、推測と想像がとても重要になる。

だが巨人ダナマイは、メジロチメドリたちの言葉を理解した。彼がわずかに身体の向きを変え、メジロチメドリたちが来た方向に目をやると、新しく拓かれた道が昔の猟道に沿うように山の中腹の少し上まで続き、山あいにある平地にいつの間にか、一列に並ぶ作業小屋が建てられていたのがぼんやりと見えた。この時、空は既に暗く、作業小屋には明かりが灯りはじめていた。掘った穴の周囲には安全表示の三角旗が張られていた。

人類が山に何かを建てるのはよくあることで、珍しくはないだろう？　そう巨人が思ったとき、目の前を数羽のメジロチメドリが左の方へ飛び、その後、別の一群が巨人の右の耳の方から飛んできて、顔の前で右から左、左から右へと交差しながらしきりに飛び交った。メジロチメドリがこんなふうに飛ぶのを、地元のトゥルクの猟師たちはこう解釈する――これは凶兆だ。

ジジ――シュッ――違う――穴――穴穴――シュシュッ――ジジジ

とても深い、穴――ジジ――つながってる

ジジシュシュ山――ジジジ――穴――穴穴――悪い　悪い――ジジシュシュ川

「ジジシュシュ山」というのは、メジロチメドリたちがある山につけた名前だ。その山は巨人の胸のすぐ近くにあり、その脇を「ジジシュシュ川」が流れている。巨人は最近、心拍の乱れを感じることがあった。巨人が右手で自分の左胸を撫でると、乱気流が起き、風で煽られたメジロチメドリたちは大混乱に陥った。

空が次第に暗くなり、興奮冷めやらぬ様子で鳴いていたメジロチメドリたちも、巣への道が見えなくなるのを怖れ、次々に巨人に別れを告げて帰っていった。巨人は半身を起こして座り（もうどのくらい長いこと身を起こしていなかったか、巨人自身も忘れてしまった）、隆起した山の尾根が延々と海まで続いているのを眺めた。今日は風が弱く、絹のように柔らかな海面が、今まさに青藍《せいらん》から藍墨《あいずみ》色に色を変えていくところだった。不思議なのは、海はある角度から見ると黒く、別の角度からは透明に見えた。空を覆う雲から漏れ出した月光は薄く、だが明るく、それが反射した海面では、波の縁がしきりにきらきらと煌《きらめ》いた。天空の縁《へり》に出た星々はまだ空の色に溶け込んで目立たず、上空の夜の色が深いところにだけ幾つかの星が輝いているのが見えた。

巨人は、右手で胸を撫でた時に心に浮かんだ言葉を復唱してみた。「**この世界に出現する無限の混乱と、無限の盲目は、幻でしかない**」こうすることで、彼の心はほんの少し落ち着いた。

カニクイマングースは何かを考えるように首を傾げた。だが構わない。メジロチメドリの話は少し理解できたが、巨人のこの言葉は全く意味が分からなかった。自分はカニクイマングースなのだから、本来、そんなにたくさんのことを知らなくてもいいのだ。彼は身体を揺らし、一番近いところにある巨人の孔《あな》を見つけてそこにもぐり込んだ。十数メートルほど歩くと、洞穴の壁面から滲《にじ》み出た水が集まる地下水の流れに着いた。カニクイマングースは、水中では以前と変わらず機敏に動かせる三本の脚で水を掻き、流れの深い方へと泳いでいった。

巨人の心、言語の葉

三本足のカニクイマングースが巨人の身体の孔から出ると、すぐ目の前に、真っすぐ地下に延びていく巨大な洞穴があった。洞穴の周囲には、作業員の転落を防止する黄色い布がぐるりと張り巡らされ、赤い三角旗も挿してあり、夜には四隅にぐるぐる回転する警告灯まで灯された。既に辺りは暗くなり、身体が休息状態に入りつつあるカニクイマングースは、ふわふわと揺れながらその深い洞穴の周囲に沿って回り、自分の歩数で洞穴の大きさを測ってみた。歩くうちに、彼は鳥肌が立った——これほど深淵で、寓言的な暗黒を帯びた穴は、今まで見たことがなかった。

カニクイマングースは恐るおそる作業小屋の近くまで行ってみた。小屋にはまだ明かりがつき、作業員たちが話している声がした。彼は見つからないよう、壁際にぴったりと貼りついた。マングースは聞き耳を立ててみたが、自分が人類の言葉を何ひとつ聞き取れないことに気がついた。この時、彼は巨人の心のことを思い出した。

三本足のカニクイマングースは身体が回復した後、ふとしたきっかけで、地面や山肌に開いている洞穴のうちの幾つかは、巨人の身体の孔であることに気がついた。洞穴には、岩石の構造に圧力が加わってできたもの、水や風、時には奇妙な微生物の協働の結果であるもの、そして人類がある種の目的をもって掘ったものなどがあった。もちろん三本足のカニクイマングースは知らなかったが、彼が初めて巨人の身体の中に入った時に通った孔は、太平洋戦争末期、日本人が防空壕として、そして米軍が上陸してきた際にはそこに隠れて玉砕するために掘ったものだった。洞穴は長い間発見されていなかったため、落石と植物に埋まり、入り口が非常に見つけにくくなっていた。

カニクイマングースが洞穴に入ると、キクガシラコウモリと名乗る一匹のコウモリに出くわした。初めてキクガシラコウモリを見た時、なんだか獰猛《どうもう》そうな顔をしているなとカニクイマングースは思ったが、その後すぐに、相手は実は気のいいやつで、しかもとても物知りであることがわかった。何度か顔を合わせているうちに、キクガシラコウモリは、脚を一本失ったカニクイマングースが災難からの「生存者」だと気づいた。キクガシラコウモリは、自分も人間の子供が投げた石に当たって怪我をしたが、幸いにも巨人の身体の孔に逃げ込んで療養することができた、以来、「巨人の心」に通じるこの洞穴に住んでいるのだ、と話した。

「フゥ、巨人の心？　それは何だい？　フゥ」

「チー、巨人の心は巨人の心だよ。カニクイマングースの頭はそんなに鈍いのかな？」

キクガシラコウモリはカニクイマングースを洞穴の更に奥へと案内した。真っ暗な中に、少しずつ、微かな光が見えてきた。

「ね、これが巨人の心だよ。チチ」

カニクイマングースには、それが一本の巨大な樹木に見えた。その気根の最も太い部分は彼が森で見た樹齢千年のベニヒに匹敵し、最も繊細な部分は雛鳥《ひなどり》の羽のようだった。根は微小な砂礫《されき》や巨大な岩石をしっかりと摑み、巨人と大地を繋いでいた。根の間にはさらさらと水が流れているところもあった。カニクイマングースは、水の流れに沿っていけば、地上のとても遠そうに見える場所に今までよりも更に速く行けることを知った。

驚いたことに、巨人の心に集まる動物たちは、多かれ少なかれ、人類との接触によって身体に傷を負っていた。あのキクガシラコウモリもそうだったし、トラフズクはかすみ網にかかって骨折していた。そして三本足の動物たちは、カニクイマングースと同様、罠から脱出してきた者たちだ。三本足のキエリテン、三本足の黒熊、三本足のキョン……健全な動物が持つ生活能力を失った彼らは、巨人の心の周りに住みつき、余生を送っているのだ。

だが巨人の心は、動物たちが平和的に共存する化外《けがい》の地というわけではなく、彼らはここでも本来の自然の法則に従い、自らの食性に基づいて捕食し、逃げ、繁殖していた。彼らはただ、縁あってここに集まり、ここでひと息ついているだけなのだ。

しばらく経ってカニクイマングースは、巨人の心は、彼がよく知っている「樹」ではないことを知った。きっかけは、トラフズクが「落葉の秘密」を教えてくれたことだった。

巨人の心の落葉は、普通の樹木の葉とは違い、一枚一枚に「言葉」が記されている。「言葉」は特別な形式で葉の上に蓄えられていて、葉を咀嚼《そしゃく》することで、それらを解放することができる。

葉に蓄えられた言葉には、メジロチメドリ語（カニクイマングースにはまだ完全には理解できていない）、アジアコイエローハウスコウモリ語（とても静かな言語の一種）、フクロフトミミズ語（少し単調）、トラフズク語（耐え難いほど甲高い）などがあり、もちろん各種の人類語もあった。人類語にさまざまな方言があるように、動物語にも方言があった。傷を負い、死を目前にして巨人の心の周りにやってきた動物たちは、死ぬとその身体は巨人の心の根に吸収され、その葉の芽吹きと凋落《ちょうらく》の束の間に、自分の言語を巨人に託すことになった。人類の言語と言葉は、おそらく巨人がかつて人類と共存していた時代に、巨人の心に遺されたものなのだろう。

巨人の心は日の出と日の入りに従い、毎日二度、穏やかに、そして激しく律動した。穏やかにというのはそのすべてが無声無言のうちに進行するため、激しくというのは全ての葉が一斉に落ち、その付近から新しく葉が萌《も》え出るからである。こうして、毎日おそらく数千万枚に上る言葉が巨人の心で生まれて死に、繁茂から枯凋《こちょう》へ、そして枯凋から繁茂へを繰り返した。

この場所に住むようになったカニクイマングースは、巨人の心が脈打つ時間にはその周辺にいるようにし、九死に一生を得てきた動物たちと一緒に、巨人の鼓動を眺めた。彼は葉の凋落と新生の瞬間にはいつも、自分の視覚はあまりに有限で、視野が狭く、この光景の一瞬のうちのほんの一瞬しか見ることができないのを痛感した。だがそれだけでも、カニクイマングースの心を躍らせるには十分だった。

三本足のカニクイマングースは作業小屋を去る時、思った。巨人の心に戻って懸命に努力すれば、もしかしたら人間の考えを聞き取れるようになるかもしれない。そうすれば、巨人のために何かできるかもしれない。

修復と、修復できないもの

山の中で、鳥は樹を修復し、樹は虫を修復し、虫は花を修復し、花は大地を修復し、大地は腐敗した食物を修復することができる。だが、修復には技術と時間、経験ときっかけが必要だ。そしてこの世には、決して修復ができないものもある。

巨人ダナマイが兄の巨人ダナマイを思い出す時、彼の心の中の何千何万もの葉の上に、この言葉が浮かび上がった――「**自分で自分を虐待した、自分で自分を虐待した、……自分で自分に暴行した**」。

兄ダナマイの死は、物語となり、トゥルクと名乗る人類たちによって語り継がれた。だが物語の中では、巨人は既に滅びたことになっていた。最後の一人の巨人――美少年美少女に悪さをして陰茎を細かく切り刻まれ、荒野の雑草の中に捨てられて蟻に嚙まれるに任せることになったあの巨人、食い意地が張り、猟師が山の上から転がした真っ赤に焼けた岩を呑み込んだあの巨人、悪戯《いたずら》好きのあの巨人は、人々に追われて海に逃げ、頭まで沈んで死んでしまった。それが兄のダナマイだった。

弟の巨人ダナマイにとって、そのことは幸運なのか不幸なのかわからなかった。これらの伝説によって、巨人族は人類の記憶に残った一方、大部分の人々は、山にはもう巨人はいないと思いこんだからだ。

巨人は死んだんだろう？　俺たちの猟師が海に追い詰めて殺したんだ。お前は何かを見間違えたんだよ。

見間違えたんだよ。目に雲がかかってるんだろう？

見間違えたんだよ。目に霧がかかってるんだろう？

見間違えたんだよ。目に目くそがたまってるんだろう？

こうして、巨人ダナマイは幸運にも生きながらえた。発見されることもなく、追いかけられて殺されることもなかった。もちろん、彼自身が二度と人類と接触しないと決心したからこそ、人類に見つかることがなかったのだ。

だが、一代また一代と世代を経ていくうちに、巨人の話をする人類はどんどん少なくなっていった。巨人の伝説が、あとどれだけ消滅に抵抗できるのか、弟の巨人ダナマイにもわからなかった。

今年の乾季は長かった。巨人が身をかがめて見ると、身体の上を流れる渓流の水は完全に涸れ、川に住む生き物は干からびて死に、植物の多くも黄色く萎《しな》びはじめた。巨人は海の方を向いて、もう長いこと感じていない台風の息吹がないか嗅いでみた。もちろん、生き物たちが台風を渇望するのは、ある種、間に合わせの希望でしかない。ひとたび台風が到来すれば、また別の悪夢が始まるからだ。

生命の本質とはこういうものだ。甘美な刹那には常に危険が付きまとう。期待の行き着く先には失望が待っている。朦朧《もうろう》とした朝の後には必ず明るい昼となり、明るい昼間の後は再び闇が訪れるように。

ただこの時、彼は真剣に考えていた。メジロチメドリが言っていた「ジジシュシュ山」に掘られている穴は、修復ができることだろうか？　あるいは、修復できないことだろうか？

巨人ダナマイは巨大な頭を軽く振り、また眠れなくなるから、あまり考えすぎるなと自分に言った。ちょうどその時、自分の心臓からか、あるいは「ジジシュシュ山」の方からか、ドーン、ドーンという大きな音が鳴り響いた。

第九章　夏秋

粟が育ったよ

首曲がりユダウは、いつの間にか、自分の粟《あわ》畑に来ていた。この畑は、彼が村長になった後も手を入れ、荒れないよう維持してきたものだ。だが最近、悩ましいことがあまりに多すぎて、粟畑には人の背丈を超えるほどの雑草が一面に生えてしまっていた。

「Qmpah（あらゆる労働を指す）しない者は飯を食えない、それが道理だよ。上帝がそう言ったんだ。怠惰な人は嫌われる、これも道理。ガヤ《掟》と同じように大切だよ」ユダウは小さい頃、ブブ《母親》がいつも言っていたことを思い出したが、それが本当に上帝の言葉なのかどうかはわからなかった。道理やガヤは、変えてはいけないものなの？　永遠に変わらないの？　その問いについてのブブの説明はまた違っていた。口答えばかりしていた青春期のユダウに、母親はこう言ったのだ。「道理だって永遠じゃない。お前、あたしに道理を説くんじゃないよ。あたしはお前のブブだ。あたしに道理を説くんじゃない」

「結局、道理を気にした方がいいの？　気にしなくていいの？」若い時のユダウは、いつもこう母親に言い返した。

「それが道理だよ」沈《シェン》さん（ユダウは今では沈氏のことをそう呼んでいた）は、その後何度もユダウのところに話をしにやってきた。「土地はあんたのものじゃないし、何々族のものでもない。そうだろ？　土地は誰のものだ？　上帝のもの、大自然のものだ。政府と工場だって、別にあんたたちの土地を奪おうっていうんじゃない。もっと大きな土地と、そこに家を建てる金に交換しようって言ってるんだ。家だってこっちが建てて差し上げるんだぞ。それのどこが悪い？」

「もとの土地は？」

「言っただろ？　大自然のものだよ」

「港の建設予定地が一四七ヘクタール、工場予定地が二〇〇ヘクタール、鉱区が一四三一ヘクタール……」首曲がりユダウは相変わらず数字に敏感だった。「すごく大きな土地だろ？」農地から工業地に変更した後は、俺たちが入って粟《あわ》を植えたりはできなくなるんだろ？」

「粟だと？　ここに書いてあるだろう？　土地は工場が管理することになる。契約の精神というものは知ってるよな？　セメント掘ってるその脇で粟を植えるだと？　工場はきっちり補償を出す。目下、セメント産業の育成は国家の政策だ。〝産業東移[*1]〟だよ。我々の東部を発展させるんだ。

＊1　産業東移：早くから経済が発展した台湾西部（台湾海峡側）に比べて、交通不便等の要素から発展が進んでいない東部（太平洋側）に産業を移転する、東部の経済を興すことを名目として、一九八〇年代～九〇年代に政府や時の総統が提唱したスローガン。

だ。みんなで金をもらって、新しい生活を始めるんだよ。粟なんか植えてる場合か」沈さんは手にした書類を指さして言った。

「あんたはさっき、土地は大自然のものだと言ったじゃないか。こんなに囲いこんで、俺たちの猟区まで入ってるぞ」

「せっかく大学まで行って、まだ猟なんかするのか？　この先、猟をやる人間なんているか？　いったいいつの時代だよ。これだからあんたら山地人は……うむ、セメント工場ができたら、みんな畑を耕さなくてもいいし、猟に出なくてもよくなる。セメントだけで大勢食っていける。あんたらは工場で働けばいい。でかい工場だ、どのくらい人が要ると思う？　毎年毎年ずっとだぞ。現地住民の就労機会を保証すると、この条項にもある。考えてもみろ、今の時代、セメントで作っていないものがあるか？　台北、大都市、外国の大都市、川辺の護岸、海辺の消波ブロック……あらゆる所でセメントが必要だ。しかもセメントは重要な軍事物資でもある。共匪《きょうひ》が攻めてきたら、港も造るしトーチカも造る。あんたらタイヤル人は全く話が通じないな……」

「毎年一三〇〇トンも採掘したら、数年で山がなくなっちまうんじゃ？」ユダウはごくりとつばを飲み込んで言った。「それから、俺たちはアタイヤルじゃなく……[*2]」

「だからあんたは文系だって言うんだ。毎年一三〇〇トン掘っても、四五〇年は掘り続けられる。山はでかい。四五〇年後には、人類が存在してるかどうかもわからないじゃないか。その時にはもうセメントなんか使わなくなっていて、一〇〇年掘ったところでやめるかもしれない。俺たちだってとっくに死んでる。構ってられるか」

「でも汚染は？　村の人たちはみんな水と空気が……」

「汚染なんかあるわけない。山から掘り出したものがなんで汚染になる？　あんた、本当に学校行ったのか？」沈は、ユダウが終始懐疑的な立場をとっているのを知り、ここで更に圧力をかけることにした。「わかってる。あんたはこの計画に協力したくないんだろ。だけどあんたたちの村民がサインを拒否し続ければ、向こうが諦めるとでも思うか？　あの王《ワン》郷長とか、うん、誰だっけ？　陳《チエン》議員なんかは、上に言われて早くから強力に働きかけてるんだ。たくさんの人がもう黙ってサインした。ほら、あの墓地の公園化のプロジェクトでも、ほらあいつ、土地の交換に応じなかったやつがいたけど、最終的には強制的に収用されただろ。その後どうなった？　裁判は起こしたけれど、結局、土地は墓に……いや、公園墓地になった。

　他の村では次々にサインしてるんだよ。聞こえは悪いが、あんたら海豊村の住人の数なんてたかが知れてる。数か月もたたずに全員サインするさ。いつまでも反対していて、あんたに何の得がある？　業績はみんな他の人に持ってかれちまう。あんたはちっぽけな村の村長に過ぎないんだぞ。しかも政府はあんたらタイヤル人を優遇してるんだ。特別にな。そうでなきゃ、こんな額

＊2　アタイヤルはタイヤル族（タイヤル人、泰雅族）のこと。タロコ族は、日本統治時代から戦後にかけて、時の統治者や研究者からタイヤル族の一支族と見なされることもあった。一九九〇年代ごろから、独立した一民族であることを主張する「正名運動」が起き、二〇〇四年、政府によって、タロコ族が独立した台湾原住民族の一民族であることが正式に認定された。

の補償金が、あっさり出るわけないだろ？」

「俺たちはタイヤルじゃない、トゥルクだ」ユダウは低い声で反論した。「しかも一坪たったの数百元ぽっちで、十分と言えるか？」

ユダウは思った。こんなことが「業績」になるだって？　自分は便宜を得ることに興味がないと言い切れるほど潔癖ではないし、自分でも何が気に入らないのかわからない。ただ、沈が「あんたたちの為《ため》を思って」と強調すればするほど、気持ちが落ち着かなくなった。ユダウは沈をちらりと見た。もし選挙の為でなければ、この人間と一緒に落花生をつまみに酒を飲んだりできるだろうか？

「タイヤル人もタロコ人も、みんな山地人だろ。山地人だからこそ、こういう優遇を受けられる。大学の入試だって、山地人は優遇されてる。でなきゃ、あんたは受かってたか？　我々はただあんたに公聴会を開いて、手続きを補完してほしいだけだ。村民を説得してくれとは言っていない。ちょっとだけ手を貸してくれれば、俺もあっちに申し訳が立つ」ユダウには、沈に〝相談〟されているようには全く感じられなかった。「考えてもみろ、もし村民の半分がサインして、補償金をもらって新海豊に引っ越して、もう半分はサインせずに旧海豊に残って抗議を続けたとしたら、海豊村は二つに分かれる。違うか？　あんたは村を分裂させたいのか？」沈は穏やかな口調に変えて、そう言った。

「Mhro ka hiyi na da（粟《あわ》の身体《からだ》が育ったよ）」ユダウは生い茂った雑草に埋もれて、まばらに生えている栗——おそらく落ちた種から自然に生えてきたもので、収穫にはならない——を見つけ、心の中にこの言葉が浮かんだ。以前、ブブが栗を育てていた時、独り言のようにしょっちゅうこの言葉をつぶやいていた。**栗の身体が育ったよ**。未来に何かを期待するような調子で。

ブブは栗の物語も話してくれた。昔々、人々が栗を食べる時は、まず一粒の栗を半分に切って、一度に半粒だけを煮ていた。当時の栗は煮ると大きく膨れたので、一人半粒で十分だったのだ。だがある時、一人の老人がこれを面倒に思い、栗を一粒丸ごと煮た。すると栗は膨れすぎ、「ポン！」という音を立てて鍋が割れた。その瞬間、地上の栗はすべて雀に変わり、群れを成して空に飛んでいった。それ以来、人々がどんなに汗を流して働き、栗を大事に育てても、食べ物はいつも足りなかった。昼も夜も休みなく地を耕して、ようやく少しの収穫を得ることができた。「どんなに汗を流しても、ほんのちょっとの収獲しかなかったのさ。だからね、あたしたちは今、栗を扱う時はとても気をつけている。大切にしないとね」

ブブはそう言いながら、種を播《ま》いた土地の四隅に竹を挿した。「ごらん、この土の色。この土はとっても肥えてるんだよ。ここにフォークを落としたらね、成長してあれになるよ、ほら、土を掘る鋤《すき》。箸を落としたらね、成長して柱になって、家を造れるよ。こういう土地だから、いい栗が育つんだよ」ユダウがしゃがみ込むと、ギョウギシバやトキワススキの間でなんとか頭を出している栗の苗を見つけた。ユダウは自問自答した。こいつのために、まだ雑草を抜いてやる必要はあるのか？　土地を政府に売り、工場に売ってしまうのであれば、雑草取りなんて不要になる。栗は市場に行けばすぐ買える。今、雑草なんか抜いて何になる？

解決できない出来事に直面すると、ユダウはまず海風カラオケに行く。他の人が歌うのを聴いているのもいいし、自分が歌ってもいい。今日、彼が店に着いた時、客はみな酔ってすっかり盛り上がっていた。丸一日飲み続けていたように見えるウガが、大声で『熱情的沙漠〔情熱の砂漠〕』を歌っていた。ユダウはステージが改装されていることに気づいた。周囲に置かれた彫刻作品は新たに入れ替えられ、壁にもいくつか絵が掛けられていた。絵は、何を描いたものかはっきりとはしないが、その筆致には子供が興に任せて描いたような幼さと瑞々しさがある一方、何かの意図に満ちて描かれたような成熟さをも備えていた。ユダウは後に、それがナオミの新しい共同経営者、玉子《ユイツ》の娘が描いたものだと知った。

「ウガは最近、毎日歌いに来てるな」

「もうサインしたらしいぞ」老温《ラオウェン》がユダウに言った。

「サイン？」

「合意書だよ、交換、というか立ち退きの。補償金を受け取って、新海豊とかいうところに移る。ウガはもう家を建てる場所も選んだらしい」

「ずいぶんと早いな」ユダウはがっかりした。彼には全くの初耳だった。「あんたもサインするつもりか？」

老温は酒を一口飲み、黙りこんだ。ウガが『熱情的沙漠』を歌い終わった後、老温はようやく口を開いた。「俺はあんたたちみたいな山地人じゃあないけれど、海豊には愛着がある。それに、俺にはあの小さな家しかない。何も変わらんよ」

「栄工処《えいこうしょ》＊3には工業局から何か話が来てるか？」

「俺たち老兵はもう年だ。工事に招集されることはない。今回は外国から労働者を連れてくるらしい」老温はまた、自分が峡谷での道路建設に携わっていた時の光景を思い出した。この数年は毎日、臨終の時に過去を回想するかのように、当時の光景が老温の心に浮かんでは消えていた。

カラオケの音が大きく、彼らが話す声もつられてどんどん大きくなっていった。

隣で話を聞きつけた周《ジョウ》伝道師が口を挟んだ。「噂を聞いたんですが、あの『政府』というものが来るというので、親戚や知り合いを呼びよせて、にわか造りの家を建てている人たちがいるようです。村の外れに幾つか新しい家ができたのを見ましたか？　全部あの王という郷長が建てさせたらしい。他にもやっている人がいる。海豊に実際に住んでいない人の名義だけを借りているようです」

「あの辺の塩まみれの土地にも、急にトウモロコシが植えられたぞ。あんな場所で育つわけがないのに」近くにいる人も口を出した。

「水増しして申請するためですよ。立ち退きの補償を多くもらうために」

「もらえるのか？」

＊3　栄工処：栄民工程事業管理処。栄民とは、戦後、国民党と共に中国から台湾に渡り、その後退役した元兵士たちのこと。栄工処は栄民たちに、インフラ工事などの働き口を配分し、管理するための機構。

「あの人たちが言えば通るんでしょう」

「一番心配なのは、俺たちがたらたら抗議している間に、そういうやつらに補償金を全部持っていかれるかもしれない、ということだ」バトゥンも口を出した。

周伝道師が提案した。「Mgay Bari（感恩祭）の時に、みんなで話し合ってみてはどうでしょう？」

「話し合ってどうする？　奴らと戦おうぜ」

「交渉だ。交渉するんだ。わかるか？」

ユダウは座ったまま落花生を食べながら、皆が代わる代わるステージに上がり『我家在那裡〔私の家はどこ？〕』『忘了你忘了我〔君を忘れたい〕』『冷井情深〔冷たくされても〕』を歌うのをぼんやりと聴いていた。最後の『冷井情深』になって、細かい花柄の「台北っぽい」服を着た、長く真っすぐな髪と、蜂蜜色の肌をした女が、周伝道師をステージに上げて一緒に歌っていたのだと気がついた。驚いたことに、今日は周伝道師は教会の聖歌以外の曲を歌っていた。

「歌えるってことは、普段はこういう曲も聴いてるんだな」客の一人が言った。

曲が終わって拍手が起きると、ステージ上の周伝道師も横にいる女性に向かって拍手しながら言った。「はい、自己紹介をどうぞ」。女性は微笑みながらマイクに向かって言った。「玉子《ユィヅ》です。これからナオミと一緒に海風クラブで働きます。皆さん、どうぞよろしくお願いいたします」

「日本の名前かい？」

「いいえ、私、石を拾うのが得意なの。でも〝石〟じゃ変だから、〝玉《ぎょく》〟にしたのよ」皆は手にした米酒、高粱酒《ガオリャン》、粟酒などのグラスを掲げて乾杯した。考え事をしていたユダウが掲げたのは鳳爪《フォンジュワ》〔鶏の脚先の煮つけ〕だった。

　窓の外で、フクロウがホウホウホウと鳴きだした。首曲がりユダウはもういいかげん酔ったと感じ、その場の人々にそれぞれ挨拶をして店を出た。出口を出た時、無意識に振り返ると、カラオケの看板が見えた。「卡拉ＯＫ」の「ＯＫ」の部分はバツで消してあり、その脇に整った文字で「酒店《クラブ》」と書いてあった。既に落ちていた「卡拉」の部分は「海風」に書き換えられていた。

七人の礼拝堂

　海豊に戻って二度目の休日、ナオミが借りてきてくれた野狼《イエラン》〔小型オートバイの型名〕で、玉子《ユィヅ》は小鷗《シァオオウ》を連れて、南の集落に住むシバルとその娘たちを訪ねた。前に座らせた小鷗を抱きかかえ、南へ向かってオートバイを走らせる。沿道に流れ過ぎる、懐かしく、そして見知らぬ風景を見ながら、玉子は自分の人生の一幕を再演しているような感覚を覚えた。

　オートバイを山道の入り口に停め、リュックサックに水とタオル、そしてナオミが準備してくれた香蕉飯《バナナちまき》を入れた。玉子が小鷗に、自分で歩く自信がある？と訊くと、小鷗はそれには答えず自ら山道に進み入り、数歩歩いたところで振り返って、口を一文字に結んだまま、言いたいことがあるかのように玉子を見た。もう一本の道の方とは違い、渓流に沿って続くこの山道は、初めのうちこそ平坦だったが、あとはひたすら上り坂が続いた。午後になってようやく、小鷗の手を引き、全身汗まみれになった玉子は、この数年、何度も夢に出てきた木板造りの小屋の前に立った。

玉子と小鷗がやってきた時、シバルは長女のウラン・シバル（Uran Sibal）と共に、とっくの昔に牧師のいなくなった教会に礼拝に行くため、盛装をしているところだった。次女は別の集落の男と結婚したが、暴力を受けて離婚し、今は二人の子供と共に町で自活している。あの頃、玉子と一緒に歌っていた三女のイパイ・シバルは、今でも台北の店で歌い、休日に帰ってくる。四女は山を下り、人手の足りない農家の収穫の手伝いや小規模な工事の作業員などをして、ほぼ下の村に住んでいる。五女は花蓮の老人ホームで介護の仕事をしているが、シバルが自分で畑仕事ができなくなったら、帰ってきて世話をするのだと言っている。娘たちは、蜜集めに行く蜜蜂のように巣から出たり戻ったりを繰り返していた。だがシバルはまさか、今日、入り口の戸を開けた時、六番目と七番目の娘が立っているのを見ることになるとは思ってもいなかった。

山に電話はなく、シバルは字も読めない。二人の娘が金門に行った後、連絡は途絶えてしまっていた。シバルは、夢にはたびたび出てくるこの娘たちは、もう二度と戻ってこないのだと思っていた。玉子は小鷗の手を放し、どうしていいかわからない様子のシバルを、躊躇なく抱きしめた。シバルは口を大きく開けたまま、ひどく驚いた赤ん坊のように震えていたが、涙は流さなかった。

傍にいたウランの方はあっという間に涙を溢れさせ、二年前より更に太ったその身体で小鷗と玉子を抱きしめた。久しぶりに再会した渡り鳥たちが互いに嘴《くちばし》で毛づくろいし合うように。彼女たちの両脚は震えていたが、お互いを抱きしめるその両腕は、時間が運命にもたらした試練をはねつけるかのように、しっかりと力がこめられていた。

この間《かん》の出来事をお互いに簡単に報告し合うと、興奮冷めやらぬシバルが、少し不自由になった脚で数歩前に進み出た。四人は向かい合って輪を作り、万物を編み出した聖霊ウットゥフトゥムニヌンに感謝を捧げた。シバルは言った。「昨日の夜、フクロウがホウホウ鳴いてたのはなぜだろうって、ずっと考えてたんだよ。あれは今日、お前たちがやってきて、一緒に礼拝に行けると知らせてくれていたんだね！」

玉子はウランの方を見て、小声で訊いた。「ブブ《母親》は、前は教会に行ってなかったわよね？」ウランが言った。「そうよ。でも去年大病をした後、ウットゥフと上帝に同時に会ったって言い出したの。ウットゥフと上帝の恩寵《おんちょう》は、網の目のように紡がれていて、いつでも私たちを受け入れてくれるって。それから礼拝に行くようになったのよ」

彼女たちが礼拝堂の前まで来ると、ちょうど、同じく礼拝に来たイチとその妻ウライ（Ulay）に会った。傍にはもう一人、疲れ切った顔をした見知らぬ若者を連れていた。玉子は頑として集落に居残っているこの老夫婦と親しく挨拶を交わし、若者に向かって軽く頷いた。玉子はこの若者が誰なのかすぐには思い出せなかったが、確かに海豊村で会ったことがあるのは覚えていた。この数年で玉子は、かつて珍しい石を見分けていたごとく、人の顔を覚える驚くべき能力を身に付けていた。店に来る客の誰もが、店の主人に自分のことを覚えていて欲しいと願う。玉子がいつも、店を再訪する客の名前を間違わずに呼んだので、客はいっそう気前よく金を使った。

礼拝堂の傍の空き地に、イチとウライが持ってきて干していた緑豆や落花生、そのほかの豆が広げてあった。イチはシバルに、帰る時にすべての種類の豆を少しずつ持って行くように言った。シバルが、イチと共同で管理している礼拝堂の鍵を取り出し、木製の扉を押し開けた瞬間、光線が礼拝堂の屋根の尖端から滝のように降り注いだ。

礼拝堂の天井板は小さな穴の開いた防音建材が使われていたが、雨漏りの水が沁《し》み、黄褐色に変色していた。だがその色も、コンクリートと木材で作られた骨組みと合わさると、ある種の調和のとれた光景の一部となっていた。教会組織は集落の住人の移住と共に山の下に移転したので、礼拝堂は今ではほとんど大きな倉庫として使われていた。会堂の天井近くには太い孟宗竹《もうそうちく》が何本も渡され、そこに二つの家族がこの数日の雨で持ち込んで干している衣類が掛けてあった。

ウランが先に会堂内に入り、干してあった衣類を竹竿を使って両脇によけた。皆も次々に会堂内に射し込む光線を踏んで中に入り、それぞれ腰掛を持ってきて座った。シバルが木製棚の中からカバーの色の異なる何冊かの「聖書」を取り出して、皆に配った。玉子と小鷗には、赤いハードカバーで小さな判型の「聖書」を手渡した。

聖書はかなり古風なスタイルで印刷されていて、上下二段に分かれたページの上半分には漢字が、下半分には玉子にはよく理解できない記号が並んでいた。記号そのものを知らないわけではない。それは小学校で習う注音符号[*4]だった。ただ、いくつかの符号は少し変えてあるようで、上段の「国語〔中国語〕」の発音と対応しているのではなかった。

小鷗の隣に座っていたウランが尋ねた。「ㄅ《ボ》、ㄆ《ポ》、ㄇ《モ》は読める？　符号に従って読めば、そのままトゥルク語になるのよ」玉子が聖書のカバーを見ると、下の方に小さな文字で一行、「柯饒富牧師翻訳」と記してあった。シバルが言った。「お前は柯《クー》牧師を知らないね。ユダウ・ワタン（Yudaw Watan）、素晴らしい牧師さんだよ。聖書をトゥルク語に翻訳してくれたから、あたしたちは牧師さんにトゥルクの名前をつけてあげたんだ」

「外国人なの？」

「うん、白いトゥルクだよ」シバルが言った。「今日はあたしが先にお祈りをしてもいいかい？」

イチ夫婦が答えた。「もちろん」

シバルは涙の光る目を閉じ、それが零《こぼ》れ落ちないようにしながら祈りを捧げた。「天にましま す万能の父に感謝します。あたしたちが道に迷わないよう、お導きください。あたしたちをこの豊かな地に住まわせ、粟を土地に実らせ、獲物を山に駆け回らせてください。天の父が、迷える子羊を連れ帰り、玉子と小鷗、あたしの六番目と七番目の娘をあたしたちのもとに戻してくださったことに感謝します」

＊4　注音符号：台湾で、中国語の読みを表記するのに使用される発音記号。

シバルとイチが順番に祈りを捧げるのを聴きながら、玉子は周りに目を向けて礼拝堂の中を観察した。あの頃も建物の前を通ってはいたが、一度も中に入ったことはなかった。これまでの玉子の人生で、正式な信仰を持ったことは一度もない。礼拝堂の空気の中を埃が漂っていた。埃の一粒一粒が微かな光を纏《まと》って輝き、わずか七人だけが集う礼拝堂を、静かで幽玄な美しさで満たしていた。

リュックサックから漂ってくるいい匂いで、玉子は、ナオミが持たせてくれた香蕉飯があったことを思い出し、お祈りが終わった後に、皆で分けて食べた。

玉子にとって、香蕉飯の匂いは懐かしいものでもあり、怖ろしいものでもあった。それはすべて、熱病に冒された夢のようなあの早朝に端を発していた。あれ以来玉子は、夢の中でも、現実でも、その影を振り払うことはできない。

あの年、小鷗を産んだ玉子は、シバルの家に住まわせてもらっていた。出産後、数日も休養しないうちに、玉子は近くの渓流でまた玉を探しはじめ、シバルの家計の足しにすることにした。故郷にいた時と同様、玉子の美貌と、玉を見分ける目に関する名声が、漢人と原住民の玉拾いの間にあっという間に広まった。以前の能力は衰えてはいないものの、娘の授乳であまり遠くへ行くことができないため、玉拾いの収穫は多くはなかった。

ある時期、玉子は自分の竹籠の中に玫瑰石《ロードナイト》が一つか二つ、余分に入っていることに気がついた。石をもらうのは珍しいことではなかったが、多くの場合、それに粗野で露骨な口説き文句がついてきた。男たちは、採った石を目の前で見せ、これと交換で個人的に会ってくれと条件を出す。だがこの時の玉子はもう、少しの躊躇もなく、且つ優しく礼儀正しく断る方法を身につけていた。

だがこの時、竹籠の中に出現したのは「最高に素晴らしい」品質の石で、この辺りの渓流ではもうあまり見つけることができないようなものだった。しかも石の贈り主は一向に姿を現さない。このことは、玉子に好奇心を抱かせた。ある時、玉子は籠をいつもの場所に置き、石を拾いに出たふりをして、林の中に隠れて見ていた。すると、いつも近くで石を拾っているアミ族の青年ピサウが、籠の中にこっそり石を入れるのが見えた。

玉子は林から出ていってピサウに直接断ろうと思ったが、なぜかそうはしなかった。その後、竹籠に香蕉飯を一つ入れておき、その近くに炭で太い矢印を二本描き、一方の矢の先には玫瑰石、もう一方の矢の先には香蕉飯の絵を描いて、交換の意味を表現した。何度かそうしているうちにピサウも意味を理解し、石を籠に入れ、香蕉飯を持ち去るようになった。

そんなことを続けたある日、玉子はわざと香蕉飯を置いておかなかった。戸惑うピサウの前に、林の中から玉子が姿を現し、香蕉飯を直接手渡した。

ピサウのほっそりとした長い指と彼の笑顔を、玉子は永遠に忘れることはない。彼にはある種の活力と、輝きと、神々しさがあった。それは玉子にはないものだった。玉子は心の奥にある地図から、自分を傷つけた一切のものを消してしまいたいと思った。故郷から逃げることになった思い出、彼女たち母娘を捨てた男、あの川とその上にある森。自分を追い込み、墜落させた場所。自分を打ちのめし、痛みを与えた場所。だが、もしこれらが存在しなかったら、自分はただの亡霊になってしまう。そんな矛盾した戸惑いから、玉子はピサウの前で自分の魅力を解放することはできなかった。彼女は終始、自分の眼差しと呼吸、そのほかの何かを抑制し続けた。

台風の季節になると、玉拾いたちは流木拾いに転身した。早く現場に出た者ほど良い木が拾えるが、出るのが早すぎても危険を伴う。風雨で緩んだ渓流が、石の上を飛び渡る採集人たちをいつ呑み込んでもおかしくないからだ。だから流木拾いは、拾うものの目が試されているだけでなく、天候を読む能力と運とが試された。

もう何年も前のあの日、風で倒れたあのヒノキの幹の前に立った時のことを、玉子は永遠に記憶している。樹は、山の中では数十メートルの高さを持つ巨人だったのだろう。今はその腕の一部だけになってしまったが、それでもまだ十分に壮観だった。だが玉子はすぐに、ヒノキよりも更に惹かれるものを発見した――本来この場所にあるはずのない巨大な石だ。崩れ落ちた他の石の下に埋もれ、半頭分の牛皮ほどの面積が露出し、その不思議なピンクの色と流れる雲のような模様が、朝の光の下で輝いていた。

玉子は岸に戻り、丈夫な木板を二枚探しに行った。バールを使って石の間からヒノキを引き出して板に載せ、転がしたり引いたりして動かし、他の採集人に見つからないよう一時的な「隠し場所」に置いておき、後で軽トラックを借りて運び出すつもりだった。他の採集人なら、仲買人を直接現場に呼んでこれを見せるかもしれないが、玉子はそうしたことはない。仲買人の中には、話にならない値段を提示してこちらに断らせた後、夜中にやってきて木を盗み出してしまうような輩《やから》もいたからだ。

玉子は、誰から車を借りよう、どうやってあの巨大な玫瑰石を掘り出そうと考えながら、全身の力でヒノキを掘り出した。すると、掘り出した後の深い窪みの中に、一本の白い手が見えた。花のような五本の指が、こちらを向いている。玉子はその手を知っていた。指がほっそりと長く、恥じらうような、かつては生命力に満ちていたあの手。

この瞬間玉子は、自分の運命には絶望が組み込まれていることを悟った。自分には、人並みの愛を得る資格はないのだ。それならそれでいい。人は、生きる中で、あまり多くの目標を持ってはいけないのかもしれない。今の自分は、自分と小鷗を養うことだけに集中すべきなのだ。玉子は涙を呑みこみ、人生で初めての葬儀に参列した。

アミ族の葬儀に参列しながら、玉子は石を拾い始めた頃、魚、ハゼ、すっぽんなどの死骸が、川面《かわも》一面に浮いているのを見つけた時のことを思い出していた。驚いて家に駆け戻り、母親に、誰かが川に毒を流したようだと告げると、母親は言った。「旱《ハン》〔ひでり〕でそうなっただけだわ」

玉子は「旱」の文字を知らなかったが、母親の口から言葉が発音された時、ある種の重苦しい響きを聞き取った。

「旱」の時は、川の水が一滴残らず干上がることもある。そこに住む生き物たちは、適切な時期に上流か下流の深みに逃げるか、そうでなければ、石の隙間で渇死《かっし》するのを待つしかない。

「じゃあ、どうしたらええの？　助けてあげられんの？」

母親は無表情で、どうしようもないというふうに言った。「死ぬだけさ。他にどうしようがある？　次の時は、新鮮そうなのをちびっと拾ってくりゃあ、まだ食べられるがね」

しばらくすると雨季がやってきて、川の水も再びさらさらと流れはじめた。川底で干からびていた死骸たちも、復活し、まるで何も起きなかったかのように活動を始めた。玉子はいつも納得がいかなかった。旱《ひでり》の時、生き物たちはどこに隠れていたのだろう？　彼らはどうやって旱をやり過ごしたんだろう？

玉子はイチの奏でるQowqaw（口琴）の音で礼拝堂に引き戻された。祈りの後は、イチの伴奏で皆が聖歌を歌った。

Meuwit meisug bi utux mu.（私が弱い時、我が魂はひどく怖れ）
Mqraqil mshjil ku balay.（災いに遭った時、我が心は重荷を負う）
Ida ku nii tgluus bi tmaga,（だが私はこの場で静かに待ち続ける）
Bitaq miyah tguhuy knan Thowlang.（主が来《きた》りて、ひととき寄り添いたまうを）

玉子と小鷗は歌詞が分からず、口をぱくぱくさせて一緒に歌っているふりをした。歌声の合間に、小鷗は玉子のスカートを引っ張り、言った。「ママ、ほこりを描いてみたい。ほら見て」

玉子が顔を上げた。小鷗も、埃が微風に乗って漂う軌跡が、射し込む光線を浴びて、先ほどよりもいっそう明晰《めいせき》になっているのを見た。

「あの白いつぶつぶに精霊たちが乗ってるみたいだよ」

「埃も絵に描けるの？」

「描けると思う」

小鷗に生まれつき備わった絵の才能と天真爛漫な想像力に、玉子は早くから気がついていた。どんな状況でも、小鷗にクレヨンと紙さえ与えておけば、玉子は安心して他のことをしたり、出かけたりすることができた。他の子供たちが自分が描いた絵をすぐに捨ててしまうのと違い、小鷗は自分の作品をとても大事に扱った。うまく描けなかったものは破り捨て、良く描けたものを残した。二十四ページのクリアファイルを玉子にねだって買ってもらい、そこに絵を入れ、ページをめくりながら、自分で物語を作って玉子に聞かせた。

クリアファイルに入っている絵は、いつも同じではなかった。小鷗は自分の作品を定期的に見直して淘汰《とうた》した。捨てるかどうか迷うものは、とりあえず他の絵の後ろに入れておいた。絵の順番を変えることもあり、それによって物語も新たに編み直された。小鷗が語る物語は、すべてが自分で考えたものというわけではなく、玉子が小鷗に話して聞かせたものや、本で読んだ物語を少し変えたものも含まれていた。海風カラオケで働き始めた時、玉子は小鷗の絵をナオミに見せ、店の中に貼ってもいいかと尋ねた。

ナオミはもちろんすぐに承諾した。ナオミは、玉子が海風カラオケを変えることには特に反対しなかったが、玉子の遠大すぎる野心には憂慮を抱いていた。例えば、カラオケを「酒店《クラブ》」に変えるのは、なんだか大げさだとナオミは感じた。彼女には、生活を良くするために生活が慌ただしくなってしまうというのは、本末転倒に思えた。のんびりした日々で十分だ。生活は、ズボンのベルトと同じで、ゆったりしているのがいい。ナオミがカラオケ店をやっていて一番嬉しかったのは、皆が歌を歌いに来てくれることだ。それで儲けようとは思っていなかった。スリンが肝臓の病気で亡くなった後のナオミに欠乏していたのは、嬉しいと思える気持ちだった。

だが、玉子が店名をカラオケからクラブに変えようと提案した時、ナオミは一言も反対しなかった。彼女は自分の娘のようなこの女の子に、どう反対していいかわからなかった。玉子には玉子の考えがある。玉子は数年かけて貯めた金をナオミに見せ、自分は根拠もなく夢を描いているのではない、もうあの頃の、雲の上をふわふわ歩いているような女の子ではないのだ、と示した。玉子は、自分の故郷では女が男の尊重を得ることはできず、金のない女は女からの尊重すら得られないのだとわかっていた。玉子はナオミに言った。私は自分のやり方で、すべての人の尊重を勝ち取りたい。つまりお金を稼いで、自分で自分を養うのだ。そして、ナオミの老後の面倒を見るのだと宣言した。

「私たちはお金を稼ぐの。大金を稼ぐのよ」

今日ここに集まって祈る我々は、主が我々に生命の息吹を与えてくれたことを感謝します。

「とってもすてきな、今まで海豊にはなかった店を作るの」

我々を聖霊で満たし、悪魔や、我々を苦しめる霊たちを我々に近づけないでください。

「あなたとスリンの作品、小鷗の絵、それと美しい流木や玉でお店を飾るわ」

これからの一日一日を神がお導きになり、我々を生まれ変わらせてくださるように。

「私たちはこの海風クラブを愛で満たすの」

アーメン。

「でも玉子が秀子《シウヅ》だって、みんなに知られないようにしてね。いい？」

二つの山の間には川が流れていない

あの山がセメント工場になってしまうかもしれないという情報は、もはや秘密ではなくなった。阿楽《アルー》が台北時代のＮＧＯ団体の友人たちに連絡を取り、「政府」側から漏れた情報から分かったのは、この開発計画の実施は避けられない状況であるということだった。そこで阿楽は考えを巡らし、これを阻止するには、この話題をニュースにすることが必要だと思いついた。それも全国的なニュースに。

阿楽は小学校の教員宿舎で小美《シアオメイ》と集中的に討論し、まずは学校の教師たちを全員「引き込む」ことにした。その人脈を通じて、都市で生活したことのある若い村民たちと繋がり、彼らに頼んで、今も台北にいる「都市同胞」に電話をかけてもらった。次にしなければならないのは、村人たちに状況を理解させるべく説明をすることだ。村民のうちには、戦争を経験した人がいるかもしれない。非情な強制移住を経験したかもしれない。だが、彼らが「法律」に向き合うのは初めてだ。「相手のほうが合法である」かのように見せるこの仕組みに。

「勉強しなきゃいけないことがたくさんある。私たちグループを作って、どう説明するか研究しましょう」

阿楽は、全国紙に「でかい記事」として取り上げてもらい、環境運動に関心のある大学生たちを引き込むべきだと思っていた。なぜなら、「時間があり、勇気もある」のは大学生だからだ。

小美はまだためらっていた。「私たちよその人間に、村民の代弁ができるのかな？」

阿楽はフンと鼻を鳴らした。「あんた、ここに住んでるんでしょ？」

「うん」

「ここで働いて、ここの子供たちを教えてるのよね？」

「うん」

「そういうのを地元民って言うのよ。観光客じゃないんだから。頼むわよ」

都市に住んだ経験があり、地元生まれでもある人間を引き込もうという話になった時、二人は異口同音に名前を挙げた。「ドゥヌだ！」

説得をするまでもなく、ドゥヌはあっさりと彼女たちの「組織」に加わった。そのうちに彼らが集まる場所は、小学校の教員宿舎から、海風カラオケの入り口に最も近いテーブルへと移った。このテーブルが移動集会所となり、セメント工場の建設が森林や畑に与える影響を心配する村の人たちが集まってきた。ステージで『愛要怎麼説「愛とはどんなもの？」』を気持ちよく歌った後、心配でたまらないという顔つきに戻って、阿楽たちが説明する「この怪物を止める方法」を聞く者もいた。討論の途中で、誰かが自分の持ち歌を歌い始めたのに気づき、ステージに駆け上って一緒に歌う者もいた。

だが小美がずっと気にしているのは、ウィランの説得がうまくいっていないことだった。

「考えさせてくれ」ウィランは毎回そう言った。

「何がひっかかるの？　話してみて？」小美が言った。

「向こうと——つまり、あいつらとさ、金額を交渉してもいいんじゃないか。あいつらにただ食い物にされないように」

「そう……」小美が言った。

小美がウィランの考えを阿楽に報告すると、阿楽は白目をむいて言った。「交渉ですって？　言ってやりなさいよ。私たちが交渉で奴らに勝てると思っているの？　あいつらは博打《ばくち》打ちで、詐欺師で、強盗で、役人なのよ！」

「じゃあ、阿楽が言ってきてよ」小美は悔しそうに言った。

もちろん阿楽は、小美がウィランを説得できなければ、彼を説得できる人は他にはいないとわかっていた。ウィランには何か考えがある。少なくとも小美がそれを「聞き出す」ことが必要だ。

だがウィランは、小美がこの話題を出す度に黙りこくり、マランの「金旺《ジンワン》」〔スーパーカブを模した小型オートバイ〕に跨がって、いつもの長い長い釣竿を携えて海辺に行ってしまった。彼自身だけは分かっていた。本当は、小美の提案をすぐにでも受け入れたい。だが、彼は今回もらえる金が、**自分の望みを叶える**チャンスになるかもしれないと思っていることを、小美に対して認めたくなかった。ウィランは、自分が金のことでごねているのだと小美に思われたくはなかったが、金のためではないと自分を納得させることもできなかった。

　この頃、「自救会」は最初の挫折を迎えていた。村人の何人かと初めて話をした時、「金をもらって土地を手放して、新海豊に移りたい。もう決めた、それだけだ」ときっぱり言われたのだ。そういう人が、小美たちが予想していたよりもかなり多かった。

　阿楽が言った。「だめだ。私たち、あいつらより速く動かなきゃ。こっちに引き込む人が多ければ多いほどいいんだから」

「どうやって？」ドゥヌが訊いた。

「私たち、これを花蓮の一大事に、台湾の一大事にするのよ」

「はぁ……」小美はため息をつくのが癖だった。

「うちの母が言ってたわよ。ため息をついちゃだめ。人は、ため息をつくごとにひとまわりずつ縮まって、最後には空気の抜けた風船みたいにぺしゃんこになっちゃうって。だからもうため息つかないで。私たちの意見には賛成していないけど、まだ同意書にサインしていない人たちに一人一人当たって、こっちに引き戻そう！」

　阿楽と小美は関係する法律を調べ、ビラに載せる文言の草案を作り、村長の首曲がりユダウに公聴会を開催するように申し立てた。優柔不断なユダウは、問題の矛先が自分に向けられるのをひどく怖れていたため、公聴会の開催を若者たちが自ら要求してきたのは渡りに船だった。「よし、みんなで集まって話し合おう」公聴会の日は、公民館にたくさんの人が集まった。感恩祭以外で、村人がここまで勢ぞろいすることはない。皆それぞれに思うところは違ったが、多くの人が熱に浮かされたような高揚感を抱いていた。その高揚感がどこから来るものかは自分たちでもわからなかったが。なぜなら、ずいぶん長い間、海豊でこんな大きいことは起きていなかったからだ。

公聴会はユダウの挨拶で始まり、工場側の代表者と政府の工務局の人間が簡単な報告をした。その後ようやく、村民たちが発言する時間となった。「自救会」側では、まず「Uターン青年」であるドゥヌにしゃべらせ、その後「地元の人」に発言させることに決めてあった。

ドゥヌは、自分は舞台に立った経験もなく、うまくしゃべれないのではないかと心配していたが、いざ台上に立つとすぐにアドレナリンを爆発させた。

「お集まりのバキ《おじいさん》、パイ《おばあさん》、先輩がた、友人たち。俺は小さい時から、俺たちトゥルクがどんなに苦労してきたか聞かされてきた。山の向こうっ側《かわ》からここまでやってきて、日本人に攻撃され、政府に言われてあっちこっちに移住させられた。今では俺たちの世代は俺たちの言葉もしゃべれない。もうすぐ、粟の植え方や猟の方法も忘れちまうだろう。

今、俺たちはまた、漢人の考え方、やり方に倣わなきゃいけないのか？　自分の頭で考えるんじゃなく？　俺は都会で生活したことがある。やつらに、俺たち山地人はどうだこうだ、お前ら番仔《ホァンナア》はどうだこうだって言われるのは、もううんざりなんだ。誰も俺を名前で呼ばない。俺たちが花蓮《ホワリエン》、台東《タイドン》、南投《ナントウ》、新竹《シンジュー》、緑島《リュイダオ》、蘭嶼《ランユィ》のどこから来たのかなんて気にもしない。お前ら番仔はどうだこうだ、お前ら山地人はどうだこうだ、それだけだ。たった今だって、工場と工務局の代表者も、お前たち〝タイヤル族〟はどうだこうだって言ったんだぞ。俺たちはトゥルクだ。俺たちは俺たちの土地に住んでいるだけだ。他人の家を奪ったり、他人の土地を占領したりはしていない。だがあんたらはやってきて『おい、俺たちは工場を建てる。お前たちは出てけ、別の場所に住め』って言う。俺たちが譲らなきゃだめなのか？」

聴衆の誰かが大声で叫んだ。「いやだ！」

「俺たちは逃げるのか？」

「いやだ！」

「今ここで譲ったら、今後、誰からも尊重されなくなるぞ」

小林《シァオリン》は聴衆席からドゥヌを見上げ、阿楽の方を見、入り口のところにもたれかかって腕組みをしているウィランを見、小美を見た。小林は突然、自分が彼らの間でなんともおかしな立場にいることに気がついた。まるで童話の中に出てくるコウモリと同じだ。彼は心の中で自分に言い聞かせた。「調査は終わった。報告書も書いた。教授に出した。バイト代は来月入ってくる。僕にはもう関係ない」だが、気持ちはずっしりと重かった。

「俺は、少し違う意見を言いたい。皆、聞いてくれるよな？」そう発言したのはバトゥンだった。

「俺たちはもともと、別の場所からここに移住してきた。トゥルクトゥルワンから移ってきたんだ。今もう一度引っ越したって、大したことじゃないんじゃないか？　大事なのは、今回俺たちは金を受け取れることだ。政府が俺たちに補償する金だ。俺は、いま工場側が提案してきている補償金の額は低すぎると思う。俺だってセメント工場は嫌いだ。政府の奴らも嫌いだし、あの黒塗りの車に乗った社長だか何だかも嫌いだ。だけど、今回はどこか遠くまで移るんじゃない。すぐ隣だ。俺たちは彼らの金をもらう。それと、村の老人や若者の仕事を作ることも彼らに約束させる。海豊にはいま若者の仕事がなくて、老人を養うこともできない。もっとたくさん補償金をもらうべきだ……」

バトゥンがここまで話した時、老田《ラオティエン》という村民が口を挟んだ。「俺たちは今、自分の家で暮らしながら、毎晩うなされてる。そんな証文なんか全く当てにならない。ああいう人たちが言うことは、何ひとつ保証なんかない。あいつらはこう言った、俺たちは名前を書いた、それで本当に金がもらえるのか？　俺たちは日本人に騙され、漢人に騙されてきたのに、まだ騙され足りないのか？」

次第に、意見の違う者の間で批判し合う言葉が、燕のように行ったり来たりしはじめた。事態が急速に混乱していくのを見て、阿楽は周《ジョウ》伝道師にぱっとウィンクを送り、昨夜「模擬練習」をさせた話をするように合図した。

壇に上がった周伝道師は咳ばらいをすると、海風カラオケで歌う時にいつもしていたお決まりの動作、マイクをトントンと叩くことをして、聴衆の注意をこちらに向けさせた。「皆さん、皆さん、よろしければ、私にも少し話させてください」

「ある時ですね、酔っぱらった友人が、蛇に咬《か》まれました。一刻も早く病院に行きなさいと私が急かすと、彼は『大丈夫だ、咬んだのは百歩蛇《ひゃっぽだ》〔噛まれたら百歩歩くまでに死ぬと言われる猛毒を持つ蛇〕だから』と言うんです。『百歩蛇は猛毒じゃないか。大丈夫じゃないだろう？』と言うと、彼はこう答えました。『ここから俺のオートバイまで百歩もない。だから大丈夫だ』」

聴衆からどっと笑い声が起きた。笑いが収まるのを待って、周伝道師は続けた。「これは、漢人が言うところの『耳を掩《おお》いて鈴を盗む』というものですね。私たちは、引っ越しても大丈夫かもしれない。あなたも彼も、それでかまわないと思っているかもしれない。でも、そうなれば私たちはセメント工場のすぐ隣に住むことになるのです。毎日ドカンドカンと山を爆破して、毎日空中を埃や砂が飛び交うのです。それでもかまわないのでしょうか？　これは単に村の隣に引っ越すということではありません。鉱区の隣に引っ越すのです。『マタイによる福音書』にこうあります。『あなたがたは悪い者でありながら、自分の子供には良いものを与えることを知っている。ましてあなたがたの天の父が、求める者に良いものをくださらないことがあろうか』天にまします父は、このようなものをお望みにはなりません。セメント工場は良いものではありません。上帝は、彼の子供たちをそんなふうに扱うわけがありません。政府も、神の子供たちをこんなふうに扱うべきではないのです」

場の雰囲気が自救会側に傾いたのを見て、工場側の代表者であるあの太った男が、再び立ち上がった。男はテレビ局のアナウンサーのようなやたらと標準的な発音の国語で話した。声だけ聞けば、眼鏡をかけた文弱な書生が話しているようにも聞こえた。

「契約については、皆さんご安心ください。私たちは最高の弁護士を雇って……、つまり私たちは責任ある企業ですからね、私たちが保証します。私たちは将来、花蓮に何億元もの税金を納めることになり、それは花蓮の税収の十五パーセントに達するでしょう。ということは、花蓮の税収が十五パーセント増えるということです。この税収は花蓮の人々のために、大部分は海豊のために使われます。海豊村は、もう台風を怖れなくても済む、きれいな大通りもできる。更に皆さんはお金を手にして新しく家を建てることもできます。そして、私たちはいまこんなことも計画しています。もし計画が通れば、品質の良い作業員宿舎を建て、工事が終わった後はそれを皆さんに安くお譲りできます。鉄筋コンクリートの一戸建てですよ。あなたたち山地同胞が建てる木の家、石の家とは違うのです。

そして、みなさんがご心配されている汚染のことですが、大丈夫です。私たちは最新の技術を採用しています。『階段式竪坑《たてこう》採掘』という方法で、十メートルずつ階段状に、一段一段水平に採掘していくものです。採掘場の周囲には高い保護丘《きゅう》を残しますので、皆さんからは採掘場の様子は見えません。山の見た目は変わりません、変わらないのです」

「山に登るやつがいないとでも思ってるのか？　山の下からしか山を見ないって？　山の下からは見えなくても、隣の山から見たら全部丸見えだろ」聴衆席からドゥヌが怒鳴った。

太った男はそれにはとり合わず、独り言のように続けた。「それに私たちは最新式の集塵《しゅうじん》装置も設置いたします。静電気式集塵機のようなものですね。海豊の空気は、今までよりももっときれいになるでしょう。私たちは開発しながら植樹もします。保証しましょう、ここは緑豊かな……」

「何が緑豊かだ、くそったれ」ドゥヌが言った。

冷房が最強に効いた公民館から出てきた村の人々はみな、やはり陽の光の下で風に吹かれるのは良いものだと思った。小美は少し酸素不足を感じ、頭全体が残響室になったような気がした。阿楽は頭に血が昇り、これは幸先が良いと感じていた。少なくとも、たくさんの人が開発計画に反対を表明してくれた。ドゥヌは、先ほどの自分の発言を「まあまあカッコよかったよな？」と反芻《はんすう》していた。周伝道師は、眉間《みけん》に深くしわを寄せて自転車を漕ぎながら、次は『聖書』のどの段を引用しようか？と考えていた。

一台の工事用車両が、彼らの前を走り過ぎていった。現在まだ交渉の段階にあるのに、あちらは「国が工場に貸与した」と称する土地に、既に「臨時宿舎」の名目で作業小屋を建てていた。

「東南アジアから作業員を呼ぶと聞いたぞ」

「いいえ、ほんの少しだけです。私たちは主に地元の労働者の方々に働いてもらいますよ」太った男は、どこに根拠があるのかわからないそんな説明をした。

首曲がりユダウは、今ではほぼ毎日夢の中にいるような状態の母親を、車椅子に乗せて連れてきていた。詰め寄ってきた村人たちに、自分の立場を問い質《ただ》されるのを避けるためだ。ブブの車椅子を押していれば、村人の多くはユダウに突っかかるのではなく、彼の母親《●●》に挨拶をするために寄ってくるはずだ。

ユダウは身体をかがめ、ブブの耳元で尋ねた。「なぁ、ブブはどう思う？」ユダウは母親がもう返事をしないことに慣れていたので、この時も何も言葉が返ってこないだろうと思っていた。

ただ、自身の心が落ち着かず、戸惑っているのをなだめたかっただけなのだ。だが、この時母親は突然目を閉じ、答えた。「山が二つに分かれるね」母親はここで一度息を吸った。鼻腔に洟が溜まっているようだった。「しかも、その間に川が流れていないんだよ」

皆が帰ろうとしている時、近くの草むらががさがさと揺れ、色の異なる蛇が二匹、転がり出てきた。皆が目を凝らして見てみると、身体の大きな方はアマガサヘビだとわかった。アマガサヘビは、もう一匹の、皆が見たこともない種類の蛇にしっかりと咬みついていた。咬まれている蛇の身体はアマガサヘビよりも細く、赤褐色と黒褐色の縞《しま》模様をしている。黒褐色の部分は少し狭く、その外側に細い黄色の線が入っていた。頭の後ろにくっきりとした白い輪があり、それがとても目立つ。アマガサヘビはその赤褐色の蛇に咬みつきながらねじるように振り回し、それに伴って自分自身もぐるぐるとのたうちまわった。二匹の色の異なる蛇は理髪店の回転灯のように絡みつき、美しく、狂った舞踏を踊っていた。

近くにいた小林は、咬まれている方がごく珍しいワモンベニヘビだと気づき、急いでカメラを出して写真を撮った。二匹の蛇が静かに、そして残酷に絡みあう様子に、公聴会を聞きに来た人も、公聴会で話に来た人も、しばしの間見入っていた。小さな村は、静かに、小さく、海風によって揺られていた。揺りかごに載せられているように。

海風クラブⅠ

公聴会の後、海風カラオケ、いや、海風クラブの雰囲気は一変した。村民たちはもともと、ここに歌を歌い、酒を飲み、つまみを食べておしゃべりをするために来ていた。だが、公聴会で発言したかしないかにかかわらず、お互いに相手が何を考えているかをうすうす知ってしまった今となっては、相手にどう反論するかで頭がいっぱいだったり、相手の考えを変える機会をうかがったりするようになっていた。

彼らは歌の合間に、どうしたら政府から「見下されない」かを討論したり、補償金が出たら何に使うかを米酒を飲みながら話し合ったりした。人々は歌を歌い終わってステージから戻る度に少しずつ席を替わり、最終的には自分と近い考え方の人同士で集まるようになった。

「石灰を採る坑道は、まず地面に穴をあけて、火薬で爆破して、それから機械を入れて掘り進めていくらしいぞ」

「どんな機械だ？」

「ドイツのだ。この前、車が何台も来てただろ？　そこに外国人が二人乗ってた。その機械の会社がよこした外国人らしい」

「ドイツ人？　でもこの数日、村でそんなやつを見てないが？」

「いい給料もらってんだ。毎日タクシーで花蓮に帰って、ホテルに泊まってる」

「ドイツ人と日本人はすごいからな」

「それで、俺たちはどうすりゃいいんだ？　ドイツ人までやって来ちまった。日本人の後は国民党と戦って、今度はドイツ人とやり合うのか？」

「ただの顧問だろう？」

「ドイツ人だけじゃない。日本人と韓国人も見かけたぞ」

「観光客じゃないのか？」

「観光客なら太魯閣渓谷に行くだろう。こんなところに来るか」

「道を封鎖して、よそ者を山に入れないようにしようぜ」

「あの泥棒の仲立ちたちをひっ捕まえよう。あいつら、情報が公開されるよりだいぶ前から土地を買い占め始めたんだ。補償金だって？　くそったれ！　全部あいつらの懐に入るようになってるんだ」

「昔、日本人が決めた山地保留地は、本当に保留地だった。山地人だけが出入りできて、樹を伐っても何かを植えてもよかった。国民党政府が来てから、樹を伐っちゃいかん、物を植えてもいかん、ってことになった。今になって山を掘るのだけ認めるのは、どういうことだ」

「俺たちを移住させようとしている十一号線沿いの土地を見たか？　もう家を建て始めているぞ」

「あのデブが言ってた宿舎だな」

「もし金を手にしたら、家は要らないな。スポーツカーを買う」

「金を受け取る気かよ」

「〝もし〟って言ったんだよ」

「おい、よそから来た若いの」

小林《シァオリン》はびくっとして左右を見回したが、いま海風クラブにいる若いよそ者は自分一人だった。

「あんたは何かの調査に来たんだよな？」

「は、はい、でも、何のための調査なのか、僕もよく知らないんです。僕はただ、動物と植物を調査しただけで、僕の上司、……いや、教授に派遣されたんです」

「調査はどこまで進んだ？」

「まだ研究中、研究中です……」小林は苦笑いでごまかそうとした。

玉子《ユィヅ》は店を忙しく切り盛りしながら、店内の様子に目を配り、客たちが交わす言葉のすべてに耳をそばだてた。もし本当に東南アジアからの労働者がやってくるのであれば、今の店では小さすぎるかもしれない。でも労働者たちがここで受け取る賃金は多くはない。歌を聴いてもチップを払わず、酔った後に店で眠りこんで面倒を起こすだけだ。玉子は、エンジニア、ドイツ人、日本人、韓国人などの言葉を聞きつけ、そちらの方がチャンスがあるだろうと思った。彼らはあの離島にいた高級軍人と同じく妻帯者だ。ここではただ数時間の恋愛を楽しむだけで、面倒は少ないだろう。もしかしたら今すぐ玉蘭姐《ユィランねえ》さんに連絡を取り、女の子たちを集める伝手《つて》がないか訊いてみてもいいかもしれない。そして海風クラブを本物のクラブらしく作り変える。酒の種類も増やし、高いものを入れて、客がタクシーで花蓮に帰る前にできるだけ金を吐き出させるのだ。これだって、海豊に対する貢献のひとつと言えるだろう。

玉子はこの数年で、自分が大きく変わったことを自覚していた。自分はもう、頑固で、一度心に決めたら崖からだって跳び下りてしまうあの玉子ではない。玉子は自分の心を月の満ち欠けのようにくるくると入れ替え、客の前ではいつも明るい一面だけを見せることが習慣になっていた。客がジョークを言うと、玉子はごく自然なようすで笑い出し、激しいしゃっくりが出るほど笑い続け、酒をもう一杯飲むまで治まらなかった。それが作り物であることはもちろん自分でわかっているが、玉子はそれを受け入れ、作り物でいなければならないことを認めていた。少なくとも海風クラブでママをしている時間は、そうしなくてはならない。

海豊の運命について、心の中では玉子も、かつて自分を保護してくれたこの場所が、セメント工場になることは望んでいなかった。ここは、あの日のシバルの言葉を借りれば、「樹と恩寵《おんちょう》にあふれた場所」だ。だがこの数年の経験から、玉子は「政府」や大企業の経営者たちを止める術《すべ》はないことを学んでいた。彼らには、村の人々を自滅させる力がある。この手の人たちが人生で一番重んじているのは面子《メンツ》だ。面子があるからこそ金儲けができる。彼らは面子で金を儲けている人々なのだ。自分が間違っているとわかっていたとしても、決して認めることはない。彼らに抵抗できないのなら、他にどうすればいいのか？「やつらのポケットの中の金を吐き出させてやるのよ」

一方、利己的に考えることもあった。玉子は小鷗《シァオオウ》の才能を知れば知るほど、それを伸ばすために十分な金が必要になることを痛感していた。才能ある子供が、それを伸ばす機会が与えられなければ、才能がないのと同じだ。更にはその才能は悲劇の引金にもなりうる——玉子自身がそうだったように。玉子は野心のかけらもないナオミに申し訳ないと思った。山刀を振りかざして工務局に戦いを挑んでいるドゥヌにも。玉子はもちろん、ドゥヌが自分にナイフを贈ってくれたあの瞬間を覚えている。だが、自分はもう「秀子《シウヅ》」ではないのだ。この時、玉子の心にあったのはたった一つ、小鷗の人生前半のための教育費と、ナオミと自分の人生後半のための退職金を作らなくては、ということだけだった。玉子はあの時、玉鳳《ユイフォン》から言われた「教え」を思い出した。

「この世を生き抜くなら、心を鬼にしろとは言わないが、強くならなくてはいけないよ」


以前から毎晩海風クラブにいる村人を捕まえて討論していたドゥヌは、「自救会」に参加した後には、昼間にも野狼《イエラン》に乗ってあちこち走り回るようになった。時にはセメント会社が正式な手続き前に境界を越えて工事を始めていないか山に入って監視し、時には山の猟師小屋で村人に一対一で接触して、ひとまずは合意書にサインしないように説得した。ドゥヌは「保留地」という言葉にひどく反感を抱いていたので、会う人ごとにこう言った。「俺たちは動物じゃないのに、保留地ってのはおかしいだろ。ここは俺たちの祖霊の土地だ。いったいどれだけの人々、どれだけの祖霊がこの山に埋葬されている？　あいつらに掘り返されたら、祖霊は行き場がなくて漂っちまうだろ?」

だが一人でいる時、ドゥヌは自分がどんどん弱気になっていることを知っていた。彼を弱らせているのは、日に日に状況が悪化するタマと、日に日に数字が減っていく郵便貯金の通帳だった。

家に帰ったドゥヌは、深淵を一つ隔てたところにいるタマ父親《タマ》と話をした。初めの頃、ドゥヌにはまだ、崖のこちら側から、向こう側にいるタマに呼びかける気力があった。だが次第に二人はそれぞれ自分の「崖のこちら側」に籠るようになった。ドゥヌはタマを宜蘭《イーラン》の病院に連れて行った。医者は言った。これはたぶんある種の老人の病、すべてを忘れていく病で、目下のところ治せる薬はない。「正直なところ、君にできるのはお父さんにたくさん寄り添ってあげることだけだ」

あの日の夜中、ドゥヌはオートバイの後ろにタマを乗せ、川に連れてきて水浴びをさせた。タマは服をすべて脱ぎ捨て、一頭の鹿のように水に入った。川の中ほどまで歩いていったタマはドゥヌに背を向け、その背骨が月光の下で光を放っていた。突然、タマがこちらを振り向き、ドゥヌが手にしているムラタを指さし、それから自分の頭を指さした。命令を下すように。ドゥヌは涙がどっとあふれ、タマをむりやり岸に引っ張り上げた。

ドゥヌは心の奥で、阿楽《アルー》や小美《シァオメイ》、それに彼女たちが引き込んだ大学生たちのような「学歴のある人々」と付き合うことに気おくれを感じてもいた。ドゥヌが自救会の活動に入れ込んでいる理由はもちろん、都市から来た人間たちが、傲慢にも自分たちに代わってすべてを決定してしまうのを憎んでいるからだ。彼らは都市での暮らしで傷ついたドゥヌの自信に塩を塗り、心に復讐心を産み付けた。だが、阿楽や小美は、まさにその都市から来た人、大学を出ている人々なのだ。

彼らはもしかして、心の中ではやはり俺のことを見下しているのではないだろうか？　俺を引き込んだのは、自分たちが「何か大きいこと」をやりたいためなのでは？　「自救会」の活動が、結局はこういう都市の人々に頼らなければならず、新聞で報道されることで都市の人々の関心を集め、彼らに「心配してもらう」「救《たす》けてもらう」必要があるだなんて、ずいぶんおかしな話じゃないか？

ドゥヌよりかなり学歴の高い阿楽と小美の話を、ドゥヌは完全には理解できないことがあった。彼女たちの前でドゥヌが胸を張れることと言えば、歌を歌うことと、猟の技術だけだ。だが、「猟師」の考えなんて、誰が気にするだろう？

その日、海風クラブで阿楽はドゥヌに話した。「狩猟文化は、セメント文化に対抗しうるポイントの一つね。でもドゥヌ、あなたが理解しなければならないのは、狩猟文化はただの技術ではなく、物事に相対する方法を学習する姿勢だということよ。今あなたたちが直面しているのは山や森ではない。そういう単純な自然界ではなく、ああいう人々、あなたたちの土地を略奪しようとしている人々なの。だからこの運動の中であなたが演じる役割は、一人の地元の猟師でもあるけれど、それだけではない。……あなたは村のお年寄りたちから、昔数々の困難に立ち向かった時の姿勢を、山に関する比喩の形で聞くことができるわね。それを使って、工務局側の開発の理論に対抗できる。でもその際、何か新しい視点を見つけて、それを伝統的な狩猟文化と結合させ、新しい理論を考える必要がある。私たちは、あなたにこの部分の理論を構築するのを手伝ってほしいの」

ドゥヌは阿楽のこの話を繰り返し考えた。彼の頭脳はこの話の意味をおそらく、たぶん、なんとなく、理解できたような気がしたが、自分の舌は全くついていかなかった。「理論」「略奪」「対抗」。こんな語彙が頻出すればするほど、ドゥヌの頭は真っ白になり、恥ずかしさ、苦痛、憤りを感じ、どうしていいかわからなくなった。

ウィランは、小美の勧誘を拒んではいたものの、やはり我慢できずに毎晩海風クラブに来てたむろしていた。「一曲十元ぽっちだ、歌いに行くくらいいいだろ」彼は自分にこう言い訳した。だが、彼が歌を歌いに来ているのではなく、自分の憂鬱を見せびらかしに来ていることは、誰もが知っていた。

ステージで一曲歌い終わると、ウィランはもう店のどこに座っていいのかわからなくなった。小美たちのテーブルに行くこともできず、かといってバトゥンたちと一緒に座っているのを小美に見られるのも嫌だった。彼は冷蔵ケースから瓶ビールを一本取り出し、店の外の大きな石の上に腰を下ろし、海風クラブの賑やかな店内に背を向けた。

ここ数日ずっと、彼はブブマラン《母親》に自分の計画を話すべきかどうか考えていた。遠洋漁船での生活は、自分を恐れを知らぬ豪胆な人間に変えることはなかった。それどころか、自分が砂浜の上を歩いて海に入っていくようなもどかしさを、いつも感じていた。

ウィランが海から帰り、マランは幸いにも息子を取り戻すことができた。マランは村で小さな店を開き、ウィランがときどき働きに出てくれれば、夫が遺してくれた土地と家で生活が保障されると思った。彼女にとっては旧海豊に残るのも、新海豊に移るのもどちらでもよかった。ウィランが嫁をもらい、自分の傍にいてくれて、一生を終えられればそれで十分だ。だが、彼女の心の深いところには、あの「政府」というものに対する怖れが隠れていた。

マランは、ウィランが海から無事に帰ってきた後に、この話をした。ウィランがまだ小さい頃、彼を背負って山に山菜を採りに行き、とある洞穴の近くで休憩していると、誰かが自分を呼ぶ声が聞こえた。村の人なら誰でも知っているが、山にはこのような小さい洞穴がたくさんある。天然のものもあり、戦時中に日本軍によって掘られたものもある。老人たちは言う。そういう洞穴に入ってはいけない。今も亡霊が棲んでいるかもしれないから。

好奇心からマランはその洞穴に入ってみたが、すぐにここには長く留まるべきではないと感じた。踵《きびす》を返して洞穴から出ようとした時、何かが足に触れた。マランはマッチを擦ってみた。「頭蓋骨だったのよ。孔《あな》が二つ開いていた。この辺に」マランは指でその位置を示した。「あれは兄さんだった」

「なんでそれが人間の頭蓋骨だってわかったんだよ?」

「言ったじゃない。小さい頃、人の頭蓋骨を見たことがあるんだよ。人の頭と動物の頭は違うの」

「その孔を見て、銃で撃たれた孔だってわかったの?」

「推測だけどね」

「その頭蓋骨は?」

「置いてきたわ」

「全部母さんの推測だろ。証拠もないし」

「金歯だよ。兄さんは奥歯の一つが金だった。あの頃、金歯を入れている人は少なかった。その頭蓋骨には金歯が一つあったの」マランはため息をついて言った。「上帝から離れた罰なんだよ。その後、あたしは思った。上帝を信じて、生涯を上帝に仕えることでしか、ここから抜けだすことができないんだって」

「でも俺が海に出る時、母さんは豚を殺したし、あの時豚を殺したから、海は俺を返してくれたって言ってなかった？　いったい祖霊と上帝のどっちを信じてるの？」

「海は上帝だし、上帝は祖霊だよ。全部いっしょ」

「そういうのは全部関係ないよ」

「何て言った？」

「何でもない」

ウィランは本当は、海で経験したことを母親に話し、運命とは偶然の結果でしかないと言いたかった。ウットゥフも、土地廟《びょう》も、上帝も関係ない。関係ないのだ。

ウィランがアヌと知り合った頃、彼が命を浪費し、目先のことだけを追う怖いもの知らずの人間、自分とは違う人間だということはすぐにわかった。夏になると彼らはよく授業を抜け出し、自転車で川へ泳ぎに行った。アヌはいつも、中流に生えている「あの樹」から川に飛び込んだ。

「あの樹」は、巨大なタブノキだった。川沿いの樹の中で一番樹齢が古いというわけではなかったが、非常に絶妙な場所に生えていた。上の歩道の脇から渓谷の中ほどへと伸び、登って樹上から眺めれば、ぐねぐね曲がった道や鉄道駅、海岸線までもがはっきりと見え、足元はすぐ渓谷だった。年少の子供たちはその複雑な形に枝を広げた樹の木蔭で遊び、年長の度胸のある子供たちは樹の中ほどから川に飛び込んだ。アヌはいつも、一羽の大きなカラスのように、枝が自分の体重をぎりぎり支えられる樹冠の最も高いところにしゃがんでいた。

アヌがその樹から初めて川に飛び込んだ時のことを、ウィランは覚えている。樹に登るアヌを、見ていた皆がもっと上へもっと上へと煽った。アヌは周囲の驚嘆の声を聞くためなら、大けがをしたってかまわないと思っている子供だった。ウィランは傍でひたすらやきもきし、手に汗をかいていた。アヌは枝を握っていた手を放し、空中に身を躍らせた。なんのためらいもなかった。

遠洋漁業の漁船に乗った時も同じだった。迷っているウィランを見て、アヌは言った。「俺がその気になれば、あっというまに古株たちなんかよりうまくやれるようになるさ。俺にくっついていれば大丈夫だ」船に乗ると、確かにアヌはすぐにうまくやり始めた。漁船員たちに融け込み、更には、表に出せないもう一つの商売を船上で行っているグループに入った。

そして、アヌは失踪した。

後から何度思い返しても、失踪する前のアヌに何か異状があったかどうか、ウィランは思い出せなかった。アヌはいつも彼なりのやり方で、自分が属する複雑な世界からウィランを遠ざけようとしたが、同時にいつもウィランを厄介ごとに引きずり込んだ。ウィランが覚えているのは、その前の晩、甲板に出て二人で煙草を吸っている時、アヌが少々いらいらしているように見えたことだった。ウィランは訊いた。「厄介ごとがあるのか？」

「ある」

「俺に話せるか？」

アヌが答えた。「一緒に煙草を吸ってくれればそれでいい」

翌朝、アヌがいなくなった。船にいるすべての人に聞いて回ったが、誰も答えなかった。まるでそんな人間は最初から船に乗っていなかったとでもいうように。ウィランは海上を遠くまで眺めた。陽光が放流されたかのように海上はきらきら光り、空を見るよりも眩しく目を焼いた。遠いところに、何か流木のようなものが一つ漂っているのが見えたが、次の瞬間にはもう消えていた。ウィランは漁業監視員をつかまえて、人が失踪しました、と伝えたが、監視員はただ「陸に戻ってからまた話そう。無事に陸に戻ったら」というだけだった。

漁場に着くと、釣り糸は一匹また一匹と途切れることなくイカを釣りあげた。灯光に照らされたイカは、長い穂を持つ珍しい花のようだった。ウィランは漁が終わって帰れることだけを一心に待ち望んだ。だが魚槽がいっぱいになると、すぐに謎の船が現れ、漁獲を持ち去った。船は海上で漁を続け、帰途に就くのは延々と延期された。船がとうとう台湾に戻り着いた時、ウィラン自身も、アヌは遥か遠い存在、前世で会った人のように感じていた。

この時から、ウィランは何かを信じることを止めた。どんな信念も、どんな神も、どんな守護も、どんな抗争も。人は、自分の運命を知ることなんかできない。ウィランは小美に言わなかった。自分と母親の二人分の補償金をもらって、海豊村にある土地と家を売り、別の場所で新しく人生を始めたいのだ。「あんたも一緒に来てくれたら、一番いいんだけど」それを口に出すことができないのは、こんな利己的でちっぽけな自分は、彼女のような大学出の人間とは釣り合わないと感じていたからだ。

しかもこの二つのことが同時には起きえないということは、時間が経てば経つほど、彼にもはっきり理解できていった。こんなことを考えているウィランの表情を、上帝とウットゥフだけが見ていた。この時、びょうびょうと吹く海風だけが、無情に彼を打ち据えていた。

第十章　深秋

海の泡

「君の考えている問題は、私も若い頃、頭の中で何度繰り返したかわからないよ」小林《シアオリン》の上司である教授は顔すら上げず、何かを書き続けながら言った。「大多数の動物にとって、移動はごく普通のことだ。食物連鎖の頂点にある動物ですら、競争の結果、棲息地を離れるのはよくある。村を移転して死ぬ人はいないし、逆に村が発展する契機になるかもしれない。それに私が知るところによると、工場と政府の方では既に計画を少し調整したらしい。移転は不要かもしれない」

「え？」

「村の全部は移転しなくてもいいということだ。私が聞いた話では、建設の進行を早めるために、開発地域を右に少し動かしたらしい」でも、最終的に提案した資料には、僕たちが見たものがすべて含まれていたんでしょうか？　小林はその問いを口に出さなかった。彼は眼差《まなざ》しだけでそう問い質《ただ》した。だが教授は小林の方を見ていなかったので、そんなことをしても無意味だった。彼がこっちを見ていないとわかっているからこそ、自分はそうする勇気が出たのかもしれない、と小林は思った。

小林は、教授が言ったことを阿楽《アルー》に話した。小林が初めて海豊に調査に来てから、二年が経とうとしていた。調査は既に終了したが、小林は一定期間ごとに何か理由を見つけて阿楽に電話し、運動の進展を尋ねている。阿楽から新しい動きの話を聞かされると、小林はそれを口実に海豊に戻った。小林は、反対運動の仲間たちの会議が終わるのを待ち、阿楽を海辺の散歩に連れ出して、直面している数々の問題について彼女が話すのを聞いた。散歩は夜遅い時間になることが多く、わずかな明かりを頼りに海岸を歩いた。

「聞いたわ。彼らは東側の原住民保留地を徴収するみたい。火力発電所も造るから、広い原材料置き場だって必要になる」阿楽が答えた。そして少し間を置いてから、小林の方を振り向いて訊いた。「あなたもそう思う？」

「何のこと？」

「土地をセメント工場に引き渡すのは大したことではないって、あなたの上司みたいな考え方」

海豊にいてもいなくても、自分一人になると、阿楽のこの問いが小林の頭の中で繰り返し響き、亡霊のように彼に付きまとった。小林はどう答えれば阿楽を怒らせずに済むのかわからなかった。そしてどんな答えが、自分の心にある本当の考えなのかもわからない。小林は彼女が何故これほどまで必死になれるのか、理解したいと思う。何故これほど頑《かたく》ななのか、少なくとも自分はこうはなれない。

小さい頃から小林は、自分の心の中を表現するのが苦手だった。小学生のある時、小林は素晴らしい作文を書いた。学校の遠足で阿里山《アーリー》に行った後に出された宿題だ。小林の文章は阿里山の風景を詳細に描出し、更には林道で観察した、指の爪ほどの大きさの瑠璃色のシジミチョウについても書いた。当時の彼は蝶の名前を知らなかったが、蝶の翅が放つその幻想的な青い光を、自分の頭の中に時おり浮かぶ小さなひらめきになぞらえて表現した。頭の中に浮かぶ天真爛漫なアイディアは、蝶の翅の青い輝きと同様、ある角度から見た時にだけ光を放つ、と。教師は小林を呼び出して問いただした。「この作文は誰が書いたの？　正直に言えば怒りませんよ」

小林ははじめ、教師が何を言っているのかわからず、意味を理解するまでにしばらくかかった。教師は小林の表情を見て彼が過ちを認めたのだと解釈し、彼の答えを待たずに言った。「二度と先生に嘘をついてはいけませんよ。わかった？　宿題は自分でやらなきゃ」小林は説明しても無駄だと知り、それ以上何も言わなかった。それ以降、小林はこの教師が出す作文の宿題を真面目にやらなくなった。自分の書く文章は、この教師が自分に対して抱いているイメージ——でぶっちょで平凡な見た目、作文が下手で、特に取り柄のない子供——には合わないだろうと思ったからだ。

教授との会話の内容について、小林はその半分しか阿楽に話していなかった。彼が心の中で教授に問いただしたことについては言っていなかった。それを口に出したら、自分も共犯であることが事実になってしまうからだ。いや、というよりも、阿楽が自分のことを共犯とみなすかもしれないからだ。可能性は低いとしても。それで、小林は阿楽にいつも通りこう答えた。「まだよくわからない」

答えを聞いた阿楽は、何も言わず足取りを速め、小林との距離を引き離した。

この時、空中には霧雨《きりさめ》が漂い出し、辺りをぼんやりと包んだ。山と海は重量感を失い、小林を当惑の中に陥《おとしい》れた。

小林が海豊に戻るのは、いつも昼頃だ。彼はまず以前の調査でよく通ったルートをひと回りして、道端の芭蕉の古い葉の間にテングコウモリがいないか確認し、黄昏時《たそがれ》に小学校に行ってアジアコイエローハウスコウモリを見てから、夜にようやく海鷗旅社にチェックインする。だが彼はもう、以前は建設現場付近の洞穴でよく見かけた、尾部が極端に短く、繊細で生命力が弱いあの小型のコウモリを見ることはなかった。後になって、小林は写真を持って学内の教授を訪ね、国内のコウモリの専門家を紹介されて問い合わせたところ、それはおそらくオナシカグラコウモリだろうということがわかった。小林は思った。学位を取った後、アジアコイエローハウスコウモリの渡りか、オナシカグラコウモリが環境破壊から受ける影響についてを、長期の研究課題としてもいいかもしれない。そうすれば、海豊に引っ越してくる必要があるだろう。

旅社に戻った後、小林は海風クラブの前から中をうかがい、阿楽がいれば、自分も店に入って彼女の近くの椅子に腰を下ろした。彼はいつもカメラを提げ、自分はただ写真を撮りに海豊に戻ってきたのだというポーズをとっていた。こうすることで、傍観者であるように見せられるからかもしれない。こうすることでしか、彼は心の底で絶えず崩壊し続ける綻《ほころ》びに対抗し、本来自分と何の関係もないこの土地に対するおかしな罪悪感をごまかすことができなかった。

今日、阿楽は小林に、自救会の仮の「基地」のひとつである小美《シアオメイ》の宿舎から物を運び出すのを手伝ってくれないかと頼んだ。校長はそれまでずっと、彼女たちが宿舎の小美の部屋で会議をしているのを黙認していた。だが先週突然、小美に学校の職務とは関係ない物品はすべて部屋から運び出すよう命じ、今後は学校関係者以外の人間を宿舎に入れることはまかりならんと言い渡した。

「でなきゃ、規則違反で処分されるんだって」阿楽はため息をついた。

小美は、最近顔にやたらとニキビが噴出しているのは、この件に関係があると思っていた。「若返ったってことだよ」ドゥヌが小美を慰めた。小美は反対運動に参加して以降、自分がゆっくりと変化しているように感じてはいたが、どこが変化したのかはわからなかった。ある日、村の道で、今はもう中学校に通う「毛蟹」と行きあった。少し話をして別れる時、毛蟹が突然振返って小美に言った。「ちびっこ先生、笑わなくなったね。来たばっかりの時、いつも笑ってたのに。俺たちがいじめてもずっと笑ってた」

他の環境団体の人々と折衝し、記者の質問に答えるため、そして自分自身に対する要求として、小美は、セメント工場や火力発電所、原住民保留地、鉱業法などに関する情報を、手に入るだけすべて頭に詰め込んだ。以前の彼女にとっては無味乾燥だったこれらの情報は、今はきちんと消化できれば、自分自身の「盾」にできる。小美は阿楽に言った。「この盾がなきゃ、いろんな問題に射殺《いころ》されちゃう……」

他に誰もいない時、小美は鏡の中の自分に向かって言った。「ああいう人たちは私の失態を見たいだけなのよ。気にしない、気にしない」だが相手に何か言い返されるたび、やはり小美は朝目が覚めてもベッドから起きたくなくなるほど気に病んだ。

「理性的に討論することが本当に必要なのか、ときどき疑問に思える。感情だけで物事を決めてはだめなの？」

阿楽は心にひっかかりを感じながらも、返した。「社会運動においては、だめ」

「どうして？」

「『嫌だから』って言うだけじゃ、誰も説得できないでしょ」

「誰かを説得しようとかじゃなくて、『嫌なものは嫌』って言うのはだめなの？」

「あんた一人だけならそれでいい。大勢の人を動かして何かを決めようとする時には、だめだよ」

ここに来たばかりの頃、小美は自分を外来者だと思っていた。当時は居心地の悪さを感じながらも、それを無視することができた。今、反対運動の中で、自分はこの小さな村の立場に立って発言している。「村の一員」としての資格があるはずでしょう？　だがこうなった今では、村の多くの人々——運動に賛成か反対かにかかわらず——が、逆に自分と少し距離を置いているように感じていた。彼らの目には、「海豊の人間じゃないあんたに何が分かる？」という疑いが浮かんでいる。どんなに努力しても足りない、まだ**足りない**のだ。これは、海豊に来た当初の、この山と海の地で自由でのびのびした生活ができるはずだという期待とは、全くかけ離れていた。

彼女が本気で恐怖を覚える出来事も起きていた。数日前、小美がスクーターに給油していると、一台のオフロードバイクがブブブブと音を立てて目の前に停まった。ガソリンスタンドの店員が会計に行った隙に、バイクに乗った花柄シャツにスポーツ刈りの見知らぬ男は、小美のヘルメットの横を人差し指で軽くはじき、そのまま走り去った。

小美は動けなくなった。釣銭を持ってきた店員に何度か声を掛けられたが、それも耳に入らなかった。宿舎に戻ると小美は湯を沸かし、姉が送ってくれたジャスミンティーの茶葉をガラスの急須で淹《い》れた。だが茶をカップに注ぐことはなく、ただ急須で自分の手を温めていた。ヘルメットを軽く弾いたあの指先は、銃弾のように小美の体温を奪い去った。

その翌日、台湾区運動会の聖火が海豊村を通過するイベントがあり、小美は五、六年生の生徒を連れて海豊渓の橋のたもとでそれを出迎えた。聖火ランナーの一団の姿が橋の向こうの遠くに見えた時、小美は郷役所から配られた運動会の旗を振り、叫んだり跳び上がったり、まるでランナーたちが自分の知り合いでもあるかのように熱心に声援を送った。生徒たちも小美の興奮した様子につられ、ぴょんぴょん跳んで踊りながら聖火ランナーたちを迎えた。聖火隊はここまでの道すがら、動員された生徒たちによるおざなりな反応しか受けてこなかったので、海豊の子供たちの様子に、自分らはこんなにも歓迎されているのかと思い込み、大いに励まされた。

だが小美だけは、自分が何かをごまかすためにわざとはしゃいでいるのをわかっていた。小美は生徒たちに涙を見られたくなかった。自分でも何故かわからない。あるいはふと、この世界の多くのことは、ぱちりと瞬《まばた》きをする間に、完全に変わってしまうと感じたからかもしれない。海豊に来たあの年、橋のこちら側から眺めた場所は、将来の火力発電所と港の建設予定地として地図の上に色付けされた小さな塊に過ぎない。以前あの海岸にあった樹林は完全に消えてしまった。何年か後、今の生徒の後輩たちが聖火を出迎える時、そこにあるのは煙突と巨大な工場なのかもしれない。

子供たちは昨日練習した標語を叫んでいる。「山美しく水清く、花蓮、花蓮が一等賞」小美だけが、それを模して自分で造った標語を口ずさんでいた。

「セメントが花蓮を強姦する」阿楽は小美が書いた標語を、もっと過激にしなきゃ、と言ってこう書き換えた。「県庁に行って抗議する時、もっとたくさんの人の共感を得られるわよ。あんたもわかってるでしょ？　台北人は海豊がどこにあるかも知らないのよ……」

小美は自分の考えを説明したいと思ったが、迷っているうちにドゥヌがこう発言した。「スローガンについては特に意見はない。だけど、当日、セメントを持って行くっていうのはどうだろう？　五十キロ袋ってのがあるだろう？　小分けにして車で運んで、県庁の前で撒《ま》くんだよ。あいつらにセメント工場の隣に住む感覚を味わわせてやる」

「ちょっと過激すぎないか？」村の若者の一人が言った。

「強姦って言葉が？　それとも、セメントを撒くことが？」

「両方」

「過激だって？　俺たちはこれから息もできなくなるってのに、これでも過激かよ？　セメントの粉を撒くくらい、コンクリートの塊を投げつけるのに比べたら、じゅうぶん優しいぜ」

ドゥヌは思った。もし病気でなければ、タマ《父親》もきっと、こんなのは全然過激じゃないと言うだろう。半年前から、ドゥヌは抗議活動の際にウミンを連れてくるようになった。単に頭数を増やすためだけでなく、ウミンの状態にまた変化があったからだ。ウミンがドゥヌのことを認知する時間はどんどん短くなっていったが、口数は逆にどんどん増えた。自分を家の中に閉じ込めた以前の状況とは打って変わって、やたらと外出したがり、ドゥヌが自分を軟禁していると抗議した。一人で出かけてしまうことも幾度もあった。もちろん村の人たちはみな顔見知りだから、ウミンが外にいる間に体調を崩しても、きっと誰かが助けてくれる。ドゥヌが頭を抱えたのは、ウミンが時おり、あのムラタを持って外出することだった。ドゥヌは銃を油紙《あぶらがみ》と防水袋で包み、庭に積んだ廃木材の間に隠した。

ウミンから目を離さないよう、ドゥヌは何をするにも彼を一緒に連れて行くしかなかった。

「子供ができたみたいだよ」ドゥヌは小美に言った。

「疲れるでしょう?」

「他人には聞かせられないけど、本当のことを言うと、タマが病気になった後、こんなに長く生きるとは思ってなかったんだ」

「お父さんが長生きするのは喜ぶべきことでしょう?」

「長生きが喜ばしいのか、俺にはわからない。特に、タマみたいになっちまうと」

何度か一緒に連れてきた後、ドゥヌはウミンが抗議活動の場が大好きなことを発見した。ウミンはときどき、興奮してこう尋ねた。「こんなに盛り上がって、何の祭りだ?」スローガンの意味は理解していなくても、ウミンは周りに合わせて腕を振り上げて叫んだ。生卵を渡して投げさせると、誰よりも遠くまで投げた。

ある日、弁当を食べている時、ウミンは突然訊いた。「これは何をしているんだ？」

ドゥヌが答えた。「セメント工場に抗議してるんだよ」

「セメント工場がどうした？」

「山を掘って空っぽにしちまうんだ」

「だめだ。山は掘ってはいかん。掘れば、すべてがおかしくなってしまう」ウミンはドゥヌの方を振り向いて尋ねた。「じゃあ、あんたは誰だ？　どうして俺にこんなに良くしてくれる？　俺の山を護りに来てくれたのか？」

「俺はあんたの息子だよ」

「あんたが俺の息子？」

「うん」

「じゃあ、やつらはどうして山を掘ろうとしてるんだ？」

「百万回言っただろ、セメント工場を建てるんだ」ドゥヌはしかたなく言った。「もういいから、俺について叫んでくれ」ドゥヌはウミンの手――抗議を表す黄色いリボンを結んだ手を取って掲げ、拡声器をウミンの口の前に置いて、一緒に叫んだ。「セメントが花蓮を強姦する！」「煙突を倒せ！」「利益をむさぼる財団が、海山を葬る！」ドゥヌは、こうしてタマの手を取り、掲げるような日が来るとは今まで思ってもみなかった。

阿楽は、ウミンが参加するのを喜んだ。村のお年寄りたちは、セメント工場を造るということは知っていても、セメント工場というものに対して何のイメージも持っていなかった。わかるのは、自分たちが今までほんのわずかなトウモロコシや粟《あわ》を植えていた、あるいは何も植えていなかった荒れ地を、誰かが金を出して買ってくれるということだけだった。毎週誰かが家を訪ねてきて、書類にサインをしろ、サインをすればすぐに金を受け取れると言う。金額もどんどんつり上がる。老人たちの中には、これを「良いこと」だと思う者すら出てきた。反対運動側の説得を聞いて、断固として反対していた人々の中にも、気持ちが揺らぐ者が出てきた。ウミンが抗議活動に加わった意義は、同世代の人々が「ウミンはいったい何をしているのだろう?」と興味を持ってくれ、自ら詳しい説明を聞きに来てくれることだった。

自救会では、国家公園の中にある別の集落の例を、村人の説得に使うこともあった。その集落の人々はセメント工場側に騙されて書類にサインし、毎朝発破の音で目を覚ましている。「山の猪もびっくりして、どこかへいなくなってしまったそうですよ」

阿楽は、第一回の抗議活動のことをよく思い出す。あの時彼らはまだ「誰に」対して抗議をしていいのかもわからず、まずはウォーミングアップのつもりで、大学生、環境運動家、活動理念の近い原住民族の人々などをかき集め、郷役所の入り口で垂れ幕を持ってスローガンを叫んだ。その時の標語は「故郷を守り、強制移住を拒否しよう」だった。当時、皆と話し合った結果、セメント工場による環境汚染の話をしても、お年寄りの多くは意味が分からないが、移住については分かるだろうということになったからだ。つまり、強制移住させられた記憶のある年配者にとっては、「彼らがやってきて、また我々を追い出そうとする」という点は、我がこととして感じてもらえるだろう。

その日、三十分ほどスローガンを叫んだ頃、頼《ライ》という丸刈り頭の議員が、抗議団と話をしに役場の中から出てきた。頼は村の移転には自分も反対だと表明し、こう言った。「私らの意見は同じだ。私も反対している。あなたたちの意見は上に伝える」

しばらく経って、阿楽は小林から、村の移転計画に変更があったことを聞いた。セメント工場の出資者と議員たちが話し合い、計画に修正を加えていた。もともと「新海豊」として計画されていた場所は、宿舎と工場の敷地の一部となり、旧海豊はそのままとなった。土地の徴収計画は別の方向に移された。こうして地元の議員たち、郷長村長里長たち、力のある人たちがこの間にコネを使って買い入れていた土地が建設予定地に組み込まれた。その区域にある十数筆の土地は立ち退きが確定し、そこから優先的に工事が着工されたので、計画の実行は既定の事実となった。阿楽は思った。これが本来の計画だったのだろうか？　この間、自分たちがしてきた抗議活動は、ただ彼らに踊らされていただけなのか？

もう一つ阿楽の頭を悩ませているのは、お年寄りの多くが、双方の攻防のなかで「自分に良くしてくれる方につく」と明言することだ。セメント工場側はあれこれ理由をつけて「楽しく飲んで歌う」イベントを開いた。最近では、元宵節《げんしょうせつ》〔旧暦の小正月〕に来場者全員に景品が当たる抽選会が行われ、工場建設に賛成の人も反対の人もみな駆けつけて列に並んだ。海風クラブを会場にのど自慢大会を開く企画もあったのだが、阿楽は玉子《ユィヅ》を説得し、その話を受けるのを止めさせた。自救会が村の一軒一軒を回ってイベントに参加しないように説得したが、例えばバトゥンはこんなふうに返した。「歌を歌いに行くくらい構わないじゃないか。俺は歌も歌うし、景品だってもらってやる。あいつらにとことん金を使わせたら、セメント工場を造る金もなくなるだろ。元宵だけじゃなく、端午節とか、婦人の日とか、光復節《こうふくせつ》とか、国父記念日とか[*1]、ことあるごとに物を贈らせればいい。……あいつらが潰れるまでもらい倒してやる」

「でも、景品なんか全部安いものでしょ。米とか、椎茸とか。それと引き換えに、きれいな空気と水を失うんだよ……」

「バイクとかテレビもあるぜ。塵《ちり》も積もれば山となる、だ。あんたら学校の先生たちだってそう教えてきただろ。俺たちはもらう。あいつらの金が尽きるまで。でもすぐにサインなんかしないさ」

花蓮周辺の出身ながら、今の自分はもうよそ者になってしまったのかもしれない。阿楽は、この数年台北の学校生活の中で身につけた言葉は、村の言葉に対抗できないことを忘れていた。自救会は運動方針とスローガンを考え直さざるを得なくなり、セメント工場による環境汚染への拒絶に重点を置くことにした。それにより、新たな難題も出てきた。村人たちの中で、セメン

＊1　光復節、国父記念日：光復節は十月二十五日で、日本の植民統治が終わったことを記念する日。国父記念日は十一月十二日で、中華民国の〝国父〟と呼ばれる孫文の誕生日。

トの採掘が実際にどんなものか、見たことがある者はいなかった。今までは環境汚染という言葉すら、身近ではなかったのだ。新しい運動方針に共鳴した者の多くは、都市から応援にやってきた大学生、他の環境団体からの友軍、大学教授などだった。こうして彼らの運動は、地方の政客が揶揄《やゆ》するところの「運動を率いているのは全員よそ者、村の実情を知らない台北人ばかり」という状況に陥った。

そこで皆は、それなら逆にこの勢いに乗って、戦線を拡大しようと考えた。だが阿楽はますます実感していた。新聞が反対運動を報道するようにもなったが、**こちら側**の力は少しずつ失われつつある。この島全体の運命の中で、海豊はとるに足らない存在だということがいよいよ明らかになってきたように。この感覚は、砂浜に立っている時、波が来るたびに足元の砂が少しずつ削られていくのと似ていた。

阿楽は怒りっぽくなった。一昨日の抗議活動で、阿楽は村のある中年女性が、配られた生卵をすべて投げることなく、幾つかをバッグに入れて持ち帰ろうとしているのに気がついた。阿楽はその女性のところへ駆け寄り、声を張り上げて糾弾した。「おばさん、この卵はみんなからの寄付金で買ったのよ。抗議で投げるために」

「たった二個だけじゃないの」

いつもの阿楽なら、甘えるような声でこう言ったはずだ。「もう、やめてよー。今度、卵を三個使った炒飯をご馳走してあげるから」そして一人一個ずつ卵を投げただろう。だが、この日の阿楽はそうではなかった。彼女は言った。「二個でいいの？　箱ごと全部持ってく？　持って行きなさいよ。箱ごと！」

この時、戴《ダイ》牧師が静かにやってきて、阿楽と女性の間に割り込み、笑顔で言った。「ガラン、この二つの卵は、もともとあなたにあげるものだったんだよ。阿楽は昨夜寝不足で、冗談を言ったんだ」

デモが解散した後、阿楽は小美のスクーターの後ろに乗ろうとはせず、言った。「私、歩いて帰る」

「何言ってんの。歩いたら丸一日かかっても着かないよ。もう遅いし」小美は阿楽を無理やりスクーターに乗せたが、崇徳《チョンダー》まで来た時、阿楽はやはり降りると言い出した。

「ここならもう近いよ。歩いて帰れる。海岸に沿って歩けば着くから」

「勘弁してよ。道なんかないよ。この先は断崖だし、今は満ち潮だよ。……わかったわかった。一緒に歩くから、ちょっと歩いたら帰ろうね。こうなるって知ってたら、さっきビール買っておいたのに」

二人は石ころの浜の上を歩いた。巨大な波の音が轟《とどろ》いている。海と空は純粋な漆黒ではなく、絹織物のような藍墨色だった。岸を打つ波が白い泡を巻き上げる。その泡が時おり舞い上がり、雪花のように空中を漂う。二人は現実には存在しない、幻の雪景色の中にいるようだった。阿楽は今起きていることのすべてが、この泡のように脆《もろ》く不確定であるように感じていた。自分が何と戦っているのか、仲間たちが本当は何を考えているのかもわからなくなってきた。運動は、こんなふうに終わっていくのだろうか？　ひとかけらの痕跡も残さず？

「この前、小林と海豊の浜辺を散歩した時、ばかな質問をしたのよ。どうして海は青いのに波は白いの?って」

「小林は何て言ったの?」

「ビールと同じだよ、って。空気を含んだ液体は、比較的明るく見える。白くなったように見えるけど、実は白くはないんだって。海の色が本当は青じゃないようにね。おっかしいじゃない。泡のことを泡って言わないで、〝空気を含んだ液体〟とか言うのよ」

「彼はいつもそうだよね」

「うん。あの日の海にも、こういう泡が立ってた。私、どうして海に泡が立つの?とも訊いたの」

「そしたら?」

「小林も、その理由は知らないんだって。何か有機物が含まれているんだろうって」

「彼にもわからないことがあるのね」

「たくさんあるわよ」

二人は黙って、海の泡の音と、浜の小石が踏まれる時に発する人骨を踏み砕くような音を聴きながら歩いた。

「私、怖いんだ」阿楽が言った。

小美は阿楽が何を怖がっているかは訊かず、反射的に応えた。

「言ってくれてよかった。でなきゃ、あんたに怖いものはないのかと思うところだった」

自分を柱に縛り付けろ

周《ジョウ》伝道師と戴《ダイ》牧師が、阿楽《アルー》が「最大の勝負」と呼ぶ今回の抗議活動に参加し、デモ隊に加わって歩いた時、気まずさが全くなかったと言えば嘘になる。だが二人はそれぞれの上帝の加護の下、互いの顔を見て頷き合い、暗黙の了解のようにデモ隊の両端で歩き始めた。

周伝道師は、自分がなぜ今までずっと自救会の側に立ってきたのか、その理由を誰かに話したことはなかった。それはある春季霊恩布道会が終わった時のことだ。説教を終えて疲れ果てた周伝道師が、礼拝堂の後方にある長椅子に腰かけて水を飲んでいると、聖霊が耳元で何かをささやくのが聞こえた。それはごく小さな声であったが、聖書の記述はすべて熟知している彼には、聖霊がこう言っていたのが分かった。「なぜなら、預言は決して人の意志から出たものではなく、人が聖霊を感じ、神の言葉を語ったものだからである」これは、「ペテロの第二の手紙」に記された言葉である。

周伝道師は、初めての公聴会で自救会の側に立って発言したあの五分間について、自分の口が「神の言葉」を語っていることを深く感じていた。その感覚があったということは、自分が正しい道の上にいる証拠だった。

一方、戴牧師には公私両方の動機があった。戴牧師が所属する教会は、政治上、常に政権当局と対立する立場をとっていた。つまり、この「愚かな」政府のすべてに反対することが、若い頃からの彼の日常になっていたのだ。私的な動機というのは、周伝道師の所属する教会が名前に「真理」の二文字を冠していることに、戴牧師はいつも反発を感じていたからだ。彼は牧師でもあり、ベテランの木工職人でもあった。彼は自分の収入を三つに分け、三分の一を教会に、三分の一を家庭に入れ、三分の一を自救会に寄付していた。自分のこの行いこそが、よりいっそう、真理の二文字にふさわしいと、彼は考えていた。

デモ隊は鉄道駅を出発し、二つのルートに分かれて歩いた後、県庁前で合流し、庁舎前の空き地で座り込みをする計画だった。

「座れるだけ座り続けるわよ！」阿楽は出発前の演説をこう締めくくった。だが、なぜかはわからないが、この言葉が参加者の士気を鼓舞することはなく、逆に皆に、ある種の悲壮感を覚えさせた。

「セメントが花蓮を強姦する！」

「セメント工場の煙突を建てたやつ、出てこい！」

「セメント工場の拡大は、永久に災いをもたらす！」

ドゥヌは全島各地から応援に駆けつけた人々の姿を見て、急に、あの寒々とした台北のスタジオでトゥルクの歌を録音した時と同じ感動に襲われた。それは報われる当てのないまま、心の赴く方へ衝き進む時の感覚だ。曲のクライマックスで、自分でも出せるとは思っていなかったレベルの声が出た時の興奮に似ていた。ドゥヌは顔を輝かせて小美《シァオメイ》の方を振り向き、言った。「俺たち、今回は成功するかもな！」

小美も、デモ隊の勢いに勇気づけられていないわけではなかった。だが心の底では思っていた。成功って何？　どうなったら成功したって言えるの？　村は元の姿に戻れるの？　あいつらがもう二度とやってこないと言える？


県庁にたどり着いた時、彼らは、デモの参加者の全員が同じスローガンを叫んでいたわけではなかったことに気がついた。デモ隊の中に、別の一群が混じっていたのだ。その人々は次第にひと所に集まり、こちら側が「セメント工場は千年の害悪！」と叫んでいる時に、「安い金額での徴収は拒否する！　合理的な補償金を勝ち取ろう！」と叫んでいた。

阿楽は気持ちを落ち着けようとした。それらの声は、自分がよく知っている人々があげていたからだ。ウィラン、首曲がりユダウ村長もその中にいた。

辺りが暗くなる前、ドゥヌたちの側の人々は、小分けにしたセメントの袋をそれぞれに破り、空に向かって撒いた。一瞬にして、広場に粉塵《ふんじん》が立ち込めた。手元のセメントを撒き終わると、皆は持っていた水筒の水を、地面に落ちた灰色の粉の上にかけた。

誰も掻き混ぜはしなかったが、セメントは水を吸収し、ゆっくりと凝固し始めた。地面に奇妙な形の河を作り、時間の経過と共に固まっていく。もう一方の側の人々は、ただこれを見ていた。天気のせいもあり、辺りが暗くなる頃、ドゥヌ、小美、阿楽は自分の体が冷えてきたのを感じた。

その夜は自救会の計画通り、数十人ずつ交代で座り込みをした。「県庁が回答してくるまで座り続けよう」参加者は市街地の支援者の家で交代で仮眠をとり、戻ってきて再び座り込みに加わった。だが二日目の夜になると、残っているのは十数人だけとなった。もう一方の人々は、とっくに解散して村に帰っていた。

三日目、小美は自転車で広場に戻る途中、駅に機動隊が集結しているのを見かけた。急いで阿楽に報せ、残った十数人で緊急会議を開いた。

「夜にはきっと何かしてくる。あの警官たちは、県外から来たやつらだった。顔を見たことがない。だけど、我々は退くわけにはいかない」話し合った末、ドゥヌが付近の工具店で金属の鎖を十数本買って来て、希望する人に配り、県庁広場前のコンクリート柱に自分たちを縛り付けることにした。周伝道師、戴牧師もこの提案に応じた。ドゥヌがウミンに参加するかどうか尋ねると、ウミンはなぜ縛られるのかを理解してはいなかったが、嬉々として答えた。「やるぞ。俺は一旦縛られればな、樹みたいに一歩も動かん」

小美は傍らで写真を撮った。レンズの中で警察の部隊と対比した時、自分たちはあまりにちっぽけだった。小美は本当の力の差を見た。

残った人々の中で最高齢の人物は、周りの人が直接その名前を呼ばず、「あの人」とだけ呼んでいる老女だった。阿楽は「その人」に尋ねた。「パイ《おばあちゃん》、私たちが何をしてるか、わかってるのよね？」

彼女は頷いた。

「あなたも残りたいの？」

再び頷いた。

「ありがとう。でもあなたのお歳では、縛られなくてもいいんじゃないかしら」

「縛られたいのさ」

「え？」

「警察のやつらに楽させてやるもんか。ハッハハハ」

行動が始まろうとする時、戻ってきた人がいた。ずっとデモ隊の最後尾を歩いていた老温《ラオウェン》だ。彼は今夜警察の強制排除があり、残ったデモ隊は車止めの柱に自分を縛り付けて抵抗する予定だと聞くと、すぐにタクシーを呼んで駆けつけたのだ。「俺に関係あることではないが、俺もちょっと縛られてみようと思う」彼は言った。

苦痛を経験した人だけが知っている。それは夜にやってくることを。苦痛が訪れると、まず空間が歪み、すべてがより緊密になり、固くしっかりと詰まって、動かすことができなくなる。感覚の働きが失われ、物体は本来の姿を失う。その後、それは意表をついてしたたかに人を打ち倒し、どこにいても暗黒に直面させ、思考をのたうちまわらせ、精神の心電図に一本の直線を残す。

警察が大型のボルトカッターを持ってきて、抗議者一人ひとりを縛る金属の鎖を断ち切り、車に乗せて排除していった時、肉体上の苦痛は、ある種、生贄《いけにえ》が感じる高揚感のようなものを彼らにもたらした。だがその後、自分が物のように路上に棄てられる段になると、困惑が、彼らに追いついた。ドゥヌは駅に停めていた軽トラックをとってきて、警察があちこちに置き去りにした抗議活動の仲間たちを一人また一人と「回収」し、村に連れ帰った。

この出来事の後、夜の海風クラブでは、話し合いに集まる村民が急速に減る一方、歌って飲みに来るよそからの人々が増えていった。隅にぽつんと置かれたテーブルで、ドゥヌがわめく提案は過激さを増していったが、それを聞く人たちは、まるで湿った木材のように、なかなか火が点かなかった。

「蘇花公路《スーホワ》＊2を崩壊させて、遮断してもいいかもな」

「工事の仮囲いを破って、中の土地に何か植えて、俺たちの権利を主張してもいい」

こんな状態ではあったが、会議の終わりにはいつも、阿楽は同じ標語で場を締めた。「最後の一人になっても諦めない。コンクリートの塊になってもまた立ち上がろう」

「海豊《ハイフォン》に乾杯」「海風《ハイフォン》に乾杯」

「俺たちには山刀がある」

運動が既に終わりに近づいていることを阿楽が明確に認識したのは、あの大型デモから一か月経った土曜日の午後だった。

それはいつも行《おこな》っている小さな抗議活動に過ぎなかった。阿楽とドゥヌは軽トラックに乗り、海豊村、海富村《ハイフゥ》を街宣しながら、海楽村《ハイルー》まで行って「友軍」と会議をする予定だった。しばらく理髪店に行っていないドゥヌの髪は、後ろで一つにくくれるほど長く伸びていた。ドゥヌは、赤い紐で編んだヘアバンドを自分とウミンの頭に巻いた。ヘアバンドの額の部分には円形の白い貝が一列に並んでいる。ドゥヌが海で拾った貝殻を、小美が編み込んでくれたのだ。ドゥヌは更に、六十センチほどの長さの山刀を腰のベルトに挿していた。セデック族[*3]の友人から贈られたものだ。ドゥヌは車で阿楽を迎えに行った時、片方の手でドアを開けてやりながら、もう片手で山刀を抜いて振り回し、冗談っぽく言った。「怖れるな、俺たちには山刀がある!」

だが街宣を始めるとすぐ、四、五両の警察車両が現れ、軽トラックの四方を囲んで並走しだした。まるで阿楽たちがＶＩＰでもあるかのように。彼らはわけがわからなかった。いつもの小さな抗議活動に過ぎないのに。ドゥヌは、荷台にいる阿楽の声がいつもとは違うことに気がついた。気が高ぶり過ぎているし、微かに震えてもいる。この日、いつものように街宣の声を聞いて家から顔を出し、手を振ってくれる村人は、極端に少なかった。いや、このところ、日を追って少なくなっていた。

あなた方の家がまだ開発地域に入っていれば……。
ここの新しい家はあなた方のものですよ。コンクリート造りの二階建てです。
セメント工場は俺たちに生活を与えてくれる。
みんな、早く自分の名義で土地を登記しようぜ。

＊2　蘇花公路：台湾東部、宜蘭県蘇澳鎮から花蓮市内に至る海沿いの省道（国道）。
＊3　セデック族：台湾原住民族の一民族。賽徳克族。

言ってみろ。海豊で猟師や農業をしていたらまだ毎日家に帰れるが、出稼ぎに出てるやつらは一年に何回家に帰れる？　セメント工場が来て、発電所もできたら、みんな村で仕事ができて、毎日家に帰れるんだ。それのどこが悪いか、言ってみろ。

言ってみろよ。

荷台に立つ阿楽と運転席のドゥヌの耳に、運動の中で聞こえてきたささやきや、面と向かって問い質された言葉がこだましていた。運動が長びくほどに、こうした問いが頭の中や耳元に響く時間が増え、振り払うことができなくなっていった。

先週、阿楽は母からの電話を受けた。「この前、よくわからない人たちがうちに上がり込んで、『娘さんは偉いねぇ、リーダーなのかい。大したもんだ』って喋《しゃべ》ってったのよ。あなた、意味が分かる？」

「わかる。それで？」

「阿楽、お前は好きにやりなさい。こっちのことは心配しなくていい」母親から受話器を奪った父親が、阿楽に言った。

阿楽とドゥヌが思いもよらなかったことに、車が橋を通りかかった時、道の角で待ち構えていた数十名の警官が現れた。いや、更に大量の警官たちが、橋の両側から阿楽たちを包囲するように向かってきた。おそらく数百名はいるだろう。ドゥヌが車のスピードを落とすと、警官たちは一歩、二歩、三歩と間を詰め、車が狩りの獲物であるかのように圧をかけた。ドゥヌは振り返ってリアウィンドウを見たが、見えたのは阿楽の腰から下だけで、彼女が今どんな状態にあるのか、判断できなかった。ただ拡声器でひたすら「こんなのは不当だ！　不当だ！」と叫ぶのだけが聞こえた。その声はひどく悲痛ではあったが、どこか遥か遠くから聞こえるようでもあった。

ドゥヌは、荷台に一人でいる阿楽に何かあってはいけないと思い、車を停止させ、ウミンに言いつけた。「ここにいろよ、阿楽を見てくる」荷台に飛び上がったドゥヌは阿楽と目を合わせ、阿楽の手からマイクを取り上げて大声で怒鳴った。「どんな奴も、俺たちを祖先の土地から追い出すことはできない。山を崩してはいけない」彼は更に叫んだ。「俺たちには山刀がある！」

しゅっと音を立てて、ドゥヌは山刀を抜いた。

こんな展開になるとは誰も予想していなかった。阿楽は思った。「俺たち」って三人だけじゃない。そのうち一人は、わけもわからず助手席に座ってるウミンだし、山刀を持ってるのはドゥヌ一人。なんて小さな数字なの。それとも、これはとっても大きな数字なの？

車の外は陽光があふれている。東部はいつもこんな感じだ。冬のさなかであっても、太陽が出てさえいれば、まるでもう春が来たかのような錯覚を起こさせる。だが阿楽は、冬の陽光は明るくはあるが、春の日差しとは全く違っているのを感じた。まるで一種の鉱物のように、冷たく、人工的で、現実感を超えた硬さがあった。

警察の一群は、話をする者も、表情で何かの反応を見せる者もなく、ただ冷ややかに山刀を振りかざしたドゥヌと阿楽を見ていた。この時、車がとつぜんブルブルブルブルと排気を吐いて振動し、エンジンが切れた。周囲は急に静かになった。

その瞬間、阿楽は**改めて**、自分がなぜここにいるのかを思い出した。この数年は彼女にとって、今まで最も、生きていることを実感できる数年だった。自分は信念の中に生きている。そんな自分が好きだった。大学を卒業した日、借りてきた中古のサニーを運転して、時速七十キロ超で島の北部をぐるりと回り、当時はとてつもなく危険だと言われていた海沿いの省道を走って実家に帰った。ウィンカーを出し、車線変更し、追い越し、ウィンカーを出し、元の車線に戻る。そして海が見えた。あの頃の蘭陽《ランヤン》平原は、もう一本の新しい高速道路ができる前で、田舎の景色が一面に広がっていた。右手を森林に、左手を海に挟まれた道は、消えることのない境界線のように、ひとひらの影もできないほど強烈な陽光に焼かれていた。あの時感じた幸福感には、一片の影もなかった。純粋で、希釈されることも、夾雑物《きょうざつぶつ》が混じることもなかった。あの時、人生の道はまさに彼女の足元から延びていた。どんなことでも起こりえた。どんなことも可能だった。今ではもうあんなふうにはなれない。多くのことが起き、起きたことは、これから起きるかもしれないことの予兆でもあった。

阿楽は泣いた。怖かったからではなく、あの日父親が、母親から受話器を奪って言った言葉を思い出したからだ。阿楽の記憶の中の父親は背が低かった。だが子供の頃の阿楽は、父親はとても背が高いと感じていた。肩車をしてくれた時には特に。父の肩の上で、阿楽は今まで見たことのない風景をたくさん見た。夏に公園の樹から糸を垂れて吊り下がっている蛾の幼虫、本棚の上に積もった埃、手を伸ばせば触れることができそうな雲、父さんの白髪の根元、そして家の入り口の前の騎楼《きろう》*4の、特別低いところに作られた燕《つばめ》の巣。……阿楽は、もうだいぶ前に巣の中で死んでいる燕の雛たちを見ていたことを、父親には言えなかった。まだ羽も生え揃っていない雛たちは、首をぐんにゃりと曲げて、眠っているのと変わらない様子だ。だが、阿楽は雛たちがもう「いなくなった」のを知っていた。「逝ってしまった」「いなくなった」「去った」。祖母は死という言葉を避けるために、いつもわざと違う言葉でそれを表現する。燕の赤ちゃんは可愛いかったかい？と父親に訊かれて、阿楽は答えた。「かわいかった」

阿楽は頭を振って思い出の光景を追い出し、自分を現実に引き戻した。現実の彼女は、ドゥヌとウミンと共に、エンジンの止まった街宣車の上で、数百人の警察と対峙していた。

ドゥヌは、県庁前のコンクリートの柱に、皆が金属の鎖で自分を縛り付けたあの夜のことを思い出していた。その日からしばらくして、ある議員が、県行政における司法の公平性について議会で問い質した。つまり、検察はある議員の選挙中の贈賄は追及するのに、セメントを撒いた抗議者たちの「現行犯」を不問に付しているのはおかしいのではないか、ということだ。その議員は議場の外で記者たちにこう訴えた。「全く不公平だ。劉《リウ》議員の贈賄の現場を見た者はいない。だがあの暴徒たちは、大勢の目の前でセメントを撒いたんだぞ。なぜすぐに捕まらない？」

だからいま捕まるところじゃねぇか。数百人の警察に囲まれて、俺たちゃ三人ぽっちだ。

＊4　騎楼：台湾、東南アジア、中国南部などの建物で、道路に面した一階正面部分を道路から二メートル程度後退させ、二階部分をアーケードのように張り出させて、その軒下を歩道のように歩けるようにした設計。特にその軒下部分を言うことが多い。

阿楽は、今までこれほどの孤独を感じたことはなかった。だがその孤独は、彼女の怒りと勇気を倍増させた。阿楽はマイクを取り返すと、ヒステリックに叫んだ。「あんたたち、自分が誰を護《まも》ってんのか、わかってんの？　あんたたちが護ろうとしている人間が何をしてるのか知ってるの？　ちょっと、そこの学校の先生たち、子供たち、みんな知ってる？」こう言ったのは、橋を渡りきってすぐのところに海楽小学校があるからだ。阿楽はとにかくこの孤独感を払拭《ふっしょく》したかった。これではまるで、人っ子一人いない村で抗議活動を展開しているみたいではないか。小学校の子供か先生が、窓を開けて顔を出してくれることを願った。そうしてくれるなら、自分が正気を失った女のように思われても構わなかった。

だが一秒後に阿楽は思い出した。今は土曜の午後だ。小学校には誰もいない。その夜知ったことだが、海楽村で阿楽たちと会う予定の人々は、幾つも通りを隔てた場所で警察に足止めされ、阿楽たちの声すら聞こえていなかった。

この時、車のドアが突然開き、中からウミンが降りてきた。その瞬間はドゥヌにはウミンの変形した手に何か黒いものが握られているのが見えただけだったが、ドゥヌはすぐにそれが自分が油を染ませた布に包んで木材の山に隠したはずのムラタであることに気がついた。

車から降りてきたウミンを見て、警察官たちの間にざわめきが広まった。ウミンは、ずっしりと重いムラタを、そのまま片手でゆっくり差し上げた。

誰もが次に何をすべきか分からずにいたその時、先ほどから遠くの方で聞こえていた拡声器の声が、だんだんと近づいてきた。近づくにつれ、声はこう言っているのが、皆にははっきりと聞こえた。

天国は近づいた。

天国は近づいた。

天国は近づいた。

ドゥヌは荷台から跳び下り、ウミンを助手席に押し込んだ。拡声器は、冷静かつ単調な声でこう宣《のたま》っていた。

「人は皆死にます。すべての人はいつか死を迎えます。すべての人は、死後に審判を受けます。天国は近づいた。私たちは、罪を認めなければなりません」

無意識的な反応で、警官たちと、彼らに指示を出していた白シャツの人物は狭い橋の上から退き、布教車に道を譲った。布教車は警察官たちの脇を通過した。車を運転しているのは周伝道師、隣には戴牧師が乗っていた。車は普段と変わらぬゆっくりしたスピードで、何事もないかのようにドゥヌたちの軽トラックの方へ近づいてきた。

布教車が軽トラックとすれ違うところまで来た時、ドゥヌは車のエンジンをかけ、敏速にシフトレバーをバックに入れた。前進する布教車にバックで並走しながら橋を渡り切り、その後Uターンして、急いでその場を離れた。この時ドゥヌは初めて、ウミンのズボンがぐっしょりと濡れているのに気がついた。

黄金の村

海豊に隣り合う区域に、真新しいコンクリート造りの家があっという間に建った。入居したのは身なりの良い、千メートルも離れていない勤務地に車で出勤するような人々だ。将来、港と発電所が建造される予定の臨海区域には、貨物コンテナを「回」の字形に並べた宿舎群が造られ、さながら迷宮のようだった。村には数千人の労働者が続々と出現した。彼らの肌の色は深いが、その深さはトゥルクの肌の色とも少し違い、村の人の誰もがわからない言葉を話す。その一部は、鉄道でやってきて数日滞在した後、またすぐにどこかへ連れて行かれた。聞けば、ここから更に南のリゾートホテル建設予定地で人工の河を掘らされるのだそうだ。残った労働者は勤勉に働きはじめ、セメントに水を加えて港を造ったり、山の方に送られて竪坑《たてこう》や竪坑に繋がる道を掘らされたりした。

一日一千米ドル近い給料を受け取るエンジニアたちは、高いところや冷房の効いたコンテナの中から、労働者たちに指示を出して掘削機を使わせた。垂直に掘った竪坑の底から、破砕された石が電動の引き揚げ機によって絶えず地上に揚げられ、その後はベルトコンベヤが快活に山の下へ運んで行き、海辺まで送られて港の建設予定地の埋め立てに使われる。竪坑と竪坑の間を繋ぐ横穴を掘削する労働者たちは、まず火薬を使って岩盤を爆破し、その後、ヘッドランプの灯りの下、手にした鑿《のみ》で一寸一寸掘り進めていく。彼らを率いる台湾人の労働者は、昔ながらのやり方にのっとり、カナリアを連れて坑道に入った。カナリアは死ぬことはなかったが、幸せに暮らしたとも言い難い。彼らはキュイキュイと鳴き、別の竪坑にいる仲間に、自分の存在を知らせようとしているかのようだった。

竪坑の底の空気は重く、焼け付くように熱く、そこにいる者たちは十数キロの装備を背負っているように感じた。大型の換気扇が回り続けてはいたが、労働者たちは規則を無視してパンツ一枚になった。彼らの四肢は名も知れぬ虫に咬《か》まれ、掻いた後に膿《うみ》が出てかさぶたになった。労働によって逞しくなった身体は、長期にわたる地底での仕事で次第に血色の良くない黒い色となり、石材業者が「皮革黒」と呼ぶ大理石で彫られた石像のように見えた。

終業のベルが鳴ると、彼らは山の上で、まだ真っ白なままの肌着を身に着け、ゆっくりと歩いて下山する。肌着の襟と裾だけに、真っ黒な手でつかんだ痕がついた。同じ頃、海辺の現場で港の建設に当たっていた労働者たちは、睫毛《まつげ》までセメントの粉まみれになったまま、自転車で宿舎へ戻っていった。彼らは水筒に残った水を飲み干しながら共同のシャワー室へ向かい、道すがら、着ているすべての衣服を脱いでいく。贅沢な熱い湯で胸、背中、太腿にこびりついたセメントと汗を流し、目鼻も見分けられないような状態から自分を救出した。

この異郷の地、馴染みのない海辺の村落で、週に一日だけ与えられた休日に、彼らは貨物コンテナで作られた臨時の礼拝堂で礼拝をし、あるいは自転車で村に出て買い物をした。反対運動に参加した戴《ダイ》牧師は、招聘《しょうへい》に応じてここで礼拝を行った。彼は、上帝は一匹の子羊も見捨てないことを望んでおられ、立場の違いはあっても、ここで務めを果たす価値があると思っていた。

ムスリムたちは礼拝用のコンテナを与えられていない。彼らは平時でも、作業現場では衣服を敷き、宿舎に帰った後にはベッドの上にマットを敷いて、アラーのいる方向へ祈ることを許されていたからだ。

時おり、労働者たちが村の外れにやってきて辺りをきょろきょろ見回していることがあったが、海豊村の人々が彼らの方を見ることはほぼなかった。何か思い出したくないことを見てしまうのを、怖れているかのように。

はじめのうち、工場側の条件を受け入れてそこに働きに行く海豊村の村民は少なかった。土地を譲る契約をした村民は、自分がもう違う立場の人、新海豊人となり、旧海豊人ではないように感じていたからだ。ある時、阿楽《アルー》は小美《シアオメイ》から、巷《ちまた》でこういう話が流れていると聞いた。「反対運動は偽物だ。村民が補償金を吊り上げる手段に過ぎなかった。正義だの、環境だの、未来だの、そういうのは全部隠れ蓑《みの》さ。運動に参加していた都会人の何人かは、金で雇われていたのかもしれない」

この噂は、あの日、警察に包囲されたことよりも、阿楽の自尊心に大きな打撃を与えた。確かに最終的な補償金は、当初の十数倍までに膨れ上がった。この「値上がり」の経過と、反対運動の熱が冷めていく経過は、ちょうど反比例の曲線を描いていた。補償金が最大額に達した時、どこから情報を聞きつけたのか、いくつものメーカーの自動車販売業者が、台北から真新しいスポーツカーを運転してきて、村の入り口のところに乗り付けた。たくさんの若い土地継承者が、郵便局の入り口で、受け取ったばかりの現金を紙袋に入れたまま自動車販売業者に手渡した。

隣村の王《ワン》という村長は、家から数十メートルの距離にある村民事務所に行って昼寝をする際にも、ポルシェに乗って行った。村人の噂によれば、彼は計画がまだ公表されていないうちに、計数十ヘクタールにも上る土地を次々に購入し、祖先から受け継いだ土地と併せて、八億元の補償金をせしめたという。この後、村人は陰で村長のことを「王八億《ワンバーイイ》」*5と呼ぶようになった。

新車を買ったはいいが、どうしていいのかわからない村人もいた。彼らが働く場所は山の上や海辺にあり、乗って行けば車が傷つく恐れがある。親戚はみな同じ村に住んでいるから、長距離を運転して会いに行く必要もない。高級車を買っても乗って行くところもなく、しかたなく早朝から数十キロ先の富世《フゥシー》村まで朝食を食べに行った。そんなのは面倒だしガソリン代も無駄ではないのかと誰かに尋ねられれば、その人は「こりゃいい車だからな、運転しないと壊れちまうんだ」と、的外れな答えを返した。

突然、箪笥に収まりきらないほどの現金を手にした奥さんは、スクーターで村の市場に買い物に行き、三、四百元分の野菜を買うのに千元払って、家に帰ってこない夫への報復とした。土地を持っていなかった村人の一部は、借金してタクシー仕様の車を買い、運転手となった。日本、

*5 王八億：中国語の、男性に対する最大級の罵倒語「王八蛋《ワンバーダン》」（恥知らず。ろくでなし）を連想させている。

韓国、ドイツから来たエンジニアたちは、工場用地に建てられた粗製乱造の宿舎に住む気はなく、毎日タクシーで海豊村と花蓮の間を往復し、長期滞在中の五つ星ホテルに帰っていたからだ。彼らは往復で二千元払い、時には札と札がくっついて一枚多く払っても気にしなかった。

初めの頃、こんなことを言う村人もいた。ここにできるのはセメント工場じゃない、黄金工場だ。受け入れた俺たちはなんて賢いんだ。海豊は黄金村になったぞ！　黄金村の住民は、毎日酒を飲んで部屋を空き瓶で埋め、山と積まれた酒蓋がきらきらと黄金のように輝いた。雑貨店の少女は、酒代の回収を仕事にした。年寄りたちは今までこんなにたくさんの現金を持ったことがなく、銀行でどうやって口座を開くのかもわからなかったため、村の女の子を雇って、家の番をさせることにした。

隣の海楽村のトラック運転手は、最新式の日本製トラックをローンで買った。彼らはこのトラックでセメントを運んで、一生安心して家族を養うことができると期待した。各地の「組」の構成員も続々とやってきた。彼らは村民に分配された新しい家を借り上げ、建設業者の看板を掲げて、そこで毎日茶を飲んだりだべったりしていて、セメント工場、発電所、埠頭の建設に関する入札で談合の必要がある時にだけ「出勤」した。彼らは通常、入札前に何度か開かれるプライベートな宴会に顔を出せばそれで事が足り、ベッドの下にしまってある拳銃を持ち出すまでもなく、「仕事」は完了した。

海豊に酒場が次々にオープンした。もちろん最も名の通った店は海風クラブだ。店は今では二十一人のホステスと、ことさらに魅力的なママ、玉子《ユィヅ》を擁していた。

ただ、村の人の多くが、最近自分は視力が落ちたと感じ始めていた。時には、道を挟んだ向かい側すらよく見えないこともある。洗濯物を外に干すことはできなくなった。乾く頃には服の上に灰色の粉末が分厚い層を作り、まるで糊付《のりづけ》したようにばりばりに固くなってしまうのだ。村人の中には、かつて付近の幾つかの川で砂金を掬《すく》ったことがある者もいたが、今では自分たちはいかに愚かであったか、目から鱗《うろこ》が落ちたように気づいた。金は土地であり、土地は金なのだ。

彼らはおのおのひどく興奮しながら、パイプ、コンクリート柱、鉄骨や排気煙突などを、異世界からやってきた別の種類の巨人であるかのように眺めた。祖霊、媽祖《まそ》、土地公や上帝たちは、彼らに教えてくれなかった。金を持った後は、今日がこのまま過ぎていくことがひどく惜しく、明日が来るのがどれほど待ち遠しくなるのかを。

海風クラブⅡ

海風クラブを引き継いだ後の玉子は、自分が経営しているのはただの酒場ではないのかもしれないという思いを、日に日に強めていった。すべてはこの一、二年のうちに起きたことに過ぎないのに。

人生であまりに多くの酒を飲んだナオミは、生死の境界を乗り越える経験をした。卸業者に返却するビール瓶の数を確認している時、ナオミは突然、疑いの表情で相手を見ると、そのまま仰《あお》向《む》けに倒れてゆき、整然と並べられたビール瓶ケースの上にひっくり返った。結局のところ、彼女は酒に命を救われたな、と後で皆が言った。玉子はすぐに青果店から借りた軽トラックにナオミを乗せ、満載の酒瓶をガチャガチャ言わせながら村の病院に運び込んだ。二日後、ナオミは街の病院に送られ、更に台北の病院に移って手術を受けたが、帰ってきた時にはもう目で会話することしかできなくなっていた。

ナオミは目で玉子に告げた。「海風クラブをよろしく頼むわね」

玉子が答えた。「任せておいて」

それ以来、この店はただの酒場ではなくなった。店を開け続けて、ナオミ、小鷗《シアオオウ》、そして幼い時から欠乏に対してひどく怖れを抱く玉子自身を養わなければならなくなったのだ。

ナオミは、海風クラブの他には全く土地を持っていなかった。そして海風クラブはちょうど旧海豊と新海豊の中間にあり、建物が徴収されることもなかった。このためナオミは村ではごく少数の、ほぼ何の補償も受けられない人間となった。玉子は、旧海豊に残ってセメント工場をひどく憎んでいる人々には同情したし、旧海豊の土地をこっそり売り払って、同意書にサインした人々のことも理解できた。未《いま》だすべての地権者の同意を得ていない状態で工場側が着工式を強行した日、抗議活動をする人々と一緒に玉子も現場に行ってみた。数百人の警察官がショベルカーを誘導する一方、自救会が何とかかき集めたのはわずか十数人。彼らは最後にショベルカーの行く手の地面に横たわって道を阻《はば》んだが、結局一人また一人と、屍体《したい》を運ぶように運び出されていき、玉子はそれを見ていた。その夜、釈放されて戻ってきたドゥヌと阿楽《アルー》は、海風クラブでやけ酒を飲みながら、憤懣《ふんまん》やるかたない様子で言った。あいつら警察は、俺たちがただ悪ふざけをしてると思ってやがる。ドゥヌはステージに上がって『恋曲1990』[*6]を歌った。皆、気まずい雰囲気で手拍子を打った。

工事が始まると玉子は、トゥルクとは異なる色合いの黒い肌をした「外労仔《ゴアロアー》」〔外国人労働者〕たちが、列車に満載されて運ばれてきて、迷宮のような貨物コンテナ宿舎に送り込まれ、翌日から蟻のように働き始めるのを見かけた。この頃、海風クラブの陣容は日に日に充実度を増していた。少し南のアミ族の集落から来た小蘭《シアオラン》、玉子の若い時と同じく家出少女だったココ、そして金門から戻ったガバウは甜 甜《ティエンティエン》を名乗っている。

玉子は女の子たちに仕事を差配した。早朝、ナオミのスクーターに乗って村の市場に買い出しに行く者、その材料でおかずを料理する者、そのおかずをアルミの寸胴桶《ずんどうおけ》に入れ、別の寸胴桶いっぱいに白飯を入れ、工場区域の鉄柵の外まで台車で運んでいって労働者に売る者。ある者は積極的に歌を練習し、カラオケ機に入っている曲はどれもすべて歌えるようになった。タンゴを習う者がいればジルバを習う者もいる一方、株の動きの見方を勉強する者もいる。日給千ドルの

＊6　『恋曲1990』：一九八九年の羅大佑のヒット曲。心変わりして去った恋人への未練と、再び戻ってきて欲しい気持ちを歌った。

エンジニアたちのために、英語やドイツ語、韓国語を学び始める者までいた。

工場で食事が出るとはいえ、外国人労働者たちは、女の子が売りに来る「移動弁当店」に喜んで金を払った。夜の残業の時間には、女の子たちは粥《かゆ》を煮て同じく工場区域の外に売りに行ったが、米一粒、残して帰ってきたことはなかった。彼らの間では次第に手ぶりと言葉を交えた意思の疎通が成り立つようになり、女の子たちはインドネシア料理やフィリピン料理まで作りはじめ、昼食と夜食の時間に、工場区域の外で東南アジア弁当店を開いた。

休日になると、外国人労働者たちは宿舎の近くでバレーボールやバスケットボール、サッカーなどをする他に、順番に許可をもらって港に行って釣りをした。そのうち大胆な者は海岸沿いに歩いてフェンスのない場所を見つけ、こっそりと新海豊と旧海豊の境にある海風クラブまでやってきた。玉子は店の裏にこうした「鉄道でやってきた人々」専用の個室を設置し、釣った魚を彼ら自身で料理できるようにした。更に特殊な曲目が収録されたカラオケ機器を一台入れ、彼らが故郷の歌を歌ったり、言葉の通じない女の子たちと身振り手振りで一時間の恋愛を楽しんだりできるようにした。

そもそも海豊の住人たちには、すべての外来者をひとまとめにして嫌う性質がある。外国人労働者を受け入れる海風クラブは、彼らにとってこの海岸で唯一の温かい灯台となった。外出許可を得て釣りに出た労働者は、釣った魚を海風クラブの脇に置かれた海鮮店用の水槽に入れ、玉子と女の子たちに残していくようになった。こうして海風クラブのメニューで、活きの良い鮮魚に困ることは永遠になくなった。

玉子は、この魚たちにもしっかり働いてもらおうと考えた。店で警察との関係が最も良好な女の子トトを使い、彼女の馴染みの警察官に、今後警察の人たちが海鮮を食べたいと思った時は、水槽の魚を永久にタダで提供し、タダで料理してあげる、と伝えさせた。

更に玉子は酒代と歌代のツケの溜まった労働者に、朝こっそり宿舎に戻る前に、当直の警官がいるだけの警察署に行って掃除をしてくるよう頼んだ。こうして、セメント工場の建設工事が始まって以降、村全体が常に粉塵《ふんじん》にまみれている中で、警察署だけがいつも塵一つつかないほど清潔で、新築直後のような真新しさを保っていた。

村には他にも見知らぬ人々がやってきた。彼らは新築のコンクリート造りの建物に住み、○○建設とか○○茶行とかの看板を掲げた。玉子は少し時間を使ってそれぞれの会社の背景を調べ、どこが四海《しかい》、どこが洪門《こうもん》、どこが竹聯《ちくれん》*7なのかを把握した。玉子は海風クラブの小さな三階建ての建物の中で、客たちを巧妙に席に案内し、彼らが鉢合わせをしないように気を配った。もちろん時には衝突が起きることもある。しかし、警察がそれを許さなかった。海豊の商機に乗り、飲み屋、カラオケ店、クラブが何軒かオープンしたが、店で喧嘩騒ぎが起き、警察から営業停止をくらった。幸い玉子は一種の特殊な鋭敏さで、客の噂話から衝突の可能性を嗅ぎつけることができた。一晩中ひとつひとつのテーブルを回って乾杯し、客の傍らに立って会話を観察し、

*7　四海、洪門、竹聯：それぞれ中国の結社に由来する裏社会組織の名称。

衝突が起きそうな時は、うまい方法を考えてそれを事前に回避した。

　どうにも押さえが利かない状況になると、今度は玉子は猫なで声でその客たちに言った。「大変やねぇ。お客さんは大事にしたいし、また遊びに来てほしいんだわ。だからね、そこのお廟の境内におっきな広場があるで、あそこでカタつけてきたらどう？」玉子は、双方の勢力が拮抗していると判断した時には、そのままひと暴れさせて精力を発散させた。双方の人数に大差があると見た時には、玉子は彼らが出ていくとすぐ警察に電話をかけ、海風クラブの海鮮料理をタダで味わった警察官たちに、数分経ったら行って収拾して欲しい、無勢な方に死人が出ないように、と頼んだ。

　海風クラブは島の東部の海岸線で最も有名な店になり、少なからぬ人々がよそから車でやってくるようになった。だがその全員が普通の〝よその人〟ではなかった。いつの頃からか、店の隅のあるテーブルは「私服刑事」専用の一角となった。彼らは開店直後からそこに陣取り、酒も注文せず歌も歌わず、ただ急須で茶を淹《い》れ、カボチャの種や落花生をつまんでいたが、そのミニマムチャージだけで月に四万元も払った。その金は彼らの自腹なのか、それとも刑事局の経費なのか、玉子も知らなかった。

　ある時、数人の若者が店に来て、店の女の子たちと歌を歌い、飯を食って酒を飲んだ。その一時間後、「私服刑事卓」には六人が座り、初めての満席状態となった。そのうちまず二人が立ち上がると、小便に行った一人の若者に手錠をかけて戻ってきて、その後、若者を一人ずつ順序よく椅子の上にねじ伏せた。警官に引っ立てられて出ていく若者たちに、玉子は急いで声を掛けた。

「ちょっとあんたたち、出てくのはいいけど、お会計はしていってよね」

　酔いでとろりとした目をしたリーダー格の若者は、警官に頼んで自分のジャケットから札束を取り出させ、更にそれをテーブルに「力いっぱい」叩きつけることまで指示した上で、虚勢を張って言った。「釣りはいらねぇ。ムショに入ったらどうせ使えんからな」


　そうこうするうちに、当初は三人だった海風クラブのホステスは、二か月後には十三人になっていた。名前はトト、小蘭《シアオラン》、ココ、ナナ、アンナ、アニー、ベイビー、リリ、ララ、小咪《シアオミー》、スス、小美《シアオメイ》、小詩《シアオシー》。更に数か月後、ホステスは十三人から二十一人に増えた。これを機に、玉子は店の見た目を刷新した。小鷗とスリンの作品はしまいこみ、建物のすべての縁を色とりどりの電球で飾った。

　玉子は女の子たちを自ら教育し、それぞれの個性を伸ばし、客の好みに合わせてあてがった。相性が合ってこそ、良い結果が生まれる。玉子はそう信じていた。それが心からの愛であっても、束の間の出逢いであっても。

　玉子は店の子たちがステージに上がる時は、『玻璃心〔ガラスの心〕』『碎心恋〔心砕けて〕』などの歌を歌わせ、時おり『負心的人〔女のためいき〕』『今夜你會不會來〔今夜君を待つ〕』なども加えた。

　客の中には玉子の歓心を買おうとする者もいたが、玉子はすぐに客の魂胆を見抜き、心を死海のように鎮めてとり合わなかった。玉子はホステスたちに話した。「客を好きになって、『わたしたち、付き合ってる間柄だから』とか言って金をとるのを躊躇するようになったら、それは気の迷いだよ。あんたたちがなんでここで苦労して、顔も見たくない客でも我慢して相手しているのか、思い出すのよ」

海風クラブは、風紀の乱れたクラブではなく、売り上げのために客のすべての金と感情を吸い上げる店でもなかった。玉子は毎晩きっかり十一時には店を閉めた。近隣の住人に騒音で迷惑をかけないためと、自分自身がナオミや小鷗と一緒に夜の時間を過ごせるようにするためだ。もちろん、時には夜中に誰かが店のドアを叩くこともある。店の子に入れ込んだチンピラか、子供を養うためここで働くホステスの夫だ。そういう無責任な夫たちは、殴り込みに行く時よりも凶暴にドアを叩き続け、はじめのうちは店の前で跪《ひざまず》いて泣き落とそうとするが、そのうち怒り狂ってドアを破るぞとか火をつけるぞとわめくのだ。

玉子はこの二種類の男たちとは決して話をせず、店の子たちが出ていって応対することも禁じ、一律に警察を呼んだ。長期にわたり「海風海鮮店」で外国人労働者が水槽に入れていった魚を食べてきた警官たち、毎晩清潔な宿舎で眠り、塵ひとつない事務所で公務をしてきた警官たちは、どんなに遅い時間でもすぐに白バイで駆け付け、事態を収拾してくれた。

店の女の子の中にも、ライバルを陥れようとする者がいた。あるホステスは、人気絶頂の同僚のベッドの下にこっそり自分のハンドバッグを隠し、彼女が金を盗んだと言いがかりをつけた。玉子は決して水面下で話し合うことはせず、一律で警察に通報して処理し、その後各階に防犯カメラを取り付けた。こうしてしばらくすると、腹黒い女の子たちは店を去って行き、行列してでも海風で働きたい女の子たちが新たに入ってきて、名前も変えずに働き始めた。

警察が見回りに来る際には、いつも一足先に若い警官がやってきて、席に座ることも歌のリクエストを入れることもなく、店の一階でただ煙草を吸った。それを見た玉子はすぐに店の女の子たちに身なりを整えさせ、客の隣に座る際にあまり煽情的なふるまいをしないように言いつけたので、店全体がまるで工女宿舎のように清純な雰囲気で満たされた。

玉子は自らステージに上がって歌うことはなく、いつもホステスたちにこう言っていた。「あなたたちから一曲八百元のチップを横取りする気はないのよ。あなたたちが稼げば、私も儲かるんだから」海風クラブでは、掃除に雇われたボーイですら月八千元の基本給をもらった上で、八万元のチップを得ることができた。金と欲望、恨みと嘆きがこの建物の中でうごめいていたが、玉子はその危うさをよくわかっていた。玉子はどんな小さなトラブルの芽でも、見つけるやいなやその子を呼んできっぱりと話をし、二倍の給料を払ったうえで、タクシーを呼んで店を去らせた。「とにかく遠くへ行くのよ。今後、海風にいたことは言わないでね。海風のことは忘れて」玉子は言った。「別の場所に行くの。ここでは甜《ティエン》甜《ティエン》って名前だったけど、別の場所に行ったら喬《チャオ》喬《チャオ》になるのよ。今から、私たちは他人よ」

玉子は、人生で今日まで維持してきた自分の信念は、脆《もろ》く、不確かなものに過ぎず、今まで一度も、堅強《けんきょう》で高尚であったことがないのをわかっていた。

人々の寝静まった夜、自分と小鷗、ナオミが一緒に暮らす部屋に戻った時にだけ、玉子はすべての肩の荷を下ろし、そして自分の体の中にある痛みに気付いた。心に突き刺さるこの痛みが、自分の内側から来ているのか、それとも外側からのものなのか、玉子にもわからない。村には二つの教会と一つの廟があったが、そこに行けば、この痛みが浄化できるのかどうかもわからなかった。彼女はたった一人、硬い硬い岩石の層に閉じこもっていた。こうしていれば、何も傷つくことはない。音を出すこともない。動揺することもない。

少女と、三本足のカニクイマングース

少女は画板と絵筆を携《たずさ》え、年老いた白犬イーダスがその後をついて、一人と一匹で川の方へ向かって歩いていた。これは海豊村ではもうおなじみの光景だった。

玉子《ユイツ》に連れられて海豊に来た後、小鷗《シアオオウ》は、自分で村を歩き回りたいと母親に懇願した。当時まだ行動能力を失っていなかったナオミが軽い杉板で小さな画板を作ってくれ、小鷗はそれを背負って村のあちこちに行き、絵を描いた。これは金門で、いつも部屋に閉じ込められていた時にはできなかったことだった。

はじめのうち、小鷗はまだ玉子の目の届く場所で絵を描いていた。ある時ドゥヌが意図的にイーダスを海風クラブに連れてくると、小鷗とイーダスはすぐに仲良くなり、それ以降しょっちゅう一緒に行動するようになった。イーダスは二十歳になっていた。白内障を患い、足元もおぼつかなくなって、一分歩くと三分は蹲《うずくま》るようになってはいたが、依然として健康に生きていた。

初めて玉子と小鷗を見た時、イーダスはすぐに玉子に身体を擦りつけ、玉子がしゃがみこんで差し出した手をしきりに舐めた。

「あんたのことが好きみたいだ」ドゥヌが言った。

「動物に好かれやすいのね」玉子は言った。

「ずっと昔に会ったことがあるみたいだな」

「前世で会ってるのかも」

ドゥヌは思った。秀子《シウヅ》じゃなく、玉子だと思うことにしよう。彼女がそう望んでいるなら。少なくとも、彼女はイーダスが自分を覚えていることを否定はしなかったのだから。

「なでてもいい？」小鷗が訊いた。イーダスは小鷗に近づいていき、自分でその問いに答えた。

それ以降、ドゥヌはイーダスを小鷗に付き添わせた。イーダスは村の周辺の道を熟知していたからだ。玉子もこれで、自分の目の届かないところで小鷗が絵を描くことを許した。だが玉子は完全に安心したわけではなく、小鷗にきつく言い聞かせた。「あなたとイーダスだけの時は、こっちの方向で行っていいのは川のところまで、逆の方向で行っていいのは海のところまで。でも川でも海でも、絶対に水に近づいちゃだめよ。知らない人にもね。わかった？」

小鷗は頷いて約束した。

玉子を安心させるため、ドゥヌはしばらくの間、小鷗とイーダスの後を黙ってついて歩いた。イーダスは主人の考えがよくわかっていたし、行って良いところと行ってはいけないところを理解していた。小鷗がどこに行くにも、老犬イーダスは重い足取りを引きずってその後をついて行った。だが小鷗を行かせたくない道に来た時には、イーダスはそれ以上進むことを拒絶し、たるんだ声帯で出せる限りの威嚇《いかく》の声で吠えた。

金門では、毎週月曜に購買部に行って買い物をする以外に、小鷗はほとんど外の世界を見たことがなかった。あの頃は絵を描くことだけが、小鷗が唯一、話をする方法だった。彼女は自分の言いたいことを絵に描いて、母親が買ってくれたクリアファイルの中に入れておいた。以前、小鷗が描いていた絵はすべて、本で読んだ内容や、おばさんたちのおしゃべりで聞いた内容だった。だが今は違う。山と海、そして小川を見ることができるし、直接その近くまで行くこともできる。小鷗が描く絵の内容はあっという間に豊かになった。玉子は、小鷗にはなるべく海風クラブの中にいてほしくないと思っていた。店で起きることを見聞きさせたくなかった。このため、建物の三階の屋上に小鷗とナオミのための部屋を増築し、工務店に頼んで、屋上に直接上がれる螺旋《らせん》階段を取り付けた。

ドゥヌは時間のある時に上がってきて、小鷗に本の中の物語を話して聞かせた。とても古い物語の本を小鷗に渡し、これは俺の一番大事な本なんだ、と話した。その物語は、ある女の子が一匹の兎の後について行くところから始まっていた。彼は他にも、トゥルクの遷移の物語や、ナナン・カラウと日本人が戦った物語、首曲がりユダウが熊にはり倒された物語や、熊や豹の狩りでの禁忌に関する物語を、小鷗に話して聞かせた。ドゥヌは熊の口ぶりを真似して言った。「もしうっかり俺を撃ってしまった時はな、肉だけを持ち去って、骨は残していけ。豹を撃ったらな、骨ごと全部持っていけ」

「ほんとにうっかり熊をうってしまうことがあるの？」

「うん。どんなことでも起こりうるんだ」

ドゥヌは巨人の物語も話した。巨人が海に追い詰められ、溺れて死ぬ段になると、小鷗の目から石ころほどの大きさの涙がこぼれ落ちたので、ドゥヌはそれ以上話を続けられなくなった。だが、ほどなく小鷗は気持ちを立て直してドゥヌに言った。「でも、他にもう巨人がいないかどうかなんて、誰もわからないよね？」

ドゥヌは肯定も否定もしなかった。彼は続けて、首に輪ゴムが嵌《は》まった白い子犬を追いかけたある男の子が、どれだけ深いかもわからぬ山の洞穴に迷い込んでしまい、洞穴の中で、辛い仕打ちから逃げるために家出した女の子と出会う物語を話した。ドゥヌは、登場人物の名前をすべて変え、イーダスのことはヒダウ（Hidaw／太陽）という名にした。それでも物語を聴き終わった小鷗はこう指摘した。「ヒダウはイーダスなんでしょう？」

「なんでそう思う？」

「だって、名前がちがうけど、おんなじ子犬じゃない」

ドゥヌは話題を変えてごまかした。

次第に、ドゥヌも安心して小鷗とイーダスだけで出かけさせるようになった。彼に言わせれば、この付近の山、海、渓流が危険な姿を見せるのは、人を護るためだ。それらは人に向かって、完全に安心してはいけない、我々を完全に信用してはいけない、と注意を与えているのだ。

この日、小鷗とイーダスが川辺まで来ると、周辺の景色が数日前とはすっかり変わっていることを発見した。この数日の間に川原のワセオバナがすべて開花し、川辺一面が茫々《ぼうぼう》と白く見えていた。風が吹くと、無数の種子が極小の落下傘のように旋回しながら辺りいっぱいに舞った。小鷗はいたく興奮し、片足で跳び、両足で跳び、指で画板をコココッと打ち鳴らした。彼女はイーダスに言った。「わたし、これを描きたい」

ワセオバナが高く生い茂って川原を占拠する夏の間は、こんな野蛮な雑草を好きになる人はいない。だが少し涼しくなってその花が咲くと、列車に乗って遠くの橋を通り過ぎる旅人も、川辺に来て玉を探す村の人も、川辺いっぱいの穂がふさふさと風に揺れる景色に、みな感動を覚える。その光景は、一人ひとりの胸に手を差し入れ、身体の奥に記憶を刻み込む。

小鷗にとって、人生で初めて感じる秋だった。以前の秋は、秋とは言えなかった。この秋初めて、小鷗は自分の意志で行動することができたからだ。この秋初めて、彼女はイーダスと川原に座り、ワセオバナの花が川面を漂い、空中を舞うのをじっと見ることができた。小鷗は何かが自分の心をキュッと締め付け、誰にも聞こえない澄んだ音を発しているのを感じた。あまりに小さくて、自分にだけ聞こえる音。小鷗は腰を下ろし、興奮した身体を落ち着かせた。鉛筆と白い紙を取り出し、イーダスをちょっと撫でてから、腿の上に画板を置いて絵を描き始めた。

川の一方は、海に出る河口だった。小鷗とイーダスが来た時、海は銀白色だったが、ほどなく青緑に変わり、それから深い青となり、ときおり深い赤に変わり、またたく間に古い銅板のような色に変わりもした。世界が急に失望に包まれたかのように。白い雲が、海面上に影を落とし、波の縁が光を放っていた。

小鷗はこの不思議な色彩の変化を描き表したいと思ったが、彼女のクレヨンの色の幾つかはもう使い終わっていた。

ママはまた買ってくれるよね？　イーダス？

白犬は肯定も否定もしなかった。彼はとても疲れていた。ここまで歩いてきた疲れではなく、もうすぐそこに迫った死に、身体を撫でられているような疲れだった。彼は、小鷗の手が自分の身体を撫でるままにさせ、痛みのある場所に触れられても何も言わなかった。今、彼の身体で痛みのない場所はほとんどなかった。幼犬の時、輪ゴムで締め付けられた首までもが、再び痛み始めていた。長い間隠れていた痛みが、彼の命が尽きかけた今になって姿を現し、人生で起きたすべてのことを正視させるかのように。

イーダスが力をふり絞り、二十年前の首の古傷を舐めようとした時、突然何かを感知した。全身に電気が走り、十五歳若返ったように精神を集中させ、もうよく見えていない両目を凝らして草むらを注視した。

草むらでも、何かがこちらをじっと見ていた。全身に灰褐色の蓑を着たような、鼻面の尖った小さな動物だった。体はイーダスより少し小さく、両頰に白いすじが流れている。長い、白い涙の痕のようなすじ。小動物はくりくりした目で小鷗を見つめ、時おりちらりとイーダスを見た。眼差《まなざ》しには攻撃的なものはなかったが、それでもイーダスはその老いた身体の緊張を緩めず、警告のうなりをあげた。

イーダスの様子で、小鷗も小動物に気がついた。小鷗はこんな動物を見るのは初めてだった。胸が熱くなり、だが指先は少し冷たくなった。小鷗は鉛筆と画板から手を放し、一方の手をイーダスの身体に置いた。それは気持ちを落ち着かせるためでもあり、護《まも》って欲しいと彼に求めているのでもあった。

どのくらい時間が経ったかわからない。小動物はその場を離れず、低く蹲《うずくま》って視線を落とし、悪意がないことをイーダスと小鷗に知らせているかのようだった。イーダスは緊張を緩めた。自分の体格的優位性を見せようと全身で力み過ぎていたため、力が抜けてへなへなと地面にへたり込んだ。

小動物の小さな目と視線が合い、小鷗の心はどきどきと鼓動を速めた。小鷗は小動物に言った。

「わたしは小鷗だよ。わたしと話がしたいんでしょう?」

「わたしに何か言いたいことがあるのよね?」

小動物は、小鷗の問いかけに答えるように、右前足を挙げて「フゥフゥフゥ」と鳴いた。この時、小鷗とイーダスは気がついた。小動物には、右前足の先がなかった。

第十一章　第五季

深くはない深山

小鴎《シァオオウ》とイーダスは三本足の小動物の後を追った。小動物は二人がそれぞれ歩行に困難を抱えているのを知るかのように、数歩歩いては振り返り、ついてきているのを確認した。

三本足の小動物はさまざまな場所へ簡単に泳いで行ける水脈をすべて把握していたが、少女と犬は泳げない。山道を歩いていくなら、道は一本しかない。しかもとても遠い。

空は次第に暗くなった。イーダスは何度も、小鴎が小動物について行くのを止めようとした。彼は自分の負った責任を理解していた——小鴎に対して、自分の主人に対して、そして小鴎の母親に対して。イーダスは三本足の小動物が、小鴎をどこかへ連れて行こうとしていることはわかっていた。おそらく何かに影響する場所へ。動物には悪意はなさそうだ。だが、途中で危険なことが起きたら、自分や、あの三本足の動物では到底対処できないことも分かっていた。

ここまで考え、老イーダスは哀しい鳴き声を上げた。最後の力を振り絞り、もうこれ以上先には行かないよう小鴎に懇願した。

小鷗は足を止めてしゃがみ、毛が抜け落ちてピンク色の皮膚が透けて見えるイーダスの頭を撫でた。小鷗の心に迷いがないわけではない。小鷗は母親に対して自分が持つ意味を理解している。幼い頃、小鷗は母親と「変身ごっこ」をした。母親は物語の中の狼を演じ、口をあんぐりと開け、ふざけて小鷗に言う。「お前を食べちゃうぞう！」小鷗はもちろん母親が自分を食べないことはわかっているが、ごっこ遊びの成否は、役にどれだけ没入できるかに係《かか》っている。だから母親から「お前を食べちゃうぞう！」と言われるたびに、小鷗は獲物の役に没入するあまり、恐怖を覚えた。その恐怖は、湿らせたティッシュペーパーの上で発芽する緑豆もやしくらい脆弱《ぜいじゃく》で、ちっぽけで、しかも不必要なものだったが。しばらくすると小鷗はその不必要な恐怖を打ち消す方法を発見した。それは、相手にとって「かけがえのない」ある役になりきることだった。

遊びの中で母親が何を「演じ」ても、小鷗は必ず「わたしはあなたのこども」と返した。自分の子供を食べるお母さんはいないでしょう？　そう考えたからだ。

ママが何になっても、わたしはママのこども。

私は猪。わたしはイノシシのこども。

私は樹。わたしはきのこども。

私は雲。わたしはくものこども。

私は秋。わたしはあきのこども。

私は離れる。わたしはハナレルのこども。

いま小鷗は初めて、自分一人で、母親から離れている。不思議なことに、怖れは感じていなかった。もちろん安心を感じてもいなかったが。おそらくあの三本足の小動物の素朴で哀しげな眼差《まなざ》しが、小鷗を前へ前へと歩かせているのだろう。機関車のように頑固なこの気質は、へその緒を通して母親から受け継いだものだ。

「わたしたち、どこに行くの？」小鷗が尋ねた。

「フゥ、ある場所だよ。深くはない深い山。フゥフゥ」三本足の小動物が言った。もちろん、小鷗とイーダスには動物が何を言ったのか理解できず、ただ「フゥフゥフゥ」という声が聞こえただけだった。

三本足の小動物は、あのカニクイマングースだ。彼はもう残された時間は長くないとわかっていた。彼の時間も、巨人の時間も。カニクイマングースは、巨人の心にいる時、自分が、巨人や他の動物の言葉を理解できていることに気がついた。彼はそれを、巨人の心の拍動と共に散る葉っぱの効果だと思いこんだ。咀嚼《そしゃく》すれば、そこに秘められた声を聞くことができる、あの落ち葉。彼は、落ち葉を食べて人類の言葉を習得しようと考えた。そうすれば村に行って人類に警告することができる。「あなたたちがしていることのせいで、巨人が死んでしまいます。やめて、もうやめて」カニクイマングースは、巨人が自分を庇護してくれたおかげで、足を失った苦しみの中から、幸運にも生き延びることができたと思っていた。彼は、人類もきっと、この善良な巨人を救ってくれるに違いないと無邪気に考えていたのだ。

三本足のカニクイマングースは、自分が人類の言葉を習得したかどうかわからないまま、村に降りてゆき、信頼できそうに「見える」人を探し、話しかけた。だが人類の反応のほとんどは、手近にある武器になりそうな物——石や、太い木の枝など——を、カニクイマングースに投げつけてくるというものだった。そうでなければ慌てて後ずさり、遠くから物珍しそうに彼を見た。人類の目に彼は、蓑《みの》を纏《まと》った大きな猫のような奇怪な生き物に見えていた。

カニクイマングースは危険を承知で、魚を釣る人、眼鏡をかけた人、畑仕事をしている人、更には猟師にまで話しかけた——猟師はカニクイマングースに興味がないのを知っていたからだ。三本足のカニクイマングースは、本来ならば自分の命はもうなかったも同然なので、今さらどんな危険も危険だとは感じなかった。彼はただ、「巨人が危ない」という報せを伝えたいと願い、それによって何か奇跡が起きるのを期待していた。

だが、彼は落ち葉を食べたことで、人類の言葉を習得してはいなかった。この世界にそんなものはないのだ。彼が発する声は、人間には相変わらず「フゥー、フゥー、ウー、ウー」としか聞こえなかった。

ある日とうとう、カニクイマングースはこの少女に出会った。彼は、少女がこの山のさまざまなものを絵に描いているところを幾度も観察した。少女が描く線とタッチに、特別な何かが存在しているのをカニクイマングースは感じ取った。少女と目が合った瞬間、カニクイマングースには、少女をある場所へ連れて行きたいという自分の思いが彼女に伝わったのがわかった。少女に彼と一緒に来てくれる意思があることも。だから**相手の言葉を話さなくても問題はなかった。**白い老犬についてては、うん、怖れる必要はないだろう。

こっち、こっち。カニクイマングースが言った。もうすぐだよ。フフゥ。

山の中腹まで来て、老イーダスは歩けなくなった。小鷗はイーダスを抱き上げた。この時小鷗は、胸が自信で満たされるのを感じた。自分はもうイーダスの世話ができる。イーダスに世話をされるのではなく。カニクイマングースは彼らを連れて森の端を出て、山全体の姿が見渡せる場所に立った。

あそこが巨人の胸。

……

あそこが巨人の肩。

……

あそこが巨人の首。

……

あそこが巨人の目。

……

カニクイマングースが「フフゥー、ウウー」と話す内容は、小鷗には依然としてわからなかったが、何か切羽詰まった気持ちが込められていることだけは理解できた。カニクイマングースは三本の脚で跳びはねるように小鷗のすねにすり寄り、小さく尖った歯でスカートを咥《くわ》えて引っ張った。「行こう、行こう」と言うように。

塵が塵を覆い、土は土を覆う

朝の陽光と明るい月光には、絶対的な違いが一つある。月の光が起こす錯覚は、局部的なものだ。陽光は、苛酷な取り立てのように、あらゆる場所、あらゆる隙間を照らし出す。ドゥヌが振り返ると、村全体とその背後の山、緑色の樹、汚れた泥の流れ、海の深い藍《あい》に至るまでが、この瞬間には、各種の長方形、正方形、不規則な形の塊と、交差して絡み合う線によって構成される一面の灰色の景色となって見えた。彼は山の稜線《りょうせん》を視線でたどりながら、とうとう認めざるを得なくなった。この村は変わってしまった。一旦変化が始まってしまえば、もう元に戻すことはできない。

人が掌握できるのは、目の前にあるほんのわずかなことだけなのかもしれない。いや、そのわずかなことすら、掌握できないのかも。

理知的に考えれば、小鷗《シアオオウ》がまだこの山にいるとは思えない。いるのなら、未《いま》だに見つけられない理由がない。彼はこの山の草一本、樹一株に至るまで、ことごとく知り尽くしている。しかも小鷗にはイーダスが付き添っている。小鷗が見つからなくても、イーダスは見つかるはずだ。

イーダスがこれまでの生涯で歩いた道は、ドゥヌが歩いてきた道でもある。彼らが知る道は重なり合い、一致している。ドゥヌは自分とイーダスの魂の繋がりを信じていた。小さい頃から、イーダスには自分の心の声が聞こえていると感じていた。

だが、何も見つからなかった。匂いも、体毛も、足跡も、糞便も——何も。こんなことはありえない。

小鷗が夕方になっても戻らず、玉子《ユイヅ》が一人で山に捜しに入ったと聞いた時、ドゥヌは村長が招集する捜索隊に加わるのを待つことなく、すぐ家に駆け戻り、山で必要な装備を整えた。ウミンは眠っていた。最近のウミンは、雲や工場、そしてもう顔も覚えていない死者たちに向かって呪いの言葉を吐き続けるのが日課で、静かになるのは眠っている時だけだ。ドゥヌは冷蔵庫にまだ食料があるのを確かめると、身を翻して外に出て、入り口の戸に外から鍵をかけた。付近の幾つかの山を捜索するには二日もかからないと、ドゥヌは見積もった。ウミンの食べ物は、冷蔵庫の中の物と、まだ二箱あるインスタントラーメンで足りるだろう。

手遅れにならないうちに、速やかに行って速やかに帰る。

肌寒い季節に入り、何日も乗っていなかった野狼《イエラン》は、何度もキックペダルを踏んでようやくエンジンがかかった。玉子は今日の午後に小鷗とイーダスがいた渓谷を遡って捜しに行ったと聞いたので、ドゥヌも主にそのルートを捜すことにした。小鷗やイーダスが見つからなくても、玉子を見つけることはできるだろう。

オートバイがぎりぎり乗り入れられる山腹まで来ると、道が二つに分かれていた。ドゥヌは、玉子は作業現場へ向かう道には行かなかっただろうと推測した。小鷗が作業現場の中で迷子になっていれば、作業員の誰かが見つけているはずだ。このあと山に入る首曲がりユダウたちの一隊も、何人かはそちらの道を捜すだろう。村の人から作業事務所に連絡を入れてもいるはずだ。ドゥヌはもう一方の、猟区へと続く小路を行くことにした。その細い道は、そこから幾らも行かないところで、ほぼ踏み跡が見えなくなっていた。ドゥヌはオートバイを近くに停め、そのはっきりしない道に歩み入った。

真っ暗な中でも、この猟区のことならドゥヌは手に取るようにわかる。かつてのドゥヌは、猟区を常に把握しておくために、大雨や地震、台風の後には必ず時間を作って山に入り、山の変化、道の変化、植物の変化を確認していた。それらは獲物の行動習慣にも影響を及ぼすからだ。ここ数年は、反対運動に参加していた関係でずっと山に入っていなかったが、それでもドゥヌにはまだ十分自信があった。

だがしばらく歩いて、ドゥヌは気がついた。土地の様子はそれほど変わってはいないが、視界の明晰度《めいせき》が、以前に比べてかなり落ちている。以前の彼なら、目が暗闇に慣れた後は、ヘッドライト無しでも、わずかな月の光で道を見分けることができた。だが今夜は明るい月の光が射し、霧も出ていないのに、視界はぼんやりと曇っていた。

ドゥヌは思い出した。最近急に目が悪くなったと老人たちがぼやくのを、このところよく聞いていた。ウガは、ドゥヌに話した。「朝起きて、ここに立つと、道の向かいの電信柱が見えないんだよ」

当初、補償金を受け取り、新海豊でコンクリート造りの多層階住宅を割り当てられた人々は、みな喜び勇んで入居した。だが彼らはすぐに、漢人が建てたこの手の建物は、ひどく風通しが悪いことに気がついた。男たちの中には、煉瓦の上に集合材の板を載せ、玄関の前で寝る者もいた。車で通りかかった人は、「家の前で寝ている人」を見て、酔っ払いが潰れて倒れているのか、それとも死体が転がっているのかと肝をつぶした。女は道端で寝るのはさすがに恥ずかしく、家の中で汗びっしょりになって眠るしかなかった。

だがしばらく経つと、男たちもまた家の中に戻って寝るようになった。「外で長くは寝ていられないから」だ。「生き埋めにされちまう」と冗談を言う者もいた。寝ている間に、鼻の孔《あな》や耳の孔、いびきで開いた口の中に砂が入り込み、目覚めた時には全身がうっすらと白くなっているのだ。

暗闇の中、ドゥヌは崖の上にたどり着いた。下はすぐ海豊渓の中流だ。工場が水源に設置した取水パイプによって、川の水が機器の冷却や土砂の洗浄用にとられ、中流以下は息も絶え絶えのありさまだ。ドゥヌが河口の方へ眼をやると、河口は海からどんどん遠くなっているようだった。聞くところによると、鉱区で掘り出した廃土を海岸に運んで海を埋め立て、もうすぐそこに「新しい土地」ができ、埠頭を作る計画だという。

村の人々は海風クラブで酒を飲み、歌を歌いながら、こうした変化について議論することもあった。だがドゥヌが「見ろよ、あの時俺たちが言った通りだろ？　なのにサインしちまうなんて」と責めると、先ほどまで不平を言っていた村民は慌ててこう反論した。「だけど、セメント工場が来てよかったぜ。仕事がもらえる」

「だよな。死ぬまでこき使われるろくでもない仕事がな」

「俺だってこんな仕事は大嫌いだ。工場も大嫌いだ。でも他に何ができる？　お前はいいよ。見た目はいいし、能力もある。あの小美《シアオメイ》もな、それとあの阿楽《アルー》ってやつだって、大学出だろ？　いつかは台北に帰るんだ。それに引きかえ俺は？　この村でできるのは、工場がくれる仕事だけじゃねえか」

　ドゥヌは黙り、彼らと乾杯するしかなかった。


　ドゥヌはどんな手掛かりも見落とさないよう目を凝らしながら歩いたが、彼のよく知る猟道では彼らの痕跡を発見することができなかった。もしかしたら小鷗たちは、自分とイーダスがいつも歩く道にはいないのかもしれない。時は既に真夜中に近い。遠くの海辺で「小鷗！　小鷗！」と呼ぶ拡声器の声が聞こえ、もう一本の山道の方からはとぎれとぎれに「玉子！　小鷗！」と叫ぶ声が伝わってきた。首曲がりユダウが組織した捜索隊が、幾手かに分かれて山に入ったことを示していた。

　名前を呼ぶ声に、ドゥヌは時間が逆行したような感覚を覚えた。ずっと昔、洞穴で聞いた、遠いところで自分と少女の名前を呼ぶ声。あの時、ドゥヌと少女は最後にこう決めた。「きみはおれの名前が呼ばれる方に行く。おれはきみの名前が呼ばれる方に行く」結局、運命は何も変わらなかったのか？　それとも、変わってはいるが、自分が気付いていないだけなのか？

この時、彼は動物の糞便の臭いを嗅いだ。ドゥヌはしゃがみこんで臭いの出どころを丹念に探り、ヘッドライトの光の下で、ついに草むらの中に糞を見つけた。ドゥヌはそれを触り、指を鼻の前に持ってきて臭いを嗅いだあと、自信たっぷりに自分に告げた――これはイーダスのものに違いない。

彼は糞便の周囲を探し回った。「何かに近づいている」という感覚に、彼の呼吸は速くなった。時は遡り、過去の出来事が繰り返されるのか？


その日の夕暮れ時、川辺から山に向かって走っていく玉子の姿を、村の何人かが見ていた。後になって彼らは、走る玉子の姿はまるで狂乱した雌鹿みたいだったと形容した。海風クラブで酒を飲んでいた村民たちは、すぐに首曲がりユダウを捕まえ、事のいきさつを話した。ユダウは山に詳しい村民を集め、二手に分けて山に入らせることを決めた。老人や体力のない者、山に詳しくない者は、海辺や、村の周辺の河原や荒れ地を捜索させることにした。小林《シアオリン》とウィランは山を選び、小美と阿楽は海辺の捜索隊と一緒に出発した。

小鷗を心配する気持ちと、過去に玉《ぎょく》拾いで鍛えた脚力により、玉子の体力はあたかも無限に湧いてくるかのようだった。玉子は「小鷗、小鷗」と呼びながら、あらゆる神に対して交換条件を突きつけた。望むものは何でもあげる。私の命、海風クラブ、すべてのもの、どれでも、過去のものも、未来のものも。玉子は半狂乱になってひたすら突き進んだ。後悔に追いつかれるのを怖れて。

玉子はまず工場区域に行き、敷地内放送を使わせてほしいと守衛に談判した。承諾を得ると、玉子は工場区域にいるすべての人に向かって、女の子と白い犬を見かけたら教えて欲しいと呼びかけた。玉子は何か反応があるのを待つことはせず、工場の敷地を抜け、守衛が止めるのも聞かずに敷地の裏門を開けて、一人で山へ入っていった。

ドゥヌも玉子も、その後出発した三グループの捜索隊も、気が急《せ》くあまりか、空が既に暗くなっていたからか、天空に今まさに累積され、今まさに成長しつつある混濁した力が、今まさに海上をこちらに向かっていることに誰も気付いていなかった。

心臓に触ったよ

巨人は自分の夢に起こされた。夢の中で巨人は、三本足のカニクイマングースが少女と老犬を連れ、巨人自身も知らない皮膚の孔《あな》から彼の体内に入ってくるのを見た。今朝から身体に響いていた爆破音は、目が覚めた今もまだ続いている。導火線が硝安《しょうあん》爆薬とエマルション爆薬を起爆させ、掘削機が一寸、また一寸と、心臓の位置に近づいてきている。一寸、また一寸と。

「そこはもうすぐ陽にさらされてしまう」巨人はカニクイマングースに、少女を連れて入ってくるなと警告したかったが、すぐには声が出なかった。半身を起こすこともできないほど衰弱してもいた。繁雑に張りめぐらされたパイプや各種の基礎工事が、巨人の身体を釘付けにし、彼の気力を奪っていた。

カニクイマングースは小鷗《シアオオウ》と老犬を連れ、身体をかがめて、植物で覆い隠された洞口《どうこう》から中にもぐり込んだ。硫化鉄を多く含んだ洞穴の壁は、微かな明かりの下でもきらきらと光り、まるで金鉱のようだった。だが少し奥へ進むと、洞内は完全な闇となった。コウモリたちが彼らの侵入に気づいて飛び回った。小鷗は驚いて小さく叫び声をあげ、イーダスを抱いて洞穴の壁に貼りついた。

この洞穴をよく通るカニクイマングースは、飛び立つ瞬間の飛跡で、コウモリたちの種類が見分けられるようになっていた。たった今目の前を掠《かす》め飛んだのはヒメキクガシラコウモリ、左側から飛んできた一群はカグラコウモリ。カニクイマングースは、以前「巨人の心」でいろいろな種類のコウモリと話をして、彼らがそれぞれの種の違いをちゃんと認識してほしいと思っているのを知っていた。

チ、僕らはそれぞれ違うんだ。

フフゥ、全部コウモリでしょ？

チチ、違うよ。あんたはキエリテンと間違われたら嬉しいかい？

ウゥ、私とキエリテンは全く違うよ。でも、きみたちはみんなコウモリでしょ、フゥ。あんたがキエリテンと違うように、僕たちコウモリも全部違うんだよ。ほら、身体の大きさもこんなに違うだろ。チチ。

「わたし、ちょっとこわい」少女が言った。

三本足のカニクイマングースは少女の足元に駆け寄って勇気づけ、岩肌を触りながら半歩ずつ前に進むよう導いた。しばらく行くと、黄金色に光る点が洞穴内に再び出現し、次第に、きらめく満天の星のような明るい輝きを放った。足元に細い水の流れが出現し、彼らを下の方へ、あのかすかな光を放つ場所へ誘《いざな》った。光はますます明るくなり、そして突然目の前がひらけた。ちっぽけな入り口の洞穴の奥には、草原と言ってもいいほどの平地が広がっていた。

平地の真ん中に、異常に巨大な樹が一本生え、空間全体を覆っていた。その大きく広がった枝ぶりで、この空間を支えるかのように。

これ、**樹**なの？　大きいね。

小鷗は、洞穴の奥に樹が生えているのは普通のことなのかどうか知らなかった。いずれにしてもその樹はあまりに大きく、小鷗の経験と想像を超えていた。

光は上方から降り注ぐのではなく、この空間の周囲から均等に放たれている。そのためか、樹はその枝を、独特かつ傲慢な形で四方に展開させていた。しばらく沈黙が続いた後、枝の先が微かに震えはじめた。続いて枝全体が激しく何度か揺れ動き、葉が落ち始めた。葉は雨のように、はらはらと落ちていった。

三本足のカニクイマングースは、たったいま枝を離れて宙を舞い、彼の足元に落ちてきた逆さまのハート形をした葉を拾い上げ、口に入れてもぐもぐと噛んだ。そして少女にも、同じようにしろと目配せした。

小鷗も真似をして葉を一枚拾い、口に入れて咀嚼した。葉は、葉脈がはっきりしていて、水分をたっぷりと含んでいる。噛むと淡く爽やかな香りを放ち、母親が作ってくれる檳榔《びんろう》の芯の炒めものに似た味がした。だがその味はとても強く、葉をつまんだ指にまでその味が移ってしまうようだった。この時突然、小鷗の頭の中にごうごうと音が轟《とどろ》き、さまざまな声が競い合うように響いた。その後、ひとつの声が、小鷗の聴覚を独占した。

フゥ、これが巨人の心。

小鷗は三本足の小動物が自分の目を見つめているのを見た。この動物が話しているの？

いま話したよね？　わたし、聞こえたよ。小鷗は言った。

フフゥ、聞こえたんじゃないよ。でも、きみは私を感じて、私はきみを感じてる。あ、わかった。葉っぱを食べるだけじゃだめなんだな。巨人の心の近くにいる時でないと、他の動物の、言葉はわからないんだ。私はてっきり、葉っぱを食べるだけでいいと思ってたんだよ。ウゥ。

巨人の心？

そうだよ。巨人の心。フゥ。

巨人はどこ？

フフゥ。さっきさ、見せたでしょ？　巨人の肩、巨人の目……。

どうしてわたしを巨人の心に連れてきたの？

ウゥウゥ、巨人が死にそうだから。

どうして？

フフゥ、ウゥウゥ。話せば長くなるな。簡単に言うと、誰かが山を爆破してるし、山に穴を掘ってる人もいる。山の中とか、山の一番上から、山を持ち去った人もいる。それから、トンネルも掘った。縦の、横の、縦の、横の、曲がったの、真っすぐなの。それがもうすぐ、巨人の心を貫いちゃうんだ。フフフゥ。

じゃあ、あなたはだれ？

フゥ、私は三本足、ウゥ、の、カニクイマングース。


イーダスは疲れ果て、落ち葉の中に横たわっていた。自分も試しに樹の葉を食べてみると、その匂いが遠い昔の記憶を呼び起こした。あの年、あの少女が擦ったマッチが発した匂いだ。洞穴に入る直前、イーダスは最後の気力を振り絞って、地面で力いっぱい転がり、その後、排泄物を草むらになすり付けた。イーダスは主人がこれに気づいてくれると信じていた。きっと気づく。長年にわたり、彼は主人の影であった。最近は身体もずいぶん弱り、もう長い間、主人について山に入ってはいなかったけれど。本来なら、彼は小鷗が山に入るのを力の限りで阻止するべきだった。だがそうはしなかった。イーダスはわかっていた。小鷗は彼が止めても聞かず、一人で三本足の……ええと、カニクイマングースと一緒に行ってしまうかもしれない。それなら自分が小鷗に付き添う方がましだった。

今、この大樹の下に横たわり、老犬は、ついに休める時が来たのだと感じていた。洞穴に入った時、イーダスは、ここがあの時の洞穴だとすぐに分かった。輪ゴムに首を絞められて死にかけた子犬から、人間の狩猟、生活、共生の相棒としての犬に生まれ変わった、運命の洞穴。あの時の彼らはここまで深く踏み入ることはなく、巨人の心にはたどり着いていなかった。

この洞穴であれば、主人はきっと見つけるだろう。

三本足のカニクイマングースが言うように、目の前にあるのが巨人の心だとしたら、遥か昔のあの時、巨人はどうして自分たちを体の中に導いたのか？　三本足のカニクイマングースが言うように、巨人が死にかけているのだとしたら、自分たちをここに連れてきてどうしようというのか？

フフゥ、きみたちに何ができるか、私にもわからないよ。カニクイマングースは、老犬の疑問、そしておそらく少女の疑問でもあるものを感じ取った。私はウウゥ、ただ、巨人の状況を人間に話して、誰かにフフゥ、手立てを考えてほしかったんだ。工場の人たちには相手にされなかった。たぶんね、フフゥ、工場も人が造ったものだからかもしれないね、ウゥウゥ。

いるよ。

フフゥ、巨人を救いたい人が？

工場に来てほしくなかった人がいる。

止められなかったの？　ウウゥ。

止めたら巨人を救えるの？

たぶんね。フフゥ、もしかしたら。わからないけど。ウゥ。

工場はもうできちゃったんじゃないの？

フゥ、造りはじめたね。

できたよ。

じゃあもう間に合わないのかな？


この時、巨人の心がまた震えた。先ほどの心拍の余震のように。だが、梢《こずえ》の上からぱらぱらと音を立てて落ちてきたのは、葉っぱではなく、礫石《れきせき》だった。

シュッ、止められない。その声は、巨人の心のどこかから響いてきた。そこにいたすべての動物が動きを止め、大きな樹を見つめた。シュシュシュシュッ、もう間に合わない。小鷗は樹を見上げた。


村にもどって、だれかといっしょに方法を考えてみるよ。

シュッ、きみが？

うん。

シュッ、さっききみが言った人たちにも止められなかったんだ。きみには止められない。

じゃあ、わたしはどうすればいいの？

巨人の心からは何の声も返ってこなかった。何かを考えているように。長いこと経って、小鷗は再び巨人の心から伝わってくる声を聞いた。

シュッ、きみのリュックの中に、ナイフがあるだろう？

少女は頷いた。ナイフは、母親がくれたものだ。少女はナイフが特に好きではなかった。人を傷つけるものだから。だが少女はこのナイフを、小さな時から宝物のように大事にしてきた。刃はとても鋭利で、木製の柄はない。刀身から柄までが一塊の鉄から打ち出して作られている。だからどんな硬いものに切りつけても、刃が柄から抜けることはない。少女はこのナイフの鞘《さや》が好きだ。木で作られた鞘には、藤蔓《ふじづる》と大樹の間に腰を下ろして遠くをみつめる一人の人間の絵が刻まれている。精緻《せいち》な絵柄ではなく、戯《たわむ》れにざっくりと彫ったような印象がある。だがそこに彫られた人間は、自ら歩いて行ってその鞘の上に座ったかのようにも、その木材の中から浮かび出てきたかのようにも見える。

「絶対に抜いちゃだめよ。どうしても必要な時以外は。わかった？」母親は言った。

「わかった」

シュッ、きれいなナイフだなぁ。

巨人の心は静かになった。

少女は大樹の近くまで歩いていった。

さわってもいい？

シュッ、いい。

　少女は手で樹に触れた。彼女はさまざまなものを絵に描く時に、まず手で触れてみるのが好きだった。だが、温かさを持った樹に触るのは初めてだ。それが自分の手の温度が樹に移ったためか、樹そのものの温かさなのかはわからないが。

　これがあなたの心なの？

シュッ、そのようなものだ。

そのようなものっていうのは、似ているけど同じじゃないって意味？

シュッ、そうだ。

巨人の心が微かに震えた。何かを躊躇するかのように。

シュッ、上を見て。たくさん枝分かれしているところがあるだろう？

少女は顔を上げ、言われた場所を見つけて頷いた。

うん。

シュッ、最初の分かれ目に、山蘇《シャンスー》〔オオタニワタリ〕がたくさん生えている。

山蘇知ってるよ。炒めたのをお店で出してる。

シュシュッ。きみがそこまで登ってきてくれるなら、私のことを助けられるかもしれない。

あぁ、蘇拉《スーラ》

小鷗《シアオオウ》が行方不明になったと聞いた時、首曲がりユダウは心底焦った。静かで挑戦的な眼差しの、小鳥のようなこの少女を嫌う者は村にいないからだ。小鷗は全身からある種の潔白感を発散し、どこにいても、周りの物よりも少し明るく見えた。もし彼女が月の隣にいたとしても、きっと月より明るく見えるだろう。

首曲がりユダウには自信があった。村人と、工場が協力に出してくれた労働者たちと一緒に捜せば、夜明け前までには小鷗を見つけることができるはずだ。だが翌日の正午を過ぎても、手掛かりは何も得られていなかった。午後に警察が台風警報の発令を無線で知らせてきた時、首曲がりユダウは捜索隊を引き上げるべきか、このまま捜索を続けるのか、難しい選択を迫られた。

昨夜、ユダウは敢えて警察に通報していなかった。だが村は小さく、あっという間に彼らの知るところとなった。しかし支局の派出所にはわずか五人の人員しかいないため、結局警察も、首曲がりユダウが村民を動員する動きに頼るしかなかった。当初、派出所の蔡《ツァイ》所長も、夜明けを待つまでもなく、数時間もあれば、山に精通した村民たちが少女を見つけるだろうと考えていた。

「三時だ。三時になったら全員下山させろ」蔡所長が言った。「もう上には知らせた。台風が過ぎたらすぐに捜索隊が派遣されてくる。捜索隊はとりあえず村の近くまで来て待機する」

「三時……」首曲がりユダウはがっかりし、不安になり、憂慮から来る怒りも感じた。「もし小鷗が見つからないまま、台風が来たら……」

「じゃあ五時だ」

「九時だ」ユダウはため息をついて言った。「五時には大方《おおかた》の人間を下山させて、志願する者だけ残す。残った者も九時には下山させる。俺が責任をとる」こう言いつつもユダウは、心の中で思っていた。俺にいったい何の責任をとれるというのだ？　自分自身の責任すらとれないのに、どうして他人の責任なんかとれる？

「進路が変わらなければ、台風は十一時には上陸する。九時だとかなり風雨が激しいぞ……」蔡所長もため息をつきながら妥協した。

今ではもうその五時も過ぎた。首曲がりユダウは点呼をとり、志願者のほとんどを下山させた。残したのは、ウィラン、山道と森林の状況に詳しい小林《シァオリン》、そして死んでも帰ろうとしない退役兵の老温《ラオウェン》だった。ユダウは老温を残したくはなかった。歳をとり過ぎているからだ。ユダウは新人警官を一人残すつもりだったが、老温はユダウの顔を真っすぐに見据えた後、リュックを背負いあげ、振り向きもせず歩き出した。ユダウはしかたなく、老温を追うよう小林に目配せした。

老温と小林が出発した五分後、装備を確認したユダウとウィランが、お互いに二十メートルの間隔を開けて並行して歩き、老温たちとは別の方向に向かって捜索を始めた。この間隔は、叫べばお互いの声が聞こえる距離だ。二人は地図を確認して、恐らくまだ捜索されていない山道を洗い出し、崖の下や、隠れた窪地や洞穴を特に注意して捜すことを確認し合った。

夜が更けるにつれ、台風の外側降雨帯の影響が現れはじめた。空には雨が舞い、時おり突風も吹いた。樹々の間を歩きながら、ユダウはかつて山で粟《あわ》とトウモロコシを植えていた頃のことや、ウミンと同様、自分も都市から村に戻って猟師をしていた頃のことを思い出した。今ではウミンの息子のドゥヌですら、この村の最後の猟師になってしまいそうだ。自分が同意書にサインをしたあの夜のことも。これ以上何も見たくはないというように、そそくさと自分の名前を殴り書きした。数週間後、彼は印鑑を持って郵便局でまとまった金を受け取り、妹を呼んでブブ《母親》を台北の病院に連れて行かせた。彼は毎月、郵便局の口座から妹に金を送金した。妹は二人の子供を産んだ後に結婚が破綻し、一人で子供を養っていたが、生活を維持するのに苦労していた。「あの死にぞこないの偽大学生の野郎！」はじめ妹はこのことをブブに隠していたが、もはやそんなことに構ってはいられなくなっていた。

口座から金を引き出す度に、ユダウはその金に掌《てのひら》を焼かれるように感じた。ユダウはとにかくその金を使ってしまいたい、早く使い果たしたいという焦燥感に駆られ、もやしを買うのに五百元払ったりした。こんな金の使い方をしてはいけないとわかってはいたが、自分でもどうすることもできなかった。高級車を買い、数か月後にはガソリンを入れる金もなくなってしまったあの村人も、自分と同じだったのではないか？　金が入って嬉しかったのではなく、うろたえていたのだ。自分の手元に置いて無駄に使うよりは、いっそのこと台北の妹にすべてやってしまうか。その後、ユダウは口座にあった補償金を全額、妹に送金し、今ではかなりすっきりした気持ちになっていた。

ユダウは村の方を振り返った。この時の村は、弱い雨と夕暮れの薄暗がりに包まれてよく見えなかった。村はまだそこにある。だが、そこにはないようにも見える。

その時、ユダウの嗅覚が突然、馴染みのない、だがよく知ってもいる息吹を捉えた。**何か大きな力が、彼の背にずっしりとのしかかった。**

ユダウが振り向くと、それの輪郭はススキの茂みで一部が隠れていた。だが、ユダウにはわかった。大人の熊だ。熊は、こちらに向かってくることも、後ずさりもせず、ただゆっくりと後ろ足で立ち上がった。映画のスローモーションみたいに。胸の白い弦月を誇らしげに見せびらかすように、両腕を開いて。ユダウは熊がこんな行動をするという話を、今まで一度も聞いたことがなかった。この時、ユダウははっきりと、熊の右前足の掌がないのを見た。掌が一つしかない熊は、暗闇の中で、ユダウを手招きしているように見えた。

周囲は既に暗かったが、首曲がりユダウは思わず、熊の両眼がある辺りに視線を合わせた。暗闇の中で、ユダウには熊が襲ってこようとしているのか、立ち去ろうとしているのか判断することができなかった。その暗闇には憎しみも愛もなかった。敵意を発していると取られるのを避けるため、ユダウはすぐに視線を外した。

お前はわざわざ、俺をぶんなぐりにやって来たのか？　俺の曲がった首を直しに？

過去と、細かい雨がユダウを包み込んでいた。ユダウにはわかった。きっとあの時の熊だ。

数秒が経った。数分だったかもしれない。熊は上半身を下ろし、ゆっくりと身体の向きを変え、森の奥の方へ歩いていった。去ったのではなく、どこかに身を隠しただけだ。銃を持っていても、ユダウが撃ってこないのを知っているのだ。首曲がりユダウはゆっくりと顔を上げ、極限まで目を凝らして前方の暗闇を見つめた。その後振り返り、すっかり暗くなった村の方角を見つめた。もう何もない。何も見えない。抑えることのできない熱い涙が、両頰をぼろぼろと流れ落ちた。

首曲がり村長ユダウと落ち合ったウィランは、この間《かん》、ユダウに何かが起きたのに気づいた。

ユダウは夢を見ているような目つきで、魂が抜けたまま戻っていなかった。

ウィラン自身の魂も戻っていなかった。辺りが薄暗くなった時、施工途中の斜面で足を滑らせたのだ。そこはもともと樹木が濃密に繋る一帯だったが、今ではむき出しの土の斜面が崩れかけ、シートで覆われているだけだった。ウィランはしばらく山に入っていなかったため、これに気がつかず、うっかり滑落したのだ。

滑落の瞬間、ウィランは船から見えた、海上に浮かぶあの黒々とした流木のことを思い出した。アヌと一緒に海に出て、自分だけ帰ってきたあの旅。足を滑らせた時、絶望の中で海に投げ入れられ、叫んでも誰にも届かない自分を想像した。

ひとしきり滑り落ちたウィランは、工事に使う雑多な物が捨て置かれている場所につっこんで止まった。船で働く間、無理な力の使い方をして脱臼が習慣になった右腕が、また脱臼した。ウィランは疼痛《とうつう》を堪《こら》え、用途が分からない円形の設備に右腕を押し付けて関節をはめ直すと、比較的傾斜の緩い斜面を探して一歩一歩登り、林道に戻った。登る途中、ウィランはこの場所に大きな窪みが掘られているのを発見した。窪みの周囲の土地は棚田のような形に成形され、村に近い一帯にだけ、数列の樹が植えられていた。

「くそっ。何も見つからないうちから、自分ですっころんじまった」

村側の一帯に植えられた樹々の形があまりに整いすぎていることが、ウィランの興味を引いた。近づいていってよく見ると、本物の樹の幹に、プラスチックの葉を取り付けたものだった。――これは、「偽物の樹」か？　偽物の樹は省道に面する側に「植えて」あった。おそらく、採鉱地の地面が露出した様子を隠し、鉱区一帯が今も緑でいっぱいだという虚偽の印象を作り出すためのものだろう。

ここまで登ってこなければ、そしてまぬけな猪みたいに転げ落ちなければ、これを発見することはなかっただろう。鉱区の入り口には関係者以外立ち入り禁止のプレートが掲げられ、中で作業をする人以外、村民の大部分は鉱区を避けるようになっていた。そしてこの樹によって、ウィランも他の多くの村人と同様、村から山を見上げても、変化に気付くことはなかったのだ。

すべていつも通り。異常なし。

ウィランが船で盗み見た漁業監視員の日誌には、そう記録してあった。漁業監視員は遠洋漁業の船に乗り込んで、船上で発生した出来事を記録するのが仕事で、見たことをすべて記録する責任がある。ウィランが日誌のページをめくると、アヌが失踪した日の監視員の記録には「すべていつも通り」とあった。

だが、この世に「いつも通り」なものなど何もない。

数日前、ウィランはアヌの実家の村へ行ったのだ。アヌの祖母に会いに行ったのだ。住所は、市場で朝食を売っているアヌの伯母に聞いた。列車に数時間揺られ、一時間半待たされた末にやってきたコミュニティバスに乗って、ようやくナマシャ渓(Namasia／楠梓仙渓)の上流にある村に着いた。原住民と漢人が混住する、人の数より家の数が多い村だった。住所で探し当てた家は、屋根と四方の壁すべてに各種の選挙看板が打ち付けられていた。生活に身体の水分を搾りつくされたような老女が、家の前に座って遠くを眺めていた。

「アヌのお祖母さんですか?」

老女が頷いた。その表情からは、彼女が驚いているのか、警戒しているのかは読み取れなかった。ウィランは老女に、自分はアヌの友人だと説明した。「アヌと一緒に船に乗ったんです」老女の目の奥深くから、涙が流れ出して筋となった。だが瞬《まばた》きをすることはなかった。ウィランは彼女に近づき、その色の薄い、焦点の合っていない瞳孔《どうこう》を見て初めて、老女の両眼が見えていないことに気がついた。

アヌは以前、こう話していた。小さい頃に父親に棄てられ、母親も彼を祖母に預けたまま姿を消した。彼は祖母に育てられ、中学に上がると花蓮の大理石採掘場で働く伯父のところから学校に通った。伯父の妻はアミ族の人で市場で朝食店を開いていたが、夫婦にはまだ子供がいなかったので、アヌを住まわせてくれたのだ。

「そうじゃなければ、俺は花蓮の学校に行かなかったし、お前とも知り合ってなかった。だからな、もし俺に何かあって死ぬとかなんとかしたら、俺の代わりにばあちゃんとおじさんたちに会いに行って、ありがとうって伝えてくれ。俺は外国にいて帰らない、うまくやってるって」

「そんな簡単に死なないだろ」

アヌを本当に育てたのは伯父と伯母、父と母に棄てられた彼に生き残る可能性をくれたのは祖母だった。

「いつか俺が大金持ちになって、死んでなかったら、ばあちゃんたちにいい思いをさせてやる」

「いい思いって何だよ？」

「金があればいい思いができるんだよ」

「誰が言った？」

「みんなそう言ってる」

イカ釣り船が港に停泊した時、ウィランはシーザーに声を掛けた。シーザーはウィランがアヌの行方を聞きたがっているのを知っていて、自分についてくるよう目くばせした。二人は小さな町の外れにあるタトゥー店に入り、一人は一頭のクジラ、もう一人は一羽の鷹のタトゥーを入れた。タトゥー職人はフィリピン式の英語も中国語も解さず、大騒ぎでなんとか意思疎通した後、ウィランの背中にマッコウクジラを彫ってくれた。何年も後にウィランは花蓮の古本屋でクジライルカ図鑑を買い、自分が船上で見たのはおそらくザトウクジラだったことを知った。あの時の彼には、クジラが海中に潜っていくのではなく、空に飛び立とうとしているように見えた。あの巨大な胸鰭《むなびれ》なら、間違いなく空を飛べるはずだ。

タトゥーを入れる間の、互いに完全には理解していない会話の中で、ウィランはシーザーから、アヌは「あれ」の取引に絡み、船上で知り合った密輸の首謀者から濡れ衣を着せられ、揉めているうちに重傷を負い、「処理」されたのだと知らされた。

「船で誰かがいなくなるのはよくあることだ」シーザーはそう言ったのだと、ウィランは推測した。「今日の俺たちの会話は存在しなかった」

ウィランが合意書にサインし、その金で、母さんと一緒に台北に出て生活するつもりだと母に告げた時、マランは、以前ウィランが海に出ると言った時と同様、黙り込んだ。しばらくしてようやく、マランはまた、自分の兄の話を持ち出した。窓の外の声に呼び出された兄。それ以降、行方不明になった兄。

「兄さんの死亡証明を取ってあげたいんだよ。人が死んだら、いつまでも Wada mhuma bunga da msa とばかり言ってられないからね」

「〝芋を植えに行った〟?」

「うん。年寄りは〝死ぬ〟とは口に出さないで、代わりにこう言うんだよ。兄さんを安心させてあげたい。自分はもう死んだってわからせてあげたい。だから死亡証明が要る」

「どういう意味?」

「お前が役所に兄さんの死亡証明を出させることができたら、お前の考え通り、ここを出るよ」

「死亡証明なんて簡単だろう?」

「何度もやってみたけどだめだった。あいつらは手続きしないよ」

「なんで?」

「人を殺した本人に、自分がやったと認めさせるのは難しいんだよ」

ウィランは受け取った補償金を三つに分け、三分の一をアヌの伯母に送り、三分の一をナマシャにいるアヌの祖母に届け、三分の一をマランに渡した。だが未だに、母の兄の死亡証明をとることはできていなかった。

マランが言った。「たぶん、兄さんは私たちにここから去ってほしくないんだろうね」


小林が老温に追いつくと、老温は振り向いて言った。「別々に捜そう。範囲を拡大できる」

だが小林がその言葉に従わずついてくるのを見て、老温は語気を強めた。「俺のことを心配しているのはわかる。大丈夫だ。この歳だ、死ぬのは怖くない。俺は今まで何度も死ぬ目に遭いながらここまで来た。山の中で生き延びることにかけて、あんたには負けない」

「わかってますよ」

「いや、わかってない」老温が言った。「俺は何度も死ぬところだった。あんたはそっちを捜してくれ。俺はこっちに行く」言い終わると、彼は歩き出した。

小林はしかたなく、老温の背中に向かって声を掛けた。「八時半ですよ。雨が降っても、僕はここで待ってます。一緒に帰って、あの樹のところで村長たちと集合しましょう」

老温が手を振った。小林には老温の背中が、命令を伝え終えた小隊長のように見えた。

去っていく老温を見送り、小林は自分も捜索にかかった。小林は、犬と少女の声が聞こえず、痕跡も残していないことから、早い時点でどこかの洞穴に入ったのではないかと推測していた。

この数年のフィールドワークで、彼はこの山に日本軍が遺した軍壕が幾つかあることを知った。それらには非常に簡易的なものも、計り知れないほど深いものもあった。

すべての洞穴を確認している時間はない。小林は頭の中で幾つかを排除し、以前、鉱区の近くで発見した二つの洞穴に絞った。二つとも、入り口から数十メートル入ったところで道分かれし、その先で折れ曲がっているので、当時は奥まで入っていなかった。彼は少し考え、右手のほう、道より低い位置にある洞口が、植物で完全に覆い隠されている洞穴を先に調べてみようと思った。

そう決めた後、小林は振り返って海の方を見渡した。この時の海は純粋な暗黒ではなく、雲にはうっすらと暗紅色の縁《ふち》がついていた。先ほど小林が老温に追いつき、言葉を交わしながら並んでしばらく歩いた時、老温が訊いた。「さっき首曲がりは、何ていう台風が来るって言った？」

「猛烈な台風」

「いや、台風の名前のことだ」

「あぁ、蘇拉《スーラ》です」

「なぁ、あんたは学がある。どうして台風にそんな外国人みたいな名前をつけなきゃならんのか、知ってるんだろうな」

「僕もよく知りません。確か、太平洋で発生する台風は、もともとアメリカ人が名前を付けていたと先生が言っていました。名前のリストがあって、それを順番につけるそうです。男性のも女性のもあります」

「アメリカ人は台風の名前にまで口を出さんと気が済まんのか。アースーラとか言ったか？」

「アースーラじゃなくて、蘇拉《スーラ》です」

「スーラ」老温がくり返した。「女の名前だろうな」

「うん」

洞穴の入り口まで来た小林は、懐中電灯で周囲を照らし、誰かが中に入った痕跡がないか観察してみた。すると、確かに周囲の一部の植物に、少し重量のある生き物が身体を押し付け、倒れている痕跡が見つかった。小林は興奮を覚えた。すぐに他の人を呼ぼうと思ったが、思い直し、先に自分一人で入って中を見てみることにした。

洞穴の入り口を入ると、七メートルほど進んだところで最初の曲がり角にぶつかった。その瞬間、小林は足を滑らせ、彼が子供の頃に最も恐れていたトンネル式の滑り台のように、あっという間に暗闇の中に滑り落ちていった。


歩きながら老温は、これだけ捜しても見つからないのだから、小鷗と犬はきっとどこかの崖から落ちたのだろうと考えていた。そうでなければ犬は吠えているはずだし、小鷗は泣いているはずだ。吠える声も泣く声も聞こえないのは、良い兆候ではない。小鷗という子供を初めて見た時から、老温は心の中で彼女を自分の娘のように思っていた。いや、孫娘と言うべきか。どちらでもいい。どちらでも。

老温が舟山《ジョウシャン》*1を離れる前夜、部隊の古参兵や長官たちは皆、これから共産党軍に反攻をかけるのだと思っていた。営長は全員を招集して下令した。「全面武装、総員待機、遵時乗船、機密厳守」その前日、舟山の上空を空軍機が頻繁に通過していたことから、皆はそれが対岸の敵陣地を爆撃するために出動したもので、我々部隊の露払いをしているのだと考えた。この頃の老温は、部隊内で小温《シアオウェン》〔温くん〕と呼ばれていた。夜、見回りの班長が小温のすすり泣きを聞きつけ、彼を外に連れ出して叱責《しっせき》した。

「反攻に出るんだ。何を泣いている」

「班長殿、わかりません」

「共匪《きょうひ》を殲滅《せんめつ》したら、家に帰れるんだぞ」

「班長殿、私の家はここです」

「お前は舟山の生まれか？」

「そうであります。私はただ、出発する前にもう一度継母《はは》に会えないかと思っているのであります」

「いい年して、まだ母親が恋しいのか。男子たるもの、戦場で散るのが本懐だぞ。国家がお前に銃を支給したのは、国家に報いるためだ」

「班長殿、私には銃がありません」

その時まだ、小温は銃を支給されていなかった。部隊内の新兵の多くも同じだった。「銃が足りねぇ。銃剣があればまだいい方だ。銃を持ってる仲間の誰かが死ねば、回ってくる。俺のはそ

＊1　舟山：中国浙江省の沿岸地区。上海市の南方、杭州湾の対岸に位置する。

うやって手に入れた」同じ小隊の古参兵、老鄒《ラオゾウ》が小温に言った。

小温は、街に米を買いに来た時、攫《さら》われるようにして部隊に入れられたのだった。営長は足りない人数を埋めるため、部下を街にやって若者を拉致させていた。小温は訳も分からず軍営に引っ張りこまれ、軍装に着替えさせられた。小温の継母は帰ってこない息子の行方をあちこち訊いて回り、軍に連れ去られたことを聞きつけ、慌てて指揮所に使われている民家の前まで走ってゆき、小温に会わせてくれと泣いて衛兵に訴えた。

営長は小温の継母に言った。「今日俺たちがあいつをひっぱらなきゃ、明日には別の部隊にひっぱられちまう。俺たちにひっぱられるのはまだましだぞ。俺たちは精鋭で、正規の部隊だ。あいつを軍人にしてやるし、給料だって出す。もう泣きなさんな。一度会わせてやる。これから反攻に出て、匪軍を殲滅したら、小温はすぐ家に帰れる。あんたらの家の面子《メンツ》も立つってもんだ。今日のところは帰りなさい。この数日、部隊には重要な任務がある。数日したら、半日の休暇をやって家に帰すから」

そう言われて、継母も承諾するしかなかった。だが結局、営長が小温を家に帰すことはなかった。

老鄒は小温に、今回は一〇〇パーセント、反攻をしかけるはずだと話した。「岱山《ダイシャン》島に四千万銀元をかけて滑走路を造ったらしいぞ。何のためだと思う？　アメリカの爆撃機が使うんだ。アメリカは俺たちの反攻を援《たす》けてくれる。間違いない」

夜がまだ明けやらぬ頃、部隊が駐屯地を出発して海辺へ向かうと、埠頭に黒い巨大な輸送艦が停留していた。艦砲の砲撃音が轟《とどろ》く中、共産党軍を撃滅せんと奮い立つ多くの古参兵たちの顔は、興奮と緊張に満ちていた。だが小温同様に拉致されて兵隊にされた若者たちは、次々に泣き出し、「家に帰る、家に帰る」と叫びはじめた。部隊の長官は隊内に動揺が広がらないよう、泣いている若い兵たちを縛り上げ、船尾近くの船倉に集めた。船が埠頭を離れると、船べりから海に飛び込んで泳いで逃げようとする者も出た。長官は発砲を命じた。たくさんの兵士が、泳いでいるところを射殺された。被弾しなかった者も、縛られた手の縄を解くことができず、多くが海に沈んでいった。海面に浮かんだ屍体が、後ろから来る船にぶつけられてあちらこちらへ漂った。まるで使い物にならない丸太か何かのように。

船が海上に出ると、小温は自分の位置に身を縮め、この後、上陸作戦が始まったらいったいどうなるんだろう?と想像していた。この時、一群の人々が麻袋を幾つも抱えて船倉から上がってきて、小温のすぐ脇の船べりから外へ放り投げた。麻袋はしきりにぐねぐねと動き、くぐもった声を発していた。小温には、中に入っているのが人間だと分かった。家に帰りたいと叫んでいたさっきの兵士たちかもしれない。彼は震えと涙を堪え、身体をできる限り小さくして、誰かの注意を惹かないようにした。こっそりと周囲を見回すと、誰もが自分と同じように、身体を球のように縮め、手にした銃の砲身だけをそこから覗かせていた。

夜が明け、船が陸に近づいたが、全船に上陸攻撃命令が発令されることはなく、船はそのまま埠頭に向けて航行していった。この時誰かが叫んだ。「基隆《ジーロン》だ!」対岸ではなく基隆に来たのだと聞いて、一部の古参兵が吠えるように泣き出した。小温は彼らが泣く理由がすぐにはわからなかった。台湾に来た方が、上陸作戦よりもずっと安全じゃないか？　何年も経って、小温はようやく理解した。抗日戦争から国共内戦までを戦い続けた国民革命軍の古参たちは、船が一旦基隆に入れば、もう二度と故郷に帰ることはできないと知っていたのだ。勝って故郷に帰りたいという正規部隊の夢も、拉致されてきた若者たちが家に逃げ帰る夢も、この時、等しく虚しいものとなった。

小温の部隊は台湾の駐屯地に駐留することになった。数年経ったころ、部隊は兵士たちに、退役して、ある建設プロジェクトの作業員として働くようしきりに勧めはじめた。退役するのを、小温は特に何とも思わなかった。平民に戻れる良い機会ではないか。だが老鄒は納得せず、連長に詰め寄った。「俺は戦うために入隊したんだ。いつか大陸に反攻してやる。なんで俺を退役させるんです？」

連長は彼をなだめた。「老鄒、こりゃ形だけの退役だよ。部隊から引き続き給料と補助が出るし、本当に戦闘が始まれば、すぐ持ち場に戻ってもらう。今は、道路を造るのに人手が要るんだ。老鄒、この道路はとっても重要だぞ。共産党軍のやつらが万一上陸してきた時のために、作戦地域を奥まで広げておかにゃならん。委員長はこのプロジェクトをとても重視している」

老鄒はそれ以上、反論する言葉を思いつかなかった。ろくに教育を受けていない彼は、昇進もできず、ずっと士官長止まりだった。養うべき妻子はなく、特に秀でた能力もなく、後ろ盾もない。形式上の退役というのは、実際には、横貫公路建設計画本部の栄民工程事業管理処で、彼に「職業訓練を受けさせる」ことで、合理的でもあり、彼にとっての恩恵でもあった。

その秋、小温と老鄒は鉄道に乗り、それから軍用トラックに乗り換え、「合流《ホーリウ》工程本部」に着任を報告すると、鍬《くわ》を一本受け取ってすぐに現場に加わった。仕事は朝七時から夕方五時まで。工事はすべての区間で一から新道を拓《ひら》いていくというわけではなく、一部の区間では、人しか通れないほどの狭い旧道を拡張し、車両も通行できる道幅に拡げる作業もあった。小温と老鄒が配置された小隊は、切り立った山の斜面にある旧道で作業をした。すぐ下は断崖。美と危険が、理不尽な形で共存している場所だ。工事に加わった後、小温はこの計画自体も同じくらい理不尽な形で遂行されていることを思い知った。爆破作業はベテラン技師の直感だけに頼って行われ、絶壁にとりついて鑿《のみ》をふるう作業員には安全ベルトもない。誰々が重傷を負って除隊した、誰々が死んだという報せが、しょっちゅう伝わってきた。

老鄒は、この数年何度となく繰り返してきた話を、今日も小温に話した。「俺たちの部隊はエース軍だった。長沙で日本人と戦い、東北で四縦《スーゾン》*2とやりあったんだ。あの戦いを生き抜いた俺たち老兵の命はな、虎の皮を被ってる。死にゃあしねぇよ。俺たちが一声吠えたら、命は縮み上がって逃げねぇのさ」彼は煙草を一口吸い、続けた。「でも、皮を被ってるだけだ。本物の虎じゃねぇ。虎の皮の下にあるのは、ろくでもねぇ命だよ」

彼らが作業をする「合流」と呼ばれる区域は、周囲を高い山に囲まれた、二つの川の合流点だった。道路は合流後の川に沿って造られ、河口まで延びる予定だ。

---

*2 四縦:国共内戦当時の、中国共産党の軍隊組織「東北野戦軍第四縦隊」。

「こんなふうにただ鑿で削っていくだけなんて、海に着くまでに、いったい何年かかって、何本鑿を折らなきゃいけないでしょうね」小温は老鄒にこぼした。

涼しい秋になっても、作業員たちは相変わらず、上は肌着一枚、下はカーキのズボンという何の防御もない格好で、崖の斜面に貼りついて石敷きの路床《ろしょう》を均《なら》したり、足場に立って鑿にハンマーを振り下ろしたり、バールを使って石を谷へ落としたりしていた。一日働いて流れる汗は何斤《きん》にも達していただろう。眠っている時も、小温は腕がつって勝手にひくひく動いた。彼らの班は時おり駆り出され、不安定な仮設の吊り橋の上を石を載せた竹箕《たけみ》を担いで運ぶ仕事をさせられた。爆破現場の落石を手で片づける作業でも、軍手を支給されることはなかった。長官の巡視や記者の取材が来た時だけは、みな慌てて規則通りに軍用の金属製ヘルメットを被った。

老鄒が言った。「〝死〟ってのに目をつけられたら、もう避けようがない。ヘルメットなんか役に立たねぇ。相手は共匪《きょうひ》じゃねぇんだ」

老鄒はこうも言った。爆薬で敵を爆破するのと、山を爆破するのは全く違う。「敵を爆破する時には振り返らなくてもいい。山を爆破する時はな、爆破した後、現場を見に行かにゃならんだろ。爆破した山は地盤が緩んでるから、いつクソでかい石が落ちてきて、潰されて死んでもおかしくねぇ。しかも今使ってる爆薬はクソだ」爆薬は品質が不安定で、爆破班で働く人々は皆、雷管を取り付ける作業は、自分の墓穴を掘ってるのと同じだと不満を言った。老鄒は隊長に爆破現場の仕事をしたくないとかけあった。隊長も彼が古参兵であることに免じて、老鄒と小温を路床整備の班に残した。

ある日、小温と老鄒の班が川沿いで路床を固める作業をしている時、山の上の方で爆破作業が行われた。落石は事前の計算通り、彼らから離れた場所に落ちたが、それが川の流れを塞いだ。午後に大雨が降って、増水した川が氾濫《はんらん》し、仲間の何人かがわけもわからず流されていった。小温はそのうち二人をなんとか引き揚げた。一人には息があり、もう一人は死んでいた。死んでいる方の身体をひっくり返さなくとも、小温にはそれが老鄒だとわかった。顔は大きな石が当たって潰れていたから、ひっくり返す意味はなかった。

敵は、沈黙したまま壮麗に聳《そび》え立ち、無意無念であった。その意図を汲むことはできず、その決定を理解することもできない。誰の祈りも愛も必要とせず、誰かの恐れや恨みも一顧だにすることはない。

部隊では定期的に供養の儀式が行われたが、小温は毎朝、持ち場に出る前に数分間黙ったまま山と向き合い、自分と、そして老鄒のために祈りを捧げた。

蔣《ジアン》委員長〔蔣介石〕とその息子、つまりこの道路建設計画全体の責任者でもある小蔣《シアオジアン》〔蔣経国〕が視察に来るという話が伝わってきた。現場責任者は、すべての作業員をそれぞれの「立つべき場所」に配置した。その日は、作業員たちの装備が今までになく完璧で、今までになく清潔な服を身に着けた一日となった。蔣委員長は、彼らが建てた吊り橋を夫人と共に渡る途中で立ち止まり、杖で山をさし示した。自分がいまだに中国の戦場に立って戦意を発揚する指揮官であると信じているかのように。目鼻立ちの整った小温は、足場に立って岩壁を叩くよう命を受け、更にはカメラマンの指示に従って、振り返った横顔をカメラのレンズに向けた。

夕飯の時間に、みなは誰々は映像に写った、誰々は写らなかったと楽し気に討論した。「写ってたら、歴史に名が残るな」古参兵の何人かが言った。「くそっ、俺たちは大陸で命を懸けて戦ったのに、委員長に会ったことなんかなかったぞ。若造のくせに映像に写るとは、なんて運のいいやつなんだ」

翌朝目覚めた時、小温は蔣委員長たちの為に鑿をふるってこの道路を造っていることを心から誇らしく思った。その誇らしさは彼に、怒り、疲労、その他のことを忘れさせた。小温は過去の思い出まで忘れてしまったかのように、ひたすら自分に言い聞かせた。今この時に集中しろ。集中して岩壁を見るんだ。立霧渓《リーウーシー》の水を見てはいけない。あの川を制御することは誰にもできない。川は気ままに氾濫し、身勝手に涸れてしまう。水底の水草や石に阻《はば》まれてうねり、予見することのできない渦を形成し、自らの心にのみ従って流れていく。

二年後、組織の上部が、渓谷の橋の近くに祠堂《しどう》と記念碑を建てる人員を集めた時、隊の中ではもう老温《ラオウェン》〔温さん〕と呼ばれるようになっていた小温も志願した。その夜、彼は一人、作業小屋の外で過ごした。後に国家公園が作られる際、切り開かれて遊歩道となる山壁の前で、名も知らぬ蛙の鳴き声を朝まで聴いていた。夜明け前、一羽のフクロウが音もなく飛び去った時、小温は首を冷たいタオルで触られたような感覚を覚えた。

「老鄒、来たな」彼は二本の高粱酒を掲げ、山と老鄒と共に飲み干した。

道路が完成した後、老温は、もらった金で他の同僚のように「山地の花嫁」[*3]を娶《めと》ることはなかったが、そのまま東部で働くことを選んだ。引退後はこの村にある小規模の「栄民の家」〔退役軍人用の老人施設〕に入居し、村の人々と共に静かに日々を過ごした。

　実際のところ、老温は「金を払って嫁をもらう」ことを何度も考えたが、結局そうはしなかった。その理由を、彼は誰にも語っていない。道路建設の仕事を除隊した後、老温は、自分が性に対する情熱を「ほとんど」失ってしまっていることに気がついた。それは言葉にし難い感覚だった。性欲が消えたわけではなかったが、まるで性欲自身が、自分はもうこの肉体を支配できないと知っているかのように、自己抑制を働かせていた。

　部隊にいた時、老温は時おり花蓮の溝仔尾《カウアボエ》〔花蓮市街地にあった花街〕に女を買いに行ったが、どうにもうまくできなかった。欲望とは厄介なものだ。欲望が消えると、闘志まで消えてしまう。欲望と闘志は、大自然が尊重する数少ないものだ。欲望は抑制でき、消すこともできるが、愛はそうはいかない。彼の苦痛の根源がそこにあることを、彼自身は気づいていなかった。立霧渓と太魯閣渓谷も知らなかった。彼らが恒久であるように見えるのは、地形がごく緩慢にしか変化しないからではなく、大地が無欲無情であるからだということに。

　かつて老鄒が、老温の運命を占ってくれたことがある。「生まれた日時が良縁の運を邪魔してるな。夫婦宮〔夫婦の情感を表す位置〕の前に大きな河が流れていて、渡るのは難しい。無理に渡れば溺れ死ぬ」しかたない。渡れないなら、こっちの岸にいるしかない。

　小鷗をひと目見た時、老温は、この子は自分と何か縁があると感じた。海風クラブは客が酒を

＊3　山地の花嫁：原住民族の女性を妻にすること。

飲み、歌を歌い、ホステスとデュエットしに来る場所だったが、彼は小鷗を見るためにここに来た。時おり小さな玩具を買ってあげたり、少しばかりお小遣いを包んだり、彼女の好きな色鉛筆を土産に持って行ったり。はじめの頃、玉子はこの老退役兵は何か良からぬことを考えているのではと警戒したが、次第に彼が単純に小鷗を好きなのだということがわかり、安心して小鷗を一緒に遊ばせるようになった。

老温は、死ぬまで知ることはなかった。自分の勃起能力は、部隊の長官によって奪い去られたのだということを。中部横貫公路の建設に関わる労働者が厄介ごとを起こすのを防止するため、上官たちは、現場で働く若い兵士たちの栄養食品の中に、ある特別な薬を混入した。摂取を止めた後に機能を回復した人もいた。だが小温は老温になるまで、浴室やベッドで、役に立たない自分の陰茎を握りながら、この事実を受け入れるよう、絶望的な気持ちで自分を説得するしかなかった。戦場で死ぬこともなく、海に投げ入れられることもなく、発破で手足を吹き飛ばされることもなく、老鄒みたいに水鬼《スイグイ》〔水辺で人を引き込む亡霊〕に攫《さら》われることもなかった自分は、神様に目をかけられていると言ってもいいはずだ。勃起できないくらい、何だって言うんだ？

風雨が次第に強まってきた。老温は、着ているジャケットをしっかり引き寄せた。舟山も、台風の多いところだった。継母《かあ》さんは、あの後どうしたんだろう？

明け方に大地は、一度は去り、再び戻って徘徊する強烈な風雨に驚かされて目を覚ました。空がぼんやり明るくなる頃、危険が去ったと思い込んだ水鳥たちは、食べ物を探しにねぐらを飛び立った後《あと》、空の上で、その判断が間違っていたことに気がついた。彼らはできる限り翼を張り、風の中でバランスを保とうとしたが、絶望し、打ち負かされ、激しい衝撃を受け、やむなく身を翻して陸地に戻り、鋭い鳴き声を上げながら避難場所を探した。岩陰からひょっこり頭を出した蟹は再び岩の隙間に逃げ戻り、重々しい台風の雲に、人間は息が苦しくなった。渓流の両側、水を含んで脆《もろ》くなった斜面は、緩んでさささささと音を発した。何かが土の中でもがいているようでもあり、寝返りを打とうとしているようでもあった。

盛夏のフィリピン東方沖で発生したこの台風は、海上での一週間の成長と休養を経て、深夜にこの島の東部に上陸した。島で数時間停留し、徘徊した後、再び海上に戻り、陸地と海の境目に沿って北上した。島に住む人々は、台風の動向を熟知している。暴風圏が去った後には束の間の美しい休息時間があり、人々は陽光と虹を見ることができる。だがその後、去っていく台風が引き込む風によって形成される雲の層が、豪雨を引き起こす。

ところが、おかしなステップを踏んで踊る今回の台風は、いつもの台風とは違う動きをした。一旦海上に出た後に再び上陸し、新たに毎時一三〇ミリを超す雨をもたらし、累積降雨量九〇〇ミリ超の暴雨となった。それは一度目に上陸した時よりも強い、狂おしいまでの破壊の決心を持っていた。雨の勢いが弱まった時、開南崗片麻岩、九曲大理石、緑泥片岩と雲母片岩、そしてそれらを含んだ数百万立方メートルの山土と土砂が、万鈞《ばんきん》の重みに従って崩れ落ち、それぞれの岩石の尖鋭《せんえい》さ、硬さを発揮して、この渓谷沿いの土地を容赦なく押し流し、海へと向かう道の途中にあるすべてを埋め尽くした。

旧海豊、新海豊、そして三角形のもう一角にある小さな村は、まず何人かがゴーッという巨大な響きが轟《とどろ》いたのに気がつき、その後、家を飛び出した人々が、土石がこちらに向かって押し寄せてくる様を目撃した。世界がひっくり返り、大地は巨大な力で波打った。この土地に長年育ってきた樹々は根こそぎ引き抜かれ、空に向かって伸びていた梢《こずえ》は泥に埋まった。すべてがこの上なく混乱していた。泥が黒雲のように湧きあがる一方、空は雨後の虹が出るほど澄み切っていた。この摩訶不思議な光景を見た人々は、失明から急に光を取り戻した人のように慌てふためいた。

その十数分の出来事は、村民たちには数時間のように感じられた。地鳴りと山鳴りが治まるのを待って、人々は村の被害の状況を確認し、行方不明者を捜すために動き出した。彼らは建物と道路がねじ曲がっているのを発見し、村民の三分の一の姿が見えなかった。村人は迅速に組織を作り、中に閉じ込められている人がいないか村の家々を確認して回った。応援に来た市街地の消防隊と、近くに駐留していた軍隊も捜索活動に加わった。

村内を捜索する間、村人はときどき、山の方にも目をやった。山に入った七人の人間と一匹の犬が、今日になってもまだ戻っていない。

すべては泥に埋もれて

暗闇の中で「カチャッ」という音が聞こえた時、ドゥヌは誰かがムラタの遊底を引いたのだと直感した。こんな暗い中に人がいるはずはなく、銃などあるはずがなかったが。

ドゥヌの身体は即座に反応し、洞穴の凹みに身体を押し込め、息を潜めた。だが、しばらく経っても何も起きなかった。ドゥヌは洞穴の奥に向かって再び進み始めた。子供の頃の自分はいったいどれほど勇気があって、こんな暗いところにずんずん踏み入ったんだろう？　その勇気の半分はイーダスがくれたものだが、あとの半分は自分の中から出てきたはずだ。

ドゥヌが洞穴の岩壁をつたいながら奥へと進むと、およそ二歩半ほどの広さのある空間に出た。彼は思った。ここは小さい時、秀子《シュウヅ》と出会い、お互いに励まし合ったあの場所ではないだろうか。そうだとしたら、何と小さいんだろう。あの時はやたらと大きく感じたのに。

ドゥヌがそう考えていた時、再び、遊底を引く音が聞こえた。今回は彼の真後ろだ。真っ暗闇の中、ドゥヌはそこに明らかに**誰かが**（あるいは他の何かが）、銃をこちらに向けていることをはっきり感じ取った。

洞穴に入った玉子《ユィヅ》は、小鷗《シアオオウ》がこの中にいるのを感じていた。多くの母親が、赤ん坊が自分の近くにいるかどうかを鋭敏に感じ取ることができるあの直感で。洞穴の奥に進むにつれ、玉子は、家から逃げて山の洞穴に身を隠したあの時の記憶へと踏みこんでいった。ここがあの洞穴なら、いま入ってきたのはあの時自分が出てきた側の洞口で、自分が入った側ではない。だがなぜか、玉子は混乱し、今の自分が三十代なのか、六歳なのか、わからなくなっていた。

玉子はあまりに疲れていた。精神はまだ持ちこたえられたが、肉体はとっくに音《ね》を上げている。玉子はついに全身から発熱し、地面にくずおれた。

地面に着いた片方の耳で、玉子は水の流れる音を聞いたような気がした。水流は、はじめは滴るような微かな音だったが、そのうちに、折り紙の船を浮かべて遊んだ小さな水路が立てる水音となり、最後は燃える炎のようなごうごうという響きになった。玉子の心臓の鼓動が速くなった。彼女はヒステリックに叫んだ。「返せ！　あの子を返しやがれ！」

洞穴の中で足を踏み外し、深いところまで滑り落ちた小林《シアオリン》は、穴の底に着いて身体が止まるまで両手でしっかり頭を抱えていた。身体が止まるとすぐに、彼は懐中電灯がまだ手の中にあるのを確認し、次にリュックの中のノートが無事かどうかを確認した。小林は野外に行く時、必ずこのノートを持ち歩いた。彼は博物学者の真似をして、見た物を絵に描き、その傍らに、測量したデータや、それを発見した時の自分の心境などを書き入れた。小林はいつも、つけペンを使ってローマ数字をレタリングで書き入れ、動物や植物の絵を描いた際にはその学名を書き入れた。

同級生たちは皆、学名を覚えるのに四苦八苦していたが、小林は喜んで覚えた。学校に上がるとすぐ、学校内にある古い標本につけられたラベルを見るのが大好きになった。ラベルは斜体文字で手書きされていて、小林はその文字を見る度に、標本そのものと同じくらい魅力的だと感じた。

小林が懐中電灯を周囲に向けてみると、その灯りが、今までに見たことのない景観を照らし出した。彼がいるのは、二人の人間が両腕を開いたほどの広さの空間だった。周囲の岩肌にはきらきら光を放つ黒い結晶体の石が埋まり、その黒い石の表面に、植物が根を張りめぐらせていた。彼が指でその根を触ってみると、末端の瑞々《みずみず》しい薄緑の部分が少し剝がれた。おそらく地上の一本の、あるいは何本もの大樹の根が、ここまで伸びてきたものだろう。

小林は生物の造形の神秘にため息をついた。突然、どくん、という音が聞こえ、根のからまった黒い石が、一瞬、同時に収縮し、また拡張したように見えた。まるで……まるで何かの生き物の心拍のように。小林は自分の目がおかしくなったか、酸素が欠乏して幻覚を見はじめたのだと思った。

だが、続いて更に大きな音が轟いた。来た時に通ってきた道が崩れ落ちたことに、小林は気づいた。

芋を植えに行かせてくれ

シュッ、過去は理知の領域の外、その力の及ばないところ、シュシュッ、我々の思いもよらない物質の中に隠されている。

何て言ったの？

シュッ。何でもない。私の心を流れた文字だ。

どういう意味？

シュッ。特に意味はない。シュッ。気をつけて。

少女はウジルカンダの蔓《つる》をつかんで登っていった。巨人の心の表面をさまざまな植物が這い、彼女もそれにつかまりながら登ることができた。腐った蔓や、切れてしまいそうな蔓をつかみそうになると、モモンガやオニネズミがそれを咥《くわ》えて除《の》けたり、嚙み切ったりした。少女は夢のような時間の中にいた。手をどこに伸ばすべきか、脚をどこに置くべきか自分ではわからなかったが、それでも少しずつ確実に、あの山蘇《シャンスー》の茂みに近づいて行った。

山蘇の茂みの近くまで来た時、少女はふり向いて下を見た。少女を見上げるイーダスと三本足のカニクイマングースが、鼠ほどの大きさに見えた。

フフゥ、あとほんの少しだよ。

小鳥の群れが飛んできて彼女の周りを飛び交い、励ますように甘い声で歌った。少女は大きく息を吸い、山蘇の生い茂る枝まで登りついた。

それは壮麗な山蘇の茂みだった。小鷗《シァオオウ》は村の人々が育てている山蘇を見たことがある。その十株分、いや二十株分、三十株分、五十株分を合わせたほどだった。小鷗は思わずため息をつき、身体が自然にぶるぶると震え出した。彼女はだいぶ後になって、自然界における壮麗さは、同時に恐ろしくもあると知った。

登ってきたよ。

シュッ、登ってきたね。

それで、どうしたらいい？

シュッシュッ。きみはナイフを持ってるだろう？

持ってる。

シュッ、山蘇の真ん中の、柔らかい若芽が生えている場所が見える？

見えるよ。

シュシュシュシュ。そこにナイフを刺して。

そこにナイフを刺す？

シュッ、そうだ。

そうしたら、あなたはどうなるの？

シュッ。解脱《げだつ》する。

どういう意味？

シュッ、**Wada mhuma bunga da msa**（芋を植えに行く）。

わからない。

シュッ。私は死ぬ。シュッ、きみたちが言うところの死。

それ、わたしがあなたを殺すってことじゃない！

シュシュッ。それは違う。シュッ。きみは私の苦痛を取り除く。シュシュシュッ。台風が来ている。この台風はとても強い。特別なやつだ。シュッ、工場の竪穴《たてあな》はもうすぐ私の心臓を貫く。私の身体は、もうあちこちに穴を開けられてしまった。シュッ、台風は私の身体の上の樹や石や土を崩す。シュシュッ、あっちが崩れ、こっちが崩れて、谷や海に落ちるだろう。シュッ。村だって埋もれてしまう。シュシュシュッ、そうなったら私も死ぬ。シュシュッ、それはとても痛くて、辛い死だ、シュッ。私の兄と同じように。きみが今ナイフを、シュシュシュッ、山蘇の若芽が生えているところに刺してくれたら……、それはとても良いナイフだから、シュシュシュッ、正しい場所に刺してくれれば、私はすぐに死ねる。

あっちがくずれ、こっちがくずれ、ではなく？

シュッ、いや、崩れる。

じゃあ、同じじゃない。

シュシュッ。少なくとも、そんなに待たなくて済む。

でも、わたしはあなたに死んでほしくない。

シュシュッ。きみは私のことを知らない。シュッ。きみは私が死んでも気にしない。シュシュッ。しかもこの世界は、きみの望みとは関係ない。シュシュシュッ、この世界は、私たちが望むようには進まない。

でもさっき、三本足のカニクイマングースが、わたしにあなたの頭、あなたの肩、あなたのお腹を見せてくれたよ。

シュッ、きみは気にしない。

気にするよ。

シュッ、じゃあ、手助けしてくれるといい。

できない、できないよ。そんな手助けはしたくない。


わたしは巨人を助けられない。こんな高いところまで登ってきて、巨人を助けてあげられないなんて。小鷗は機嫌が悪くなり、悩み始めた。小鷗は悩むと黙りこくる癖がある。巨人や三本足のカニクイマングースがいくら呼び掛けてももう返事をしなかった。だが、小鷗は突然、あることを思いついた。

さっき、わたしのリュックに何が入ってるかって聞いたよね？

シュッ、ナイフだろう？

スケッチブックもあるよ。それと、物語の本。

シュッ。それで?

わたしは山蘇の真ん中にナイフをさすことはできない。でも、あなたに物語の本を読んであげる。

シュッ、物語の本?

うん。

シュッ、どんなふうに?

ママがわたしに読んでくれたみたいに。

シュシュッ。じゃあ、読んで。

おもしろいんだよ。一ページ目、
ある、春でも夏でも秋でも冬でもない季節に……。

第十二章　颱風季

クニブ

今回村に戻って、こんな大きな台風に遭うのは予想外だった。小鷗《シアオオウ》が行方不明になるのも。自分はあの山のことを熟知していると思い込んでいたが、結局それはうぬぼれだった。

あの年に調査に来る以前、海豊に来たことは一度もなかった。初めてここに来た日、僕と上司は列車に四時間揺られ、車内で排骨《パイグー》弁当を食べた。台湾の鉄道駅の多くには、駅前に小さな商店街がある。だがこの駅を出ても何もなく、それが僕にある錯覚を抱かせた。ここに住んでいた人々は、駅が完成した後、彼らの家ともども引っ越していったのではないか。後になって、この駅が設置されたのは、住民のためでも、観光客のためでもないと知った。だからここで降りる人もごく少ないし、駅前に商店街が形成されることもなかった。

駅を出た僕たちは、待っていたマイクロバスに乗り換え、林道の入り口で降ろされた。車を降りると、熱風が襲ってきた。息が詰まって胸が苦しくなるような熱さだ。「一本道ですから、登っていけば着きます」太った男が、低く落ち着いた声で言った。僕は一行の最後尾を歩いた。

生き物の本能で、この中で一番地位が低いのは自分だと感じ取ったからだった。

　大学院に入ってからというもの、僕は常に研究テーマのアイディアを探していた。知らない場所に来るたびに、あちこち見回し、突然何かのインスピレーションが降ってくるのを期待した。その日、林の中を歩いていると、一羽の大きな鳥が頭上を飛んでいくのが見えた。カザノワシだとすぐに思った。樹の密集する区間を抜けて観察しようと速足になった結果、一行をすっかり追い越してしまった。上空を見渡したがもうワシの姿はなく、僕はひとり、ぽっかりと開けた山腹の台地で、他の人たちを待つこととなった。

　二番目に到着したのは上司だ。彼は僕をちらりと見て、何も言わずに煙草を取り出して吸った。上司は無口な人で、僕もそうだった。だから僕たち二人だけでいる時は、いつもとても気まずかった。ある時、上司の研究室でミーティングをしていて、何の話題だったかは忘れたが、彼は黙り込んで話を返してこなくなった。その後、僕たちのどちらも自ら口を開かなかった。上司は煙草を出して吸った。ベルが鳴るまで何とか持ちこたえ、僕はそそくさと立ち上がり、一礼して部屋を出た。

　上司に数分遅れて、他の人たちも続々と追いついた。一行のどん尻に下がったあの太った男は、息をぜいぜいと切らしながら地図を取り出して広げ、厳粛な面持ちでそれを確認し始めた。だがふだん地図を読みなれていないのだろう、彼は地図を何度ぐるぐるとひっくり返しても、正しい方向に合わせることができなかった。僕はがまんできずに手を伸ばし、指さして位置を教えてあげた。でも後になって考えると、それは馬鹿なことだった。自分より地位の高い相手の面子《メンツ》を潰してはいけないのだ。地図を読むようなごく些細なことであっても。

車の中で自己紹介した時、太った男は自分は将来、会社の広報部門の主任になる人間だと言ったように記憶しているが、名前はどうしても思い出せない。覚えているのは、彼が、その外見にそぐわない、ラジオの有名パーソナリティーのような低く落ち着いた声をしていたことだ。声だけ聞いたら、まるで彼が誠実な人間であるかのように感じてしまうだろう。

その台地からは、何にも遮られることなく海が一望できた。その日の海は透明無風で、まるでガラスのようだった。僕は小さい頃から、イレギュラーなもの、価値のないもの、あるいは誰も気にしていないものが好きだ。僕は隠れようと思えばいつでも身を隠せる場所、人間の世界から離れられる場所が好きだった。どうやらこの山はそういう山で、あの海はそういう海のようだった。だから僕は、この景色がとても気に入った。

子供のころ住んでいた西部の村には山はなく、ただ灰色に曇った空が広がっていた。家から遠くないところに小さな港はあったのだが、僕はめったにそこに行かなかった。その辺りには化学工場があって空気が悪かったからだ。海岸のほとんども工場のフェンスで囲われ、入れるのは港の部分だけだった。今思い返せば、村の人々はみな自分たちの村を嫌っていた。彼らは、子供たちを村に引き止めておくのは甲斐性《かいしょう》がないことだと思っていた。父はいつも言った。「よお勉強してな、大人になったらここから出ていくんだぞ」僕が台北の大学に合格した時、両親は誰よりも興奮した。何の学部かはどうでもよかった。彼らは村の入り口で長い長い爆竹を鳴らした。

僕の成績は、医学部に入るにはかなり点数が足りなかった。本当は獣医学部に申し込もうと思ったが、結局なぜか生物学部に入ってしまった。あの時の僕は、ほとんどの受験生と同じく、大学が何をする所かなんて知らなかった。後で思うと、僕らはただ試験が得意な人間だっただけで、何か確固たる考えがあって大学に入ったのではなかった。

大きな都市にある大学キャンパスで、僕が気に入ったのは図書館と標本室だけだった。当時付き合っていた文学部の彼女の解釈によると、この二つはどちらもある意味で墓地だと言えるそうだ。図書館が人の思考の隠喩《いんゆ》式墓地であるのに対し、標本室は生物の形骸《けいがい》を集めた展示型墓地だと。彼女は詩を書き、紫微斗数《しびとすう》〔生年月日時刻による占いの一種〕の命盤を組むこともできた。僕は彼女に鳥の標本の作り方を教えた。バイクの後ろに彼女を乗せ、鳥の死骸を探してあちこち走り回り、標本を作った。淡水《ダンシュェイ》付近に探しに行くこともあった。台北に近く、まだ農地が多い地域だったから。農薬で毒殺された鳥は、死骸の損傷がほぼない。鳥網に掛かったものは、だいたい羽に傷がついていた。

ある時、僕は鳥網にかかって死にかかっているトラツグミを捕獲した。彼女はしきりと、それはまだ死んでいないよ、と言い続けた。僕は言った。「必ず死ぬ。僕が拾わなければ一時間経たないうちに死ぬ。僕が拾っても、一時間後には死ぬ」その日、彼女はバイクの後ろに座るとき、いつものように僕の腰に手を回すことはなかった。その後、彼女はごく自然に冷淡になっていった。僕も無理に引き止めることはせず、ただ二人の関係をゆっくりと解消していった。後になって考えた。学ぶものが違うのだから、生命に対する考え方が次第に離れていったのは、当然の帰結だろう。そのトラツグミはもちろん最後には死んだ。標本は今でも僕の部屋にある。

その後、僕は大学院に合格し、奨学金と、プロジェクトに参加したバイト代で生活費を賄った。僕は実験室でじっとしていることができない人間だ。僕が生真面目な性格で、野外を歩き回るのも好きだからだろう、すぐに教授の目に留まり、彼の研究室のプロジェクトメンバーとして引き入れられた。そして更に、この「大プロジェクト」に引き抜かれたのだ。

太った男は僕の言葉が聞こえないふりをして更に時間を浪費した後、ようやく地図上での現在地を把握し、言った。「もう少し登れば、着くようです」見上げると、山の稜線《りょうせん》は一面の緑で、下にゆくにつれ暗い林となっていた。それ以降の道では、僕は歩く速度をなるべく落とすことに注意力を集中し、余計な意見を言わないよう自分を戒めた。林の樹々は次第にまばらになってゆき、周囲は腰の高さまであるススキ類が茂るだけとなった。地面にできたひび割れが、山上に向かってひと筋ひと筋伸び、緑の斜面を不規則に分割しているように見えた。風が吹くと、植物が生えていない地面から砂が巻き上げられた。

半時間後、一行はついに、地図上で「X」印の付けられた場所に到着した。鳥の大きな群れが、騒がしく鳴きながら辺りを飛び回っている。よく見ると、いっぱいに実をつけたアコウの樹に群がっているのだった。太った男は汗を拭き、息を切らしながら、皆に配られているガリ版刷りの地図を開くように言い、建設予定の港、工場、鉱区の方向を示した。そして最後に手を空の方に向けて振り、言った。「運送用のレールがここを通過します。ここから、あそこにある工場へ送られ、加工した後、船や鉄道で北部や外国へ送ります。一気呵成《かせい》、実に省コストですよ」

僕は目の前の森と遠くの海を眺めながら、地図に示されているものを、現実の風景の中に想像で嵌《は》め込んでみた。灰色の運搬用レールの上を、採掘された鉱物がごろごろと転がっていく。子供の頃、僕が好んで絵に描いていたSF都市そっくりだ。なぜかわからないが、子供の頃に想像した未来の都市には必ず、各種の空中通路が張りめぐらされていたものだ。

「そして、ここが第一号竪坑《たてこう》の位置です。港のところには発電所もできます」灰色のスーツを着て、稲わらのように痩せ、頭に白髪が多い徐《シュー》マネージャーは、ここにいる工場側の人間の中で最も職責の高い人物だった。彼は一粒の汗もかかず、最終決定のように横からそう補足した。当時の僕はまだ若かったが、少ない経験の中で知っていたのは、こんな天気にスーツを着込んで汗もかかない人間はみな、地位の高い人ということだった。昇進するにつれ、汗腺が機能しなくなるよう進化するのかもしれない。

太った男が僕の上司のところに近づいてきて、言った。「許《シュー》教授には、この一帯の動物に関する調査をお願いしました。呉《ウー》教授には植物の調査を、金《ジン》教授には地質について報告していただく予定です。許教授以外のお二人は海外での会議のため、本日はいらっしゃっていません。次回、折を見てお二人をお連れしましょう」

緑色のスポーツシャツを着た上司は、振り向いてちらりと僕を見た。汗で湿った上司のシャツは、両乳と腹に貼りつき、下あごと腰回りの贅肉がすこぶる目立っていた。彼は、軟弱な見た目のわりに厳格な性格の人だった。

「この辺りは全部削って平らにするのですか?」上司が質問した。

「この区域は、先に着工しますね。もちろん、その後徐々に、山の上から下へ採掘を進めていきますよ」制服を着た数人の人々が、水平器や望遠鏡など、地質探査やサンプル採取に使う機器を取り出して作業にかかった。あのスーツを着ても汗ひとつかかない男は、周囲をひと渡り見まわした後、僕が太った男に教えた地図上の基準点の方向で、視線を止めた。この高台からは、村をはっきりと見ることができた。地図と突き合わせてみると、村の一部分が、将来の港や工場区域と重なっていることに気がついた。

村は、後ろに険しい峰を背負い、細長い海岸を挟んで眼前の海と相対しながら、もう何世紀もの間、そこに存在してきたかのように見える。だがその一方、奇妙な真新しさのようなものも感じられた。元からこの場所にあったのではなく、ランプの魔神か何かがどこか別の場所から運んで来た、手の中に入るほど小さなもののように。

全く似てはいないのだが、なぜかこの村は、僕が子供の時に住んでいたあの村を思い起こさせた。僕の一番楽しかった記憶と、一番嫌な記憶がある場所。だが後になって気づいたのは、嫌な記憶は楽しかった記憶と繋がっている。まるで対照群のように。

一行の中の、何の領域の専門かよくわからない人が、村の名前を尋ねた。

「クニブ（Knibu）ですよ」地元の漢人ガイドがそう答えた。皆は、不思議そうな表情になった。

「クニブ、山地人の言葉です。海豊《ハイフォン》と言わないと覚えられないですよね」

クニブはどういう意味かと皆が訊いたが、説明できる者はいなかった。

二度目に来たのは、既にプロジェクトが動き出し、調査を開始しようという時だ。半月前に来た時にその存在意義が全く感じられなかった鉄道駅を出て、僕は立ちどまって望遠鏡を出し、前回村を見下ろした山腹の高台の方を見てみた。一目見て、驚いた。半月しか経っていないのに、そこにはもう建物が建ち並んでいた。

先輩の阿炮《アパオ》が置いていった野狼《イエラン》のシートの上で、一匹のトラ猫が眠っていた。僕は近くに腰を下ろして煙草を吸い、猫が目を覚ますのを待った。このオートバイは、調査の間、先輩と僕で共用しているもので、ここに来た方が使うことになっていた。

猫が目を覚ました後、僕は野狼に乗り、前回マイクロバスで通った道を走った。正面から吹いてくる風が、新しく掘り起こした土と森の匂い、塩の匂い、そして鋼鉄と鋼鉄がぶつかって出る火花の匂いを運んできた。前回バスを停めた地点を通過する時、道が拡張されていることに気がついた。僕は作業小屋を探し、当時の現場責任者だった作業請負会社の林《リン》主任を見つけて、自分が担当するプロジェクトについて図を描いて説明した。彼は僕に通行証を発行し、僕が鉱区の管理区域に出入りできるようにしてくれた。彼は言った。「労働者の第一陣が、もうすぐ船に乗るところだ」

山を下りた後、僕は小学校のビロウの樹のところに、アジアコイエローハウスコウモリを見に行った。大学院に入ったばかりの頃、教授に何をテーマに研究したいのか？と訊かれた僕は、コウモリを研究したいと答えた。あの頃、コウモリを研究している人はいなかった。台湾にはコウモリがたくさんいるのに、誰も研究していないのはおかしいですよね？　教授はそれを聞いて沈黙した。その頃の僕は利口で、人の顔色を見るのにも長《た》けていたので、これ以上強く言っても教授が了承することはないと気づき、すぐに付け加えた。「教授が何かテーマを与えて下されば、僕は精いっぱいやります」なぜコウモリを研究したいのか？　それは子供の頃のある記憶と関係している。

さっき、僕の家は西部の海に近い小村だと言った。父は農夫で、海の仕事もした。父が海に出ている間、母は家の傍の小さな畑に野菜を植え、僕らの世話をしていた。僕らは港の辺りにはほとんど行かなかったし、父も人に呼ばれた時しか海には出なかった。僕が小学二年生の時、父は人に雇われてタチウオ漁に行き、船の機械の故障で、海上を漂流した。報せを聞いた母は、僕らの手を引いて港に駆けつけた。一日目は船と連絡がつかなかった。二日目に、連絡はつかないが、船は見つかったという話を聞いた。三日目になって、気象情報が軽度の台風がバシー海峡を通って北上してくると伝えた。台風はまだ遠くにあるものの、船の回収が間に合わなかったら大変なことになる。

その日も早朝まだ薄暗いうちから、母は港に行って船を待つことを決めていた。僕は自分で身支度を整え、家の裏手で母を待っていた。暇つぶしに、家の傍にある廃棄された豚舎に入ってみると、そこに逆さ吊りになった黒い影が見えた。

出てきた母に指さして教えると、母が言った。「あんな大きいわけなかろう」本当にとても大きかった。冗談ではなく、記憶の中では、人間の赤ん坊が逆さ吊りになっているような感じだった。母は何を思ったのか、突然僕らの手をつかんで膝をつき、コウモリに向かって言った。「今回、あんひとを無事に返してくれたら、一生、肉を食べません」

台風は軽度とはいっても強風圏が大きかった。灰色の波が眼前の埠頭に打ちつけ、辺りの空気中に波の飛沫《しぶき》が飛んでいた。正午を過ぎた頃、僕ら四人が堤防の近くでしゃがみ込んで弁当を食べていると、一艘の船を牽《ひ》いたタグボートが港に向かってくるのが遠くに見えた。船が近づくにつれ、船首近くの甲板に立ち、灰色のジャケットを振り回しながら僕らに向かって笑っている父の姿が見えてきた。そんな遠いところから笑っているのがわかったのかって？　わかるよ。だって、僕らも笑っていたから。

あの頃の父は髪がまだ濃くて、黒かった。船が埠頭に近づいた時、伸び放題の鬚《ひげ》が父の顔を覆い、その上に小さな水の珠がついているのが見えた。父は青の分厚いシャツを着て、緑色のゴム長靴を履き、その上に黒い雨合羽《あまがっぱ》を羽織っていて、まるで大きなコウモリのようだった。その時の彼は、まだ家じゅうの金をあの理髪店の女の子に貢いでなかったし、金貸しから金を借りてもいなかった。いや、ただ僕らが知らなかっただけかもしれないけど。とにかくあの日、父は船から降りて母を抱きしめ、妹と弟を抱きしめ、僕も抱きしめた。記憶では、父に抱きしめられたのはあれが最後で、父の抱擁から僕が逃げなかったのは初めてだった。物心ついて以来、僕は人に抱擁されるのを嫌った。だから僕が小さかったころ、父親はいつも、彼と僕とは縁がないのだ、と言っていた。あの日、両腕を広げた父親を見て、僕は自分がその腕から逃げ出すだろうと思っていたが、そうはしなかった。

あれからだいぶ経つが、以来、僕はコウモリを見ると、それは願いが叶う一種のサインだと思ってきた。だがよく考えるとそれもおかしなことだ。父は結局その後、僕らを棄てた。願いが叶った後にも人生は続く。人生は、ひとつの願いを達成して、そこで終わりではない。

小学校でコウモリを見た後、僕は海鷗旅社にチェックインした。宿代は経費として精算できた。作業員宿舎に泊まることも考えたが、たくさんの人と一緒にシャワーを使い、ご飯を食べ、生活することは、僕のような性格の人間にとっては苦痛だった。

僕は当時まだ切り拓かれていなかった森に入って調査を始めた。昆虫、植物、哺乳類の種類と数は、僕の理解を大きく超えていた。僕はひどく驚いて、興奮しながらそれらをノートに書き留め、予算の許す限り写真を撮った。海豊村に戻った後、時間がちょうど良ければ、うん、間に合わない日もあったけど、必ずあのビロウの樹に住むアジアコイエローハウスコウモリのところへ行った。彼らが一匹また一匹と葉を伝って尖端まで降りてゆき、そこから手を放して飛んで行くのを見る。彼らを見ないと、一日が終わらないような気になった。

第一期の調査ももうすぐ終わるという頃、僕はたぶんインフルエンザに罹って、高熱が出た。全身の筋肉が痛み、身体に力が入らない。旅社の秀英ばあちゃんがくれた解熱剤を飲んでも効かなかった。秀英ばあちゃんは、もうすぐ台風が来ると言い、その間に僕の病状が急変するのを心配して、誰か人を呼んで病院に連れて行ってもらおうか？と尋ねた。その時の僕はとても弱っていたし、辛くもあったので、すぐそれを受け入れた。実際、この時すぐに病院に行って良かった。

405

第十二章　颱風季

レントゲンを撮ると、既に肺炎になりかけていることが分かったからだ。看護師から家族に連絡を取るように言われたので、僕はうっかり当時の彼女、いや、元彼女に電話してしまった。単純に掛け間違えたのだ。電話の向こうで、彼女は僕の話を聞いていた。彼女の泣き声を聞いたように思ったが、気がつくと、泣いているのは僕だった。

夜中、看護師に起こされ、受付カウンターに電話をとりに行った。妹からだった。

電話の向こうで妹が、何の前触れもなく言った。「あの人が入院した」

誰のこと？　僕は訊き返した。確かに、僕は入院している。

「父さん」妹が言った。

「僕がここにいるって、なんで知ってる？」僕が訊いた。

「文文《ウェンウェン》が電話してきた」妹が言った。

文文は、僕の元彼女の名前だ。父さんはどんな状況なの？と僕が訊くと、妹は、知らない、と答えた。社会局の人から連絡があったという。もうすぐ夜が明けるという頃、妹から二度目の電話がかかってきて、言った。「父さんが死んだよ」

数時間前、父が入院したという報せを受け、その数時間後、父が死んだと知った。なぜかわからないが、僕は頭の中で、あのアジアコイエローハウスコウモリが樹から飛び立つ光景のことだけを考えていた。コウモリたちはあの後、樹に戻ったんだろうか？　彼らはこの台風を耐えることができるのだろうか？

僕は病院の共同浴室に行った。シャワーのお湯を出し、その下に立って、もうもうとした湯気が僕の頭の周りで渦を作るままにさせておいた。

死んだ。死んだ。

自分に言い聞かせるかのようにくり返した。はじめはぼんやりとしていたが、熱いお湯で皮膚を火傷《やけど》しそうになった頃、ようやく僕の大脳にゆっくり父の顔が浮かんだ。その顔はまだ若く、まさにあの日の船の上で、黒っぽい灰色のジャケットを僕らに向かって振り回していた時の、遠くてよく見えてはいないが、でも笑っていることだけははっきりとわかる、あの顔だった。

翌日、退院し、交通状況を調べると、目下のところ花蓮から北上する方法はないことがわかった。知っての通り、この区間の交通は天災ですぐに途切れてしまう。僕はちょっと計算して、鉄道で高雄まで行き、高雄から白バスで台北に戻ることに決めた。もう死んでしまったんだ。早く着こうが遅く着こうが、大した違いはない。

ところが、白バスがC鎮〔「鎮」はごく小規模な行政区分〕のインターチェンジに停まった時、僕は無意識のうちにバスを跳び下りてしまった。それから半時間歩き、かつての実家に戻った。母が亡くなった後、その遺志に基づいて、叔母さんが家を親戚の一人に売る手続きをしてくれた。その金で、僕は弟と妹を台北の学校に行かせた。看護学校に通った妹が、後に父と再会することなど、誰も予想していなかった。数年来、僕らが噂に聞いていた父の消息は、彼女だか妻だかに追い出され、行き場を失い、龍山寺前の商場の辺りに住んで、日雇いの仕事を待っているらしい、というものだった。妹は、寺にお参りに行った時にばったり父と会い、つい仏心が出て自分の電話番号を教えてしまった。こうして、父は時おり妹に電話をかけてきて、小銭をせびるようになった。

実家だった建物は、既に一部に改装が加えられていた。道の角の所に小さな商店ができていて、その脇に公衆電話があった。僕は妹に電話をかけて銀行口座の暗証番号を教え、とりあえず少し金を下ろして、火葬代に当てるよう伝えた。

「もう良くなったの？　帰ってこないの？」電話で妹が訊いた。

僕は外から元実家の建物の様子をいろいろ窺《うかが》ってみた。家は、僕らが住んでいた頃のように整えられてはいなかった。新しくなってはいるが、清潔ではなかった。もし母がこれを見たら、きっと僕に家まるごと掃除させるだろう。

父さんが死んだ。父さんって誰？　僕が、死んでくれるのを待ちわびていた人だ。いま、彼は死んだ。そうだ、死んだんだ。

僕は、元実家の外にある、かつて老犬阿福《アフー》を繫いでいた柱を眺めながら、あの窓を押し開ければ、流し台とコンロの前に永遠に立っている母の姿が見えるはずだと想像した。透明なガラス窓を通し、少しだけ光が漏れている。僕は通行人を装って、何事もないようにその前を通ってみた。記憶の中の、椅子の背にかけたスタジアムジャンパー、乱雑に押し込まれた電気スタンドのコード、水がぽたぽた落ちる水道の蛇口。それらはもう、僕らのものではなかった。

僕はまたバスに乗り、逆時計回りで海豊に戻った。駅で再び妹に電話をかけ、こう伝えた。

「すまない。いつか埋め合わせはする。簡単に済ませてくれればいいから。代理の人を頼んだ。高《ガオ》さんという人が手伝ってくれるよ。高さんの電話番号を教える。……僕は、今は帰れない」

台風が去り、花蓮から北上する鉄道も再開した。僕は海豊にもう一週間留まった。上司が電話してきて、台風通過後の生物のデータを、植生と動物のレポートとして提出せよ、と下令した。僕はその意図を理解した。台風直後に調査したデータを使えば、この場所がそれほど生命に満ち溢れていないように見せることができる。

昨日、日が暮れる頃、僕はまたコウモリたちがまだそこにいるかを見に小学校に行った。全く不思議なことだが、この何年もの間、こんなにたくさんのことが起きたというのに、彼らは相変わらずこの数本のビロウの樹に棲息し、交配し、子供を産み、渡りの季節を待っていた。彼らはこの地で起こる台風や地震にも、もう慣れているのだろう。

僕がこの洞穴から出られるかどうかはわからない。僕は生まれて初めて、自分のことより、他の人のことを心配している。もし神がいるのなら、小鷗を護ってください。阿楽《アルー》を護ってください。村の人全員を護ってください。

山が言葉を話すなら

二十年以上前に入ったのと同じ洞穴にまた閉じ込められたなんて、誰が信じる？　こんなの、偶然ではありえない。きっと巨人の悪戯《いたずら》なんだ。そう考えれば、説明がつく。

前に、タマ《父親》がバキ《祖父》の話をしながら、言った。「主の栄光を称《たた》え、俺たちがどんな辛酸を舐めてきたか子孫に伝えるために、俺たちは子供に物語を話して聞かせにゃならん」俺がタマに猟を教わっていたあの時期、タマはいつも俺の前を歩きながら、俺たちの村の物語を話してくれた。あの頃のことを思い出すと、俺の頭にタマの力強いふくらはぎが浮かぶ。タマは言った。「将来お前も、自分の子供に話して聞かせるんだぞ。電気も、家もなかった時代、俺たちが山の向こうにいたところから始めるんだ」こうして俺は、俺たちの祖先がトゥルワンを出てホホスやサカダンなんかに移り、それから日本人に平地に移住させられた物語について、もう何度聞いたかわからないほど聞いてきた。

あれからだいぶ経ったけど、俺にはまだ子供がいない。旧海豊もなくなったに等しい。こんなこと、子供の頃の俺には全く想像もつかなかった。最近思うんだが、人は本当に、自分が会ったこともない祖先がどこから来たかなんて、気にするもんだろうか？　祖先がどこから来たか知らないのは、そんなに大変なことだろうか？　だけどこう考えるたび、タマの話を真面目に聞いていなくて銃床で頭を小突かれ、こう言われたのを思い出す。「自分がどこから来たか知らないトゥルクは、その辺の猪と一緒だ」だから俺の今の考えは、もし俺たちが語らなければ、この後もう誰も、俺たちの物語を覚えている人がいなくなるだろう、ってことだ。もしかしたらこの後、工場がここに記念館とか何かを建てて、こんなことを書くかもしれない。——トゥルクはセメント工場ができるのを大喜びで歓迎しました。セメント工場によってこの地は繁栄し、皆に仕事ができたので、村人は幸福に、お金持ちになりました。これは全部、セメント工場のおかげです……

……。ありえないだろうか？

この村がなぜクニブと呼ばれるか、今ではみんな知らなくて、ただ海豊って名前だけで知っているようにさ。

物語と言えば、タマが一番よく話してくれたのは、俺のバキ、ナナン・カラウが、日本人と戦って、銃でサクマを撃ち殺した話だ。日本人が俺たちを攻撃してきた時、俺たちは罠を仕掛け、周囲を森に囲まれた山の台地にやつらを追い詰めた。タマが言うには、銃でサクマに傷を与えたのは、まさに当時まだ少年だった俺のバキだそうだ。

俺はいつも尋ねた。少年英雄のナナン・カラウは、その後どうなったの？

ナナンはその後、トゥルクのガヤ《伝統》に従って顔に刺青《いれずみ》を入れた。彼の勇敢さの象徴だ。顔に刺青を入れるには、丸一日ほどかかる。当時まだ医学が発達していなかったから、刺青を入れた場所が十日間くらいは炎症を起こし、腫れあがり、休養を取ったのち、ようやく覆っていた布を外すことができた。だけど日本人が俺たちを山から平地へ強制移住させた時、顔の刺青を消すことも強要された。刺青を消す方法は、とても残酷だ。鋭利なナイフで、刺青の入った顔の皮膚を一片一片削るんだ。流れ出た血が刺青を覆って見えなくなるまで。タマが言った。その後バキはいつも、パイ《祖母》が織った布で顔を覆い隠していた。

日本人の報復から逃れるため、サクマを撃ち殺したのは誰か、はっきりと言う者はいなかった。バキは屈強な体をしていたから、徴用されて労役をさせられた。山で石を運んだり、戦闘に備えるトンネルを掘ったり。時には日本の兵隊の食料にするために、元の村があった場所でサツマイモや野菜を育てたりもした。

その後、日本人は再び俺たち家族をここ、海豊へ移住させた。ここはもともと一面の森で、資源も豊かだったそうだ。だがこの付近の猟場の多くが、南澳《ナンアオ》に住むタイヤル族と被っていた。俺たちが移住してきたことは、タイヤル族たちの不安を招いた。お互いに競り合い、どちらも譲らなかったから、すぐに衝突が起きた。

戦いにはバキももちろん参加して、覆面の勇士として敵に恐れられた。ある時、俺たちトゥルクは南澳のやつらを包囲し、大勝利を収めた。それ以来、俺たちはこの場所を「敵を包囲した場所」と呼ぶようになった。だけど、この戦いの中でバキは失踪した。彼がどこに行ったのか誰も知らない。敵でさえも、彼が死んだとは信じず、彼を尊敬し続けた。

人が求めるのは、生きることとか、尊敬されることとか？　山が望むのは生きることとか、尊敬されることとか？　悪戯《いたずら》好きの巨人は、大好きな悪戯をしながら生きながらえたいのか、それとも尊敬されたいのか？

タマがまだ、俺を猟師にする希望を抱いていたあの頃、俺はいつもタマの話を聞きながら、息を切らして彼の後をついて歩いた。タマの後ろに立って海の方を眺め、かつては「クニブ（敵を包囲した場所）」と呼ばれ、その後、日本人の発音で「キネボー」と呼ばれた俺の故郷を眺めた。俺はときどき考えた。祖父の放ったあの銃弾は、霊験《れいげん》あらたかな祈禱《きとう》か、呪詛《じゅそ》か何かが込められていたのかもしれないが、結局、もっと大きなもの、漢人が呼ぶところの運命というものを、おし止《とど》めることはできなかったんだ。

タマの頭がまだはっきりしている時、俺に訊いた。なんで山の上に家を建てているんだ？　俺は答えた。あれは作業小屋だよ。その後、抗議活動が始まった。タマをオートバイの後ろに乗せて病院に連れて行く途中、新海豊のあの宿舎群の近くを通りかかると、タマが訊いた。「ここの村にはなんで教会がない？　教会なしでいいはずがない」

俺が台北から戻った後、ある日、酒に酔ったタマが言った。若い頃、お前と同じように村を出て台北に稼ぎに行ったが、事故に遭って、母さんと生まれたばかりのお前を連れて帰ってきたんだ。村を離れる前日は礼拝のある日で、タマは礼拝堂に置いてあるノートに、ある文章を書いた。だいたいの意味は「神は我々を騙さない。ただ、からかうだけだ。だが一筋の道は残してくれる。上帝には上帝の考えがあり、差配がある」その頃のタマは、ラジオから流れる声に、ここではない別の世界を聴き、その世界にひどく憧れていた。だが俺のパイ《祖母》は、一生苧麻《ちょま》を育て、苧麻を採り、糸を紡ぎ、それを織り、食事を作って過ごし、生活に満足しているかどうかを語らなかった。パイは村の外の世界を知らなかったし、村の外の世界に興味もなかったから、息子を外に出したがらなかった。

タマは言った。世間の人間はみんな、本当は何も見えていない。若い頃はどんな山でも越えられる自信がある。年を取った後には、自分はすべての山を登った、自分は何でもわかっていると思うようになる。こうしてずっと循環しているんだ。春夏秋冬が巡るのと同じように。俺はそこから逃れられない。お前も逃れられない。こうしてタマは、ある夏の朝、薄っぺらい服を何着かと、彼の叔父がくれたわずかな金を手に、あの「うーうーうー」と唸るものに乗って村を離れた。台北まで、普通列車では長い長い時間がかかる。列車の中でタマは一秒たりとも眠らなかった。タマは言った。若者と老人の違いは、車窓の外に見える物に惹きつけられるかどうかだ。若者は、涸れた川、田んぼの中の廃屋、大きな帽子をかぶった女みたいなものであっても、とにかく見ていたい、とにかく好奇心がかき立てられる。年老いてからは、自分の座席で縮こまり、上着を被って目と耳を覆う。寒いから、と言い訳をするが、実際には、外の世界は変わらないのに、自分はもう斜陽だってことを見たくないんだ。

タマは都会に出た後、ある川の傍に住み、「都市同胞」たちと一緒に不法労働に出た。彼らの出身や将来を気にかける人はいなかったので、彼らには何の保険も身分証もなかった。不法就労の労働者は、鬱々《うつうつ》と暗い顔をした者、寒いところを厭《いと》わぬ者、借金を返せない者、指名手配された者、あちこちを流れ歩く者、保険も休みもない者、そしてタマのような、夢見がちな愚か者によって構成されていた。実際には、都会での生活はタマにとって楽しいものではなかった。母さんに出会うまでは。

その頃、母さんは桃園《タオユエン》にある工場で働いていた。二人が出会ったのは西門町だ。そこはよそから来た労働者たちが、休みがとれると、彼らのものではないこの都市を満喫するために行く場所だった。知り合った後、母さんは工場の仕事を辞め、西門町の服飾店の店員になった。若い時の母さんはとても美人だったから、田舎の出身ではあったけれど、店主は彼女を雇うことにしたのだ。タマは仕事が終わると毎日彼女に会いに行った。時おり休みがもらえると、二人は当時とても賑やかだった映画館街で映画を観た。

彼らはすぐに、母さんが俺を身ごもっていることに気がついた。それに続くのは、このまま都市に残るのか、それとも故郷に帰るのかという選択だ。悪いことにこの時、建設現場で働いていたタマが倒れてきた鉄筋の下敷きになった。同僚たちの助けで鉄筋の下から抜け出ることはできたが、この時から右手に力が入らなくなり、力仕事はできなくなった。

タマは不法就労の労働者だったので、他にどうしようもなく、雇い主から補償金をもらって、生まれたばかりの俺と母さんと一緒に病院を出て、ここに帰ってきた。

村の人々は、タマがかつてこっそり村を去ったことを全く気にしていなかった。彼らは村の共生の原則に従ってタマと母さんに仕事を与え、俺を養うことができるようにしてくれた。

だが、運命が彼らを見逃すことはなかった。その後、母さんはしょっちゅう出血するようになった。医者に診てもらってわかったのは、俺を育《はぐく》んでくれた母さんの子宮には、同時に悪性の腫瘍が育っていたということだ。俺を産んだ時、金がなくて子宮の異常についての検査をしなかったので、全く気づいていなかった。

タマが言った。母さんは一日一日痩せてゆき、一日一日痛みが増した。母さんが死んだ日、タマは左手だけで軽々と母さんを抱き上げることができた。赤ん坊を抱いてるみたいだった。こうして、タマには二人の赤ん坊ができた。一人は生まれ、一人は死んだ。

その後、台北からある人がタマに会いにやってきた。工場で働いていた人の名簿を見て、一人一人訪ねているという。母さんが働いていた工場が検挙されたということだった。その工場では、汚染された廃水を工場の敷地の土に流し、その付近の地下水を汲んで職員の飲み水に当てていたので、たくさんの人が病気になった。母さんさえよければ、その多国籍企業への抗議団体へ加わってもらいたい、今はまだ証拠を集めている段階だから、もっとたくさんの人が声を上げることが必要だ、という。だが、母さんはもう死んでいたし、タマは迷っていた。タマは、自分には再び都会に戻る気力も、何かと戦う気力もないと感じていた。この時の彼は既に、俺と生活のために体力を使い果たしていた。

タマは、結局その争議には加わらず、都会に戻ることもなかった。タマの右手をだめにした代わりに雇い主が払った数千元は、母さんが病気になった時に使ってしまった。少し前まで、俺はいつも思っていた。タマは弱いやつだ。なんでこんなに弱いんだ?

旧海豊の家がまだ取り壊されていなかった頃、タマはよく、夜中に起き出しては奇妙な話をした。タマが熟睡している時、もしかしたら幻覚か何かかもしれないが、俺はタマの腕の曲がったあたりが、変な音を発しているのを聞いた。鳥の鳴き声のようでもあり、潤滑油《じゅんかつ》の足りない機械が立てるキシキシという音のようでもあった。はじめはごく小さな音だったが、しまいには小枝を焚くような音がパチパチと響いた。

小美《シアオメイ》と阿楽《アルー》が俺を自救会へ誘いに来た時、なぜ即座に承諾したのか? 俺はタマみたいな男になりたくなかったんだ。最愛の人のために最後まで戦い抜かなかった男、自分の腕のためにすら、最後まで戦えなかったような男に。俺は阿楽に、あの工場の土壌汚染の事件のことをこっそり尋ねた。阿楽が友人に訊いてくれたところによると、今に至ってもまだ、あの大企業を相手に裁判を戦い続けている人々がいるそうだ。もう二十年以上経つってのに……。

二十年以上だよ。そうだ、玉子《ユィヅ》は秀子《シウヅ》なんだろう？　ずっと訊けなかったよ。だってお前が言わないのは、きっと何か理由があるんだろうから。

秀子、お前がクニブに戻ってくれて嬉しいよ。俺は小鷗《シァオオウ》が大好きだ。あの子は小さい時のお前とそっくりじゃないか。……いや、本当のことを言うと、あの時、俺はマッチのちっぽけな灯りで見ただけだから、お前がどんな顔をしていたかなんて、覚えてはいなかった。

この前、教会が引っ越す時、俺も周《ジョウ》伝道師を手伝いに行った。周伝道師も歳を取ったな。クスノキ材の木箱を運ぼうとして、その中いっぱいに、以前礼拝堂の机の上に置いてあった伝言ノートが入っているのを見つけた。一冊一冊に、礼拝堂に来た人々が礼拝後に言いたくなった、神の恩寵《おんちょう》に対する感謝がびっしりと記されていた。

俺ははっと思い立って、一冊一冊、一ページ一ページをめくっていった。すると本当に、若い頃のタマが村を離れる時に書いた言葉が見つかった。もちろん、俺が覚えていたのと完全には同じではなかった。しかもそれはタマが自分で書いたものでもなかった。どこかの本のページを破ってきて、テープでノートのページに貼りつけ、タマはその下にサインと日付を入れただけだった。年月が経って、幾つかの部分は虫に食われていた。

「もしこの世界に神が◯なら、神は我々を騙すはずはない。神は我々にさまざまな◯◯をお与えになり、綻《ほころ》びや苦痛の中にある我々に、道をお示しくださる。我々がそれらを使いこなせるならば、必ずや○○に到達することができ、○たちの言うようにはならない。なぜなら上帝には○○があるからである」

俺はほぼ反射的に、傍《そば》にあったボールペンを手にして、その後ろに付け加えた。

上帝の意志は、人間の理解の及ぶものではない。

俺はいまここに閉じ込められて初めて、人間がどれだけ思い上がっていて、どれだけ無力かを知ったよ。

ヒノキの匂い、ベニヒの匂い

小鷗《シアオオウ》を産んで初めて、私は生きのびる意義を見出した。朝から晩まで私を売ることばかり考えている実家から生きのび、山の洞穴から生きのび、山と渓流から生きのび、ネオンと酒の世界から生きのびたのは、あなたを育てるため、あなたが成長するのを見守るためだった。

あなたも今、この洞穴にいるんでしょう？　私にはわかる。この洞穴は、私が子供だった時と同じで、わざと人を閉じ込めるけど、きっと私たちを再会させて、安全に脱出させる。私はそう信じている。信じるしかない。

二十数年前、ママも山の洞穴に閉じ込められた。でも、あの時は自分から洞穴に入ったんだ。あれは私にとってとても重要な日だった。あの日私は、勇気をもって自分のしたいようにすると決心したのだ。あの日、洞穴の中でドゥヌおじさんに会ったんだよ。あなたのリュックの中のナイフは、私が持ってた物語の本と交換したんだ。本にはおかしな兎が穴に跳びこむ話が書いてあった。あの本は、とっても特別なの。すべてのページの絵の上に、私が新しく物語を書き加えたから。

ママは十五歳の時、人生で二回目の、そして最後の家出をした。最後っていうのは、それから二度と、家には戻っていないから。今に至るまでずっと。本当のことを言えば、私だってずっと自分の母さんや姉さんたち、妹に会いたいと思っていた。でも帰るのは怖かった。帰ったら、皆が「あの頃はどうだった、こうだった」って話すに決まってる。それに、父さん――あなたのお祖父《じい》ちゃんが、今どうなっているのかもわからない。自分が彼を許すことができるのかもわからない。

最後に家を出たあの夜、私は一人ではなく、当時知り合いだった男と一緒だった。彼の名前は、――やめておこう、名前を出すのは。その男と一緒に隣の駅まで歩き、列車に乗る時、私は駅に向かって誓った。今日ここを出たら、もう二度と戻らない。この世界は女に対して偏見があって、女に試練を与えるだけで、女の決心を信じようとはしない。

あの日、私と彼は駅でうずくまって数時間眠り、駅を出た後、山に向かって歩いた。最初はとても暗かったけど、しばらく歩くと、突然、辺りが明るくなって、なにもかもが金色のベールを纏《まと》った。どんな絵具でも表現できないような金色、この世に存在しない金色。私たちが同時に振り返ると、太陽が海から昇ってきたところだった。それ以来、あの日のような、目が潰れそうなほど美しい日の出を見たことはない。……もちろん、あの日のような幸福を感じたことがないからかもしれない。

私は男の後を歩いた。今考えると笑ってしまうけど、あの時の私は、その男と一緒ならばどこに行ったってかまわないと思っていた。彼の足音は私の希望で、彼の咳は私にとっては音楽だった。私は薬指にはめた輪ゴムを撫でた。それは彼が私に贈ってくれた指輪。私の指は細く、四回巻き付けてようやく留めることができた。

彼は、私を山の上にある遺棄された猟師小屋に連れて行った。彼が地元の猟師から借りて住んでいるところだ。室内は暗く、窓は小さく、ガラスが入っていない。夜になるとたくさんの昆虫が入ってきて、ときどき体の上にもとまった。暗闇の中で、誰かに撫でられているみたいに。あの時の私は、愛し合っていればどんな苦労にも耐えられると本当に信じていた。苦労を厭《いと》わなければ、できないことなどない。こんな猟師小屋に住むのだってかまわない。ただ、私は知らなかった。この世に永遠に続くものはない。

私を連れ出すため彼はどこからか金を盗み、私にもあなたのお祖父ちゃんのお金を盗ませた。当時の私は、これでもう二度と家には戻れないと思った。彼が私に話した計画は、しばらくこの猟師小屋に滞在し、部屋を借りるお金が貯まったら、一緒に台北に出ようというものだった。愛って何だろう？　あの時の私はね、愛とは危険を冒すのも厭わないことだと思っていた。でも後で知ったのは、そういう気持ちは愛のごく初期の姿にしか過ぎないということ。愛の始まりは、皆こんな感じなのだ。

どんな苦労をしても生きのびる。あの時の私はそう思っていた。彼は昼間、歩いて山を下り、誰かの車をつかまえて乗せてもらい、近くの工事現場へ行って働いた。時には何日も戻ってこなかった。私は一人、山で山菜を採り、魚を捕まえ、玉《ぎょく》を拾い、彼の帰りを待った。

たぶん、私は何としてでも家を出たかったんだろう。私を家から連れ出してくれるなら、それが誰でも良かった。その時現れたのが彼だった。当時の彼は、自分が何を追い求めているのか彼自身もよく分かっていなかった。アーティストになりたいし、映画監督にもなりたいと言った。でも芸術を愛することには、他の誰かを愛すること、誰かの面倒を見ることは含まれてはいない。そうよね？　特にその誰かが、妊娠したとしたら。

はじめのうち、自分が妊娠していることに気づかなかった。ある日、夜中に腹の辺りを冷たい夜風に撫でられて目が覚めた。普通の風ではない。形のある風、一本の手のような風。カサコソという音が聞こえ、上半身を起こして座ると、身体の中で何かが微かに動いているのがはっきりとわかった。妊娠したのかもしれない。妊娠したのだ。

その頃、私は山菜を採ったり、玉を拾ったり、小さな作業を手伝ったりする中で、何人かのタロコ人と知り合った。その一人が、あの日、あなたを連れて会いに行ったシバルおばあちゃんだよ。言葉は通じなかったけれど、彼女は黙って家族の仕事に私をまぜてくれ、身体を使って山のことをいろいろ教えてくれた。生きていれば希望があると感じたのは、人生で二度目だった。

赤ん坊のようなものがお腹の中にいると感じた日の翌朝、私はシバルに会いに行った。彼女は村の巫師《ふし》だと聞いていたし、あの時の私は、助けてくれる人を他に思いつかなかった。シバルは私を一目見ると、何も言わずに手を伸ばして私のお腹を撫でた。その後、その手を私の額に置き、目を閉じて私にわからない言葉で何かぶつぶつとつぶやいた。そしてため息をつくと、家の中からウズラとキョンの肉を持ってきて私にくれた。調理して食べろという意味だろうと思った。

妊娠した事実をシバルが確認してくれたので、私は彼が帰って来たらそのことを告げるつもりだった。私は喜んでいいのか、困っていいのか、わからなかった。彼が帰ってきたら、私が喜ぶべきか困るべきか決めてくれるだろうと思っていた。私たちが喜ぶべきか困るべきか、彼と相談したかった。だけど、数日経っても彼は帰ってこなかった。私は死ぬほど心配した。でもここに至って初めて、自分には彼を見つける手立てがないことに気がついた。彼が普段どこに行っているのかも知らなかったし、彼に何かが起きても知ることはできなかった。もしかして、サトウキビ畑の人々、それか私の父さん、あなたのお祖父ちゃんに捕まったのでは？　そうであれば彼を捕まえた人は、最終的にはきっとこの猟師小屋に私を探しに来るだろう。私は小屋で待った。運命がどう動いていくのかを。

時間だけが、一日、また一日と過ぎていき、さまざまな考えが私を苦しめた。私は手当たり次第に、草や落ち葉、樹豆《きまめ》のさやの中の豆、蜘蛛が一日かけて織り上げた糸などを使って、愚かな占いをした。――彼は私を棄てた。彼は事故に遭った。彼は私を棄てた。彼は事故に遭った。彼は私を棄てた。彼は事故に遭った。いま思えばばかばかしいが、どんな結果が出ても、私は信じなかった。だからどんな結果が出ても、もう一度占い直した。

私は繰り返し考えた。彼は私が妊娠したのを知っているはずがない。あの日の朝、初めて確定したのだ。だから彼は決して、私の妊娠に怖気《おじけ》づいて逃げたのではない。時間の流れが突然、緩慢になった。私はその毎分毎秒で、最後に山を下りる前の彼の眼差《まなざ》し、彼の言葉、彼の些細な動作の一つ一つを思い返した。彼は小屋から何も持ち出してはいない。だから、きっと事故に遭ったのに違いない。昼間、私は山を下りて村に行き、村の人一人一人に彼の消息を尋ねて回った。最後に小さな旅館の店主から、日にちは覚えていないが、駅で彼を見かけた、と聞いた。


鉄道駅は、人が去ってゆく場所だ。あの夏、最初の台風が来た日、私は夜中にひとり、猟師小屋の寝床の上で両手を膝の間に挟み、嬰児《えいじ》のように身体を小さく丸めていた。私はひどく孤独だったが、なぜか同時に大きな安堵も感じていた。目が覚めたら、台風でなぎ倒された樹が、私とお腹の中のあなたを小屋もろとも押しつぶしていて、もう誰にも見つからないかもしれない。それでいいじゃない?

だれかが戸を叩く音が聞こえ、一陣の風と共に扉が開いた。シバルが入ってきて私の頭に手を当て、服をめくってお腹に耳を当てて音を聞き、持参した熱い粟粥《あわがゆ》と砕いたトウモロコシを食べさせてくれた。その後、出ていく音が聞こえ、だいぶ経ってからまた戻ってきた。

シバルは摘んできた薬草を自分の口に入れ、嚙み砕いたものを私に食べさせた。薬草の味は強烈で、まるで……ヒノキとベニヒの匂いが一緒になったようだった。その夜、私は夢の中で、何かじっとりと湿った小さなものが私の身体の中から出てくるのを見た。それはカタツムリのように這って寝床から降り、開いた戸から外に出て、ゆっくりと、私の見えないところへ去っていく。私はそれを止めたかったが、起き上がることができない。全身に冷や汗をかいて目を覚ますと、シバルが私の傍に座っていた。彼女の五人の娘たちも来ていて、私の足を揉み、薬草に浸した布で身体を拭いてくれているところだった。娘の通訳で、シバルがこう言っているのだとわかった。「この赤ん坊は去らなければいけない。相談の余地はない」

自分の下半身を見ると、寝床がびっしょりと濡れていた。まるでおねしょをしたみたいに。シーツの一部は赤く染まっていた。私は確かに、何かが身体の中から降りてくるのを感じた。私は狂ったようにシバルの腕を摑んで言った。「この子を中に押し戻して！」

シバルはため息をついた。私はどなった。「戻して！　お願い！　この子を中に押し戻して！」私は必死になるあまり、逆立ちしようとした。私は子供の時から逆立ちが得意なのだ。「お願いだから戻して！」私は激痛を感じた。身体の中で誰かが斧《おの》を振り上げて、私を真っ二つに割ろうとしているみたいに。あなたが私から去ろうとしているのを感じた。

シバルがまたため息をついた。「待ってな。豚を手に入れて、かけあってみるよ」彼女は戸を開けて出ていった。娘の何人かが彼女についてゆき、他は残って私に付き添った。どのくらい経ったかわからないが、シバルと娘たちは本当に、殺した豚を一頭、皆で担いで戻ってきた。シバルは息を切らしながら、見たこともない数種類の薬草や檳榔《びんろう》を準備した。タバコの葉を嚙みながら、口の中でぶつぶつと何かを唱え、竹のカップに入れた米酒で祈禱を捧げる。時間はのろのろと流れた。私は腹の中で何か二つの力が綱引きをしているように感じていた。綱は、私自身だった。

この時、窓の外でフクロウが鳴く声がした。シバルはその声をじっと聴いて、言った。「女の子だ」

どういうこと？　と私は尋ねた。

娘の誰かが言った。「Puurung、フクロウだよ。声が聞こえなかった？　フクロウが Ngiyaq-Ngiyaq と鳴いたら、お腹の子供は女の子だよ」

私は大声で叫び、気が遠くなった。シバルはすべての力を使い果たしたような声で言った。

「うまくいったよ。戻ってきた」

シバルは私の一生の恩人で、人生を繋いでくれた人だ。あの日、豚を手に入れてくれたことだけではなく——後で知ったのだが、あの豚はシバルたちの何日分もの生活費で買ったものだった——、私に勇気を与えてくれたから。一人の女が生きていくための勇気を。そして、わたしにあなたを与えてくれた。だから私はシバルのことを母と呼ぶ。シバルママ。

その日、私は指に巻いていた輪ゴムを外し、小さな木の箱の中にしまった。

生活していくのに問題はなかった。村では誰も飢えることがない。だが、やはり私には金が必要だった。私はもう、世界のある面を知ってしまっていた。村の一部の人々が、他の人々よりも少し多くお金を持っていることに私は気がついた。その人々はふだん、玉を採ったり、山に入って樹を伐《き》ったり、海辺で流木を拾ったりして、漢人相手に商売をしていた。

そういうことをしている人の多くは男だった。彼らに直接頼んでも、赤ん坊を背負った女が仕事にくっついてくるのを承諾しないだろうとわかっていた。だから私は、彼らの後をこっそりとついてゆき、どんな所へ行っているのか観察した。

流木を拾う人々はいつも集団で動いていたが、稼ぎはそれぞれのものだった。高く売れる流木を見つけるのは個人の能力次第だけど、大型の木を運ぶには、皆の協力が必要だからだ。はじめ、彼らは私を受け入れなかったが、追い払うこともなかった。追い払われても諦めないやつだと思われていたからかもしれない。その頃、村の人たちは皆、私のことをこう呼んでいた。「子供を腹に押し戻した女」

私がくっついていた集団の中に、ピサウという名の男がいた。あなたにも会って欲しかったわ。彼は集団が出発する前に私の小屋の窓を三回ノックし、ついていっても良いと知らせてくれた。良い石と流木を私に譲ってくれもした。私は香蕉飯《バナナちまき》でお返しをした。

それでも、私が彼らについていくのは簡単なことではなかった。海辺で流木を拾う時は、遠くまで見渡すことができるから、少しくらい集団から遅れても追いつくことができたが、山の中ではうっかりしていると私一人取り残されてしまう。彼らから遅れないよう、私は一人の時にあなたを背負って猟師小屋の近くの山道を歩きまわった。その後私は、歩きながらご飯を食べ、歩きながらあなたにおっぱいをあげ、歩きながら眠れるようになった。

流木拾いにはトゥルクだけでなく、セデック、パンツァハ、客家人《はっか》、閩南人《びんなん》などがいた。彼らは専業の山老鼠《やまねずみ》〔盗伐者〕とは違い、猟や農作業の合間、台風の後にちょっとした臨時収入を得ているだけだ。冬にウナギの稚魚を掬《すく》う人々と同じで。だがそれは命懸けだった。台風が来ると、立ったまま死んでいる樹、横たわって死んでいる樹が、雨水が引き起こす土石流と共に、ごろんごろんと山から落ちてくる。そのうちの一部は山老鼠たちが盗伐した木材だ。彼らは好天の時に木材に記号を書いて上流の川岸付近に集めておき、渓流が増水した時、川に流して下まで運ぶのだ。

ピサウは、山老鼠が記号を書いた木には手を付けないよう、私に注意した。危険すぎる。時には命にかかわる。彼は私に、雲のある場所、山の神が護る場所に目標を置くように言った。時おり手に入れることができる、倒れた千年神木の腕、山の神の身体の一部分に。

台風が来た時には、流木を拾う人々は一睡もせず、子供のように窓に貼りついて、雨と風の勢いや方向を観察する。適切な時が来たら、急いで渓流の流れが比較的緩い場所か、または河口に直接駆けつける。台風が完全に去るのを待ってから出発するのでは遅い。その時にはもう、珍しい木材は他の人によって持ち去られているし、もっと遅くなれば警察や林務局の人に出くわすかもしれない。

そうした「偉い人たち」は言う。「樹も政府のものだ」そして倒木の上に印をつけ、よそへ運び出して焼いたり、売ったりする。——売った金をそのまま自分のポケットに入れてしまう人もいる。

集団で動く時には誰も話をしなかったが、時おり歌を口ずさむ人はいた。河口に着くと、皆それぞれ散らばって値打ちのある流木を探した。私たちは腰に帯びた山刀で、木にカッ、カッと二度切りつけ、小さな斜めの切り口を作った。そして切り屑を鼻に近づけ、匂いを嗅いだ。あぁ、これはヒノキ、これはベニヒ……。

ママは子供の頃、美人だっていつも褒められた。「番仔《ホアンナァ》」みたいだって。でもあなたのお祖母《ばあ》ちゃんはそれを聞くととても不機嫌になった。私が知らない人に笑いかける度に、家に帰ってから叩かれた。そうしているうち、私は怖くて人前で笑えなくなった。

小さい頃からずっと、私は皆に山地人の血が入っていると思われていた。シバルママも、はじめは私をパンツァハだと思っていた。でもそうじゃない。母に尋ねたことがある。どうしてみんな、わたしのことを「番仔」みたいだって言うの？　母は言った。お前を産んだ後、産後の養生をするお金も時間もなく、毎日よその人の畑でこっそり落花生を拾って売った。畑の持ち主や、そこで働く小作農に捕まらないように、母は私を村に住む「番仔」の女に預けた。自分一人なら、逃げる時に速く走れるから。そして盗んだ農作物を、その女に分け与えた。

その女もちょうど子供を産んだ後で、おっぱいが十分に出ていた。左のおっぱいを自分の子供に飲ませ、右のおっぱいを私に飲ませた。きっとね、彼女のおっぱいを飲んで育ったから、私は半分パンツァハになったんだろう。顔は全く覚えていないけれど、彼女のずっしりとしたおっぱいと、美しく、たっぷりとした柔らかいお腹のことは覚えてる。

流木拾いを始めると、私はあっという間に、風や雨、渓流の流れを読むことを覚え、匂いで樹を嗅ぎ分けることを覚えた。嗅いでわからない樹はなかった。私は五十キロの重さのある原木を担ぐこともできた。木の重心を見つけさえすれば、簡単に担ぐことができる。

それから、それからね。うん。ある台風の時に、ピサウはいなくなった。ちょうどこんな台風の後、私は素晴らしく美しい、完璧な玫瑰石《ロードナイト》を見つけた。あの大きな玫瑰石は、今ではもうその上に新しく積み上がった石ころたちの下、更に下に、埋もれてしまっているだろう。

ピサウと一緒に流木を探している時、彼が、独り言のように言ったのを覚えている。「俺のイナ《母親》が言ってた。この世界のどんなものも、男も女も、大人も子供も、樹も山も、動物も植物も、お前が弱みを見せた瞬間に、お前を食い物にしようとする。だから生きのびるためには、決して心を弱くしてはいけない」

私がしてきたことのすべては、強くあるため、生きるためだ。今日だってきっと生きのびる。あなたも生きのびる。弱音を吐いて、あなたを連れていかせたりはしない。それが台風であっても、山であっても、そんなことは絶対にさせない。

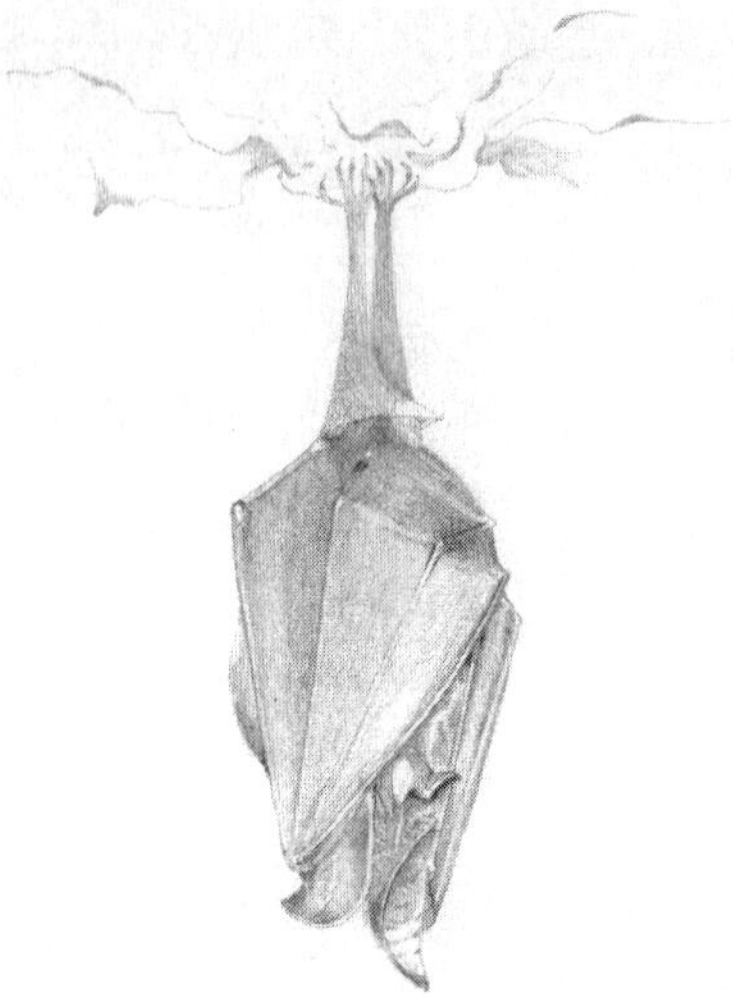

第十三章　堆積層になる

小鷗《シャオオウ》が出てきた瞬間、玉子《ユィヅ》が駆け寄り、娘をしっかりと抱きしめた。二人はお互いを自分の中に取り込むかのように固く抱き合った。この抱擁は、三十年前のものとは違っていた。今回は、必ずまた会えるとわかっていたから。

抱擁を解いた後、玉子は顎で小鷗の背後を指し、言った。「記念写真、撮る?」

小鷗は振り向き、「監獄」と呼ばれる建物を見た。「いい。入ってただけで十分」

玉子の車に乗り、小鷗はひと息ついた。やっと離れられる。一年足らずに過ぎなかったが、自由に慣れた小鷗にとってはひどく長い時間だった。玉子は運転しながら、横目で小鷗をちらちらと観察し、娘の目の端に皺ができていることに気がついた。娘はあっという間に、自分が海風クラブを閉めた歳を追い越してしまった。私たち、年を取ったわ。玉子は心の中で言った。小鷗はその言葉が聞こえたかのように、同時に言った。「私たち、年を取ったね」

車は前に向かって走り、風景は背後に流れていく。過去の出来事のひとつひとつも。どんなふうに年を取るのかなんて、誰も教えてくれない。どうやったら良い人間になれるのかも。若い頃、小鷗は、老いという病に罹《かか》るのは他人だけで、自分は何かの理由で、その襲撃から逃れられると思っていた。「老い」は、何かの過ちを犯した人が受ける報いなのだと。老人は青春を懐かしみ、言うことを聞かない身体に不満を言い、わけもなく頑固になり、あれやこれやと余計な口を出したくなる。それらはみな、自業自得の結果なのだ。自分は絶対にそうはならない。自分は、三十歳になる前に死ぬだろう。最も美しい時に死ぬのだ。だが今では、玉子も小鷗も知っていた。老いは病ではない。突如襲いかかってくるものでもなく、ただそこで静かに待っている。道の突き当たりで大きな口を開け、あなたを呑み込む準備をして。しかも、道はその一本きり。他に道はない。

小鷗は窓の外を見ていた。なじみ深い山、なじみ深い川を。彼女はここで人生の最も大切な時間を過ごした。数年を経て、彼女はまた戻ってきた。この海豊に。玉子と小鷗はもうここに住んではいなかったが、今夜はドゥヌが小鷗の出所祝いの会を設け、他の人たちも集まってくるという。

玉子が言った。「そうだ、あなたのリュック、持ってきてあるわよ」

小鷗は後部座席のリュックに手を伸ばし、膝の上に引き寄せて、それを開けた。

「何も触ってないわ」

「うん」リュックの中には、コンパス、傾斜計、地質調査ハンマー、標本袋、それに方眼罫入りの野帳《やちょう》、筆入れ、カラーペンのセット、そして小鷗が入所前まで描いていた、通し番号No.23

9のスケッチブックが入っていた。ページの大半には、渓流の石、地形のようす、岩石サンプル、褶曲《しゅうきょく》した地層や、それらの上に生えている植物などが描かれている。更に時おり、ふと思いついた事柄のメモなども記されている。

「新しいのを買わなくちゃ」

「そうね。新しいのを買いなさい」

「中ではスケッチができなかった」

「じゃあ、絵具と筆を送らせたのはどうして？」

「絵は描けるんだよ。自由活動の時間に。**スケッチ**はできなかったってこと」

「何描いてたの？」

「物語」小鷗は窓から空を見上げた。一方は白い雲の浮かぶ青空、もう一方には雨雲が低く垂れこめている。懐かしい縦谷の天気だ。「台風が来てるんだって？」

「そうよ。十一月なのに台風が来るなんてね」

玉子は、今は遥か昔となった台風「蘇拉《スーラ》」のことを思い出した。この名前は「歴史上の名前」となり、もう二度と台風の命名リストに現れることはない。甚大な被害を出した台風の名前は、永久に欠番にするよう申し立てることができるからだ。現在の台風の命名には、アジア各国から提案された新しい名前のリストが使われている。まるで新しい世界に生まれ変わったように。

蘇拉が上陸したあの夜、首曲がりユダウは、川が増水し、土の含水量が高まり、山の岩が今にも動き出しそうになっていることに気がついた。ユダウは、捜索隊のもう一組、小林《シャオリン》と老温《ラオウェン》と連絡が取れないことに構ってはいられなくなり、急いで警察と最寄りの消防隊に無線で通報し、なるべく早く郷長に知らせるように頼んだ。郷長は県知事と連絡を取り、速やかに車両を手配してもらう承諾を得たうえで、付近の三つの村の村民、工場区域や港で働く労働者たち全員に避難命令を出すよう要請した。

「まだ山にいる人たちはどうする？」

「どうにもなりません」郷長が言った。「神のみぞ知る」

「全員下山させろ！」

雨はますます強くなり、山中の一部の道路で落石も起き始めた。特にセメント採掘のために切り拓かれた新しい道路は、路床がはらはらと流失し、今にも崩落しそうな状況だった。鉱区の労働者たちは車やオートバイに分乗して下山し、村民はわずかな貴重品だけを持って手配されたバスに乗り込み、避難を始めた。

海風クラブのホステスたちは、玉子の帰りを待つと言い張ったが、最後には強制的に車に乗せられた。深夜になってユダウとウィランが下山した。ウィランはドゥヌのタマ《父親》、ウミンがまだ家にいることを思い出し、雨の中を駆けつけた。だが行ってみると、窓が破られ、家には誰もいなかった。ウィランは急いでそれをユダウに報告した。

「しかたがない」ユダウはわかっていた。もう躊躇している暇はない。山の上で巨大な音が鳴り始めた。真っ暗で何も見えなかったが、経験豊富な海豊村の住民たちは、これは山津波が起きる予兆だと知っていた。雨の勢いが弱まらないことから考えても、大規模な土石流がいつ起きてもおかしくはなかった。もしかしたら、今、この時にでも。

ドライバーたちが一斉にエンジンを起動し、省道の水溜まりの上を、水きりの石のように加速して村を離れた。労働者と村民全員の避難完了後に皆の安否を確認すると、幸いにも落石が車に当たって軽傷を負った人が数名いただけだった。一方、行方不明者の名簿に新たな一人が加えられた。ウミンだ。

後に、三つの村の人々と、異国から来た労働者たちは皆、自分たちは奇跡的に命拾いをしたのだと思った。彼らが避難をした数分後、全面的な土石流が発生してふもとを襲い、工場区域の一部と村の数百戸の家が土砂に埋もれた。避難があと十分遅ければ、彼らのうちの半分は命を落としていただろう。

翌日の午後に雨が止むと、村人と労働者たちは待ちきれないように村や工場に戻って、片づけを始めた。台北からやってきた専業の捜索隊が、幾手かに分かれて山に入った。ウィランと首曲がりユダウは記憶をたどり、彼らが最後に行方不明者を捜した辺りに捜索隊を案内した。そこでは大規模な陥没が起き、巨大な樹が数本、逆さまに地面に刺さっていた。

捜索隊が持参した探測機器で調べると、周辺の何か所かに洞穴のような空間が存在し、そこに生命反応があることが検出された。そこで側面の数か所から同時に土砂を掘り進み、救助を試みることにした。夕方ごろ、小林、玉子、ドゥヌが次々に救出され、一番深いところで小鷗も見つかった。驚いたことに、彼らはお互いにごく近い場所に埋もれていた。

小林、玉子、ドゥヌは、衰弱してはいたが、意識ははっきりしていた。小鷗は昏迷《こんめい》状態のようでもあり、熟睡しているようでもあったが、バイタルサインは安定していた。イーダスは小鷗の腕に抱かれて、固くなっていた。全身泥まみれの玉子は全身泥まみれの小鷗を抱きかかえ、泣きながら、皆にはよく聞き取れない何かの言葉を言っていた。聞き取れたのはただ一言、「私たちに子供を持つ資格なんかない、資格なんかないのよ」だった。

もう一つの遺体が、ドゥヌが埋もれていたすぐ近くで発見された。ウミン・ナナンだった。ウミンは泥で窒息して死んだのではなかった。左眼の付近に弾孔《だんこう》が一つあり、手にはムラタが握られていた。彼がなぜここにいたのか、説明できる者はいなかった。検察官の鑑定でムラタには弾丸を発射した痕跡があることが判明した。数か月の調査の後、最終的には銃の暴発による事故であると結論付けられた。

村の人々は嘆きながら家を片づけつつも、四人が無事で帰ってきたことを喜んだ。それから三日経ち、老温が帰ってきた。彼は、少し南にある川の河口の砂浜に横たわっていた。身体は膨張し、俯《うつぶ》せになって。おそらく彼は巨大な泥流に呑み込まれ、渓流に沿って山を下《くだ》り、そのまま海へと流され、数日後に波で打ち上げられたのだろう。人々は彼の遺体を村へ運び、海豊村の外れにある共同墓地に埋葬した。毎年、命日には誰かが花を供えた。皆は言った。彼は人生の大半をこの島の東部で生きてきた。海は、彼を生まれ故郷に送り返しはしなかったけれど、少なくとも彼が後半生を過ごした家に戻してくれた、と。

一か月以上をかけて、人々は村のすべての家を泥の中から救い出した。もう住めなくなってしまった家も十数軒あった。だが人々が恨み言を言うことはなく、感謝を込めてこう言った。「土石流が来るのが、少し遅れて良かった」あの黄金の十分間のことだ。

玉子の車は次第に村に近づいていく。数年前に新しい道路が建設されて以降、村は台北と花蓮の間を行き来するルート上から外れた。まるで湾曲する道の遠心力で放り出された小さな石ころのように。道は、この場所で海豊渓を渡る。何年も前、小鷗はここから行方不明になった。いま、橋のたもとから見えるのは、巨大な煙突と工場だ。もくもくと吐き出される灰色の煙は、山と渓谷が生み出す本物の雲にも匹敵する、もう一つの雲となっていた。それは昔、学生たちを引率し、橋のたもとで聖火ランナーを出迎えた時に小美《シアオメイ》が想像した、工場完成後の景色とそっくりだった。人の想像は、最終的には現実に置き換わるのかもしれない。

「小美おばさんはもうすぐ引退するよ」玉子が言った。「その後《あと》、書店を開くつもりだって。もう場所も見つけたらしい。昔の外国人労働者の宿舎の近くだよ」

「書店？　海豊で？　何かの間違いじゃないの？」

「うん？　そんなにおかしい？　私が昔、海豊でクラブをやっていたなんて、今じゃ誰も信じないわよ」

以前、小美が玉子に説明したところによると、その書店の主な役割は本を売ることではなく、村の子供たちが放課後に来て時間を潰せる場所にするのだという。本を読んだり、ゲームをしたり、読み終わって不要になった本を持ち寄って交換したり。

「新しい本はあんまり売らないんだって。放課後に子供たちが遊びに来てくれる書店にするらしい」

「放課後に遊びに来る書店?」

「小美に直接訊きなさいよ。私もよくわからないわ」

「小林おじさんも来るって言ってたよね?」

「来るわよ」

小林はその後、ワシントンのとある大学の生物進化学に関する研究奨学金を獲得し、渡米してコウモリの研究を続けた。台湾に戻ってからは、超音波マイクでコウモリの発する超音波を録音し、そのデータを解読して、コウモリたちがどうやって「エコロケーション」を行っているのか、群れを作って棲むコウモリたちは集団内でのコミュニケーション法をどう確立しているのかについて解析に取り組んだ。エコロケーションの分析で一番難しいところは、PC-NMF[*1]技術を利用して、背景音からコウモリ自身が発する超音波を分離することだった。小林は講演の際、冒頭でよくこんな話をした。「社会の中で一人一人の声を聞くのは、容易なことではありません。私がしている仕事は、まさにそうした声を聴きとり、分析することです」更に彼は、ある種のコウモリが単独生活を選んでいることを説明する際には、自分を例に挙げた。「僕は小さい頃から、イレギュラーなもの、価値のないもの、誰も気にしていないものが好きでした。隠れようと思えばいつでも身を隠せる場所、人間の世界から離れられる場所が好きでした。だから僕は、タイワンキクガシラコウモリに共感を覚えるのです」

玉子は車を停めた。

「もう少し先でしょう？」

「あそこを通る時には、心の準備が必要なのよ」

「阿楽《アルー》おばさんは最近どうしてる？」

「客家文化の展示イベントを準備している。阿楽がずっと、客家の村の生活に関するドキュメンタリーを撮っていたのは知ってるわよね？　そうだ、あなたの作品も展示したいって」

「何を展示するの？」

「入所する前、花蓮から台東にかけての河口の絵をたくさん描いていたでしょう？」

「一緒に展示するの？」

「うん、一緒に。展示に名前を付けてほしいって」小鷗は心の中で考えた。あのシリーズ作品では、描かなければならない川があと三本ある。名前は、刑務所にいる間にもう考えてあった。

「堆積層になる」

阿楽はあの反対運動の後、故郷に戻って客家文化の保存活動に取り組んだ。毎日のように撮影機材を抱えて歩き回り、自分が目にした客家のひと、こと、ものを記録した。そうこうしているうちにあっという間に三十年が経ち、手にする機材も8ミリビデオからＶＨＳ、ＳＶＨＳ、そしてデジタルカメラへと変わり、今ではＶＲカメラまで使うようになった。彼女の信念は、目を開

＊１　ＰＣ－ＮＭＦ：periodicity coded non-negative matrix factorization。周期性コードによる非負値行列因子分解。

けている間は撮る、だった。

「ウィランおじさんは?」

「ウィランもウィランのお母さんも来るわよ。工場が来る前と変わらない暮らしをしてる。春と秋には畑を耕して、冬にはウナギの稚魚を掬《すく》って、夏には観光客を猟道や海辺の歩道に案内して」実際にはウィランは、あの何年か後、もう一度遠洋漁業の漁船に乗って海に出た。政治的正義に関する名誉回復運動により、マランの兄はついに死亡証明書を取得することができ、マランは豚を二頭殺して感謝を捧げた。ウィランは海運会社で働く女性と結婚し、既に三人の子供がいる。

「みんな久しぶりだね」小鷗が言った。

「うん。久しぶりだよ」玉子が言った。

ナオミが亡くなって以降、玉子はもう十年もこの村に足を踏み入れていなかった。海豊を出た後、玉子は小鷗を連れて、それまでより少しだけ故郷に近い南の村に引っ越し、自分でも絵を描き始めた。玉子は実家の様子を見に行きたいと思ったが、いろいろなことを思い出し、実行する勇気がいつまでも出なかった。時おり、子供の頃に住んでいた村にわざと車で乗り入れ、一回りして出てくることもあった。小鷗の十二歳の誕生日、玉子が誕生日の願い事を尋ねると、小鷗は答えた。「ママはお祖母《ばあ》ちゃんと伯母さんたちに会いたいんでしょ? ママがお祖母ちゃんと伯母さんたちに会えますように!」

ドゥヌが調べるのを手伝ってくれ、玉子はようやく、母親たちがだいぶ前に村を出ていたことを知った。玉子が家出した一年後、父親は再び家族にひどい暴力をふるった。耐えに耐えてきた母親も、この時ついに夫との関係を断ち切った。母親は三人の娘を連れて家を出、花蓮の街で小さな仕事を掛け持ちして生計を立てた。清掃人、路上駐車場の集金人、観光客相手の足裏マッサージなどをした後、麵を出す小さな店を始め、三人の娘を育て上げた。

玉子が会いに行った時、双子の姉が店で慌ただしく働き、母親はカウンターで昼寝をしていた。母親は、実際の年齢よりもだいぶ老けて見えた。玉子の目から涙が溢れた。自分が子供を持って初めて、生まれつき障害のある子供二人を育てる母親には、そのほかのことに構っている余裕などなかったことを理解できた。妹は近くに嫁いでいたが、玉子が実家の麵店にやってきたと聞き、小鳥が巣に戻るように、二人の娘を連れて飛んで帰ってきた。

集まった全員が娘だ。彼女たちは泣いたり笑ったり、夜を徹して語り明かした。玉子は、私には七人の娘がいる、と言ってくれたシバルのことを思い出した。すべては啓示だったのだ。小鷗の頭にキスしながら、玉子は言った。「あなたは私を家に連れ帰すために生まれてくれたのね。しかも、私に母さんを二人も与えてくれた」

玉子は深く息を吸い、車で海風クラブの前を通り過ぎた。いや、以前海風クラブのあった場所を。建物が取り壊された後、小林の提案で植えられた数本のビロウの樹が、今ではすっかり高く育っていた。

「コウモリはまだいるの？」

「知らないわ。後で小林に聞いて」

あの年、玉子は海風クラブを閉めると決め、すべての資産を清算してナオミと玉子がそれぞれの分を受け取り、残りは二十一人いたホステスと、掃除の仕事をしていたボーイたちとおばさんに均等に分けた。甚大な損傷を受けた建物は、ナオミの同意のもと、街に住む常連客の郃《タイ》さんに売ることにした。玉子がナオミに、このお金をどうする？と尋ねると、ナオミはその一部を新海豊の再建基金に寄付することに決めた。玉子はナオミと小鷗と一緒に小さな家を借り、小学校の近くで朝食店を始めた。ナオミが亡くなるまで世話をし、その後、店をたたんだ。

郃さんは謎めいた人物で、彼がどんな仕事をしているのか、女の子たちの誰も知らなかった。金遣いが派手というほどでもないが、決して吝嗇《けち》ではなかった。重要なのは、彼は海風クラブの開店以来、少なくとも毎週二回は来店していたということだ。彼はいつも静かに座って酒を飲み、歌をリクエストしたが、彼自身がマイクを握ることは一度もなかった。唯一、皆の印象に残っているのは、彼が玉子に歌をリクエストした日のことだ。玉子はそれまでは、店の女の子たちに稼がせるため、自分で歌を歌うことはしなかった。だがこの日の郃さんは、今日は自分の誕生日なので、二万元のチップで歌って欲しいと玉子に頼んだ。

「何の歌がいい？」

「私は日本の歌が好きなんだ」

玉子は二万元のためか、それとも常連客への優待なのか、自分でもよくわからないまま、その願いを聞き入れた。玉子はステージに上がって『星影のワルツ』を歌い、鄧麗君《テレサ・テン》によるその中国語バージョン『星月涙痕』も歌った。その後、玉子は今までの例を破って郃さんをダンスに誘い、最後に『昴』をデュエットした。だが最後まで歌い終わることはなく、「我も行く 心の命ずるままに我も行くさらば昴よ」のところまでくると、軽く手を振ってマイクを置いた。

　海風クラブの建物を購入した郃さんは、日を選んで、玉子と二十一人の女の子たちを集めた。店の女の子全員に三時間分の指名料を払い、玉子とナオミ、厨房を仕切っていたおばさんに頼んで五卓分の料理を手配し、更にはドゥヌ、ウィラン、小林、阿楽、小美と、馴染みになった村の人たち数人も招待した。玉子と女の子たちは、もうお店は閉めたのだから、今回は友達同士の食事会ということにして、指名料は要らない、と固辞した。だが郃さんは、これにはあるお願いに対する謝礼も含まれているのだから、と言った。

「お願いって？」玉子が訊いた。

「海風の人たち全員と、海風の前で写真を一枚撮ってほしい」

「一枚だけでいいの？」

「正確にいうと三十枚だ」郃さんは、インスタントカメラと、三十枚のフィルムを持参していた。カメラがパシャリ、またパシャリと音を立て、テーブルの上に一枚また一枚と写真が並べられてゆき、画像がゆっくりと浮かび上がった。写真はすべて同じで、少しずつ違っていた。ある一枚では莉莉《リーリー》は目をつぶっている。ある一枚では娜娜《ナナ》は笑っていない。ある一枚を見て菲菲《フェイフェイ》は自分は可愛くないと思う。ある一枚では純純《チュンチュン》の肩紐がずり落ちている。すべての写真の中で、玉子は涙を流していた。

女の子たちはそれぞれ一枚ずつ写真を選んだ。どの一枚にも郃さん自身は写っていなかった。玉子は左上角に影が写り込んだ写真を選んだ。郃さんがシャッターを切る際に、伸ばしていた指の先がうっかりレンズの端にかかってしまったものだ。なぜそれを選んだの？と郃さんが玉子に尋ねた。

「郃さんも写っているからよ。指一本だけだけど」玉子は話題を変えた。「ここで何の商売をするつもり？」

「取り壊すよ」

「取り壊す？」

「取り壊しておけば、住む人がいなくて廃墟になったり、誰かが住んで雰囲気が変わってしまったりしないだろう。海風は、永遠にここにあって欲しいんだ」郃さんは小林が生物学を研究していることを知っていて、小林の方を振り向き、ここに樹や花を植えるとしたら、何がいいかな、と尋ねた。

「できればビロウを植えてください。小学校に生えていた五本のビロウは、倒れてしまいました。ここにビロウを植えたら、いつかまたコウモリが帰ってくるかもしれません」

海風クラブが売りに出される前、たくさんの人が訪ねてきて、行方不明になっていたあの二日間にいったい何があったのか、小鷗から聞き出そうとした。小鷗は毎回こう答えた。「三本足のカニクイマングースについていって、巨人の心の中に入ったの」ほとんどの人々は、これを子供が想像した夢物語だととった。そして信じていないことを隠したまま、小鷗を傷つけないよう、儀礼的にひとこと言った。「ああ、そうだったの」

ドゥヌのように、更に詳しい話を聞こうとした人は、ごく少なかった。

「それで？」

巨人は死んだ。隣の山から見ると、巨人の脊椎《せきつい》は歪み、多くの断裂ができて、まるで台風でへし折られた大樹のようだった。彼の衣は何かの力で散り散りに裂け、裸の身を晒《さら》していた。口を大きく開き、微笑か、叫びかわからない表情を浮かべていた。巨人の身体の表面では、内臓が血の赤をした花束のように剝き出しになり、白日の下にさらされていた。

何年も経った後、小鷗はこう記した。あの時のことを思い返すたび、小鷗は文章を書き替えた。小鷗は、あの日に巨人と交わした対話も、何度も思い返した。あんな経験はそれまでにしたことがなく、この先経験することもないはずだ。誰かの身体の中に入り、その心の上で、その人と会話したのだ。あの時、小鷗は物語の本の一ページ一ページ、一段落一段落を読んでいった。動物たちと巨人は、静かに、興味深そうに、小鷗が二枚目の絵、三枚目の絵、四枚目の絵について話すのを待っていた……。彼らは外の狂風や暴雨のことを忘れ、時間と月日の流れを忘れた。とうとう小鷗が物語の最後のページまで読み終わると、動物たちは黙り込み、巨人が口を開くのを待った。

シュッ、その物語には名前があるのかな?

もちろんあるよ。「三本足のカニクイマングースと巨人」。

シュッ、きみが考えたの?

うん。いま考えたの。

シュッ、本の上に書いてある物語じゃないのか?

本の上にも書いてあるけど、話したのは、わたしが今ここで考えた物語だよ。

シュシュッ。これからも物語を作る?

作るよ。ずっと作る。絵もかいて、物語も作るよ。一枚絵をかいたら、一枚分の物語を作る。

シュシュッ。じゃあ、これからずっと語り続けてくれ。巨人が言った。

フフゥ、ずっと語り続けるんだ。三本足のカニクイマングースが言った。

ヤヤヤ、ずっとずっと語り続けるんだ。巨人の心の近くを取り囲んでいたヒガラ、トラフズク、カグラコウモリ、カモシカ、その他の動物たちが、異口同音に言った。

シュシューシュッ。きみはもう降りなさい。

え?

シュッ。地面に降りるんだ、シュッ。私は寝返りを打つ。シュシュッ、猿たちよ、シュッ、この子を手伝ってやってくれるか?

巨人の心から下りるのは、登るのよりずっと大変だった。何匹もの三本足の猿たちが小鷗の近くへ来て、身体を支え、自分たちの肩や背中を足掛かりにさせて下に降りるのを手伝った。最後の一段は水鹿《すいろく》が踏み台となった。さんざん苦労して、小鷗はなんとか地面まで戻った。

シュッ。私は寝返りを打つよ。シュッ。いますぐだ。

どうして？

巨人は答えなかった。だが動物たちは知っていた。巨人は今まで、竪坑《たてこう》や工事の数々によって地に打ち付けられ、身体を動かすことができなくなっていたのだ。寝返りを打てば身体が裂けてしまう。だから彼は、静かにこの場に横たわっていることを選択し、死を受け入れる日を静かに待っていた。横たわった方向からは、海を見ることができた。兄のダナマイが死んでいったあの海を。今日、台風が来て、工場が穴を掘った場所の地盤が緩み始めた。きっともうすぐ、土石流が稲妻のような速さで村と工場を完全に埋めてしまうだろう。動物たちは、巨人が何をしようとしているのか理解していた。巨人はまず、わずかに体を起こして土や石を少し崩し、村や工場の人々に警告を発した。人々がすべて避難するのを待って、巨人は寝返りを打ち、自らが堤防となって、爆発的な土石流が発生する時間を遅らせようとしているのだ。

シュッ。ここまで来てくれてありがとう。それに、物語を聴かせてくれて。

シュッ。私の物語をきいてくれてありがとう。小鷗が巨人ダナマイの話し方をまねて言った。ああ、そうだ。シュッ。物語の名前は、「三本足のカニクイマングース」だけでいいかもしれない。シュッ。シュシュッ、巨人のことは言わない方がいい。シュシュシュッ。

シュッ。どうして？

シュッ。

「俺たちトゥルクの季節は、秋、冬、春、夏って、輪っかみたいになってるわけじゃないんだよ」ドゥヌが玉子と小鷗に言った。

　ドゥヌは新海豊村で小さな食堂を開き、炒飯や山菜などの簡単な料理やビールを出して、観光客がひと休みできる場所にしていた。重要なのは、店には海風クラブから譲り受けたカラオケ機器の一台を置いたことだ。彼はそれをコイン式に改造し、店の一角に置いていた。だが省道のルートが変更され、セメント会社が将来石灰石を採掘し尽くしてしまうことを予測して観光工場へと転換し、省道の分岐点の近くに「ＤＡＫＡ」という名の休憩エリアを開設すると、ドゥヌの店にはほぼ客が来なくなった。今日、ドゥヌは小鷗の出所を祝うため、玉子、阿楽、小美、小林、ウィランを呼び集めた。彼は山に入って山蘇〔オオタニワタリ〕、過猫〔クワレシダ〕、山萵苣〔アキノノゲシ〕、野莧〔ホナガイヌビユ〕、黄藤〔ヤシ科のトウの一種〕などを採り、川エビや海の魚、猪の肉などと共に料理してテーブルいっぱいに並べた。

「どうして？」小鷗は小さい頃と変わらず、何でも質問したがった。

「子供の頃、タマ《父親》から聞いたんだ。昔、トゥルクはそこらじゅうに住んでいた。人々はしょっちゅう村ごと移動して、どんな所にでも住んだ。人が増えて食べ物が足りなくなったり、天災に遭ったりした時、新しい場所が見つかれば、すぐそこに引っ越した。新しい土地に引っ越す度に、また新しく季節を数え始めるんだ」

「季節を新しく数え始める？」

「そう。だから、一年は時には秋から始まるし、春から始まる年も、夏から始まる年もある」

ドゥヌが答えた。

「春でも夏でも秋でも冬でもない季節から始まることもある」

「そうだ」ドゥヌが笑った。

「最近、商売の方はどうなの？」阿楽が話を継いだ。

「あいつら、ここで三十年工場を動かして、もう稼げなくなったんだろうな。この前、山に見に行ったんだが、山の向こう側の土地はだいぶ切り崩されてたよ。もうおおかた掘り尽くしたんだろう。省道のルートが変わる法案が通ったら、すぐにコネを使って休憩所を建てやがった。観光の振興になるんだから、俺たちに感謝しろだってよ。観光客はみんなそっちで休憩するようになって、海豊には来なくなっちまった。商売になるわけがねぇ」

「商売にならないから、みんなセメント工場で働くしかないのよ」小美が言った。

小鷗は黙って聞いていた。数年前、セメント工場が建てた休憩施設がオープンした時、小鷗はセメント工場が海豊にどんな未来を作るつもりなのか、好奇心からその真新しい建物を見に行った。そこはちょうど、ずっと以前、小鷗がまだ子供だった頃、工場建設時に高級エンジニア用の宿舎群を造った区域だった。そこを「リニューアル」して、海岸線が最も美しく見える休憩エリアにしたと謳ってはいるが、実際にはセブン‐イレブンとスターバックス、そしてずらりと並ぶトイレがあるだけだった。広場には太陽光パネルを組み合わせたプラスチック製の向日葵《ひまわり》のオブジェと、セメント工場の社長の母親が好きだという多肉植物の花壇が設置されていた。スターバックスとセブン‐イレブンに囲まれた中庭には、噴水ショーの行われるスペースがあり、解説パネルではそれを「山と海の生命力を表現している」と説明していた。ある小さな一角だけが、地元の人々が弁当や手工芸品を売る場所になっていた。

エリア内をひと回りした小鷗は、敷地の隅に「物語館」という施設があることに気がついた。施設内の展示では、セメント工場がいかにこの地に造られ、この地域の山、海、空を現在の様子に変えたのかが説明されていた。工場はおそらく広告代理店に依頼したのだろう、童話のような物語によって、現実のすべてを包み隠そうと試みられていた。壁面のパネルには小鷗には耐えられないほどセンスの悪いイラストで、ここに住む民族と伝説の人物に関する、捏造《ねつぞう》された物語が記されていた。

パネルに書かれた物語はこうだ。——昔むかし、海豊村には可愛らしい「ラキ族」が住んでいました。村の端っこに奇妙な形をした城があり、そこには不思議な力を持つ「カハ族」が住んでいました。カハ族の人々がいつも忙しそうに城を出入りしていることに、ラキ族の人々は興味を持ちました。

ラキ族の村長のお爺さんは、村の子供たちに、あの城は巨人ダニーが建てた工場なのだ、と話して聞かせました。ダニーのために工場を管理するのが、カハ族の仕事なのです。カハ族はせっせと働いて、たくさんの「みどりの妖精」を作り出します。みどりの妖精たちは不思議な力で、煙突から出る煙を食べ、海を美しく輝かせ、空の色を青く変えました。

ある時、好奇心旺盛なラキ族の子供が、一人のみどりの妖精と出会い、お城の中に連れて行ってもらいました。お城の中に張りめぐらされたパイプで、たくさんの宝石が運ばれています。山の上では、カハ族がたくさんのお花を植え、見た人はみな笑顔になりました……。

物語を読み終わる頃、小鷗は体の震えを抑えることができなくなっていた。パネルのカッティングシートに爪を突き立てて、物語の全文と、その奇っ怪な登場人物たちのすべてを削り取りたくてたまらなかった。特に、ここに描かれた巨人は、これっぽっちも似ていない。小鷗は一目見ただけで吐き気がした。

小鷗が子供の頃、ここは、工場を受け入れて新海豊となり、煙塵《えんじん》の村となった。その過程については母親から聞いたことがあり、阿楽おばさん、小美おばさんからも聞いたことがあり、ドゥヌおじさんやウィランおじさんからも聞いていた。その後、創作の材料を集めるために、首曲りユダウやウガ、バトゥンにも話を聞いた。どの角度から考えても、工場が言うような「人を笑顔にする花」をせっせと植えたり、「海を宝石のように美しく」したり、「みどりの妖精をまき散らす」物語にはなりえなかった。しかも工場側の物語では、もとからこの地に住んでいた「ラキ族」は、よそからやって来た「カハ族」に憧れたことになっていた。そんなのは全くのでたらめだ。小鷗が一番我慢できなかったのは、この土地の山と美しい海は、「カハ族」とかいうやつらが創り出したものだと言い張り、巨人を、中身のない道化役、村人たちに山と海を工場に売り渡すよう勧めるブローカー、工場の姿を覆い隠す広報役のように変えたことだった。

その夜、小鷗は気が立って眠れず、家を出て、ガソリンスタンドで二リットルのペットボトルいっぱいにガソリンを買った。物語館の中に人がいないのを確認し、ガソリンを撒きながら建物の外を一周して、丸めた紙にライターで火を点け、抛《ほう》り投げた。火は、暗い夜空の下、建物の白い壁をためらうことなく赤く染めた。束縛から放たれ、好き勝手に流れ動くガソリンは、怒りを噴き出し、身を翻して小鷗の身体に咬《か》みついた。

セブン－イレブンには夜勤の店員と何人かの客がいたが、彼らは悲鳴を上げて非常ベルのボタンを押し、消防隊に電話をかけ、小鷗の身体に燃え移った火を消すのを手伝った。消防車が闇夜のセメント村に到着し、スターバックスの店舗に延焼する前に火を消しとめた。小鷗は身体の複数の部分にⅢ度の火傷《やけど》を負い、病院で皮膚移植を行って、ようやく一命をとりとめた。レジャー産業に転向中だったセメント工場は、寛容を装って民事賠償は請求しなかったが、小鷗は公共危険罪で起訴され、懲役一年数か月の判決を受けた。今日は仮釈放の日だった。


「この後、どうするつもり?」小美が訊いた。

「絵本を描こうと思って」

「どんな話?」

「私が燃やした、あのセメント工場が作ったでたらめな物語とは、全然違う巨人の物語」

「じゃあ私の書店に置かなくちゃね」

「結局、私たちは完全に負けたわね。セメント工場は建っちゃうし、やつらはこの山を使って数十年も金を稼いで、あげくの果てに、私たちが奴らを歓迎してたなんて筋書まで作るんだからね」阿楽が言った。

場の雰囲気が、一瞬にして静かになった。小美が言った。「この後、隣の村にガス化炉を造ってごみを燃やすんですって。今度は私たち、その排気を吸わされるのよ」

「反対運動が起きてる？」

「もちろん。若い人たちが集まってる。台北の学校を出て戻ってきた人もいるし、村に嫁いできた人もいる。お年寄りもいるわよ。私も参加してる」阿楽が答えた。

この話題をきっかけに全員がグラスを上げて乾杯し、重苦しい気分は少し薄められた。グラスを掲げた小鷗の手に、火傷の痕が目立った。

「あん時のお前は無謀だったな」ドゥヌが慈しむように言った。

「おじさんだったらどうしたのよ？」小鷗が訊き返した。

「あんな巨人の話を見せられたら、どうしたかってことか？」

「そうだよ。私が巨人の物語を知ったのだって、小さい頃、おじさんが話してくれたのが始まりだよ」

「お前と一緒に火を放ったな」ドゥヌが笑った。「お前が海側から放って、俺は山側から放つ」

小鷗は、小美がテーブルの下でこっそりドゥヌの手をつねっているのを見た。

ドゥヌが言った。「そうだ、俺、組織をたちあげたんだ。猟師たちで自主的にルールを作って、動物の足を奪う猟具を使わないようにするために」

「何ていう組織？」

「三本足の山」

「ああ、三本足の山、か」

小鷗が店の外を見ると、山は暗闇の中に消え、月が出ていた。小鷗はイーダスを思い出した。あの日、意識を取り戻した小鷗が最初に発した言葉は、「イーダスは?」だった。

「お月様のところに行ったよ」ドゥヌが答えた。

小林は突然何かを思い出し、スマートフォンの画面に一枚の写真を出して、小鷗に手渡した。

「僕が仕掛けていたトレイルカメラに写っていたんだ」

写真には、鼻の尖った小動物の姿があった。早朝のようでもあり、夕方のようにも見える光線の中、川の浅瀬を一匹で歩いていた。彼の視線はカメラの方を向き、先が失われた右前足を前方に曲げ、左前足を水中に浸している。川面にきらきらと映る光が美しかった。


巨人はごくゆっくりと、横たえていた身体の向きを変えた。その速度は、樹の葉が黄色く変わる時のような、川の水が雨粒を形成するような、あるいは、一つの物語を聴くような緩慢さだった。続いて、川の水が彼の肩からほとばしり、樹々の根っこが引き抜かれ、鳥たちが驚いて飛び立った。巨人は最後に残った僅かな力でその角度を維持し、身体に載った土や石が、激しい雨で一気に押し流されるのを防いだ。そして彼の身体は崩れ、裂け、心臓が鼓動を停止したが、全体が完全に崩壊することはなかった。それからどれだけの時間が経ったかわからない。鳥たちが種を運び、猪は思うがままに排泄し、コウモリは洞穴で妊娠し、カニクイマングースは渓流で食べ物を探した。去っていった住民たちが戻ってきて、山を指さして言った。ほら、あそこは巨人の頭みたいだ。あそこは巨人の肩、あそこは巨人の尻、それにあそこは巨人の陽具みたいじゃないか。

時の巡りは春夏秋冬を超え、五つ目の季節に入った。

シュッ。

沖積扇から堆積層へ――『海風クラブ』著者あとがき

五、六年ほど前のある学期末、私は学生たちを校外活動に連れ出す口実をあれこれ思案していた。そうすれば、講義を一つ減らすことができるからだ。その年、私が採用したのは、花蓮《ホワリエン》の美崙《メイルン》渓の河口から砂婆噹《シャボダン》水源地に至るコースだ。このコースは通常、北濱公園を出発し、菁華橋を渡り、対岸の将軍府〔日本統治時代の陸軍将校官舎群〕を回り、花蓮の中でも交通量の多い大通りを渡って、山の方へ歩き続ける。途中で花蓮港一帯、学校、市街地、養殖池、農地、鉄道を見ながら、最後は原住民集落に行きつく。

大勢の学生たちを引率するのは、楽なことではない。一人ひとりの安全に気を配らなくてはいけないし、お互いの声が届く距離を保っておくのも難しい。この日は出発時から天気が悪く、十数分歩いて将軍府を少し過ぎた辺りで、その先の行程を続けるのが難しいほど、雨が強くなった。

そこで私は一行を連れ、将軍府の中で最も大きく、当時は展示会場として貸し出されていた建物まで引き返した。それは昭和十一年（一九三六年）築の、陸軍指揮官中村三雄《なかむらみつお》大佐の官舎だった。いかにも歴史ある佇《たたず》まいの建物の一角で、とあるアマチュア画家が展覧会を開いていた。彼女の作品の大半は花蓮の風景で、一種独特な息遣いが滲み出ていた。

画家は、私が文学部の教授だと知ると、自分の経歴について滔々《とうとう》と話し続け、私の人生はまるで小説のようだったと訴えた。こんなことは私の生活の中ではよくあることだ。人々は、手紙や会話で、人生の物語を私に打ち明けようとする。そんな時、私は極力、興味があるでもないでもない態度を保ち、相手が私を失礼な人間だと感じたり、逆に私を信用しすぎて何もかもあけすけに語ったりすることを避けている。普通の人であれば、他人の人生の一ページ一ページに真剣に向き合うことなんてできない。私は何にでも関心を持つかのようなふりをすることは、したくなかった。

しばらく経つと、雨が止んだ。私は一部の学生を車で学校まで送り、自力で帰る交通手段がある学生はその場で解散とすることにした。私たちが去れば、展覧会の会場にはその画家ひとりが残ることになる。彼女は、立ち去ろうとする私に向かって、突然こう言った。「私は今まで二十種類以上の仕事をやってきた。ホステスをやったり、流木を拾ったり。クラブを経営していたこともある」

花蓮でですか？と私は訊いた。

「いや、和平《ホーピン》で」彼女は言った。

和平は、花蓮の北にある小さな場所で、大多数の台湾人にとってなじみのないところだ。唯一、人々の印象に残ることがあるとすれば、巨大なセメント工場だろう。セメント工場の建設当初、そこには世界各国から調査員、採鉱技術者、施設建設のためのエンジニアたちが集まり、更に膨大な数の外国人労働者が連れてこられた。セメント工場建設の過程では、地域住民と環境団体による反対運動が起き、工場側との数年にわたる攻防が繰り広げられた。最後に残ったのは、今そこで目にする景観だ。車を走らせるのが蘇花公路の旧道か新道かにかかわらず、巨大な火力発電所の脇を通過するのを避けることはできないし、川向こうの山上から延々と続くセメント工場の輸送管を見上げずにはいられない。去年（二〇二二年）、台湾海峡の状況が緊張し、中国が盛んに軍事演習を展開した時、彼らの軍は合成写真を作って、彼らは既に台湾島の東海岸を望む位置にまで接近したと主張した。その時、台湾東海岸の目印として使われたのが、この火力発電所の煙突だった。

この小説で書いたのは本当にあった出来事だが（遠い歴史でもなければ、近い未来でもない）、現実に起きた材料だけを用いて構築したのではないし、もちろん、全くの空想だけを使って組み立てたものでもない。私は故意に現実から距離を保ち、読者に小説の中の時空を楽しんでもらえるようにした。また小説家としての視点から、あの不確かな時代、不確かな命について、考えてみようと試みた。もし読者から、これは環境小説なのか？と訊かれたら、私はこう答える。これは小説である。

執筆に充てた時間と過程は、非常に切れ切れなものだった。私は既に人生の中の「責任の年代」に入り、若い頃のように、遠くにあるものが何よりも重要だと考えることはできなくなっていた。創作は、生活と引き換えにはできない。だが私は諦めたくはなかった。だから生活上の責任を果たした後で、執筆のためのわずかな時間を作り出すしかなかった。一週間のうち、取材、資料蒐集《しゅうしゅう》、執筆に使える時間は、半日ほどだった。ある段落は、家族を送り迎えする待ち時間に、道端に停めた車の中で書き上げた。今回の執筆の過程は常に、一人で旅をする途中で大雨に遭い、雨宿りをしている時に誰かに出会い、何かの出来事が起き、雨が止んだ後にはまた別の道を歩き出す、というようなものであった。旅程は長かったが、必ずしも、秋、冬、春、夏というように一つの環となるものではなく、Bに出会ったことでCの方向に歩き出すが、それは理由なくそうしたのではなく、もしかしたらXの影響によるのかもしれない、というものだ。私が話を聞いた人、出会った人のすべてが、それぞれに一つの節点となり、折り曲げることのできる矢印となった。

本作のアイディアは『雨の島』〔日本版は及川茜訳で河出書房新社より刊行〕を書く前から存在した。『雨の島』は、私が「業余創作」（執筆に当てられる時間が非常に限られているという意味で）のトレーニングとなった作品だ。私は『雨の島』を深く愛している。『雨の島』は、私に自信を与えてくれた。細切れの時間でも、自分が好きな作品を完成させることができるという自信を。また、この作品によって私は、現実は著作に確実に**影響しうる**ということを受け入れる勇気を持った。著作は、現実と分割することができない結合双生児なのだ。

こうして私は、生活の隙間の時間に、まるでカタバミがコンクリートの隙間で花を咲かせるように、『海風クラブ』を書いた。

小説を書き上げ、ひと息ついた私は、装画にとりかかった。オディロン・ルドンの名画「キュクロープス」の構図に倣った絵だ。私は長年、文学史の講義でシュルレアリスムについて解説する時、学生にいつもこの絵を見せていた。巨人について書く時、私の頭にはつねにこの絵があった。

私はルドンの絵の山と空を、花蓮の山と空に置き換え、山の前には海を出現させた。絵のもう一つの核心――巨人ポリュフェモスが懸想するガラテイアについても、別のものに置き換えた。なぜ、敢えてルドンの絵を「借りた」のか？　もちろん決して「パロディ」による「悪ふざけ」ではない。ルドンのこの絵の中では「欲望の生成」と「欲望の失墜」が色彩によって描出されており（私の解釈ではあるが）、このような啓発が、私を惹きつけているのだ。ルドンが描いた山脈は、もちろん花蓮の海岸ではない。だが私がこの付近の道を通るたび、あの双子の巨人が山の向こうからひょっこり顔を出し、なぜこんな風景の中に、もう一人の巨人のような巨大な工場の建物が存在するのかと、私に問いかけてくる。この小説を書いている期間、私は週に二度ずつ、この場景の前を通過していた。一度は昼間に、もう一度は夜に。巨人の声は、私が執筆をしている間、常に私を問い質《ただ》し、圧をかけ続け、決して放免してくれなかった。

私は別のバージョンの装画、ルドンとは関係のない装画を創作することもできたのだが、やはり最後には、私が最も愛するバージョン、だが、もしかしたら一部の人は誤解や疑問を持つかもしれないこのバージョンを選んだ。私はこの装画を通し、人と巨人のせめぎ合い、人と巨人に共通する欲望、そして欲望の失落と痛みについて、自分とルドンが討論しているのを想像した。西洋文学の世界では、巨人は、ホメロスの『オデュッセイア』やオウィディウスの『変身物語』、あるいはその他の詩人たちの作品にも登場している。そのイメージはさまざまで、たどる運命もまたそれぞれだ。彼らはまるで双子の巨人族の一群のように、創作者のペンによって、異なる運命と選択に向かわされている。その中から私はトゥルクたちの巨人、ルドンの巨人の血脈ではないかもしれないが、容貌が似ている巨人を、『海風クラブ』の装画の中に向かわせた。巨人は太平洋や台湾東部の山々を歩き、人間たちの欲望の矢面に立ち、片方は山に、もう片方は海に向かって見開かれた目で、小説の中で起こったことのすべてを目撃した。

ルドンをよく知る読者も、知らない読者も、この装画を見て、自分なりの想像を展開していくだろう。巨人の心の中で、誰が創作したのかが既に忘れ去られている言葉たちが、咀嚼《そしゃく》され、新たに放出されていくかのように。創作は必ずしも孤立したものではない。すべての創作者は、過去の創作者と共同で、堆積する湿地を作り上げているのだ。

最後に、私は各章の扉と、独立書店用バージョンの単行本の付録用小冊子〔台湾原書発売時〕に入れるための挿画をいくつか描いた。カニクイマングース、タイワンキクガシラコウモリ、メジロチメドリ、そしてミナミコメツキガニである。これに並行して、原稿を監修してくれた各分野の専門家からの指摘や、プロフェッショナルな編集者たちの意見を勘案し、修正を重ねていった。

小説は最終的に、当初の構想とはかなり違ったものとなった。それは、二年前に私が、オンライン上にあるスペインの芸術基金会ハン・ネフケンス財団の依頼で書いた短篇小説「沖積扇になる」[*1]と読み比べてもらえればわかる。

沖積扇は堆積層になった。あなたにはわかるだろう。わかってくれることを期待している。

＊1　河出書房新社「文藝」二〇二二年春季号に、「沖積層になる」（三浦裕子訳）として掲載。

謝辞

本書の完成までには、たくさんの人々の人生経験や、実生活での出来事を、糧として受け取った。初稿を書き上げ、手直しを続けて最終稿に至るまでの半年間に、続々と意見をいただき、ようやく作品を完成させることができた。

私がセメント工場の問題について考えるきっかけとなったのは、何年も前に起きた、花蓮県秀林郷富世村と亞州セメントとの闘争だった。当時、私はこの事についてある文章を書き、地球公民基金会花東事務所の小海に演説への参加を求められたが、その打合せの過程で、見解の相違から彼女と衝突した。今の私は、反セメント運動についての理解が足りなかった当時の自分の怠慢を悔やみ、環境保護運動に青春を費やす人々の心境を十分に理解していなかったことについて恥じ入っている。私はここで、当時のあの運動と、小海に謝らなければならない。

小説の真の出発点はもちろん、画家の陳秀菊氏との出会いだ。彼女は私に小説感の源と、小説を書く動機を与えてくれた。数回にわたる彼女との対話ではいつも、私の視点と想像力は、花蓮の地震のごとき衝撃を受けた。非常に特別で、魅力的な人である。

物語を始めるにあたり、まず下調べをしなければならない。地球公民基金会花東事務所に頼んで、花蓮のセメント開発問題について詳しい人を紹介してもらい、テーマ分析グループの小男と知り合った。続いて小男の紹介で、正正や、大比大家庭関懐協会の馥如、正凱、そして純宜、淑雍、玉凰、尼谷那書房の喬茵など、現地の原住民、海外から来た住民やスタッフなどと会ったことが、この土地と関わりを持つ出発点となった。その後、過去に反セメント運動に参加した先輩である鍾寶珠や、今はアーティストとして活動する劉曉蕙など、運動の最前線にいた人々から啓発を受けた。第一線のエンジニアであった陳詩通氏からは、多くの貴重な資料と情報をいただいた。

また、コウモリの研究者であり保護活動家でもある徐昭龍が、何年か前、私に手紙をくれ、私が『家離水邊那麼近（私の家は水辺の近く）』というエッセイで言及したアジアコイエローハウスコウモリの群れは、おそらく台湾で最も東にあるコロニーだろうと教えてくれていたことを思い出した。私は彼に手紙を書き、コウモリについて更に詳しく知りたく、また、この小説の中で私が想像で描いたことがおかしくないかどうか話を聞きたいので、会ってもらえないかと頼んだ。彼と話を交わす中で、私は何年も前、関渡自然公園で環境音楽アーティストのヤニック・ダービー（Yannick Dauby）と、その妻で詩人の蔡宛璇に、コウモリの声をどのように録音するかに関する話を聞いた時のことを語った。こうした対話は、絵画の筆跡のように、小説の中のディテールを豊かにしてくれた。

小説が完成した後、初期の段階で原稿を読み、感想や意見を返してくれた人々に感謝したい。翻訳者の施清真、Darryl Sterk、Gwennaël Gaffric、Johannes Fiederling、三浦裕子、私の版権エージェントである譚光磊、林珊珊、黄碧君、唐薇、過去に何度も私の作品を担当してくれ、たくさんのサポートを与えてくれた新経典文化の編集者・梁心愉と、別の作品の企画を相談したことのある編集者・呉文君に。

小説の物語の細部をより立体的に、私の考えに沿ったものにするために、多くの専門家の方々にご協力いただいた。人類学および原住民文化については葉秀燕先生と、陳永亮氏に。科学分野については張東君先生と陳彥君先生に。文学の分野については邱貴芬先生、黃宗潔先生、游宗蓉先生に。音楽分野については張維尼（バンド「拍謝少年」メンバー）と歌手の鄭宜農に。そして、太魯閣族語の専門家である張正祺先生と、台湾語の専門家の陳豐惠先生に監修をお願いし、小説中の言葉の間違いを多数訂正していただいたことにも感謝する。

何年も前に（本当にもうずいぶん以前のことだが）コラボレーションの話を持ちかけてくれた小小書房の虹風と、瓦當人文書屋の晏華にも感謝したい。彼女たちと共に出版できたことは、この本にとって大きな意味があった。私たちはみな、本への「愛」の下でそれぞれの仕事をしている。考えが変わりやすく、主義主張の強い私を、理解して受け入れてくれたことにも感謝する。編集作業においては明謙が多大なる力を発揮してくれ、曉倫はマーケティングで絶えずアイディアを出し、修正し、実行してくれた。デザインチームに加わった采瑩は、繊細さと美しさ、そしてクリエイティビティが求められるあらゆる作業を引き受け、制作の最終段階で私が原稿の修正に集中できるようにしてくれた。ここで名前を挙げた各位がいなければ、この本は、現在のような形になることはなかっただろう。もちろん、ここで名前を挙げた他にも、本当にたくさんの方々が協力してくれた。もし遺漏があったならば、ご指摘いただき、また、ご寛恕《かんじょ》いただきたい。

私の兄、姉にも感謝する。彼らとその家族がみな、介護者の責任を分担してくれた。そして私の家族にも。彼女たちが寛容で、厳しく、想像力と希望に満ちた執筆生活を私に与えてくれているおかげで、私は書き続けていられる。

呉　明益

『海風クラブ』訳者あとがき

本書は、二〇二三年六月、台北・小寫出版から刊行された呉明益（ご・めいえき／Wu Ming-Yi）の長篇小説『海風酒店』の邦訳である。

白い子犬を追いかけるタロコ族の少年と、人買いから逃げる漢人の少女が、山の洞穴――実はそれは巨人の身体であった――の中で出会う。時が経ち、山と海に挟まれ、陽光と涼風に恵まれた小さな集落「海豊村」に、巨大なセメント工場が建設されようとしていた……。

物語は一九九〇年前後の台湾東部を基点に、そこから数十年を遡り、ほぼ現在（二〇二〇年代）にも下り、更には地質学的な古代にまで思いを馳せる。現実と超自然的な存在が混じり合い、過去と現代が響きあう、人と自然との関係を考える作品を書いてきた呉明益らしく、今回も、台湾のリアルな近現代史や社会的議題に、台湾東部の大自然、原住民族の神話、そしてそこで生きる人々の人生の物語が融合した、壮大で不思議な小説になっている。

本作は二〇二三年に、台湾で最も影響力のあるブックレビューサイトOpenbookが主催する出版賞「Openbook好書賞」の年度中文創作、書店員の推薦による「台湾書店大賞」第一回フィクション部門大賞、台湾ネット書店最大手「博客来」の中文年度選書などに選出された。

呉明益は、現代の台湾文学を代表する作家の一人であり、作品は台湾の若い読者からの圧倒的な支持を得ている。一九七一年生まれの彼は九〇年代から小説や散文を発表しはじめ、現在は台湾東部・花蓮にある国立東華大学大学院華文文学専攻の創作コースで学生に文学と創作を教える傍ら、自身の創作を続けている。作品は十数言語に翻訳され、「作品が最も海外に出ている台湾作家」と言われている。

日本でも『歩道橋の魔術師』（天野健太郎訳、河出文庫）をはじめ、『自転車泥棒』（天野健太郎訳、文春文庫）、『複眼人』（小栗山智訳、角川文庫）、『眠りの航路』（倉本知明訳、白水社）、『雨の島』（及川茜訳、河出書房新社）など、既に多くの作品が翻訳出版された。中でも『歩道橋の魔術師』『自転車泥棒』が、一般読者の推薦から選考が始まる「日本翻訳大賞」で台湾作家として初めて最終選考作品へ選出されたことや（第二回、第五回）、『歩道橋の魔術師』の表題短篇が、こちらも台湾作家で初めて、日本の高校の国語教科書（明治書院『精選 文学国語』二〇二三年初版）に収録されたことなどからすれば、「日本の読者に最も読まれている台湾作家」と言ってもいい。

また文才と同様に、驚くべき画才とデザインセンスの持ち主としても知られ、幾つかの作品の単行本において、挿画、装画、装丁を自身で手掛けている。本作『海風酒店』もその一つだ。

呉明益の著作や経歴については、既出の各作品でそれぞれの翻訳者により非常に詳しく解説されているので、ここでは省き、目下の最新長篇である本書『海風クラブ』に関し、著者あとがきには触れられなかった幾つかの背景や周辺情報を紹介していきたい。

「海豊村」のモデル、花蓮・和平村

作品の舞台「海豊村」のモデルは、台湾東部の花蓮県秀林郷和平村だ。花蓮市の中心部から車あるいは鉄道で五十分ほど北上したところにある。

翻訳にとりかかる直前の二〇二四年三月、和平村を訪ねた。花蓮市から台湾鉄道北廻線の各停列車に乗り、和平駅のホームへ降りると、目の前にあの「異世界から来た巨人」のようなセメント工場の巨大なタワー施設が聳え立っていた。駅を出るとすぐに省道（国道）で、町はない。省道を右手に進んでいくと、セブン - イレブン、スターバックスコーヒー、大量のトイレなどが並ぶサービスエリアのような施設「台泥《台湾セメント》ＤＡＫＡ園区」があった。

省道に戻り、猛スピードで通り過ぎる大型トラックや観光バスにおびえながら二十分ほど歩くと、ようやく小さな集落に着いた。メインストリートには小さな飲食店、小さな教会、バイクの修理店などが並んでいる。そこまでは台湾の地方の他の小村と変わらないが、この町で印象的なのは、町の西側すぐのところに、見上げるような急峻な山肌を持つ緑の山脈が迫っていることだ。町のどこを歩いていても、こちらに覆いかぶさってくるかのごとき山の圧力のようなものを感じずにはいられない。同様に、町のほぼどこにいても、目に入るのがあのセメント工場の施設である。町の中心に低い校舎と広い校庭を持つ小学校があったが、校庭の斜め後ろには、学校のおおらかな佇まいとは全く不釣り合いな、鉄のパイプやタンクや柱で構成された巨大なタワーが屹立している。ここはまるで、聳え立つ山脈と鎮座する工場という二体の巨人が覇権を争ってせめぎ合う場所のようでもある。そしてもう一つの大きな存在であるはずの海は、省道と鉄道線路、その向こうにある工業港のコンクリートの塀に阻まれて、姿を見ることはできなかった。

一泊して〝海豊村〟の夜や朝の雰囲気を味わおうかと洗面用具を持参していたが、明らかに「よそ者」である私は、村中を自由に徘徊して警備に励む犬たちにあちこちでひどく吠え立てられ、身の危険を感じて、数時間の滞在ですごすごと花蓮市内に撤退した。

実はこの和平村は、私が訪問したすぐ後、二〇二四年四月三日に台湾で起きたマグニチュード七・二の大地震の震源地に最も近い集落であり、国内最大の「震度六強」を記録した場所でもある。この地震では花蓮市内でもビルが倒壊するなどの大きな被害があったが、とりわけ山間部の山の崩落、がけ崩れなどが激しかった。和平村から少し南にある台湾東部最大の観光名所、大理石でできた太魯閣《たろこ》渓谷も、交通が遮断され、完全な復旧には長い時間がかかると言われている。その後私は、同年十月にも花蓮市を訪れ、鉄道で和平付近を通過した。鉄道沿線で山崩れの起きた場所では、路線のすぐ脇に、いまだに剝き出しになった真っ白な山肌や、崩れて積み上がった白い礫石《れきせき》（山全体が大理石でできているから白いのだ）が目立った。その様子には、この島に凝縮される大地の力の強大さと、それと比べたときの人間の営みのちっぽけさ、無力さを実感せずにはいられなかった。

タロコ族の歴史と文化、そして「太魯閣戦争」

この和平村のある花蓮県秀林郷や、隣接する万栄郷に多く住んでいる人々が、本作の主要な登場人物たちである台湾原住民族のタロコ族（太魯閣族／太魯閣人）だ。台湾には、十七世紀前後に中国大陸から漢人が移住してくる以前、数千年前からオーストロネシア系の複数の民族が住んでいた。台湾では彼らを「元から住んでいる人々」の意味で「原住民」または「原住民族」と呼んでいる。現在、個別の民族として政府が承認している民族は十六あり、それぞれが独自の言語、文化、習慣を持っている。原住民人口は、台湾の全人口約二三四〇万人の約二・六％にあたる約六十一万人（二〇二四年十一月現在）、このうちタロコ族の人口は約三・五万人である。タロコ族は、作品中にも出てくるように、日本統治時代から戦後以降にかけてタイヤル族（泰雅族）の一支族と見なされてきたが、二〇〇四年に、独立した民族として政府に認定された。

景勝地である太魯閣渓谷は、その名の通り、彼らタロコ族の居住地であったことから命名された。本書の中でも語られるように、三百年ほど前、台湾中部（現在の南投県）の山中の集落から中央山脈を越え、太魯閣渓谷を流れる立霧渓《たっきり》に沿うようにして移動しながら各地で定住していった。実はタロコ族は、日本でも公開された台湾映画『セデック・バレ』（魏徳聖監督、二〇一一年）の主人公たちであるセデック族（賽徳克族）とルーツを同じくしており、双方の文化や習俗には相似する点も多いという。

本書の主人公の一人とも言える巨人ダナマイは、タロコ族の伝説に取材している。気ままで時に恐ろしく、人類にとっては少々迷惑なこの巨人、猟師に騙されて真っ赤に焼けた石を食べさせられる顚末などは、柳田國男『遠野物語』の「山男」と共通するところもある。台湾原住民族は、本来、それぞれに独自の言語、習慣を持ち、こうしたユニークな伝説を含む非常に豊かな文化を持っていた。台湾の複雑な歴史の流れの中で、各民族の独自の文化は失われつつあったが、現在

「多民族・多言語」を国のアイデンティティとして打ち出している台湾の政府により、各民族の言語教育や文化の継承が奨励されている。台湾原住民族の伝説、その豊かな想像力と精神世界についてもっと知りたい読者は、『台湾原住民文学選5　神々の物語　神話・伝説・昔話集』（紙村徹編、草風館、二〇〇六年）や、『台湾の妖怪図鑑』（何敬堯著、原書房、二〇二四年）などを読んでみてほしい。

そして、彼らタロコ族と私たち日本人は、歴史の中で大きな関わりを持っている。一八九五年、日清戦争の結果、台湾は清国から日本に割譲され、その後五十年間にわたり日本の植民地支配を受けた。台湾の山岳地帯の豊かな資源を狙う日本人と、勇猛果敢で知られるタロコ族との間では、日本の領台の翌年から衝突事件が起き、その後も数年ごとに繰り返された。そしてついに第五代総督佐久間左馬太《さくまさまた》の下、一九一四年（大正三年）には、タロコ族に対する大規模な攻撃「太魯閣戦争」（または「太魯閣戦役」、当時の日本の呼び方では「太魯閣蕃討伐」）が行われた。

日本統治時代の台湾で起きた日本人と台湾原住民族との武力衝突には、一九三〇年の「霧社《むしゃ》事件」がある。植民地政府による抑圧、搾取に抵抗し、台中州霧社地区（現在の南投県仁愛郷）のセデック族が武力蜂起し、日本の軍や警察によって鎮圧されたこの事件については、前出の映画を観て知っている日本人もいるだろう。映画内での表現のインパクトから、その交戦の規模の大きさ、双方の被害の激甚さが強く印象に残っている人もいるかもしれない。一方、太魯閣戦争についで知る日本人はごく少ない。日本語で読める書籍や資料も、いま現在は非常に乏しい。だが実は、霧社事件で動員された日本側の軍人と警察官は約二千五百人（台湾で流布している数字に依る）

であったのに対し、太魯閣戦争ではその倍以上の約六千二百人が投入されたというから、その規模の大きさが想像できる。

「二十世紀の台湾島で発生した最大規模の戦役のひとつ」とも言われるこの太魯閣戦争について、近年、歴史の見直しが進む現地台湾では、本書の他にもいろいろな書籍や記事が書かれてきた。例えば歴史小説の旗手・朱和之《しゅわし》は、長篇小説『楽土』（二〇一六年、聯経出版）で太魯閣戦争を真っ向から描き、「全球華文文学星雲賞」歴史小説賞大賞を受賞している。タロコ族の投降により戦役が終結した後、総督府は山中に住んでいた彼らをふもとへ強制移住させ、彼らが誇りとする習慣の多くを禁じた。これによって家族が離散し、コミュニティが崩壊し、伝統や文化が破壊された。ひとつの民族の運命を大きく変えた歴史的な出来事について、もう一方の当事者の後裔である私たち日本人が全く知らないというのは、グロテスクなまでにアンバランスな状況である。近年台湾で日本統治時代を舞台にした小説が盛んに書かれ、日本での翻訳出版も増えている。歴史の中での私たち日本人と台湾原住民族との関わりについても、目を向ける流れが少しでもできればと思う。

異例づくしの原書出版スタイル

著者・呉明益が台湾読者に絶大な人気のある作家であることは既に述べた。長篇としては『單車失竊記（邦題：自転車泥棒）』から七年ぶり、前作の中篇小説集『苦雨之地（邦題：雨の島）』からも四年ぶりとなる新作『海風酒店』は、台湾の出版社ならどこも喉から手が出るほど欲しいものだ。

だが今回著者が選んだのは、台北の隣、新北市にある小さな独立書店「小小書房」の出版レーベル「小寫出版」だった。それのみならず、『海風酒店』刊行時には徹頭徹尾、小規模な書店を応援するいろいろな方策が試された。

台湾全土には個性的な独立書店が多数あるが、日本と同様かそれ以上に深刻な出版不況に陥っている台湾では、書店の経営はどこも非常に困難だ。台湾の書籍には日本のような「再販制度」（再販売価格維持制度。書店などで書籍や雑誌を出版社自身が決めた定価で販売する取り決め）がなく、大手チェーン書店やネット書店では恒常的に定価の一〜二・五割前後、キャンペーン時などには四割近い値引きをして書籍が販売されている。だが仕入れ数の少ない独立書店ではこのような値引きは不可能で、定価で販売するしかなく、大手販路との競争に於いてはとても不利である。独立書店で見て気に入った書籍を、ネット書店で割引価格で購入するという読者も多く、選書のセンスで店の存在感を打ち出そうとする独立書店経営者にとっては、とても歯がゆい状況がある。

今回の『海風酒店』初版では、独立書店バージョンと大手販路バージョンの二種類の付録が作られた。大手販路バージョンの付録が三枚の栞だったのに対し、独立書店バージョンの付録は台湾未発表の短篇小説二篇を収録した小冊子だった。明らかに独立書店用の付録の方が魅力的である。さらに重要なのは、『海風酒店』はどの販路でも「割引なしの定価四二〇元」で販売されたということだ。つまり全国どの販路で買っても同じ値段、独立書店で買っても価格的に損をしない。二十年以上台湾の出版市場を観察してきた私も仰天する事例だった。

どうしてこんなことができたのか（独占禁止法にはかからなかったのか）は私の怠慢による未調

査のためここでは紹介できないが、いずれにしろ、小さな小さな版元が、市場で圧倒的なシェアと影響力のある大手ネット書店にこのような条件を呑ませたということは、「呉明益の最新作」が台湾の出版界でどれほどインパクトを持つのか、を端的に表している。

台湾では新刊書籍のプロモーションで、著者が書店で講演やサイン会を行うことはよくある。だが、ここでも『海風酒店』は異例だった。二〇二三年六月二十七日の発売後、著者は同月末から五十六日間にわたり、事前に申し込みのあった台湾全土の書店八十六か所を回ったのだ（このプロモーションは、版元の小小書房と、新竹県の独立書店「瓦當人文書屋」が共同で企画した）。全ての書店で読者のために著書にサインをし、二十六か所の書店や図書館で大小の講演を行った。一日で六か所の書店を回った日もあったそうだ。重量級の大作家が店に来てサインや講演を行ったことは、小さな書店の経営者にとってこの上ない励ましであり、店に通う読者たち――特に大都市以外の地方に住む読者にとっては、この著者を今まで以上に好きになる経験だったに違いない。

呉明益は、台湾の独立書店に愛される作家である。二〇二三年の第一回「台湾書店大賞」を受賞したことは冒頭でも触れたが、独立書店専門の書籍取次組合である「友善書業供給合作社」の年間ベストセラーランキングでも、その年に新刊が出たか出ないかにかかわらず、呉明益作品が毎年ランクインしている。それは作品そのものの魅力に加え、身体を張って書店を大事にする彼の姿勢にも理由があるのだろう。

翻訳について

訳文での表記などについて少し説明する。本作は主に中国語で書かれているが、登場人物のエスニックグループの多様性がそのまま反映されるように、タロコ語、台湾語の会話や単語も登場する。タロコ語は、原文でも基本的にローマ字で表記されているが、台湾現地の読者の多くもそれらの単語に馴染みがあるわけではなく、ローマ字を見てすぐに発音ができるわけではない。日本語版の訳文では読者の作品への親しみやすさを考慮し、人物名や、頻出するキーワードなどはカタカナで表記したが（発音は、財団法人原住民族語言研究発展基金会が運営する台湾各原住民族語のオンライン学習サイト「原住民族語E楽園」の「太魯閣語」の音源を参考にした）、タロコ族たちによってタロコ文化が語られる場面等に出てくる単語はローマ字のままとした。

台湾アイデンティティを追究する気運の高まりと共に、最近の台湾の文学作品では、作品世界中での必要に応じて、台湾語（客家《はっか》に関する作品の場合は客家語も）を混ぜて書かれることが増えている。呉明益の作品でも『歩道橋の魔術師』の時代から台湾語が多く使われてきた。一方、台湾の小説を日本語に翻訳する際「作品中に登場する台湾語をどう訳すか」は台湾文学の翻訳者や研究者の間でいま最もホットなテーマの一つであり、翻訳者にとっては悩ましい部分でもある。最近の例でいうと、ある作品では関西弁に訳され、別の作品では翻訳者の出身地である四国地方の言葉に訳されている。呉明益作品を日本に紹介した翻訳者、故・天野健太郎氏は、独自の〝方言的なもの〟を創作して表現していた。私自身もこのテーマにはまだ答えが出せていない。なので、天野氏の真似をするわけではないが、本作の訳文では私が台湾語を聞いた時に受ける印象に近い〝方言的なもの〟を創作して当てた。ニュアンスを十分表現しきれたとは到底考えていないが、登場人物が「国語（中国語）」と違う言葉で話しているようだ、ということ、そして「多民族・多言語」である台湾の様子を少しでも感じていただければありがたい。

二〇二二年の秋、著者から『海風酒店』の初稿をもらって読んだとき、私が抱いた率直な感想は「呉さん、今回はなんて生々しい（現実的な／直接的な）作品を書いたのだろう」というものだった。著者の今までの作品でも台湾の人々が経験した歴史的な出来事が織り込まれてきたが、それらには往々にして著者の得意な魔術が施され、幻想のセロファンに包んで描かれることが多かったように思う。だが今回の「現実」の使い方はかなりストレートで、今までの呉明益作品とはだいぶ違うと感じた（後に和平村の台泥ＤＡＫＡ園区を訪れた時、本作第十三章で小鷗《シアオオウ》が激怒する「ラキ族とカハ族と巨人の物語」が、園区内の広報施設に展示してある内容とほぼそのままで驚いた。小鷗の怒りは、著者本人の怒りだったのだろう）。

作品の変化は、実は前作『雨の島』から起きていたように感じる。呉明益作品では、人が実によく死ぬ。『自転車泥棒』以前の作品ではその死はひどく淡々と描かれ、それに対する登場人物たちの態度もなぜかごく淡白にしか描かれない。だが『雨の島』の登場人物たちは、親しい人の死や喪失をあたりまえに哀しみ、取り乱し、執着し、作品は読む者の胸を締めつけるエモーショナルな描写に満ちている。呉明益作品の特異な想像力、物語性、文学性に、〝人間的な情〟の表現が加算された『雨の島』は、著者の最高傑作となったと個人的には思っている。実は『雨の島』を書いている間、著者には娘が生まれ、彼は人の親となっていた。人生に初めて出現した

「かけがえのない存在」を慈しむ気持ちがあふれ出し、作品にも滲み出たのだろうと勝手に解釈している。そして「娘と共に生きのびるためならどんなことでもする」玉子《ユィヅ》を主人公とした本作では、それが更にストレートに表れている。玉子と小鷗が交わす会話のいくつかは、著者と娘の間で実際に交わされたものかもしれない。

　変化は、作品に登場する「人類の傍にいて、人類を俯瞰している超越的な存在」の在り方にも表れている。『眠りの航路』の観世音菩薩は、戦禍に苦しむ人々の祈りを集めながらも「雲の上に端座し、静かにこの世を眺めてい」る。『複眼人』の複眼人は、瀕死の人間を前に「傍観するだけで介入できない、それが私が存在する唯一の理由なのだ」と言い放つ。これらの存在は、人類と相対する自然の在り方を象徴しているのだろう。だが、同様に自然の化身でもある本作の巨人は、自ら人類と関わり、少女と直接会話を交わし、最後は身を挺して人類を救おうとする。そこには確実に「愛」がある。こんな見方は「八卦《ゴシップ》」的な軽薄なものではあるが、著者自身があとがきで「（『雨の島』の執筆過程で）現実は著作に確実に影響しうるということを受け入れる勇気を持った」と書いているところを見ると、推測としてそう遠いものではないかとも思う。こうした、本作における一見「今までの呉明益とは少し違う」と感じられる部分（あくまでも私の主観であるが）は、一作ごとに前作を大きく凌駕する作品を発表し続けてきた著者の、挑戦のひとつなのだろう。

　著者は現在、更なる挑戦として、「絵本」の創作にとりかかっている。そう、本作最終章で小鷗が「描こうと思う」と宣言したあの絵本、『三本足のカニクイマングースと巨人』の物語だ。

描き上げた絵を何枚か見せてもらったが、台湾東部の山、海、渓谷の風景の中に、鳥、蝶、熊や鹿、そしてカニクイマングースと少女と巨人が登場する、静けさと透明感に満ちた作品だった。

いつか、日本の読者にももう一つの呉明益世界を見てもらえたらと思う。もちろん、既に構想が始まっているという次の小説も楽しみだ。

二〇二五年一月

三浦裕子

呉明益（ご・めいえき／ウー・ミンイー）
1971年、台湾・台北生まれ。小説家、エッセイスト。現代台湾文学を代表する作家の一人。国立東華大学華文文学科教授。輔仁大学マスメディア学部卒業、国立中央大学中国文学部で博士号取得。1997年に短篇小説集『本日公休』でデビューした後、自然エッセイ『迷蝶誌』、『家離水邊那麼近』、長篇小説『睡眠的航線』（邦訳『眠りの航路』白水社）、写真評論・エッセイ集『浮光』など多彩な作品を発表。2011年に発表した長篇小説『複眼人』（邦訳：角川文庫）と、短篇小説集『天橋上的魔術師』（邦訳『歩道橋の魔術師』河出文庫）で一躍脚光を浴びる。2015年発表の長篇小説『單車失竊記』（邦訳『自転車泥棒』文春文庫）がブッカー国際賞にノミネート。その他、中篇小説集『苦雨之地』（邦訳『雨の島』河出書房新社）など。最新長篇小説の本作は、2023年の台湾書店大賞小説賞、台湾最大手ネット書店「博客来」のブックス・オブ・ザ・イヤーなどに入選した。

三浦裕子（みうら・ゆうこ）
仙台生まれ。早稲田大学第一文学部卒業。出版社にて雑誌編集、国際版権業務に従事した後、2018年より台湾・香港の本を日本に紹介するユニット「太台本屋 tai-tai books」に参加。版権コーディネート、出版や映画まわりの翻訳、記事執筆などを行う。訳作に林育徳『リングサイド』、ライ・ホー「シャーロック・ホームズ」シリーズ、捲猫『台湾はだか湯めぐり 北部篇』などがある。楊双子『台湾漫遊鉄道のふたり』で第10回日本翻訳大賞を受賞。

本書は訳し下ろしです。

海風《うみかぜ》クラブ

2025年 5 月13日　初版発行

著者／呉《ご》明益《めいえき》

訳者／三《み》浦《うら》裕《ゆう》子《こ》

発行者／山下直久

発行／株式会社KADOKAWA
〒102-8177　東京都千代田区富士見2-13-3
電話 0570-002-301（ナビダイヤル）

印刷所／株式会社DNP出版プロダクツ

製本所／本間製本株式会社

●お問い合わせ
https://www.kadokawa.co.jp/（「お問い合わせ」へお進みください）
※内容によっては、お答えできない場合があります。
※サポートは日本国内のみとさせていただきます。
※Japanese text only

定価はカバーに表示してあります。

ISBN 978-4-04-114688-0　C0097
NexTone PB000056026